Le bébé du scandale

Une rencontre inoubliable

W0201873

CATHERINE MANN

Le bébé du scandale

éditions Harlequin

Titre original : BOSSMAN'S BABY SCANDAL

Traduction française de ROSA BACHIR

HARLEQUIN®
est une marque déposée par le Groupe Harlequin

PASSIONS®
est une marque déposée par Harlequin S.A.

Photos de couverture

Coquelicots : © SUBBOTINA ANNA/ROYALTY FREE/FOTOLIA
Mains : © ROYALTY FREE/MARILI FORASTIERI/GETTY IMAGES
Réalisation graphique couverture : T. SAUVAGE

Si vous achetez ce livre privé de tout ou partie de sa couverture, nous vous signalons qu'il est en vente irrégulière. Il est considéré comme « invendu » et l'éditeur comme l'auteur n'ont reçu aucun paiement pour ce livre « détérioré ».

Toute représentation ou reproduction, par quelque procédé que ce soit, constituerait une contrefaçon sanctionnée par les articles 425 et suivants du Code pénal.

© 2010, Harlequin Books S.A. © 2011, Harlequin S.A.
83-85, boulevard Vincent-Auriol, 75646 PARIS CEDEX 13.
Service Lectrices — Tél. : 01 45 82 47 47
www.harlequin.fr
ISBN 978-2-2802-3304-0 — ISSN 1950-2761

Prologue

New York, quatre mois plus tôt

Comment un homme pouvait-il être à la fois si proche d'elle et si distant ? Lauren Presley n'avait pas vraiment de réponse à cette question. Une chose était sûre pourtant : même si Jason était toujours allongé sur elle et à moitié déshabillé, ses pensées étaient, de toute évidence, bien loin.

Elle avait donc la ferme intention de le mettre à la porte dès qu'elle pourrait de nouveau respirer.

Le cuir doux de son canapé turquoise collait contre ses jambes, et la sueur perlait sur son front, après leur étreinte passionnée — et imprévue. Heureusement, sa société d'arts graphiques étant fermée aujourd'hui, les bureaux étaient donc déserts.

Tout lui semblait étrange, en suspens, comme dans un tableau de Salvador Dalí. Elle ne pouvait en vouloir à Jason de regretter aussi ouvertement leur moment d'égarement, puisqu'elle-même était assez effrayée par la vitesse à laquelle ils avaient atterri sur ce canapé. Jason Reagert était un publicitaire pour qui elle travaillait souvent, et ils venaient peut-être de gâcher leur collaboration. Il fallait qu'elle se sorte de cette situation embarrassante avec sa fierté intacte.

Un bourdonnement étouffé résonna dans le bureau silencieux. Lauren se tendit aussitôt.

— Ton pantalon vibre, observa-t-elle.

Jason se redressa, l'air dubitatif. Ses cheveux épais et coupés court étaient décoiffés, lui donnant un air encore plus sexy.

— Je te demande pardon ?

Elle posa la main sur la poche de son pantalon.

— Je t'assure, il vibre.

— Mince.

Quand il se redressa, Lauren sentit un air frais passer sur ses jambes nues. Jason sortit son téléphone, puis s'assit à côté d'elle.

— Ça tombe vraiment mal, marmonna-t-il.

Evitant son regard, elle se redressa à son tour et tira sur sa robe fourreau de soie noire.

— Tes mots doux après l'amour laissent à désirer.

— Navré, dit-il en se rhabillant. C'est mon alarme.

— Une alarme pour te rappeler quoi ?

Elle se leva, et se mit en quête de ses escarpins léopard Manolo Blahnik préférés. Malheureusement, elle ne pourrait plus jamais les porter sans penser à cette soirée imprévue et stupide.

— Mon avion pour la Californie.

Ah, oui. Il partait à l'autre bout du pays.

Il quittait son poste pour aller voir si l'herbe était plus verte en Californie. Son futur emploi chez Maddox Communications, à San Francisco, était une énorme opportunité. Tout à l'heure, quand elle l'avait serré dans ses bras pour lui dire au revoir, après qu'ils eurent terminé un dernier projet, elle avait été désarçonnée par la tristesse qu'elle avait ressentie, à la perspective de son départ imminent.

Elle avait contemplé son beau visage tout en réprimant ses larmes, et l'instant d'après… ils s'étaient embrassés… et ensuite… Une vague de plaisir l'envahit quand elle repensa à la langue audacieuse de Jason, à ses mains puissantes et chaudes sur sa peau. Déjà, son corps brûlait d'être possédé de nouveau. Elle rêvait d'attraper cette cravate qu'elle n'avait jamais vraiment réussi à retirer, et d'attirer Jason tout contre elle.

Non, c'était une mauvaise idée. Tout en essayant de rassembler le peu de maîtrise qui lui restait, elle détourna les yeux de son visage, aux pommettes saillantes et à la bouche si tentante. Elle ignorait comment son désir pour lui était né, et elle n'était pas sûre de savoir comment l'éteindre, maintenant que Jason s'en allait.

Elle repéra ses chaussures sous le bureau, et accueillit volontiers cette occasion de mettre un peu d'espace entre Jason et elle. Elle s'agenouilla, puis se mit à quatre pattes pour attraper un premier escarpin, mais l'autre resta désespérément hors d'atteinte.

— Lauren…

Jason s'arrêta juste à côté d'elle, la rendant encore plus consciente de sa position équivoque.

— Je n'ai pas pour habitude de…

— Arrête, coupa-t-elle. Tu n'as pas besoin de dire quoi que ce soit.

Elle s'assit sur ses talons, et se sentit rougir. La malédiction des rousses.

— Je t'appellerai…

— Non ! s'écria-t-elle en se levant d'un bond.

Ne fais pas de promesses que tu n'es pas certain de pouvoir tenir.

— Tu pourrais m'appeler, toi, fit-il valoir en empoignant sa veste.

— Et à quoi cela nous mènerait-il ?

Elle le regarda bien en face, et observa la beauté élégante et classique de cet homme de bonne famille, durcie par ses années de service dans la Marine.

— Tu pars pour la Californie, et moi je vis à New York. Ce n'est pas comme si nous avions une vraie relation, nous ne sommes que des connaissances professionnelles qui se sont laissé emporter. Rien qui vaille la peine qu'on chamboule nos vies.

Secouant ses longs cheveux, elle ouvrit la porte du bureau.

Jason posa une main contre le chambranle, l'air surpris.

— Tu m'envoies sur les roses ?

Apparemment, on ne disait pas souvent non à Jason Reagert. D'ailleurs, elle-même avait été drôlement prompte à lui céder. Mais elle comptait bien changer d'attitude, à partir de cette minute.

— Je suis juste réaliste, Jason.

Elle le regarda droit dans les yeux, le menton levé, car Jason faisait une bonne tête de plus qu'elle.

Plus tard, quand il serait loin, elle irait se terrer dans son joli appartement de l'Upper East Side. Ou, mieux, elle se réfugierait au musée d'Art moderne toute la journée, pour se plonger dans le monde de ses œuvres préférées. Son métier de graphiste était tout pour elle, il fallait qu'elle garde cela en tête. Cette société, fondée grâce à l'héritage inattendu que lui avait légué sa chère tante Eliza, était sa grande chance de réaliser ses rêves. Et de prouver à sa mère qu'elle n'avait pas besoin d'épouser un homme riche pour assurer son avenir. Elle valait mieux que cela.

Il était hors de question de laisser un homme la détourner de son objectif.

Enfin, Jason hocha la tête.

— D'accord, si c'est vraiment ce que tu veux.

Il replaça une mèche de ses cheveux derrière son oreille, et caressa sa joue.

— Au revoir, Lauren.

Son visage, solennel et implacable, lui évoqua un portrait de maître hollandais.

Veste sur l'épaule, il se retourna d'un mouvement viril et élégant, et elle faillit l'appeler pour le retenir.

Lorsqu'elle avait appris qu'il quittait New York, elle avait ressenti, à sa grande surprise, une pointe de regret. Mais ce n'était rien comparé à la douleur qui la tenaillait, maintenant qu'elle le regardait passer la porte.

- 1 -

San Francisco, aujourd'hui

En quittant New York, Jason avait cru pouvoir oublier aisément Lauren Presley. Mais la tâche s'était avérée bien plus ardue que prévu. Toutefois, jusqu'à il y a une minute, il avait essayé de toutes ses forces.

Dans le bar où il se trouvait, le bruit des verres qui s'entrechoquaient, le brouhaha des conversations animées et la musique tonitruante des années 1980 lui parurent soudain assourdissants. Il leva les yeux de l'image qui venait de lui parvenir sur son téléphone pour regarder la jeune femme avec laquelle il flirtait depuis une demi-heure. Puis il revint vers la photo, montrant Lauren Presley en train de fêter la nouvelle année.

Une Lauren Presley enceinte, indiscutablement.

Il n'était pas souvent à court de mots, lui qui se targuait d'être un grand publicitaire. Pourtant, à cet instant, rien ne venait. Peut-être parce que son cerveau était soudain empli d'images de cette rencontre impulsive dans le bureau de Lauren. Leur aventure inattendue — et inoubliable — avait-elle engendré un bébé ?

Difficile à dire. Durant ces quatre derniers mois, il n'avait pas repris contact avec Lauren, mais elle ne l'avait pas appelé non plus. Encore moins pour lui annoncer une grossesse.

Il cligna des yeux, et eut de nouveau conscience du lieu où il se trouvait. Les murs roses ornés de miroirs jetaient une lumière douce sur la photo, qu'un ami new-yorkais venait de lui envoyer. Il s'efforça de garder un air neutre pendant qu'il réfléchissait à ce qu'il devait faire. Comment allait-il prendre contact avec Lauren ? Pour sûr, elle avait été prompte à le bouter hors de sa vie, la dernière fois qu'ils s'étaient vus.

Un type qui dansait le bouscula, et Jason s'empressa de cacher l'écran de son téléphone à la clientèle qui se massait dans le bar à cocktails de Stockton Street.

Le Rosa Lounge était un lieu à la fois pittoresque et raffiné, avec son bar de marbre blanc, ses hautes tables de verre teinté et ses chaises noires de bois laqué. Puisque le lieu n'était qu'à quelques enjambées de Maddox Communications, les employés s'y réunissaient souvent, notamment quand ils remportaient un gros marché ou terminaient une campagne majeure.

Cette réunion était donnée en son honneur, se rappela-t-il en serrant son téléphone. Quel moment mal choisi pour être le centre des attentions !

— Allô, Jason ? Ici la Terre.

Celia Taylor claqua des doigts devant son visage, un martini citron vert dans son autre main.

Tant bien que mal, il reporta son attention sur la jeune femme. Elle était publicitaire chez Maddox Communications, elle aussi. Dieu merci, il n'avait pas encore entamé sa bière. Ce n'était pas le moment d'avoir l'esprit embrumé par l'alcool.

— Oui, pardon. Je suis là.

Il rangea le téléphone dans la veste de son costume Armani. Mais il eut l'impression que la photo le brûlait à travers l'étoffe.

— Je t'offre un autre verre ? proposa-t-il.

Il avait été sur le point de lui offrir davantage — un dîner en tête à tête — au moment où son téléphone avait vibré. La technologie s'invitait parfois à de drôles de moments.

— Non, ça ira, dit Celia en tapotant son ongle verni contre son verre. Ce doit être un mail professionnel très important. Je pourrais me sentir insultée par le fait que je n'ai pas toute ton attention, mais, en réalité, je suis juste jalouse que ce ne soit pas mon téléphone qui sonne.

Elle rejeta sa chevelure d'un roux flamboyant par-dessus son épaule.

Une rousse. Aux yeux verts.

Comme Lauren.

Eh bien, il s'était bercé d'illusions en croyant avoir réussi à chasser Lauren de ses pensées ce soir ! Au contraire, il avait jeté son dévolu sur la seule rousse de la pièce. Bien sûr, Lauren avait des cheveux auburn, plus foncés, et des courbes plus voluptueuses. Courbes qui l'avaient rendu fou quand il les avait explorées…

Il posa sa bouteille un peu brusquement sur la table ; sa décision était prise. Il fallait qu'il soit fixé, et vite.

Mais il ne voulait pas non plus se mettre Celia à dos. C'était une femme sincèrement gentille, qui n'arborait un air dur que pour être prise au sérieux dans son travail. Elle méritait mieux que d'être le substitut d'une autre femme.

— Désolé de t'abandonner, mais il faut vraiment que je rappelle cette personne.

Elle pencha la tête sur le côté, et fronça le nez, l'air dérouté.

— Oui, bien sûr, dit-elle avec un haussement d'épaules. On se voit plus tard.

Elle agita la main puis se dirigea vers un autre collègue, Gavin.

Jason se faufila sur le côté de la foule de cadres en costume, cherchant le meilleur moyen de filer pour passer quelques appels.

Malheureusement, quelqu'un l'agrippa par l'épaule. Il se retourna et se retrouva face aux deux frères Maddox, dirigeants de Maddox Communications. Brock, le P-DG, et Flynn, son vice-président.

Ce dernier fit signe aux employés de se joindre à eux, puis leva son verre.

— A l'homme de la soirée, Jason Reagert ! Félicitations pour avoir décroché le contrat Prentice. Tu fais la fierté de Maddox Comm.

— A notre prodige, ajouta Asher Williams, le directeur financier.

— Reagert est un champion, renchérit Gavin.

— Imbattable, commenta Brock, pendant que son assistante, Ella, levait aussi son verre.

Jason sourit pour préserver les apparences. Avoir décroché un contrat avec le groupe Prentice, plus grand vendeur de vêtements du pays, était sans nul doute un joli coup, mais qui n'était pas seulement dû à son talent. Quand Jason était arrivé en Californie, à l'automne, Walter Prentice venait de laisser tomber sa précédente agence publicitaire pour violation de clauses morales.

La raison ? Le publicitaire en charge de sa campagne avait eu le tort de fréquenter une plage nudiste.

Prentice, ultraconservateur, avait la réputation de renvoyer les gens pour un rien. Un cadre qui sortait avec deux femmes en même temps avait également fait les frais de sa rigidité morale, se rappela Jason en jetant un regard vers Celia.

Brock plongea un morceau de *quesadilla* au porc dans une sauce à la mangue. Ce bourreau de travail avait manifestement sauté le déjeuner.

— J'ai parlé avec Prentice aujourd'hui, et il a tenu à chanter tes louanges. C'était très malin de lui raconter tes souvenirs de guerre.

Jason était sur les charbons ardents, il n'avait qu'une idée en tête : sortir d'ici. Et puis, il n'avait pas partagé ces histoires de militaires pour se mettre en avant. Il s'était juste découvert un point commun avec le neveu de Prentice, qui avait servi dans la Marine à peu près au même moment que lui.

— Je ne faisais qu'entretenir la conversation avec un client, dit-il.

Flynn leva de nouveau son verre.

— Tu es un héros, mon gars. La façon dont tes camarades et toi avez affronté ces pirates… c'était épique.

Après son diplôme universitaire, il avait donné six ans de sa vie à la Marine. Il avait été rattaché à une équipe de forces spéciales en qualité d'officier plongeur, avec une spécialité en déminage. Bien sûr, il avait contribué à capturer quelques pirates, et avait sauvé quelques vies, mais ni plus ni moins que ses compagnons d'armes.

— Je ne faisais que mon travail, comme tout le monde.

Brock termina sa *quesadilla* avant d'ajouter :

— Prentice te tient vraiment en haute estime. Tiens-toi à carreau dans ta vie personnelle, et tu iras loin, grâce à lui. Ce gros contrat ne pouvait pas mieux tomber, surtout avec Golden Gate Promotions qui nous surveille de près.

Golden Gate était leur principal concurrent. C'était aussi une agence familiale cotée, toujours dirigée par son fondateur, Athos Koteas. Jason mesurait bien la menace que ce rival représentait. Son emploi chez Maddox était tout pour lui. Il ne laisserait rien ni personne gâcher cela.

Dans sa poche, son téléphone vibra de nouveau. Son ami lui envoyait-il une autre photo ? Aussitôt, l'image de Lauren enceinte s'imposa à lui. Certes, il aimait les enfants, et il en voulait.

Un jour.

Flynn approcha, coupant court à ses réflexions.

— C'est un sacré coup de maître, d'avoir présenté un projet gagnant après que ce tocard a été viré.

— Oui, ajouta Brock, le sourire narquois. Ce n'était pas malin de sa part d'avoir traîné sur cette plage en nu intégral.

Parmi les employés de MC, les rires fusèrent. Jason tira sur le col de sa chemise, car il se rappelait que Walter Prentice avait, selon la rumeur, déshérité sa propre petite-fille parce qu'elle avait refusé d'épouser le père de son enfant. Prentice appliquait dans sa vie le slogan de sa compagnie : *La famille avant tout.*

Seule la compétence professionnelle devrait compter,

bon sang ! se dit Jason. Chez Maddox Communications, on le surnommait déjà le *golden boy*, un titre qu'il avait obtenu grâce à son dur labeur, et qu'il ferait tout pour garder. Le mot-clé de sa réussite ? Le *travail*. Il s'était démené comme un fou pour se hisser au sommet, bien décidé à décoller l'étiquette de fils de bonne famille qui l'avait poursuivi si longtemps. Par conséquent, il était hors de question qu'un geste impulsif, commis quatre mois plus tôt, gâche son succès bien mérité.

Il avait refusé de rejoindre le groupe publicitaire de son père, et avait bénéficié d'une bourse du Rotary Club de la Marine pour financer ses études. Après avoir effectué ses six ans de service, il s'était lancé seul dans le monde de la publicité. Au début de sa carrière, à New York, il avait encore senti l'ombre de son père planer sur lui. Ce poste à San Francisco lui avait permis de mettre un pays entier entre sa famille et lui.

A cet instant, il trouva la solution à ses problèmes.

Dès qu'il serait sorti de ce bar, il prendrait le vol de nuit pour New York. Demain matin, il serait sur le seuil de Lauren Presley, et s'expliquerait avec elle, face à face. Si ce bébé était bien le sien, Lauren devrait venir en Californie, tout simplement. Ainsi, toutes les éventuelles rumeurs seraient étouffées.

Car il la présenterait comme sa fiancée.

Le vent glacial de janvier dissuadait la plupart des gens de mettre le nez dehors. En temps normal, Lauren serait restée chez elle, bien au chaud, pour soigner ses nombreuses plantes. Mais le froid aidait à calmer ses nausées. Aussi s'affairait-elle sur le toit de son immeuble, et vérifiait-elle l'entretien du jardin dont elle s'occupait depuis quelques années.

S'agenouillant, elle resserra une bâche de plastique le long des bords d'une jardinière, au son des moteurs vrombissants et des klaxons qui annonçaient le réveil de la Grosse Pomme. En hiver, la ville revêtait les tons neutres d'une peinture d'Andrew Wyeth, un monde fait de blancs et de noirs, de gris et de bruns. Le béton glacé la piquait à travers son jean, et une brise froide venant de l'East River l'envahissait. Pour se réchauffer un peu, elle serra son manteau de laine, et plia ses doigts engourdis dans ses gants de jardinage.

Elle avait le ventre noué, et ce n'était pas seulement dû à la grossesse.

Elle venait de recevoir un appel affolé de son amie Stephanie, l'informant que son mari avait envoyé à Jason une photo d'elle, prise lors du réveillon de la nouvelle année, la semaine dernière. Une photo sur laquelle sa grossesse était évidente.

Et maintenant, Jason était en route pour New York.

Aucune bouffée d'air froid n'arriverait à contenir la nausée qui l'envahit cette fois. Son monde était en train de s'écrouler. Jason était sur le point de lui demander des explications concernant le bébé dont elle n'avait pas réussi à lui parler, et qui devait naître dans cinq mois. Et pour couronner le tout, sa société était au bord de la faillite.

Elle s'adossa à la fontaine de béton. De l'eau avait gelé à la base, et des stalactites ornaient la crinière du lion de pierre. Une semaine plus tôt, elle avait appris que son comptable, Dave, avait profité de ce qu'elle était en congé maladie pour détourner un demi-million de dollars. Elle ne l'avait découvert que lorsqu'elle avait engagé une comptable intérimaire pour remplacer Dave, parti en « vacances ». Maintenant, tout ce qu'elle savait, c'était qu'il ne reviendrait pas de l'île paradisiaque sur laquelle il s'était réfugié grâce aux fonds qu'il lui avait volés. Les autorités avaient peu d'espoir de le retrouver — lui ou l'argent dérobé.

Elle posa la main sur son ventre. Ce futur enfant était totalement dépendant d'elle, et elle avait gâché sa vie en beauté. Quel genre de mère serait-elle ? Le genre lâche, à se cacher sur les toits.

En l'espace de quelques mois, tant de choses avaient changé ! La palette de couleurs du printemps et de l'été lui manquait, mais son œil d'artiste appréciait l'austérité monochrome d'un paysage hivernal.

Elle entendit la porte du toit grincer, une seconde avant qu'une longue ombre ne s'étende au-dessus d'elle. Avant même de lever les yeux, elle sut.

Jason était là. Il était inutile de reporter leur confrontation plus longtemps.

Elle regarda par-dessus son épaule et ressentit… un frisson d'excitation.

La longue silhouette de Jason se mariait bien avec le décor froid. Sa carrure athlétique, ses cheveux bruns balayés par le vent le rendaient encore plus impressionnant. Il se tenait là, immobile et implacable.

Elle se détourna et rangea ses outils de jardin dans leur sac.

— Bonjour, Jason.

Elle l'entendit approcher un peu plus, mais il ne répondit pas.

— J'imagine que c'est le portier qui t'a dit que j'étais là, bredouilla-t-elle.

— Tu devrais être plus prudente, dit-il en s'agenouillant à côté d'elle.

— Et toi, tu ne devrais pas espionner les gens.

— Et si ce n'était pas moi qui étais arrivé ? Cette porte craque très fort, et pourtant tu étais plongée dans un autre monde.

— C'est vrai, tu as raison. J'étais… préoccupée.

Par son arrivée imminente, par le bébé, et par le fait qu'elle avait embauché un escroc. Elle qui avait crié sur les toits qu'elle était prête à conquérir le monde !

Elle entendait d'ici ses parents désapprouver tout dans sa vie. Enfin, tout, sauf Jason. Il était exactement le genre de mari que sa mère, très mondaine, aurait choisi pour elle. Un homme de bonne famille, fortuné et séduisant.

Cela dit, presque toutes les mères seraient heureuses d'avoir Jason Reagert pour gendre. Mais Jason était également têtu, et autoritaire. Or elle avait acquis son indépendance trop durement pour envisager une relation avec lui. C'était sans doute pour cette raison qu'elle avait réussi à ne pas le contacter durant ces quatre derniers mois.

Elle serra le sac de jardinage contre elle.

— Qu'est-ce que tu fais ici ? Tu aurais pu te contenter de téléphoner.

— Toi aussi, tu aurais pu me téléphoner.

Il fixa son ventre une seconde, puis soutint son regard.

— Quand j'ai parlé avec un ami new-yorkais hier soir, il m'a dit que tu travaillais de chez toi parce que tu ne te sentais pas très bien. Est-ce que ça va ? Et le bébé ?

Voilà. Il venait de parler de leur bébé simplement. Sans dispute, sans cris. Elle qui avait souffert des relations tumultueuses de ses parents — avant et après leur divorce —, elle devrait se sentir soulagée. Pourtant, ses doigts tremblaient. Elle hissa le sac sur son épaule et se leva.

— J'ai juste des nausées, dit-elle en fourrant les mains dans ses poches. Le médecin dit que je vais bien. Je suis simplement plus productive en travaillant de chez moi. Le pire est passé.

— Je suis heureux de l'apprendre.

Les nausées avaient été handicapantes durant quelques mois. Confier ne serait-ce que les tâches courantes à d'autres avait été un déchirement, mais elle n'avait pas eu d'autre choix. Dommage que cela lui ait coûté autant d'argent, en fin de compte.

— J'ai commencé à retourner au bureau à mi-temps, la semaine dernière.

— Es-tu sûre d'être prête ? On dirait que tu as maigri.

Une lueur protectrice brillait dans ses yeux. Il prit une chaise en fer et la lui approcha.

Elle le regarda avec prudence avant de s'asseoir.

— Que sais-tu exactement sur cette grossesse ?

— Est-ce important ?

Il ôta son imperméable et le posa galamment sur ses épaules.

Le parfum familier de son après-rasage sur l'étoffe chaude était une trop grande tentation. Elle lui rendit le vêtement, parce qu'elle ne pouvait pas se permettre d'autres complications dans sa vie. Pas en ce moment.

— J'imagine que non, tu sais déjà l'essentiel.

Il s'approcha d'elle, le regard si intense qu'elle en eut des frissons, comme le soir où ils avaient fait l'amour.

Troublée, elle se força à regarder ailleurs.

— Merci de ne pas avoir mis en doute ta paternité, dit-elle.

— Je te dirais bien merci de m'avoir informé, mais tu ne m'as rien dit.

Il y avait une note de colère dans sa voix.

— J'aurais fini par le faire, se défendit-elle.

Du moins, avant que l'enfant termine ses études universitaires.

— Le bébé ne doit naître que dans cinq mois, fit-elle valoir.

— Je veux faire partie de la vie de mon bébé, à chaque instant. A partir de maintenant, nous allons veiller sur lui ensemble.

Elle lui jeta un regard étonné.

— Tu reviens à New York ?

— Non.

Il remonta le col de son manteau. Son visage hâlé prouvait qu'il s'était déjà habitué aux températures plus clémentes de la Californie.

— Allons poursuivre cette conversation chez toi.

Ce fut à cet instant qu'un soupçon s'infiltra en elle.

— Tu ne reviens pas à New York, mais tu veux que nous élevions le bébé ensemble. Tu ne t'attends tout de même pas à ce que je vienne vivre à San Francisco ?

Le silence de Jason confirma ses doutes.

— Je ne vais nulle part avec toi, assena-t-elle, la colère montant en elle. Ni dans mon appartement ni en Californie. Tu crois vraiment que je changerais de vie pour toi ? Que j'abandonnerais ma société dans laquelle j'ai mis tout mon cœur et toute mon âme ?

Si, du moins, il lui restait une société à diriger.

— Oui — le mot jaillit de sa bouche dans une bouffée de vapeur blanche et froide —, oui, je veux que tu viennes à San Francisco. Je veux que nous soyons ensemble pour élever le bébé. Qu'est-ce qui est plus important ? Ta société, ou ton enfant ?

Mais que croyait-il ? Elle voulait crier qu'elle avait fait passer le bien-être de son enfant en premier, et que cela lui avait peut-être coûté son entreprise. Oh, si c'était à refaire, elle agirait de la même façon. Elle regrettait juste de ne pas avoir confié ses fonds à une personne fiable, voilà tout.

— Jason, pourquoi es-tu si pressé ?

Elle reportait un peu de sa colère et de sa peur de l'avenir sur Jason, elle en était consciente.

— Le bébé ne naîtra pas avant des mois. Si tu me disais pourquoi tu es là ?

Son visage se ferma, masquant toute frustration, et il eut soudain l'air aussi glacial que le lion gelé de la fontaine.

— Je ne vois pas de quoi tu parles.

— Il doit bien y avoir une raison à cette soudaine détermination à m'emmener dans le même Etat que toi.

La brise siffla plus fort, étouffant presque les bruits de la rue.

— Ta mère a-t-elle été abandonnée par un pauvre type ? Une femme t'a-t-elle déjà fait un enfant dans le dos dans le passé ?

— Tu as une imagination débordante, dit-il en

riant. Je peux t'assurer que je n'ai vécu aucun de ces scénarios torturés dans mon passé.

Son rire était communicatif — et détournait son attention.

— Ce n'est pas une vraie réponse.

— Je ne suis pas là pour me disputer avec toi.

Il avança, et son parfum frais taquina ses sens déjà aiguisés par la grossesse.

La chaleur qui émanait de lui, en contraste avec le froid amer, était réconfortante. Elle avait tant envie de se blottir contre son torse, de sentir ses muscles ondoyer sous ses mains. Une onde de chaleur se propagea rapidement au creux de son ventre, comme toujours quand il était près d'elle, et encore plus maintenant qu'elle savait à quel point le sexe pouvait être magique entre eux.

Elle avança les mains vers lui pour le repousser, mais s'arrêta à quelques centimètres de son torse. Si elle le touchait, elle craignait de finir dans ses bras.

— Tu vas trop vite pour moi. J'ai besoin de temps pour réfléchir.

— Eh bien, j'ai quelque chose pour t'aider à te décider.

Il glissa une main dans sa poche et en sortit un écrin de velours noir. Quand il en ouvrit le couvercle, elle resta interdite devant son contenu.

Un anneau de platine, surmonté d'un diamant.

- 2 -

Tenant toujours l'écrin dans sa main, Jason attendait la réponse de Lauren. Faire ouvrir une bijouterie en dehors des horaires normaux avait été un vrai défi, mais il l'avait relevé, juste à temps pour attraper le vol de nuit.

La stupéfaction de Lauren n'était pas bon signe, mais il avait l'habitude de surmonter les obstacles. Le vent agita les feuilles sèches sur le sol. Le temps était si froid, si différent de la soirée estivale durant laquelle ils avaient passé des heures à travailler, dans le bureau de Lauren. Cette fameuse soirée…

Il lui tendit le bijou, conscient qu'il se montrait impatient, mais son temps était compté.

— Alors ? Quel est le verdict ?

— Eh, pas si vite !

Elle écarta ses longs cheveux raides de son visage et poussa un long soupir.

— Je suis encore sous le choc de ton idée de m'emmener en Californie, et maintenant, tu ajoutes une bague de fiançailles dans l'histoire ?

— Est-ce que j'ai l'air de plaisanter ?

Le soleil matinal se reflétait sur le solitaire de trois carats.

— Tu t'attends vraiment à ce que je t'épouse juste

parce que je suis enceinte ? s'exclama-t-elle, laissant tomber son sac au sol. C'est d'un archaïsme !

A vrai dire, il n'avait pas pensé au mariage. Il songeait davantage à des fiançailles, pour faire taire toute rumeur. Elle aussi pourrait souffrir de ces rumeurs éventuelles, d'ailleurs. Mais s'il lui avouait ses pensées de but en blanc, il doutait que son plan fonctionne.

— Si le fait d'accepter un mariage va trop vite pour toi, je me contenterai de fiançailles, à l'essai.

— A l'essai ? Tu perds la tête, et moi je suis en train de geler sur place. Mais tu as raison sur un point. Nous devrions poursuivre cette conversation chez moi.

Il empoigna le sac de toile qu'elle avait laissé derrière elle et la suivit dans l'escalier menant au troisième étage. Cet immeuble était sûr, selon les normes new-yorkaises, mais, étrangement, cela ne lui semblait plus suffisant. Et puis, où un enfant pourrait-il jouer, dans un appartement avec une seule chambre ?

Il avait eu beaucoup de temps pour réfléchir dans l'avion, et il avait à présent une certitude : il ne voulait pas être un père à distance. Il voulait être là pour son enfant. Certes, il travaillait beaucoup, mais il ne serait pas comme son propre père, qui s'était attendu à ce que son fils lui ressemble en tout point, sans pour autant passer assez de temps avec lui pour le connaître réellement.

Il fallait qu'il persuade Lauren d'aller en Californie, et pas seulement à cause du contrat Prentice. Il rangea la bague dans sa poche — pour l'instant.

Lauren ouvrit sa porte d'entrée. Son appartement reflétait sa personnalité, vivante et chaleureuse. Avec ses fleurs, ses plantes et ses cadres en tissu coloré, il était comme une oasis au cœur de l'hiver. Chaque espace était peint d'une couleur différente — le salon, jaune vanille, et la cuisine, vert olive.

Et une touche de rose apparaissait par la porte entrouverte de sa chambre. Il était déjà venu chez elle, mais n'avait jamais vu sa chambre. Une situation à laquelle il comptait bien remédier.

Il posa le sac sur la console de l'entrée, et la suivit à l'intérieur.

— Lauren, nous étions amis pendant des mois, et nous sommes manifestement attirés l'un par l'autre. Peux-tu honnêtement dire que tu n'as jamais envisagé un avenir entre nous ? dit-il en fixant son ventre.

— Jamais.

Elle accrocha son manteau sur un portemanteau constitué de poignées de porte anciennes montées sur une planche de bois.

— Maintenant, pourrais-tu en venir au fait, s'il te plaît ? dit-elle. Nous pourrons parler des considérations techniques plus tard, après la naissance du bébé, mais pour l'instant, il faut que je me prépare à aller travailler.

— Eh bien, avec toi au moins, les hommes ne risquent pas de voir leur ego croître démesurément.

Cela ne semblait pas le meilleur moment de faire allusion à la vitesse à laquelle elle l'avait jeté hors de son bureau, quatre mois plus tôt. Et puis, elle semblait épuisée. De petites rides de fatigue marquaient son front.

— Tu es sûre que tu vas bien ? s'enquit-il.

— Très bien, affirma-t-elle en se dirigeant vers la cuisine.

Mais elle avait hésité une seconde de trop pour qu'il soit convaincu.

Il épia ses mouvements tandis qu'elle se versait un verre de lait. Ses cheveux auburn se balançaient le long de son dos, et il eut envie de les toucher, pour savoir s'ils étaient aussi doux que dans son souvenir.

— Il y a quelque chose que tu ne me dis pas, insista-t-il.

— Je te promets que le bébé et moi sommes en parfaite santé.

Elle leva un verre comme pour porter un toast, en lui tournant toujours le dos.

Elle lui cachait quelque chose, il en mettrait sa main au feu, mais il sentait aussi qu'elle n'allait rien lui dire de plus maintenant. Mieux valait s'en tenir là pour l'instant, et plaider sa cause plus tard.

Il était un homme de communication, après tout. Il savait quand et comment présenter une idée, et pour l'instant il fallait attendre. Le bon moment viendrait.

Il sortit l'écrin de sa poche et le posa sur le comptoir de bois.

— Garde-la pour l'instant. Nous n'avons pas à nous décider aujourd'hui.

Elle fixa la boîte comme si elle contenait un serpent venimeux.

— Je sais déjà qu'il est hors de question que je me fiance avec toi, et encore moins que je t'épouse.

— Je comprends. Garde-la pour notre enfant, au moins.

Se tournant vers lui, elle s'appuya contre le comptoir. Son T-shirt parsemé de taches de peinture s'étirait sur son ventre arrondi. Et ses seins épanouis.

— Tu sembles sûr que ce sera une fille.

Il fixa son ventre, et ressentit une étrange émotion

quand l'image d'une petite fille aux boucles rousses emplit son esprit. Le bébé était bien réel, et grandissait en Lauren à quelques centimètres de lui. Il avait à peine eu le temps d'assimiler l'idée qu'il allait être père. Ses mains brûlaient de toucher son ventre, d'explorer son nouveau corps.

Pour sentir le bébé donner des coups de pied ?

A cette idée, il eut soudain la gorge nouée.

— Ce pourrait être un garçon, qui un jour aura besoin d'une bague de fiançailles pour l'offrir à une fille, argumenta-t-elle.

Lorsqu'elle pencha la tête sur le côté, ses cheveux soyeux glissèrent sur sa poitrine.

— Tu veux un garçon ? Il semble que la plupart des hommes préfèrent avoir un garçon en premier.

— Est-ce ainsi que les choses étaient avec ton père ? demanda-t-il.

Son propre père avait sans nul doute voulu une mini-version de lui-même, quelqu'un pour imiter chacun de ses gestes, de ses décisions, de ses pensées. Mais elle ne voyait pas en quoi cela importait.

— Il ne s'agit pas de mon père, dit-elle d'un ton cassant qui le surprit.

— D'accord.

Il céda à la tentation de caresser une mèche de ses cheveux, puis retira sa main avant qu'elle puisse protester.

— La grossesse te rend encore plus belle, mais tu sembles fatiguée. Et je crois que tu dois partir travailler.

Il déposa un baiser sur son front, résistant à l'envie de s'attarder, et se dirigea droit vers la porte.

— Au revoir, Lauren. Nous parlerons plus tard.

Il sortit dans le couloir, le visage confus de Lauren gravé dans son esprit.

Il avait bien fait de reculer pour l'instant, et de la laisser s'interroger, se félicita-t-il. Elle était désarçonnée, et il pouvait jouer là-dessus.

Ce n'était pas parce qu'elle avait refusé sa proposition qu'il allait s'avouer vaincu. Quand il reprendrait le dernier vol pour San Francisco dimanche, Lauren l'accompagnerait. Il n'en doutait pas un seul instant.

Lauren ouvrit la porte de verre menant à ses bureaux, situés au quatrième étage. Ils n'étaient pas immenses, mais lui suffisaient. Derrière le bureau du réceptionniste, situé dans le hall d'entrée, se trouvait celui de sa comptable. Et fond du couloir, une salle de réunion jouxtait son propre bureau. La pièce dans laquelle Jason et elle avaient conçu leur enfant.

Elle avait l'estomac noué et, cette fois, ce n'était pas à cause de son état.

La petite boîte de velours semblait peser une tonne dans son sac — qu'elle avait confectionné elle-même avec un vieux sweat-shirt déniché dans un dépôt-vente. Si elle avait emporté le solitaire avec elle, c'était parce qu'elle avait prévu de donner rendez-vous à Jason pour le déjeuner, afin de lui rendre sa bague. Des fiançailles, quelle idée ridicule !

Elle avait déjà assez de problèmes à résoudre, de toute façon, comme, par exemple, trouver une façon de sauver son affaire de la faillite.

Franco, son secrétaire, lui tendit une pile de Post-it.

— Mademoiselle Presley, vos messages.

— Merci, Franco, dit-elle en s'efforçant de sourire.

Elle passa en revue l'épaisse pile de papiers. Des appels de clients potentiels, mais aussi de créanciers.

Franco se leva et lissa sa cravate.

— Avant que vous n'alliez dans votre bureau…

— Oui ? répondit-elle tout en ouvrant la porte.

Un parfum fleuri s'échappa aussitôt de la pièce.

— Elles ont été livrées il y a un instant, expliqua Franco avec un haussement d'épaules. Et…

Mais elle n'écoutait déjà plus, trop sidérée par ce qu'elle venait de découvrir : la pièce était remplie de plusieurs vases de roses blanches ornés de rubans blanc et bleu. Sur le bureau, elle aperçut une carafe de jus de fruits et un panier de muffins.

En se tournant vers Franco, elle distingua un mouvement près de l'accueil. Jason était adossé au mur, et la fixait avec des yeux incandescents. Comment avait-elle pu ne pas remarquer sa présence ? Et pourquoi Franco ne l'avait-il pas prévenue ?… A moins qu'il ait essayé et qu'elle n'ait pas compris.

Elle fit signe à Jason de la rejoindre dans son bureau.

— Viens. Autant que tu partages ce petit déjeuner avec moi.

Il avança lentement vers elle, avec la grâce féline d'un prédateur. Franco, la nouvelle comptable et deux étudiantes stagiaires les observèrent avec une curiosité non dissimulée.

— Je voulais m'assurer que la mère de mon enfant était bien nourrie, dit-il en glissant un bras autour de sa taille.

Bonté divine, il venait de crier leur relation sur tous les toits ! A ses employés, et aux trois clients qui patientaient. Ce qu'il pouvait être présomptueux !

— Le bébé et moi allons bien, merci.

Elle le poussa discrètement dans le dos.

— Puis-je te parler dans mon bureau, s'il te plaît ?

— Bien sûr, chérie, murmura-t-il avec un sourire charmeur qui fit glousser les deux stagiaires.

Elle ferma la porte de son bureau. Elle était seule avec Jason, songea-t-elle. Près de ce canapé turquoise qui lui rappelait tant de souvenirs.

Quand elle ouvrit les stores de métal blanc, le soleil inonda la pièce. Mais cela ne suffit pas à calmer sa colère.

— Qu'est-ce que c'était que ce petit numéro ?

— Je fais juste savoir aux gens que je tiens à toi et à notre enfant.

Il saisit un muffin aux myrtilles.

— Petit déjeuner ?

— J'en ai déjà pris un. Tu ne crois pas que tu aurais dû t'informer pour savoir si j'avais déjà parlé du bébé à mes employés ?

— Tu leur en as parlé, puisque tu as pris un congé maladie.

— Soit. Mais les clients qui étaient dans la salle d'attente n'étaient pas au courant, et c'était à moi d'annoncer la nouvelle quand je me serais sentie prête, enfin !

— Tu as raison, excuse-moi.

Il approcha le muffin assez près de son visage pour qu'elle puisse humer son parfum.

— Tu n'as pas envie d'y goûter ? Ils viennent de sortir du four.

Elle avait bien envie de lui dire ce qu'il pouvait faire de ses muffins. Malheureusement, elle mourait déjà de faim et, en regardant ces myrtilles gorgées de jus, et cette pâte délicieusement dorée, elle saliva d'envie. Si elle adorait son bébé, parfois, elle avait vraiment du mal avec ces hormones qui semblaient avoir un contrôle si puissant sur son corps.

Ce même déchaînement hormonal qui lui faisait monter les larmes aux yeux. Ces fleurs, ce petit déjeuner, c'était le genre de petits cadeaux qu'un futur père faisait à sa compagne, dans les couples normaux. Ces derniers mois avaient été si pénibles, sans le soutien d'un partenaire ! Elle n'avait même pas envie de penser à quel point ces mois à venir — ces années — pourraient être difficiles.

Pour l'instant, elle voulait juste savourer son muffin.

Elle avança malgré elle, jusqu'à ce qu'elle soit tout près de Jason. Ravalant ses larmes, elle respira les parfums mêlés de Jason, des roses et du gâteau. Tous sentaient divinement bon.

Jason prit un morceau de gâteau et le porta à ses lèvres. Elle les entrouvrit sans même réfléchir. Elle venait de lui céder, un peu comme elle l'avait fait sur ce canapé, quatre mois plus tôt.

Qu'y avait-il chez cet homme qui la faisait agir de façon si étrange ? Elle n'était pourtant pas impulsive, comme sa mère, si lunatique et si extravagante. Elle gardait le contrôle de ses émotions.

Sauf lors de cette mémorable soirée avec Jason.

Quand elle prit le morceau moelleux dans sa bouche, ses papilles explosèrent de plaisir. Jason suivit le tracé de sa lèvre inférieure, provoquant un tourbillon de désir en elle, jusqu'à ce que ses seins se durcissent sous sa robe de laine couleur chocolat. Elle se mit sur la pointe des pieds, à un murmure de sa bouche…

A cet instant, on frappa à la porte.

— Oui ? répondit-elle d'un ton impatient.

Elle ne bougea pas. Jason non plus, mais il la fixait d'un regard brûlant qui l'électrisa.

Les coups à la porte se répétèrent, plus insistants cette fois. Lauren s'éclaircit la voix.

— Oui ? Qu'y a-t-il ? demanda-t-elle en reculant, ne sachant pas vraiment à qui elle destinait cette question.

Jason eut un sourire malicieux et sexy, qui dévoila clairement ses pensées. Il voulait lui faire l'amour. Ici. Maintenant.

Elle s'efforça de reprendre contenance, puis ouvrit la porte.

C'était sa nouvelle comptable, qu'elle avait engagée pour se sortir de son bourbier. La dame d'âge respectable portait une pile de dossiers. Voilà ce qu'on pouvait appeler un retour brutal à la réalité.

— J'arrive dans cinq minutes, chuchota-t-elle.

Elle n'avait pas envie que Jason entende leur conversation.

La comptable serra les dossiers contre elle. Son regard acéré semblait dire qu'avec elle, aucun dollar ne serait détourné.

— Bien, bien. Nous pourrons revoir le plan financier préliminaire, j'ai dressé une liste des créanciers les plus pressants.

— Bien sûr.

Les nerfs à vif, elle risqua un regard vers Jason. Il fallait qu'elle le fasse sortir de son bureau.

— Jason, nous devons reporter cette discussion à plus tard. Ce soir, après le travail.

Mais c'était sans compter sur la perspicacité de Jason.

— Des créanciers ?

— Ce n'est pas ton problème, esquiva-t-elle.

La façon dont il bomba le torse lui était devenue familière, à force de travailler avec lui.

— Tu es la mère de mon enfant. Si quelque chose te concerne, c'est aussi mon problème.

Elle se tourna vers sa comptable.

— Je vous retrouve dans votre bureau dans cinq minutes.

Elle referma la porte et s'y appuya, faisant face à Jason. L'inquiétude sincère dans ses yeux la désarçonna. Elle était tellement sur la défensive ces jours-ci qu'elle avait oublié à quel point il pouvait se montrer attentionné et serviable.

L'année passée, plus d'une fois, elle l'avait vu prendre la défense d'autrui — un collègue injustement licencié, une femme harcelée par son ex-petit ami, notamment. Il avait même travaillé bénévolement pour une société, quand il avait appris que le fils du propriétaire avait besoin de soins médicaux très onéreux.

Jason Reagert était peut-être autoritaire et directif, mais il avait bon cœur. Pas étonnant qu'il ait servi dans la Marine durant tant d'années.

Elle pouvait bien lui avouer son problème, après tout. Si elle ne pouvait pas parler de cela à l'homme qui lui avait fait un bébé, à qui d'autre ?

— L'information sera bientôt publique quand j'aurai déposé plainte, alors, autant que tu sois au courant. Mon comptable précédent, celui que j'avais engagé avant cette dame, a détourné un demi-million de dollars de ma société.

— Quand ça ? demanda-t-il, l'air soucieux.

— Pendant que je travaillais de chez moi.

Elle alla s'asseoir sur le canapé, se sentant lasse tout à coup.

— J'avais des soupçons à propos de Dave juste avant d'être malade, et je comptais le renvoyer. Puis j'ai passé une semaine à l'hôpital, pour cause de déshydratation. J'étais soulagée quand il m'a donné sa démission. Je lui ai même accordé deux semaines de congés payés ! Trois jours plus tard, j'engageais une nouvelle comptable, celle que j'aurais dû embaucher à l'origine, mais que j'avais écartée parce qu'elle m'aurait coûté plus cher.

Elle haussa les épaules.

— J'imagine que l'on récolte ce que l'on sème.

Il s'assit à côté d'elle, sans la toucher. Sans l'oppresser, pour la première fois depuis son retour.

— Je suis vraiment navré.

— Moi aussi.

— Pas étonnant que tu aies semblé si préoccupée ce matin.

Il joignit les mains entre ses genoux, et sa Rolex étincela dans la lumière qui filtrait à travers les stores.

— Tu n'as pas besoin de ce genre de problèmes, surtout dans ton état. Laisse-moi t'aider.

Et elle venait de se dire qu'il ne l'oppressait pas ?

— Pas si vite, Jason. J'ai peut-être des soucis, mais je les réglerai.

— Il n'y a pas de mal à accepter de l'aide.

Il étendit le bras sur le dossier du canapé, l'enveloppant de sa chaleur et de son parfum, à défaut de ses bras.

— En fait, c'est pour ça que je suis venu. J'ai besoin de ton aide.

— A quel sujet ? demanda-t-elle d'un ton méfiant.

Elle ne savait trop que penser. Voulait-il sincèrement l'aider ? Ou souhaitait-il juste parvenir à ses fins, en habile homme d'affaires qu'il était ?

— Je suis nouveau chez Maddox Communications, et les temps sont durs. Aucun emploi n'est sûr.

Son regard semblait sincère.

— Je peux le comprendre, répondit-elle avec prudence.

— J'ignore ce que tu sais sur MC…

Elle n'avait jamais travaillé avec Maddox auparavant, mais, selon la rumeur, ils comptaient à leur actif de gros clients.

— Je sais que c'est une agence familiale. Dirigée par deux frères, c'est ça ?

— Exact. Brock Maddox est le P-DG, et Flynn, son vice-président. Le principal obstacle qui les empêche de dominer le marché de la côte Ouest, c'est Golden Gate Promotions.

Elle sentit sa tension se dissiper un peu. Elle était plus à l'aise maintenant qu'ils parlaient travail.

— Une autre agence familiale, si je ne m'abuse. Athos Koteas est encore aux commandes. Je n'ai pas travaillé avec lui, mais j'ai entendu dire que c'était un redoutable homme d'affaires. Absolument impitoyable.

— Mais il a du succès. C'est un immigrant grec qui a eu une réussite fracassante dans le pays. Ses connexions européennes lui ont donné une longueur d'avance, dans le contexte de crise actuel. Maintenant, il essaie de voler les clients de Maddox, dit-il, une lueur de colère dans les yeux. Il a fait courir certaines rumeurs, pour que MC paraisse indigne de confiance, et l'agence a perdu des affaires. Au grand dam de Brock.

— Tu regrettes d'être allé en Californie ?

— Pas du tout. Les choses vont mieux maintenant. J'ai amené quelques nouveaux clients, une grosse affaire en particulier. Mais ce client semble très conservateur. Tu as peut-être entendu parler de lui. Walter Prentice.

Elle ne put s'empêcher d'être impressionnée.

— Félicitations, Jason, c'est fabuleux. Avec Prentice, c'est le coup de ta carrière.

— Sauf que sa devise est « La famille avant tout ». Prentice a renvoyé son dernier publicitaire parce qu'il fréquentait une plage nudiste.

Secouant la tête, il retira son bras.

— Et il a déshérité sa petite-fille parce qu'elle a refusé d'épouser le père de son bébé.

Soudain, elle eut un affreux doute. Il ne pouvait tout de même pas suggérer… ?

— Tu veux me faire avaler qu'ils vont te renvoyer juste parce que ton ex-petite amie est enceinte ?

D'accord, elle n'avait jamais été sa petite amie. Mais tout de même.

— C'est une plaisanterie, dit-elle, s'adossant au canapé.

— Je suis on ne peut plus sérieux. Ce type nous offre une campagne d'un montant à sept chiffres, en ces temps économiques difficiles. Il a le droit de dicter ses règles et de choisir qui il veut.

Elle jeta un coup d'œil vers son sac, qui contenait la bague — une bague qui n'avait rien de romantique. Elle ne lui avait même pas été offerte de manière chevaleresque. Jason voulait juste garder son job.

Elle eut alors l'impression que son cœur était pris dans un étau de glace.

— Tu es ambitieux à ce point, conclut-elle.

— Pas toi ? rétorqua-t-il en se penchant vers elle. Toi et moi, nous sommes pareils. Nous voulons tous les deux prouver à nos familles que nous pouvons réussir sans leur concours. Alors, travaillons ensemble pour le bien de notre enfant.

— Laisse mes parents en dehors de ça ! protesta-t-elle sans réfléchir.

Mais son cœur était blessé, alors qu'elle ne devrait pas se laisser atteindre. Elle savait qu'il ne fallait rien attendre de Jason, non ? Il n'avait jamais été question de sentiments entre eux.

A dire vrai, elle préférerait mener une vie stable, sans débordements émotionnels. Une vie différente de celle de sa mère.

— Bien, concéda-t-il. Il ne s'agit pas de tes parents. Mais, en assurant notre avenir, nous assurerons celui de notre enfant. J'ai besoin que tu acceptes des fiançailles temporaires, jusqu'à ce que je termine la campagne Prentice. Je te donnerai l'argent dont tu as besoin pour remettre ton affaire à flot.

Elle ne put s'empêcher d'être intéressée. Une réaction instinctive qui l'inquiéta et qu'elle s'efforça de refouler.

— Je n'ai pas besoin de ton argent, affirma-t-elle, se levant nerveusement. J'ai juste besoin de temps.

— Appelle ça un prêt, si cela te met plus à l'aise. Un demi-million, c'est ça ?

Elle joua avec la bretelle de son sac, songeant au solitaire qui se trouvait à l'intérieur. L'offre financière de Jason donnait à tout ceci une horrible apparence.

— Tu sais ce qui m'aiderait vraiment à me sentir mieux ?

Il avança vers elle, calmement.

— Je t'écoute.

— Que tu prennes ton argent et que tu…

Mais il ne la laissa pas terminer.

— D'accord, d'accord, j'ai compris. Tu n'as pas envie de sauver ta société.

Furieuse, elle plongea la main dans son sac et en sortit la bague.

— Je ne veux pas que l'on me fasse la charité.

— Il ne s'agit pas de charité. C'est un marché que je te propose.

Elle lui tendit le bijou.

— Comment peux-tu être si certain que ce gros client saura que le bébé est de toi ? Nous pourrions garder le secret.

De nouveau, il la toisa d'un regard sans appel.

— Il est hors de question que je renie mon enfant ne serait-ce qu'un jour. Je suis peut-être ambitieux, mais il y a des limites. Celle-ci est non négociable.

Elle se passa une main sur le front.

— Cela fait trop de choses à la fois. Je ne sais tout simplement pas…

— Bien, laissons ce sujet de côté pour l'instant.

Il massa doucement ses épaules, un geste qu'elle trouva excitant, mais aussi apaisant. Elle était si tendue et anxieuse ces derniers temps que tout son corps était noué.

— De toute façon, nous avons d'autres soucis plus urgents, comme faire des projets pour le bébé. Je passe te prendre après le travail.

Elle tenta de ne pas s'abandonner à son étreinte réconfortante, et de ne pas céder à sa proposition.

— Penses-tu que pour une fois, tu pourrais demander plutôt qu'ordonner ? demanda-t-elle.

Avec douceur, il prit la bague et la posa sur le bureau. Puis il serra sa main, le premier vrai contact depuis la fameuse nuit qu'ils avaient passée ensemble.

— Que dirais-tu d'aller dîner après le travail ? proposa-t-il.

— Pour parler du bébé.

Il hocha la tête. Il la tenait toujours par les épaules, mais avec douceur cette fois, sans volonté de la dominer.

Elle aurait dû refuser. Mais il fallait bien qu'ils parlent, à un moment ou à un autre.

— Passe me prendre à 19 heures.

Tandis qu'elle le regardait sortir de son bureau, elle ne put s'empêcher de se demander si elle ne venait pas de commettre une erreur plus grande encore que le diamant contenu dans cette boîte.

- 3 -

Le téléphone coincé sous le menton, Lauren sauta sur un pied tout en tirant sur sa botte mauve.

— Bonjour, maman, dit-elle avant de s'asseoir sur le bord du lit. Qu'est-ce que je peux faire pour toi ?

— Lauren, ma chérie, je ne cesse de t'appeler, et tu ne décroches jamais, que ce soit à ton bureau, chez toi ou sur ton portable, babilla sa mère à mille à l'heure. Son accent Nouvelle-Angleterre était plus prononcé, ce qui signifiait qu'elle était sur les nerfs.

— Je commence à me dire que tu m'évites.

— Pourquoi ferais-je une chose pareille ?

Elle avait parlé à sa mère à peine deux jours plus tôt. Depuis, Jacqueline Presley lui avait laissé environ trente-sept messages. Lauren avait déjà du mal à gérer les humeurs de sa mère en temps ordinaire… mais ces temps-ci étaient loin d'être ordinaires.

— J'ignore ce que tu fais, Lauren, je ne sais rien sur toi ces derniers temps.

Sa mère marqua une pause. Pour respirer ? ou pour rassembler ses pensées ?

— As-tu parlé à ton père ?

Lauren réprima un soupir d'agacement. Son père était un sujet explosif qu'il valait mieux éviter.

— Non, maman, je n'ai pas accordé à papa une minute de plus de mon temps qu'à toi.

— Inutile d'être si cassante. Je ne sais pas pourquoi tu es si tendue. Parfois, tu es exactement comme la sœur de ton père, et elle a fini toute seule. Et obèse.

Exactement ce qu'elle avait besoin d'entendre, l'obsession de sa mère pour sa ligne. Lauren avait sans doute été la seule fille de dix ans sur la planète à connaître toutes les toiles de Botero. Et à les craindre.

— Je ne voulais pas te fâcher, maman.

Perchée au bord du matelas, elle remonta la fermeture d'une botte, puis de l'autre, et consulta l'horloge. Jason allait arriver d'une minute à l'autre. Elle avait à peine eu le temps d'enfiler une paire de leggings noirs et un long sweat-shirt en rentrant du travail.

— C'est la folie au bureau.

— Tu n'as pas à te tuer à la tâche pour essayer de prouver ta valeur à ta mère.

Un cliquetis métallique résonna dans l'écouteur. Jacqueline jouait sans doute avec la chaîne de ses lunettes.

— Je peux demander à ton père de te céder une part de ton héritage dès maintenant. Ou tu aurais simplement pu investir l'argent de tante Eliza, ce qui t'aurait assuré une confortable rente et permis de poursuivre ta vraie passion, la peinture.

Lauren sentit son cœur se serrer. Une réaction fréquente lorsqu'elle parlait avec sa mère, surtout quand celle-ci allait sur ce terrain…

— Tu pourrais être une artiste aussi douée que je l'étais, Lauren, si tu t'y mettais sérieusement.

Elle serra nerveusement son couvre-lit en satin

damassé. Sa débâcle professionnelle ne faisait que renforcer les arguments de sa mère. Elle se sentait nauséeuse tout à coup.

— Maman…

— Je serai en ville la semaine prochaine, coupa Jacqueline. Nous pourrions déjeuner ensemble.

Il ne manquait plus que cela. Une fois que sa mère était lancée sur le sujet de l'existence de Lauren et de tout ce qui n'allait pas dans la vie de sa fille venait toujours le moment où elle lui proposait une liste de tous les beaux partis qu'elle avait rencontrés récemment. Des hommes que Lauren adorerait, assurait-elle toujours. Des hommes comme Jason.

Sa mère allait faire une syncope quand elle apprendrait sa grossesse.

— Maman, j'ai été ravie de discuter avec toi, mais il faut vraiment que j'y aille, annonça-t-elle en se levant.

— Tu sors ce soir ?

Si elle démentait, sa mère continuerait à parler. Le mieux était d'être honnête.

— J'ai un dîner avec un associé. Un dîner professionnel.

— Je t'en prie, chérie, vas-y, va te faire belle. Et souviens-toi, le rose ne te va pas du tout. A plus tard !

Lauren raccrocha d'un geste rageur. Elle jeta le téléphone sur le lit, puis fit les cent pas en se tordant les mains, comme si cela pouvait dissiper sa colère.

Et sa douleur.

Après toutes ces années, elle aurait dû s'habituer. Sa mère était bipolaire, elle l'avait toujours su. Cette conversation n'aurait pas dû être si terrible, au regard de ses autres problèmes actuels. Mais elle savait que sa mère était tout près du point de rupture. Une contrariété, et elle basculerait dans une phase maniaque. Puisqu'elle refusait toute thérapie ces derniers temps, les hauts et les bas étaient plus extrêmes.

Le fait d'apprendre qu'elle allait devenir grand-mère constituerait plus qu'une contrariété pour Jacqueline Presley. Si l'on ajoutait à cela le détournement de fonds, qui sait comment elle allait réagir. Une chose était certaine, elle ne prendrait pas la nouvelle avec calme.

Comme elle passait devant un pot de fougères sous la fenêtre, Lauren arracha une feuille séchée. Quel effet cela faisait-il d'avoir une mère vers qui se tourner en cas de problème ? Elle posa la main sur son ventre en songeant à son enfant. Elle ferait tout son possible pour être un soutien pour lui, quoi qu'il arrive.

Si seulement elle pouvait avoir quelques semaines de répit. Pour reprendre ses esprits, pour faire des projets, et remettre sa vie sur les rails.

L'écrin noir attira son attention comme un aimant. Quand elle avait jeté son sac sur le lit, la boîte avait roulé sur le matelas. Elle avança, comme malgré elle.

La proposition de fiançailles temporaires de Jason tournait en boucle dans son esprit. Une offre tentante. Et dangereuse. Pouvait-elle risquer de partir en Californie, et de vivre tout près de lui pour une période indéterminée ?

D'un autre côté, avec sa vie à New York prête à imploser et sa grossesse, pouvait-elle se permettre de refuser ?

Jason jeta un regard à Lauren, qui se tenait à côté de lui, sur le siège passager. Ils se dirigeaient vers une petite ville à environ quarante minutes de New York. Elle avait l'air fatiguée mais sereine, la tête appuyée contre le dossier de son siège, son sac étrange posé dans son giron, contre son ventre légèrement arrondi.

Le ventre qui abritait leur bébé.

Il avait enfin réussi à avoir Lauren pendant quelques heures, et il comptait tirer le meilleur parti du temps qu'elle lui accordait. Il avait réfléchi à ses arguments et à la stratégie à adopter, et avait abordé cette soirée comme un contrat à décrocher absolument.

Oui, il préférait songer à la situation de façon logique, plutôt que d'analyser pourquoi il avait tant envie de la convaincre. Quand il pensait à l'escroc qui avait volé Lauren, il écumait de rage. Elle était si talentueuse ! Il l'avait vu dès leur premier rencontre.

Il serra le levier de vitesse de la luxueuse berline. Il ressentait soudain le besoin de faire plus que la protéger. Il voulait agir. Et ce besoin était plus fort que tout ce qu'il avait connu jusqu'ici, même durant ses années dans la Marine.

Cela dit, il aurait été plus facile de plaider sa cause si Lauren avait été réveillée. Elle s'était endormie comme un bébé avant même qu'ils sortent de la ville. Si elle ne se réveillait pas quand ils seraient parvenus à destination, il n'était pas sûr d'avoir le cœur de la réveiller. Avec tous les problèmes qui l'assaillaient, elle avait besoin de sommeil. Et reposée, elle serait sans doute mieux disposée.

Les lampadaires de style rétro qui bordaient la route projetaient de faibles halos de lumière, suffisants pour éclairer les petites boutiques et échoppes de la ville. Des flocons de neige tourbillonnaient devant les rayons de ses phares, et quelques rares voitures passaient de l'autre côté de la route à deux voies.

Soudain, la douce sonnerie du téléphone de Lauren brisa le silence. S'il sortait l'appareil de son sac, il craignait de la réveiller.

Elle s'agita, puis se réveilla en sursaut, en clignant rapidement des yeux. Elle empoigna son sac et sortit le portable au moment où la sonnerie s'arrêta. Quand elle lut le numéro affiché sur l'écran, elle sembla soucieuse.

— Il faut que tu rappelles cette personne ? demanda-t-il.

Elle secoua la tête et rangea le téléphone dans sa poche.

— Non, ça va. Je rappellerai plus tard.

— Si tu as des impératifs professionnels, je comprendrai.

— Ce n'est pas le travail.

Elle joua avec la bretelle de son sac ; visiblement, cet appel la préoccupait.

— C'est ma mère. Elle me téléphone. Très souvent.

A en juger par le ton de sa voix, elle n'appréciait pas ces appels. Mais au moins, sa mère et elle se parlaient. Lui n'avait pas adressé la parole à ses parents depuis que son père l'avait déshérité, affirmant que Jason avait brisé le cœur de sa mère en tournant le dos à tout ce qu'ils avaient fait pour lui. Mais il ne voulait pas songer à cela ! Il préférait se concentrer sur Lauren.

— Qu'a dit ta famille à propos du bébé ?

— Je ne leur en ai pas encore parlé, dit-elle en posant son sac par terre.

Il trouva cela étrange.

— Elle t'appelle, mais elle ne te rend pas visite ?

— Nous ne nous sommes pas vues depuis un mois. A ce moment-là, mon ventre ne se voyait pas encore.

— Ils vont bientôt être au courant. Si moi je l'ai su en étant à l'autre bout du pays… J'irai avec toi quand tu leur annonceras la nouvelle.

— Qui a dit que tu étais invité, monsieur Ego Démesuré ? dit-elle avec un rire narquois. Et puis d'ailleurs, ils sont divorcés.

Il ralentit quand ils approchèrent d'un virage, en prenant bien soin de ne pas dépasser la vitesse autorisée. Il avait un chargement précieux à bord.

— Je pensais que nous allions essayer d'unir nos forces, pour le bien du bébé.

— Je m'excuse.

Elle semblait sincèrement désolée et croisa les bras en regardant par la vitre. Des arbres se succédaient dans le quartier historique de la ville, devant les traditionnelles maisons de grès rouge cernées de clôtures blanches.

— Je suis perturbée par le travail, et je m'en prends à toi.

Il voulut lui rappeler qu'il pouvait régler ses problèmes professionnels en un éclair, mais il décida de ne pas tenter le diable. Il devait se montrer prudent.

— Tu n'espères tout de même pas cacher le fait que je suis le père du bébé ? Tes parents finiront par l'apprendre. S'ils doivent être perturbés, ce serait mieux de parer aux attaques. Nous leur annoncerons ensemble, en les prenant par surprise, puis nous partirons avant qu'ils aient une chance de poser des questions.

— Cela me semble très bien en théorie, mais les chances de réunir mes deux parents dans la même pièce sont proches de zéro. Et à la seconde où l'un d'eux sera au courant, il prendra son téléphone pour faire des reproches à l'autre.

Elle secoua la tête, en croisant et en décroisant ses jambes avec agitation. Ses bottes d'une étonnante teinte mauve attirèrent son regard, et éveillèrent son intérêt.

— C'est juste que je ne veux pas me mettre dans cette situation si je peux l'éviter, conclut-elle.

Il ne se rappelait pas qu'elle ait mentionné ses parents auparavant. Ils avaient surtout parlé de travail, et de la vie nocturne à New York. A bien y réfléchir, il avait toujours été attiré par Lauren, mais cela n'avait jamais semblé le bon moment pour eux. Quand il l'avait connue, elle était en couple. Puis, quand elle avait rompu, c'était lui qui n'était plus libre. C'était à peine s'il se souvenait de cette autre femme, à présent.

— On dirait que la séparation de tes parents t'a vraiment fait souffrir.

— Autrefois, peut-être. Mais je ne les laisse plus avoir ce genre de pouvoir sur moi.

— En es-tu sûre ?

Elle ne répondit pas et fixa son sac.

— Ce n'est pas parce qu'ils ont eu une relation conflictuelle que nous aurons les mêmes problèmes, observa-t-il.

Son regard se fit aussi glacial que la neige au-dehors.

— Et ce n'est pas parce que nous avons couché ensemble que tu peux prétendre lire dans mon esprit.

— D'accord, je l'ai mérité.

Plus que tout, ce qu'il préférait chez Lauren, c'était son cran. Maintenant qu'il y songeait, il aimait beaucoup de choses chez elle. Sa vivacité d'esprit, son ambition, et même son besoin de remplir le moindre mètre carré de son appartement avec de la végétation. Et puis la façon dont, malgré son apparente froideur, elle s'enflammait au moment où il s'y attendait le moins.

— C'est tout ? Tu renonces ?

Ses lèvres pleines affichèrent une moue adorable, ce qui lui donna envie de se pencher pour…

Non, encore une fois, mieux valait ne pas tenter le diable. Surtout quand il savait qu'il ne se contenterait pas d'un simple baiser.

— Tu m'as demandé de laisser tomber le sujet. Je fais ce que tu me dis.

Très précisément. Les détails étaient importants, quand l'enjeu était si élevé.

Il ralentit, car ils approchaient de leur destination, un petit restaurant rustique dont il avait entendu grand bien.

— Je t'ai vu à l'œuvre, dit-elle, le regard méfiant. Tu n'abandonnes jamais, tu changes juste de tactique. Souviens-toi quand tu es devenu fou de mon dessin à l'encre représentant un voilier, tu sais, celui que tu as voulu utiliser pour la publicité de ce parfum, alors que le client voulait un cow-boy et n'en démordait pas ?

Oui, maintenant, ce voilier était imprimé sur des milliers de flacons d'eau de toilette partout dans le monde — et le dessin original était chez lui, encadré dans son bureau. Mais tout cela était hors sujet.

— Il ne s'agit pas seulement de travail. Je veux que tu sois en paix et heureuse.

C'était assez honnête, et puisqu'il en était à dire la vérité…

— Et il s'avère que je te désire. Tu étais belle auparavant, mais maintenant, tu es absolument époustouflante.

— Du calme, Casanova, dit-elle, mais en souriant cette fois. Tu as déjà réussi à coucher avec moi.

— Cela fait longtemps.

Quatre longs mois, et pourtant, il n'avait pas réussi à l'oublier. Il avait même dû se forcer pour offrir un verre à une autre femme. Un verre, pour l'amour du ciel ! Même pas un dîner.

Contenant son irritation, il se concentra sur Lauren. Elle avait sorti son téléphone et tapotait sur le clavier.

— Ta mère ?

— Non, je vérifie l'historique des appels. Voyons voir… Quatre mois, et pas un seul appel de toi. Il ne semble pas que tu te consumes d'amour pour moi.

Avait-elle été furieuse qu'il ne lui ait pas téléphoné ? Il avait envisagé de la rappeler, mais elle avait été si prompte à le chasser de son bureau, ce soir-là. Peut-être l'avait-il mal comprise. Lui qui se piquait de savoir cerner les gens, cette fois, il ne verrait pas d'inconvénient à s'être trompé un peu.

Peut-être voulait-elle donner une suite à leur aventure sans lendemain ? Dieu sait qu'il avait désiré plus à ce moment-là, et qu'il voulait plus maintenant. Les effluves fleuris de son parfum taquinaient ses sens, et son corps voluptueux semblait si chaud… Certes, la grossesse compliquait les choses entre eux. Mais peut-être que le sexe les simplifierait de nouveau.

Un désir brut l'envahit soudain.

— Tu as été très claire sur le fait que nos projets d'avenir ne s'accordaient pas.

— Cela n'a pas changé.

— Tout a changé.

Le cuir de son siège craqua quand il se pencha vers elle.

Elle ne recula pas, et il constata que son regard émeraude était assombri de désir. Pourtant, il attendit, prenant le temps d'inspirer une bouffée de son parfum frais.

Il glissa un bras autour de ses épaules. Ce simple geste lui rappela la sensation de son corps contre le sien, de ses courbes épousant ses muscles.

Au prix d'un violent effort, il se retint de l'embrasser.

— Ce bébé éclaire d'un jour tout à fait nouveau les priorités, et plus tôt tu l'accepteras, plus tôt nous pourrons passer aux choses agréables.

Elle recula avec un soupir de frustration.

— Tu ne penses qu'à ça !

Il n'allait pas commettre deux fois la même erreur. S'il y avait une chance pour qu'elle veuille reprendre leur liaison, il n'allait pas tout gâcher en la pressant trop, ou en abandonnant trop tôt. Il comprit alors qu'il allait devoir la courtiser. En bonne et due forme.

Il releva son col, et sortit pour aller lui ouvrir sa portière.

— Mettons cette conversation en suspens pendant le dîner. J'ai une surprise pour toi.

Il ne doutait pas que le restaurant qu'il avait choisi pour elle la charmerait. Pourvu que son talent de persuasion soit suffisant pour influencer la femme insaisissable qu'elle était.

Les enjeux étaient trop importants pour envisager un échec.

*
* *

Quand donc avait-elle perdu la maîtrise d'elle-même ?

Lauren agrippa la rampe du perron de son immeuble, une maison new-yorkaise typique en grès rouge. Le dîner avec Jason avait été fabuleux. Le restaurant italien familial empli de plantes que Jason avait choisi l'avait totalement séduite. Situé dans une ancienne ferme, l'établissement était folklorique et chaleureux. Le fait que Jason ait remarqué qu'elle adorait les plantes la touchait. De toute évidence, il faisait des efforts.

Elle grimpa les marches, consciente qu'il la suivait. Bien sûr qu'il faisait des efforts, il voulait obtenir ce qu'il voulait. Et cela, il ne fallait pas qu'elle l'oublie. Jason Reagert était un homme ambitieux. Tout le monde dans le métier savait que rien ne pouvait l'arrêter quand il décidait quelque chose. Elle avait trouvé sa détermination admirable, en tant que collaboratrice et amie.

Mais maintenant qu'elle était devenue sa cible, elle révisait son jugement. Ce qui aurait pu être une soirée agréable et intime la perturbait, parce que cela lui donnait envie d'avoir bien plus. Une vraie vie de famille avec le père de son enfant.

Non. Elle n'était pas prête à aller si loin. La bague allait rester dans son sac encore quelque temps.

— Merci pour ce dîner charmant, dit-elle quand ils furent devant la porte d'entrée. Tu as réussi à me faire oublier tous mes problèmes financiers pendant quelques heures.

Il remonta son col. Ses cheveux brillaient sous la lumière des lampadaires.

— Tu as besoin de manger. Content d'avoir pu te rendre service.

— Tu ne vas pas utiliser ce que je viens dire comme argument pour me vendre tes fausses fiançailles ?

— Tu sais quelle est ma position. Qu'y a-t-il de plus à dire ?

Il la suivit dans le couloir. A l'évidence, il n'était guère pressé de prendre congé.

— Et avant que tu ne me plantes là, je vais te conduire jusqu'à ton appartement, pour m'assurer que tu ne risques rien.

— Pour mon bien ?

Elle désigna d'un geste l'entrée. Un couple discutait, et la vieille dame du 2A s'apprêtait à sortir son caniche. Aucun risque de se faire agresser, il y avait trop de témoins.

— Pour te protéger de ce méchant chiot, dit-il en souriant.

Sa barbe naissante lui donnait un air de mauvais garçon qui allait bien avec la lueur malicieuse dans ses yeux.

Avec un haussement d'épaules, elle se dirigea vers l'escalier, en essayant de ne pas songer à ce que ce serait de monter trois étages quand elle entrerait dans son troisième trimestre de grossesse.

— Dans ce cas, suis-moi.

— Je ne te demanderai pas de m'offrir un dernier verre ou quoi que ce soit. Cependant, si tu m'invites, je te porterai à l'intérieur pour une nuit que tu n'oublieras pas.

— J'avais oublié à quel point tu peux être persuasif.

— Et moi, je n'ai pas oublié combien tu sens bon.

Il la caressa du regard.

— T'ai-je dit à quel point j'aime ce parfum de fleurs

fraîches sur toi ? dit-il. Ce dîner signifiait autant pour moi que pour toi.

— Le dîner était agréable, et j'apprécie que tu aies choisi un si joli endroit pour me conquérir, mais je n'aime pas être manipulée. Je préférerais que tu sois honnête envers moi.

Ils parvinrent au troisième étage.

— J'oublie parfois que toi et moi travaillons dans le même domaine, dit-il en souriant.

— Sois franc avec moi, tout simplement.

— Je pense en être capable.

Pouvait-elle le croire ? S'appuyant contre sa porte, elle chercha à détecter dans ses yeux un signe, un indice qui lui révélerait un peu de ses pensées plus profondes et de ses sentiments. Elle y vit… un désir brûlant.

Ce n'était pas une surprise, mais cela la troubla tout de même plus que de raison. Ses propres émotions étaient un tel tourbillon qu'elle avait l'impression que le moindre bouleversement la mènerait au chaos. Sans réfléchir, elle retira des flocons de neige sur le col de Jason. Elle se sentit tressaillir à son contact. Son propre pouls s'accéléra aussitôt.

Elle était en train de commettre une erreur, elle le savait, mais alors qu'elle se demandait ce qui allait se passer ensuite, elle sentit un coup dans son ventre.

— Oh ! s'exclama-t-elle en sursautant.

Elle posa une main sur son ventre.

— Est-ce que ça va ? s'enquit-il, inquiet. Donne-moi ta clé, je vais ouvrir. Il faut que tu t'allonges.

— Non, ça va très bien.

Elle recula avant de succomber à la tentation de

s'appuyer contre lui. Les mouvements rapides du bébé la ramenèrent à la réalité.

— C'est simplement notre bébé qui s'exerce après ce fabuleux poulet à l'origan.

Il regarda son ventre. Et avança une main tremblante. Emue par sa soudaine timidité, elle n'eut pas le cœur de lui refuser cet instant magique.

— Tu veux le toucher ?

Il hocha la tête.

Elle lui prit la main, et la posa à l'endroit où elle avait senti le bébé bouger.

— Je ne suis pas sûre que tu pourras le sentir — c'est encore un peu tôt.

Et elle ne l'inviterait certainement pas à toucher son ventre nu. Aussitôt, une interrogation lui traversa l'esprit : serait-il présent aux rendez-vous chez le médecin ? Il était encore trop tôt pour y penser. Une chose à la fois.

— Attends, un peu à gauche, le guida-t-elle. Juste là.

— Je crois que je…

Il écarquilla les yeux.

— Oui ! Je l'ai senti !

— Parfois, je reste juste allongée dans mon lit, à sentir le bébé bouger. Et il peut se passer une heure sans que je m'en rende compte. C'est fou, non ?

— Je ne m'imaginais pas que cela pouvait être comme ça. Je n'ai jamais…

Il soutint son regard et, pour la première fois, ne chercha pas à masquer son émotion.

— Merci, dit-il.

Tous les bruits autour d'eux s'évanouirent, noyés par le bruit de son pouls qui battait dans ses oreilles.

Elle prit la main de Jason, sans trop savoir ce qu'elle avait envie de faire.

Perchée sur ses talons hauts, elle était presque à la même hauteur que lui. Il suffirait qu'il se penche un peu, ou qu'elle se mette sur la pointe des pieds… Un seul baiser. Rien de plus. Un simple… contact de ses lèvres sur les siennes. Elle sentait déjà son souffle sur elle, et elle avait tant envie qu'il l'embrasse. Pourquoi s'inquiéter de savoir si cela les mènerait plus loin ou non ?

Inexorablement, elle approcha, et lui mordilla la lèvre inférieure. Il gémit, puis lui donna le baiser espéré, à pleine bouche. Impossible de dire qui avait entrouvert les lèvres en premier, car le désir les submergea tous les deux.

Ils s'étaient embrassés dans son bureau avant d'atterrir sur le canapé. Mais cela avait été plus impulsif, moins personnel. Ce soir, après leur dîner, ce baiser revêtait un caractère merveilleusement romantique. Elle n'avait qu'une envie, s'abandonner et apprécier l'instant.

Elle caressa ses cheveux encore parsemés de flocons de neige.

— Lauren, murmura-t-il tout en déposant une pluie des baisers sur son visage, cela va un peu trop loin pour que nous restions dans un couloir. Si nous entrions ?

Le voulait-elle ? Un peu perdue, elle recula un instant pour le regarder dans les yeux.

A cet instant, la porte de son appartement s'ouvrit, la faisant sursauter. Aussitôt, Jason avança devant elle de façon protectrice. Elle sentit ses muscles se tendre sous ses mains, comme s'il était aux aguets, prêt à prendre sa défense.

Quand elle se retourna pour voir qui était chez elle, elle ne put s'empêcher de grimacer.

— Maman.

- 4 -

Lauren regarda sa mère, qui attendait dans l'embrasure de la porte, et tenta de ne pas céder à la panique. Combien de temps faudrait-il à ces yeux maternels perspicaces pour remarquer le ventre arrondi malgré le sweat-shirt trop large ? Comme elle regrettait maintenant de ne pas avoir informé ses parents plus tôt.

Mais les regrets ne résoudraient rien. Il fallait qu'elle trouve un moyen de gérer la situation. D'abord, elle allait déterminer l'humeur de sa mère, d'après la tenue qu'elle portait.

Jacqueline Presley avait toujours un style bien à elle, un étrange mélange d'extravagant, de classique et d'avant-garde. Elle portait son traditionnel tailleur Chanel — aujourd'hui, le violet —, mais associé à des bijoux fantaisie au thème animalier. Une famille de lézards en rubis grimpait sur un côté de sa veste. Sa cape émeraude aux franges argentées était encore drapée de manière désordonnée sur son bras, ce qui indiquait qu'elle venait d'arriver.

Comment avait-elle fait pour convaincre le gardien de l'immeuble de la laisser entrer ?

Lauren avait d'autres soucis plus urgents, de toute façon. Les vêtements de sa mère indiquaient qu'elle était dans une phase normale, mais ses cheveux ébouriffés, ses ongles rongés et ses mains tremblantes témoignaient d'une tendance maniaque. Bien sûr, c'étaient des signes mineurs, mais Lauren avait appris depuis longtemps à interpréter chaque détail, à lire les nuances, à se préparer à tout.

Tandis qu'elle cherchait quoi dire, Jason s'avança.

— Bonjour, madame Presley. Je suis Jason Reagert, dit-il en lui tendant la main.

— Reagert ? dit-elle, acceptant sa poignée de main. Etes-vous de la famille de J.D. Reagert, de Reagert Comm ?

Le sourire de Jason se figea.

— C'est mon père, madame.

— Oh, mais appelez-moi Jacqueline.

Elle lui prit le bras et l'attira vers le salon, sans même un regard pour Lauren.

Que diable se passait-il ?

Elle qui avait craint que sa mère ne remarque sa grossesse, voilà qu'elle l'ignorait totalement. Mais ce n'était guère étonnant, Jason représentait tout ce que sa mère désirait chez un gendre, songea-t-elle en refermant la porte.

Le rire de Jacqueline résonna dans la pièce au plafond voûté. Sa mère avait beaucoup de qualités, et elle pouvait être tout à fait charmante quand elle le voulait. Et durant les périodes où elle avait pris des médicaments, la vie avait été stable, heureuse. Lauren ne pouvait pas vraiment dire que sa mère ait jamais été « normale », car elle était d'un tempérament artiste et fantasque, mais, quand elle prenait soin de sa santé, ses excentricités étaient plutôt agréables.

Lauren espérait de tout cœur que sa mère était dans une de ces périodes.

Elle mit son sac contre son ventre et rejoignit Jason et sa mère, qui lui tournaient toujours le dos. Jason recula une chaise pour sa mère, à la table de la salle à manger. Elle aurait préféré s'installer plus confortablement dans le salon, mais d'un autre côté s'asseoir à une table lui permettrait de cacher plus facilement sa grossesse.

Jason avait-il pensé à la même chose ? La lueur aiguisée et vigilante dans ses yeux indiquait qu'il savait parfaitement ce qui se passait. Soudain, elle comprit. Jason la protégeait de sa mère. Voilà pourquoi il avait offert de prendre l'écharpe de cette dernière, et pourquoi il lui posait des questions sur son voyage. Il avait manœuvré pour que le ventre de Lauren ne soit pas visible, et avait accaparé exprès l'attention de Jacqueline…

Pourraient-ils vraiment s'en sortir sans que sa mère apprenne sa grossesse de manière brutale ce soir ? Cela semblait de plus en plus envisageable, car Jacqueline semblait enchantée de discuter avec Jason de son nouveau travail en Californie. Aucun d'eux ne jeta ne serait-ce qu'un regard vers Lauren. Jacqueline était même trop occupée à attirer l'attention sur elle pour jouer avec sa chaîne à lunettes.

Comme c'était étrange, d'avoir quelqu'un pour interférer entre sa mère et elle. Elle n'avait jamais connu cela — son père avait plutôt concentré son énergie à se cacher plutôt qu'à jouer les médiateurs. Lauren s'était fait une raison, au fil du temps. A présent, elle était une adulte.

Néanmoins, c'était bon de pouvoir respirer. Bien sûr, Jason ne lui offrait qu'un répit temporaire. Jacqueline finirait par apprendre la nouvelle, mais au moins dans des circonstances que Lauren choisirait.

Quinze minutes de conversation anodine plus tard, Jason serra la main de Jacqueline.

— Jacqueline, ça a été un plaisir de discuter avec vous. J'espère que vous ne me trouverez pas trop directif, mais je viens d'arriver de Californie exprès pour voir Lauren, et je dois repartir bientôt…

Sa mère tendit sa cape à Jason pour qu'il l'aide à la mettre sur ses épaules.

— Oh, je ne veux surtout pas déranger les deux tourtereaux. Je vais retourner à ma suite, au Waldorf.

S'enroulant dans sa cape, elle se tourna vers Lauren.

— Nous irons déjeuner, ma chérie, toi et moi, dès que ton ami retournera en Californie.

— Bien sûr, maman. Il faut vraiment que nous discutions.

— Je connais un endroit génial, qui sert toutes sortes de légumes biologiques. Cela t'aiderait à atténuer la rétention d'eau, ton visage est un peu bouffi.

Jacqueline se pencha pour l'embrasser sur la joue.

— Jason est une belle prise, chuchota-t-elle. Ne gâche pas tout cette fois, trésor.

Lauren ajusta son sac sur son ventre.

— Bien sûr, maman.

Elle n'avait aucune envie d'avoir une conversation avec sa mère sur le fait d'attraper une « belle prise », surtout devant Jason. Elle pouvait même laisser passer le commentaire « visage bouffi », si cela lui permettait de mettre un terme à cette visite. En y réfléchissant, sa mère verrait sans doute ce bébé comme une chance de ferrer ce beau poisson.

Lauren frissonna de dégoût, à l'idée que son bébé soit utilisé de la sorte.

Elle réprima son dégoût et regarda sa mère filer vers la porte avec un geste de la main par-dessus l'épaule, sans même se retourner, pendant que Jason l'escortait dans le couloir.

Une fois seule, Lauren s'affala sur sa chaise, et laissa tomber son sac sur le sol. Elle caressa la légère courbe de son ventre, et le bébé bougea sous sa main. Jamais elle ne considérerait son enfant comme un simple moyen de s'élever socialement.

Une larme roula jusqu'à son menton.

Voilà que ses hormones lui jouaient encore des tours. Elle ne s'était même pas rendu compte qu'elle pleurait. Quand elle entendit la porte grincer, annonçant le retour de Jason, elle essuya prestement ses yeux, en espérant avoir effacé toute trace de mascara.

— Je ne sais comment te remercier, dit-elle avec un sourire forcé.

— De quoi ? dit-il en s'asseyant.

— De t'être chargé de ma mère, et de ne pas avoir parlé du bébé ou de mes problèmes au travail.

— Je veux surtout te faciliter la vie, à toi comme à notre bébé.

Notre bébé.

Ces mots provoquèrent un frisson en elle. D'excitation, ou de peur ?

Elle songea à leur baiser dans le couloir, à la rapidité avec laquelle elle pourrait atterrir droit dans ses bras, dans son lit. Jason avait le don de lui faire perdre le contrôle, et cela l'effrayait plus que tout.

Elle joignit les mains pour s'empêcher de le toucher.

— Tu as été génial. Vraiment. Le fait que tu sois venu ici dès que tu as su pour le bébé, le dîner, la façon dont tu as géré maman. Je t'en suis reconnaissante.

Et il avait fait bien d'autres choses encore, cependant, elle ne pouvait oublier ces mois de silence. Tôt ou tard, il faudrait qu'ils parlent de cette nuit. Cela lui semblait moins difficile maintenant, par comparaison avec le champ de mines qu'elle venait d'éviter avec sa mère.

— Tu ne m'as pas demandé comment j'ai pu tomber enceinte.

Il se frotta la mâchoire et s'adossa contre sa chaise.

— Je suppose que le préservatif était inefficace. Nous étions assez occupés ce soir-là…

Des souvenirs de leur étreinte enfiévrée assaillirent son esprit, alors que son corps bourdonnait encore après leur baiser dans le couloir. Elle s'agita sur sa chaise, soudain incapable de trouver une position confortable.

— J'apprécie que tu n'aies pas douté de moi.

— Nous nous connaissions depuis un an, et nous avions travaillé ensemble la plupart du temps, le mois précédant mon départ. Et je sais que tu ne fréquentais personne d'autre au moment où nous… eh bien… avons fini sur le canapé de ton bureau.

— Je ne te fréquentais pas non plus, d'ailleurs.

Pourtant, ils avaient couché ensemble, sur une impulsion. Pour la première fois de sa vie, elle n'avait pas réfléchi avant d'agir. Elle n'avait eu que deux relations dans sa vie, avec deux hommes qu'elle avait sérieusement songé à épouser.

Il caressa son bras de bas en haut.

— Nous ne sortions peut-être pas ensemble, mais je t'avais remarquée, ça oui.

Sa main ralentit, et sa caresse se fit moins apaisante, plus sensuelle.

Elle le désirait tant.

Trop.

Elle recula, avant de commettre un acte qu'elle regretterait plus tard, comme de se jeter sur lui et de lui faire l'amour. Dieu, pourquoi personne ne l'avait-il prévenue que, durant la grossesse, les hormones étaient si incontrôlables ? Une minute, elle pleurait, et l'instant d'après, elle avait envie de sauter sur Jason.

Comme s'il devinait ses réticences, il s'appuya contre la table, lui donnant l'espace dont elle avait besoin. Mais la fragrance acidulée de son après-rasage taquinait encore ses sens.

Elle s'éclaircit la gorge, et choisit un sujet dont elle était sûre qu'il éteindrait toute passion.

— Comment as-tu réussi à monter toute cette scène avec ma mère ? C'était parfait.

Il la regarda intensément, l'espace d'un battement de cœur, avant de se caler sur sa chaise.

— Il y a quelque temps, j'ai conclu un marché pour une nouvelle ligne de maquillage, dit-il, apparemment disposé à la suivre dans ce brusque changement de sujet. Le mannequin vedette attendait un bébé. Le client voulait malgré tout qu'elle apparaisse sur les produits, mais sans son ventre rond. Nous avons déployé des trésors d'ingéniosité durant la séance photo.

— Eh bien, je te suis reconnaissante d'avoir mis à profit cette expérience pour moi.

Elle joua machinalement avec les bords de son sweat-shirt, les larmes menaçant de nouveau de couler.

— Je sais que je ne fais que reculer pour mieux sauter, avoua-t-elle.

Il lui tendit une serviette en lin qui se trouvait sur la table.

— Le fait d'annoncer à ta mère qu'elle va être grand-mère pour la première fois doit être un événement heureux. C'est à toi de choisir l'endroit et le lieu.

— Merci de ta compréhension.

Elle accepta la serviette et tapota ses yeux, en maudissant une fois de plus son émotivité exacerbée. Le poids de tous ces récents événements l'écrasait. Et Jason lui avait offert de l'aider à les porter.

Qu'avait-elle à perdre, en allant en Californie avec lui ? Ce ne serait que pour quelques semaines, le temps de remettre de l'ordre dans sa vie, et de trouver des solutions pour leur future vie de parents.

— D'accord, Jason.

— D'accord pour quoi ?

Elle inspira profondément et croisa les mains.

— Je vais aller en Californie avec toi, pendant deux semaines, et faire comme si nous étions fiancés.

Il afficha un bref éclair de surprise, puis prit l'air calme et professionnel qu'elle l'avait souvent vu arborer.

— Deux semaines ?

— Je ne peux pas laisser ma société indéfiniment.

Et surtout, si elle restait plus longtemps, elle craignait de prendre goût à la vie de couple avec lui, même factice.

— Regarde ce qui s'est passé quand j'ai quitté la société deux semaines, à cause de mes nausées. Mon comptable a pris la poudre d'escampette en emportant un demi-million avec lui.

— Tu marques un point. Et tu es d'accord pour accepter mon offre d'investir de l'argent dans ton affaire ?

Son visage s'était durci, et semblait plus anguleux maintenant qu'il négociait.

— C'est un prêt. Avec taux d'intérêt et plan de remboursement.

C'était le moins qu'il fallait pour qu'elle accepte cette idée folle.

— Sans ça, je ne me sentirais pas à l'aise, d'autant plus que je n'accepte pas de vivre en Californie pour toujours.

— Nous pourrions dire que cet argent est un investissement pour notre enfant.

— Jason, n'abuse pas. Même si un demi-million, ce n'est pas beaucoup pour toi, c'est une question de principe.

— Bien, concéda-t-il. J'entends.

— J'accepterai un taux d'intérêt préférentiel, toutefois.

Elle ne laisserait pas sa fierté la pousser à la faillite, tout de même.

— C'est une bonne décision professionnelle. Je ne vais pas argumenter, puisque je t'ai déjà proposé cet argent.

— Je serai plus attentive cette fois, quand je choisirai la personne qui veillera sur ma société en mon absence. J'avais pensé à engager un directeur adjoint quand j'ai eu mes premières nausées, mais j'ai choisi de ne pas le faire pour économiser de l'argent. C'est une erreur que je ne commettrai plus.

Elle avait obtenu une seconde chance, une chance qu'elle ne pouvait se permettre de gâcher. Son enfant méritait d'avoir une mère forte et capable.

Elle pointa un doigt vers Jason.

— Mais je suis sérieuse quand je dis deux semaines. Je suis déjà assez nerveuse à l'idée de quitter mon bureau aussi longtemps.

— D'accord, tu reviens à New York dans deux semaines, mais nous continuons à prétendre que nous sommes fiancés, pour calmer ta mère ainsi que mon client.

Il prit sa main et la serra contre son torse. Elle pouvait sentir sa chaleur à travers l'étoffe de sa chemise et ce contact la troubla.

— Après quelques mois, reprit-il, nous n'aurons qu'à prétendre que le fait de vivre séparés a eu raison de notre couple.

Cette dernière remarque la mit mal à l'aise, comme si elle la contrariait, mais elle prit le parti d'en rire.

— Hé, nous venons à peine de nous fiancer.

Il caressa du pouce l'intérieur de son poignet, et elle tressaillit.

— Cesse de me taquiner, ajouta-t-elle.

Et toi, cesse d'attiser mon désir.

Il serra sa main, et la caressa du regard.

— Mais tu as le plus magnifique des sourires. Je suis peut-être un goujat égoïste, mais j'aime te voir sourire.

Elle retira sa main.

— J'ai une condition unique et non négociable.

— Enonce-la. Je ferai tout pour la réaliser.

Elle serra les bras de sa chaise comme pour se donner du courage.

— En aucune circonstance, nous ne coucherons ensemble.

Elle avait accepté d'aller en Californie pour sauver sa société, et pour aider Jason à assurer sa carrière. Mais elle refusait de le laisser la déstabiliser une seconde fois. Si elle avait une liaison avec Jason, elle perdrait le contrôle.

Cependant, tandis qu'elle observait ses vastes épaules, et son regard brûlant, elle prit conscience qu'elle allait sans doute souffrir plus que lui de la condition qu'elle venait de poser.

Jason avait été certain d'obtenir gain de cause. Mais cela ne diminua pas la joie qu'il éprouva à se garer devant sa maison de San Francisco, avec Lauren assise sur le siège passager. Certes, elle avait ajouté cette condition d'abstinence à leur marché, une exigence frustrante. Mais guère surprenante. Ni insurmontable. Il avait vu l'excitation dans ses yeux, le durcissement de ses tétons sous son sweat-shirt.

Donc, il avait bon espoir de la faire changer d'avis.

Leur journée de voyage s'était bien passée. Il avait deux semaines pour conquérir Lauren, et il n'allait pas tout gâcher le premier jour en se montrant trop impulsif et entreprenant. Pour l'heure, son projet était d'accueillir Lauren dans sa maison victorienne et de rendre son séjour aussi agréable que possible.

Lauren appuya la main contre sa vitre, et écarquilla les yeux.

— Tu as une maison !

— Eh bien, oui, je ne vis pas dans ma voiture.

Elle rit tout en étudiant la maison tandis qu'ils atteignaient le garage.

— Je m'attendais à ce que tu vives dans une résidence pour célibataires branchés.

Elle se pencha contre la vitre et poussa un cri de surprise.

— Regarde-moi ces jardinières ! Il y a déjà des fleurs, en janvier. Tout semble si… familial.

Il n'avait jamais vu les choses ainsi, et il n'était pas sûr d'être à l'aise avec cette image.

— Quand j'étais dans la Marine, j'ai passé beaucoup de temps dans des cabines de bateau exiguës. Je suis prêt à avoir un espace bien à moi, maintenant.

— Les bébés font du bruit, et ils prennent beaucoup de place.

— A moins que tu ne sois enceinte d'une douzaine de marins, je ne pense pas que nous aurons un problème d'espace, dit-il avec un clin d'œil.

Après lui avoir ouvert galamment sa portière, il l'escorta dans l'allée menant à la maison.

C'était une maison ancienne d'une valeur d'un million de dollars. Il avait acheté cette propriété pour son emplacement, tout près du centre de la ville. Tandis qu'il montait les marches du perron, il redécouvrit certains détails à travers le regard artiste de Lauren. La maison victorienne, aux murs gris bordés de blanc, avait été récemment rénovée. A l'intérieur, un parquet de chêne recouvrait le sol de toutes les pièces. Les moulures du plafond étaient d'époque, comme les fenêtres avec des vitraux. Une telle demeure était un investissement qu'il n'avait pas voulu laisser passer.

— C'est absolument magnifique.

Emerveillée, Lauren pivota sur ses talons, sa robe ample tourbillonnant autour de ses chevilles. Ses courbes voluptueuses et sa beauté lui firent l'effet d'un coup de poing, et il eut du mal à reprendre sa respiration.

— J'aime l'idée d'être au centre-ville et de pouvoir profiter de tout.

— Cela veut-il dire que tu n'es plus accro au travail ?

Elle caressa du bout des doigts la cheminée de marbre, et observa la pièce avec un regard approbateur.

Il s'était douté que la maison lui plairait. Quand il l'avait achetée, il n'avait bien sûr pas prévu qu'elle y vive avec lui, mais c'était une chance que la demeure plaise à Lauren. Ou cela voulait-il dire qu'ils avaient des goûts communs ?

— Mon temps libre est très limité. C'est pour ça que je voulais que les restaurants et les lieux de divertissement nocturne soient facilement accessibles.

— Une vraie merveille.

Il posa les bagages de Lauren au pied de l'escalier.

— Le couple qui vivait ici auparavant l'a rénovée entièrement, y compris l'électricité et la plomberie. Ils ont même fait refaire la cuisine et les salles de bains.

— Comment as-tu fait pour l'avoir ? demanda-t-elle, ses cheveux auburn dansant dans son dos quand elle se retourna vers lui.

— Apparemment, les travaux ont créé des tensions, et ils ont fini par divorcer. C'était comme s'ils s'étaient arrêtés en plein milieu d'un projet. Dans la salle de bains à l'étage, j'ai trouvé dans la baignoire tout le matériel pour décoller du papier peint.

Il avait travaillé si dur pour décrocher le contrat avec

Prentice qu'il n'avait trouvé le temps de débarrasser cette salle de bains que la semaine précédente.

— Aucun d'eux n'avait les moyens de conserver la maison, alors ils l'ont vendue, reprit-il.

Elle eut l'air sincèrement peinée.

— Comme c'est triste.

Elle mit une main sur sa taille, ce qui eut pour effet de mettre en valeur ses courbes généreuses.

— Tu n'as pas peur d'être affectée par tout ce mauvais karma ?

— Je redoutais surtout de payer beaucoup plus cher pour une maison équivalente dans la même rue.

— Oui, j'imagine, dit-elle, sa voix douce résonnant dans le vaste espace. Tu n'as pas de meubles ?

Il jeta un coup d'œil aux murs nus et aux pièces vides. Quelques cartons de déménagement étaient encore empilés dans les coins. Il ne sortait que ce dont il avait besoin, au fur et à mesure.

— Je n'ai pas encore eu le temps d'acheter quoi que ce soit, et mon précédent logement était meublé. Alors, quand je suis arrivé, j'ai juste acheté les meubles de base. Je me suis dit qu'il valait mieux que j'attende plutôt que d'acquérir des choses que je regretterais plus tard.

Il lui fit signe de le suivre.

— Viens dans la cuisine. Il y a de quoi s'asseoir, et de la nourriture.

— Tu pourrais engager un décorateur, dit-elle tout en le suivant.

L'exclamation de surprise de Lauren quand elle découvrit la spacieuse cuisine le fit sourire.

— Tu vois, la décoration peut attendre, j'ai tout ce dont j'ai besoin.

Il se dirigea vers le comptoir qui séparait la cuisine de la salle à manger, pendant qu'elle s'installait sur un des deux tabourets de bar.

— Un fauteuil inclinable, un écran plat, continua-t-il. Il y a une chambre à l'étage avec un matelas très confortable.

Elle serra les lèvres et posa les coudes sur le comptoir de granite.

— Où vais-je dormir ?

— Dans mon lit, évidemment.

Rien que de prononcer ces mots, il sentit se réveiller le puissant désir qu'il éprouvait pour elle.

— Qu'est-ce que tu aimerais ? dit-il en ouvrant le réfrigérateur et en prenant l'air parfaitement innocent. Une eau minérale ? Des fruits ?

— Les deux, merci.

Elle se leva et lui prit la bouteille et la grappe de raisin des mains. Un peu trop précipitamment, nota-t-il, amusé.

— Eh bien, j'espère pour toi que ta chambre d'amis est pourvue d'un lit confortable ou d'un canapé.

Il voyait bien qu'elle était agacée par son petit jeu, mais il adorait la façon dont elle n'en laissait rien paraître et dont elle lui renvoyait la balle. C'était une femme fine et sûre d'elle, qui n'avait pas besoin de s'énerver pour parvenir à ses fins.

— Je n'ai pas de meubles dans la chambre d'amis. Je dormirai dans le fauteuil pour l'instant, et je me ferai livrer un autre matelas.

— C'est vraiment dommage pour toi, parce que je ne vais pas avoir pitié de toi ni t'inviter à partager le lit.

— Sans-cœur.

Il la prit par la taille et porta un grain de raisin à ses lèvres. Il la sentit se raidir, mais elle ne le repoussa pas.

— Je suis certaine d'avoir été très claire sur les modalités de notre installation, avant que nous quittions New York.

Elle saisit le grain le raisin et le croqua.

— Tu ne peux pas m'en vouloir d'avoir essayé, dit-il.

Il caressa son dos, en guettant un signe de trouble — les pupilles dilatées, le pouls battant sur son cou.

— Jason, nous ne pouvons pas coucher ensemble pendant quelques semaines, et ensuite retourner à une relation cordiale, cela n'a pas de sens. Nous avons un enfant à qui nous devons songer, nous ne pouvons pas nous permettre de prendre des risques.

Puisqu'elle ne l'avait pas repoussé, il approcha un peu, jusqu'à ce qu'elle soit calée entre ses genoux.

— Tu ne crois pas que notre enfant aimerait nous voir ensemble ?

— Serais-tu, comme par magie, soudainement prêt pour une relation sérieuse ? Parce que tu étais très loin de l'être, il y a quatre mois.

Son regard vacilla tandis qu'elle prononçait ces paroles.

— Bien sûr que je suis prêt, affirma-t-il. Pourquoi ne le serais-je pas ?

— Comme c'est touchant.

Elle se dégagea en riant et se dirigea vers l'escalier.

— Hé, je fais des efforts, se défendit-il en lui emboîtant le pas. C'est un territoire inconnu pour moi aussi.

Elle empoigna son sac à roulettes.

— Je vais me coucher. Seule. Profite bien de ton fauteuil.

Ce n'était pas un problème, car il doutait de pouvoir trouver le sommeil, de toute façon.

— Je le ferai, promis. Je suis un grand dormeur.

Puis il se leva et lui prit le sac des mains.

— Et je suis aussi le genre d'homme qui ne peut pas laisser une femme — qui plus est, enceinte — porter elle-même ses bagages.

Avant qu'elle puisse protester, il passa devant elle. Il avait Lauren chez lui, et il avait deux semaines pour la conquérir. Et une fois que ce serait fait, il comptait bien s'assurer qu'elle ne le raye pas de sa vie une nouvelle fois.

- 5 -

La chambre était si vide que Lauren fut envahie par un immense sentiment de solitude.

Elle s'appuya un instant contre la porte close pour essayer de rassembler ses esprits. Dans le couloir, les pas de Jason s'évanouissaient. Elle avait empilé trop de meubles et de plantes dans son appartement de Manhattan, elle en convenait. Mais cette maison était au-delà du dépouillement.

Un matelas posé sur un sommier.

Une lampe et un réveil sur une table de chevet en cuivre.

Et un placard plein de vêtements bien rangés.

Elle jeta son sac sur la couette aux tons marron et bleus. Comme pour la narguer, la boîte avec la bague de fiançailles roula sur le lit. Elle l'observa un instant avant de la poser sur la table de chevet impersonnelle.

Elle refusait d'éprouver de la compassion pour Jason. Dans le monde des affaires, c'était un requin, et les enjeux étaient trop grands pour qu'elle baisse sa garde. Mais quelque chose dans cet endroit la rendait triste, et lui donnait envie d'apporter des fleurs, de la couleur et du bruit dans le monde de Jason.

La maison entière paraissait abandonnée, ce qui était d'autant plus désolant que les pièces semblaient réclamer à grands cris des fêtes, des réunions de famille, de l'amour et de l'attention. Certes, Jason avait bien deux tabourets de bar dans la cuisine. Mais peut-être les avaient-ils trouvés sur place.

Refusant de s'appesantir plus longtemps sur le sort de Jason, elle s'agenouilla pour sortir de sa valise la nuisette de soie ivoire qui lui allait encore. Mais pour combien de temps ? se demanda-t-elle en passant une main sur la courbe grandissante de son ventre. Dans son état, elle n'avait plus rien d'une femme fatale.

Elle observa les murs nus, le bow-window, devant lequel elle verrait bien deux chaises confortables. C'était l'endroit rêvé pour admirer un lever de soleil à deux. Mais hormis les tabourets de bar, aucun signe n'indiquait que Jason avait amené une femme ici.

Elle était donc la première.

Pendant les six derniers mois que Jason avait passés à New York, elle n'avait fréquenté personne d'autre — mais lui, si. Il avait rompu quelques semaines avant son départ. Jamais elle n'aurait couché avec un homme déjà en couple, aussi forte son attirance fût-elle.

Elle retira ses vêtements froissés par le voyage et passa la nuisette. L'étoffe soyeuse taquina ses seins, et ses tétons se durcirent douloureusement. Il serait si facile de descendre l'escalier pour apaiser son désir…

Elle jeta un coup d'œil vers la porte, et envisagea un instant de suivre son instinct. Elle fit même un pas en avant. Mais de manière tout à fait ironique, son pied s'accrocha dans la bandoulière de sa sacoche d'ordinateur.

Son ordinateur. Son travail. Il fallait qu'elle garde

en tête le motif principal de sa venue ici — sauver son entreprise, et sa fierté.

Dommage qu'un ordinateur portable et un sentiment de fierté soient des compagnons de lit si froids.

Lorsque Jason pénétra dans la chambre de Lauren, la première chose qu'il remarqua fut la bague de fiançailles posée sur la table de chevet. Elle n'avait donc toujours pas glissé le bijou à son doigt. D'accord, elle avait accepté de jouer les fiancées, et l'avait même accompagné en Californie, mais elle ne s'était pas engagée à cent pour cent dans son plan.

Il posa le plateau du petit déjeuner sur le coin du matelas, et prit le temps d'observer Lauren, endormie entre ses draps. Il s'attarda sur ses cheveux auburn, étalés sur l'oreiller, et sa nuisette de soie, remontée sur ses cuisses. Il se souvenait très bien de la douceur de ses jambes, de leur force quand elles avaient été enroulées autour de sa taille, le poussant avec insistance à aller plus loin en elle. Maintenant qu'elle était ici, avec lui, il se rendait compte qu'il lui serait très difficile de ne pas la toucher, mais le jeu en valait la chandelle.

Il s'assit au bord du lit et s'autorisa à écarter les cheveux qui barraient son joli visage. Il ne voulait pas la réveiller, mais il ne voulait pas non plus la laisser seule dans cet endroit inconnu sans s'assurer qu'elle allait bien.

— Réveille-toi, petite marmotte.

Quand elle roula sur le dos et s'étira, la nuisette se tendit sur son ventre arrondi. Quand il avait senti le bébé bouger quelques jours plus tôt, la sensation avait été… sidérante.

Persuader Lauren de rester était devenu d'autant plus important depuis.

Elle entrouvrit les yeux, puis sourit et posa la main sur son bras. Ce simple contact, si furtif, presque un effleurement, eut pourtant raison de ses résolutions et il posa les lèvres sur ses yeux. Sa peau était si douce qu'il embrassa aussi le bout de son nez, de son menton. Il aurait aimé descendre plus bas, bien plus bas, mais elle n'était pas vraiment réveillée, or il voulait qu'elle soit consciente et consentante la prochaine fois qu'ils feraient l'amour.

Elle s'agita lentement, avec sensualité, et une décharge de désir le parcourut, qui ne fit que se renforcer quand Lauren poussa un doux soupir. Il appuya le front contre le sien.

Mais, soudain, elle se figea, et ouvrit de grands yeux.

— Jason…

Elle le repoussa et recula au bord du lit.

Voilà, elle était bien réveillée à présent.

— Je t'avais dit de rester loin de mon lit.

Il se redressa, envahi par la frustration. Patience…

— Tu es dans *mon* lit, tu te souviens ?

— Un point purement technique.

D'une main, elle tira sur sa nuisette, et de l'autre remonta le drap sur elle.

— Je me souviens que tu étais plus matinale, observa-t-il en soulevant le plateau.

— Ça, c'était quand je n'avais pas de nausées.

Elle observa le petit déjeuner, composé d'un jus de fruits, de lait, de toasts et d'œufs brouillés.

— Merci, en tout cas. C'est gentil.

— Je suis navré que tu aies mal au cœur.

— Ça va mieux ces jours-ci. Au moins, je garde ce que je mange.

Elle prit un toast et le mordilla.

Il était content de la voir manger, car sa pâleur l'avait un peu inquiété lorsqu'il était venu la trouver chez elle à New York. Satisfait, il se leva et, pour la première fois depuis son arrivée à San Francisco, regretta de devoir aller travailler.

— Je serai là pour le déjeuner.

— Inutile, je peux me débrouiller seule, dit-elle avant d'avaler une gorgée de lait. J'ai du travail sur mon ordinateur, et j'ai des appels à passer.

— D'accord. Dans ce cas, je te retrouve pour le dîner. Demain, il faut que je te présente à mon patron. Et cette semaine, il donne une grande soirée.

— Ah, je vais rencontrer les gens qui n'apprécient pas le fait que ta petite amie soit enceinte. Comme il me tarde !

— En fait, c'est mon client qui a un problème, pas mes collègues.

Il sortit une cravate de son placard, et la noua autour de son cou.

— Ah, oui, le type vieux jeu.

Tout en enfilant sa veste, il se fit la remarque que l'intimité du moment qu'ils étaient en train de partager le troublait. On aurait dit un couple de jeunes mariés. Dire que Lauren n'était chez lui que depuis une nuit…

— C'est son argent, il le dépense comme il le souhaite. Si nous voulons garder cette campagne, alors nous devons suivre ses règles, surtout avec Golden Gate Promotions qui ne nous lâche pas. La femme d'affaires que tu es comprend cela, j'imagine.

— Tout à fait.

— Cela aiderait vraiment à convaincre les gens que nous sommes fiancés, si tu voulais bien porter ceci.

Ouvrant l'écrin, il le posa sur le plateau.

Quand on voulait remporter un contrat, tout était dans la présentation. S'il avait posé l'écrin sur sa paume, cela aurait ressemblé à une vraie demande en mariage. Il espérait qu'en le posant nonchalamment sur le plateau, il aurait l'air moins insistant.

Elle toucha la boîte du bout de l'index.

— Tu ne songes tout de même pas à épouser quelqu'un juste pour faire plaisir à un client ?

Lauren était intelligente et perspicace, deux qualités qu'il préférait chez elle. Il était inutile de lui mentir.

— Pour être franc, Lauren, je ne sais pas encore jusqu'où je vais aller. J'aborde les choses au jour le jour, en m'efforçant de prendre la meilleure décision possible pour assurer l'avenir du bébé, ce qui signifie stabiliser ton travail et le mien. Le fait de rendre ces fiançailles le plus officielles possible — notamment en montrant cette bague — sera un grand pas en ce sens. Cela pourrait également calmer ta mère, tu ne l'aurais plus sur le dos.

Elle lui donna un léger coup de poing dans le bras.

— Ça, c'est un coup bas.

— J'ai une mission à accomplir, se défendit-il, tapotant la petite boîte de velours.

Elle entoura ses genoux et regarda la bague comme si c'était une bombe, et non un diamant de trois carats sans défaut.

Il se retint de rire. D'autant que ce n'était pas si drôle.

— Qu'est-ce que je dirai si quelqu'un me demande pour quand est le mariage ? demanda-t-elle.

Il tourna la tête des deux côtés, pour évacuer la tension qui nouait déjà sa nuque, alors qu'il était à peine 7 heures.

— Dis-leur que c'est ta mère qui organise le mariage. Ou que nous cherchons une date qui s'accorde à nos emplois du temps. Ou encore, que nous songeons à nous envoler pour Las Vegas, et que nous les tiendrons au courant.

Elle prit la bague et la leva à la lumière du soleil.

— Tu es vraiment très doué pour mentir.

Mentir ? Il se targuait de toujours s'en tenir à la vérité, même s'il faisait de son mieux pour que d'autres croient à sa vérité.

— Je suis juste un publicitaire qui vante son produit.

Elle resta silencieuse, mais, il le devina à son regard, elle pensait qu'il se mentait à lui-même.

Lauren sortait de la douche quand elle entendit le téléphone sonner. Elle s'enroula prestement dans une serviette et courut vers la chambre. L'idée que cela puisse être Jason la mettait dans un état qui lui faisait presque honte. Elle n'était tout de même plus une adolescente énamourée.

Haletante, elle saisit le téléphone sur la table de chevet.

— Allô ?

— Lauren, commença sa mère d'une voix forte et aiguë, je viens d'avoir un appel de l'avocat qui gère les biens de ta tante Eliza.

Elle se laissa tomber sur le bord du lit, l'estomac

noué. Elle regrettait amèrement maintenant de ne pas avoir vérifié le nom de son interlocuteur.

— Pourquoi t'a-t-il appelée au lieu de me contacter directement ?

Y avait-il un problème ? Non, juste que l'argent hérité de tante Eliza avait déjà été transféré — et volé par un comptable malhonnête. Mais cela, elle était incapable de le dire à sa mère. Physiquement incapable.

— Il dit qu'il n'arrive pas à te joindre. Où es-tu ?

— Je suis en voyage d'affaires, mais j'ai mon téléphone portable, comme tu le vois, et je vérifie mes e-mails. Je vais lui passer un coup de fil. Merci de m'avoir prévenue, dit-elle rapidement, espérant que la conversation s'arrêterait là.

— Ma chérie, il dit aussi que tu as des problèmes financiers.

Il lui fallait absolument répondre avec prudence. Ses parents avaient beaucoup d'argent, et n'hésitaient pas à le partager avec elle, ce qui était généreux. Sauf qu'ensuite, ils se donnaient le droit de s'immiscer dans sa vie. Et, à la vérité, elle n'avait pas envie d'être une rentière, profitant toute son existence de la fortune de papa-maman, sans jamais rien accomplir par elle-même.

— Les choses sont un peu tendues au bureau, mais je suis en train de régler la situation.

— Tendues ? La plupart des entreprises périclitent au cours de leur première année, tu sais.

La chaîne à lunettes de sa mère tinta en fond sonore.

— Oui, maman, je connais les statistiques.

Et elle priait pour que sa société ne s'ajoute pas à la liste de ces faillites.

— Merci de m'avoir transmis le message.

— Je vais demander à mon comptable de t'appeler, insista sa mère. Garde bien ton téléphone près de toi.

Lauren réprima un soupir.

— Merci, maman, mais je peux me débrouiller seule.

Et elle y arriverait, songea-t-elle en dépit du frisson glacé qui la parcourait.

— Tu n'as jamais été douée avec l'argent, ma chérie.

Elle se mordilla la lèvre. Un peu trop fort. Mais cela faisait toujours moins mal que la pique de sa mère.

— Te souviens-tu de la fois où tu as dépensé toutes tes économies pour cette montre ? continua Jacqueline.

— Maman (les mots sortirent tous seuls alors qu'elle savait bien qu'il était inutile d'argumenter) j'étais en primaire. Mes économies se résumaient à une tirelire en forme de cochon.

La voix de Jacqueline se brisa dans un sanglot.

— Bien sûr, bien sûr. Je me fais du souci pour toi, voilà tout.

Sa mère poussa quelques soupirs tremblants avant de reprendre :

— Inutile de m'agresser. Tu es exactement comme ton père, toujours à critiquer tout ce que je fais.

— Maman, je suis navrée…

— Oui, eh bien, au moins, j'ai un endroit où aller me détendre. Je t'ai parlé de ma nouvelle résidence de vacances ?

Elle ferma les yeux. Les changements d'humeur de sa mère ne dataient pas d'hier, pourtant, elle les trouvait toujours aussi épuisants. Elle se contenta d'écouter et d'acquiescer pendant que sa mère lui décrivait les détails du dernier endroit dont elle s'était entichée.

Un nouvel endroit où personne ne la connaissait, car

c'était bien là le problème de sa mère, partout où elle passait, elle se mettait les gens à dos et devait donc ensuite changer de destination. Tandis qu'elle écoutait d'une oreille, Lauren fixa la petite boîte de velours.

Jason avait été d'un grand secours, quand il s'était chargé de sa mère. Il l'avait également aidée à régler ses ennuis financiers. Il essayait vraiment de comprendre ce dont elle avait besoin, cela ne faisait aucun doute, jusqu'aux petits détails comme les fleurs dans sa chambre, et les toasts au petit déjeuner.

Certes, il ne voulait se fiancer avec elle que pour rassurer son client, mais qu'avait-elle à perdre en portant cette bague ? Rien qu'en glissant cet anneau à son doigt, elle pourrait lui permettre de garder son travail, ce qui assurerait un meilleur avenir à leur bébé. Ce serait un moyen de lui renvoyer l'ascenseur, puisqu'il faisait déjà tout ce qu'il pouvait pour l'aider à remettre sa société à flot.

Elle prit la boîte en main. La bague étincelait sur son lit de velours, comme pour lui faire un signe.

Ce n'était qu'une formalité, quand on y songeait. Elle était ici, dans la maison de Jason, enceinte de son enfant. Quelle importance qu'elle porte ce solitaire ?

Le téléphone calé sous le menton, elle glissa la bague à son annulaire et ferma le poing. Elle savait que c'était la meilleure chose à faire, pourtant, le fait de la voir à son doigt la rendit si nerveuse qu'elle en eut la nausée.

Jason voulait que tout le monde sache à son travail qu'ils étaient fiancés. Il lui avait laissé le temps de reprendre ses marques, alors même que le délai pouvait lui coûter. Alors, pourquoi attendre ? Elle pourrait rencontrer ses collègues et même surprendre Jason en allant le retrouver pour un déjeuner impromptu, qui marquerait le premier pas vers une relation plus cordiale, pour le bien du bébé.

Sa décision prise, elle se leva.

— Maman, j'ai été ravie de parler avec toi, mais j'ai un déjeuner que je ne peux pas rater.

Par la vitre du taxi, Lauren observa les hauts immeubles blancs d'Union Square, un quartier commercial chic. Quelque part dans cette jungle de béton et de palmiers se trouvaient les bureaux de Maddox Communications. Elle s'était renseignée sur MC avant de quitter la maison. Elle était une femme d'affaires à part entière, et elle savait s'armer du mieux possible avant d'affronter de nouveaux adversaires.

Le patriarche de la famille, James, avait fondé Maddox Communications un demi-siècle plus tôt. Il avait épousé Carol Flynn, qui lui avait donné deux fils, Brock et Flynn. Quand James était décédé huit ans plus tôt, Brock avait repris les rênes de la société, tandis que son frère prenait la place de vice-président.

Elle se pencha pour lire les panneaux indicateurs, en cherchant Powell Street. Enfin, le taxi s'arrêta devant le Maddox, un immeuble de sept étages, de style Beaux-Arts, construit au début du siècle dernier. L'article qu'elle avait trouvé sur Internet indiquait que le bâtiment était voué à la démolition quand James Maddox l'avait racheté. Il l'avait restauré avec amour dans les années 1970 et, à présent, le bâtiment valait, disait-on, dix fois son prix d'achat.

Elle donna un généreux pourboire au chauffeur avant

de se diriger vers les grandes portes qui s'ouvrirent aussitôt devant elle. Approchant de l'ascenseur, elle consulta le plan des lieux. Le premier étage abritait un restaurant branché, l'Iron Grille, et plusieurs boutiques. Les deuxième, troisième et quatrième étages étaient loués à d'autres sociétés.

Quant aux cinquième et sixième étages, ils abritaient les bureaux de l'agence. Les clients et visiteurs de Maddox Communications étaient invités à se rendre au sixième niveau.

Les portes de la cabine s'ouvrirent directement sur un luxueux hall de réception, au parquet de chêne noir et aux murs blancs ornés d'œuvres d'art, dont elle admira le goût et la sobriété. Sur les deux écrans géants placés de chaque côté du hall, des publicités conçues par Maddox Communications défilaient.

C'était de toute évidence une entreprise prestigieuse et prospère. Jason avait vraiment décroché un poste de rêve. Tandis qu'elle se faisait cette réflexion, un sentiment de fierté la saisit. Elle savait à quel point ce pouvait être difficile de sortir de l'ombre de parents influents pour tracer sa propre voie.

— Bienvenue chez Maddox Communications, dit la réceptionniste avec un sourire. Puis-je vous renseigner ?

Sur une plaque dorée, Lauren lut le prénom de la jeune femme aux cheveux bruns et courts.

— Bonjour, Shelby, dit-elle en souriant. Je suis Lauren Presley, et je suis venue voir Jason Reagert.

— Oui, si vous voulez bien patienter, dit-elle en désignant de grands canapés de cuir couleur crème.

Une fois assise, Lauren passa nerveusement le pouce

sur sa bague de fiançailles. Shelby l'observa avec une curiosité évidente. Soudain, Lauren n'était plus si sûre que cette visite-surprise soit une bonne idée, finalement.

Quel genre de jeu avait-elle cru jouer ? Elle avait voulu montrer à Jason qu'elle était une personne responsable, sur qui il pouvait compter, et elle n'avait réussi qu'à avoir l'air instable et impulsive.

Peut-être devrait-elle partir ? Elle mit son sac devant son ventre, s'apprêtant à se lever.

Une ombre apparut dans le couloir.

Ce n'était pas Jason, mais un homme imposant, aux cheveux noirs et à la mine austère. Il s'arrêta et échangea quelques mots avec Shelby à voix basse. Elle en profita pour s'éclipser discrètement, mais ne fut pas assez rapide. L'inconnu se dirigeait déjà vers elle.

— Bonjour, je suis Brock Maddox, dit-il en lui tendant la main.

C'était donc le grand patron.

— Je crois que vous êtes venue voir notre prodige.

Elle lui rendit sa poignée de main, légèrement gênée, mais surtout très contrariée d'avoir raté l'occasion de s'échapper.

— Lauren Presley, dit-elle en lui serrant la main, une amie de Jason. Je suis designer graphique, nous avons collaboré sur plusieurs projets à New York.

Il jeta un bref coup d'œil à son ventre. De toute évidence, elle ne pourrait cacher son état bien longtemps.

— Etes-vous à San Francisco pour le travail ou pour le plaisir ?

— Les deux, dit-elle d'un ton anodin. Shelby

était justement sur le point de prévenir Jason de mon arrivée.

— Suivez-moi, vous lui ferez la surprise.

Il se dirigea dans le couloir, en l'entretenant de choses anodines qu'elle entendit à peine.

A présent, elle était forcée d'aller jusqu'au bout de son idée stupide. Elle tenta de se calmer tandis qu'il s'arrêtait devant une porte, sur laquelle une plaque de cuivre au nom de Jason était apposée.

Prenant une grande inspiration, elle ouvrit la porte. Et s'arrêta net.

Jason, dos tourné, était en compagnie d'une femme.

Une magnifique rousse souriante, qui avait la main posée de façon intime sur son bras.

Son anxiété se transforma en colère noire, à laquelle se mêla un sentiment inattendu de possessivité.

Il ne voyait pas une autre femme, tout de même ? Pour un homme qui craignait de causer un scandale, il jouait avec le feu ! A bien des égards.

Elle redressa les épaules, le cœur envahi par un froid glacial. Tandis qu'elle observait le couple installé dans le bureau luxueux orné de nombreuses marines, elle se demanda comment elle avait pu nourrir le moindre espoir, juste parce que Jason lui avait apporté un petit déjeuner au lit.

Dieu, ce qu'elle pouvait être naïve ! Elle en avait assez de laisser les gens la piétiner sans broncher — sa mère, son comptable, et maintenant Jason.

Elle fit tourner la bague sur son doigt. Au moins, s'agissant du père de son bébé, elle venait d'avoir un déclic salutaire et pouvait encore rectifier le tir.

Mais alors même qu'elle songeait à s'enfuir, drapée

dans sa dignité, elle eut une autre idée. C'était lui qui l'avait emmenée ici, non ? Donc, puisqu'il voulait une fiancée, eh bien, il allait en avoir une.

— Bonjour, chéri, dit-elle, posant la main sur son ventre. Je meurs de faim. Es-tu prêt pour aller déjeuner ?

- 6 -

Il ne manquait plus que ça !

En reconnaissant la voix de Lauren, Jason se leva précipitamment et s'éloigna de Celia — il l'aurait fait de toute façon, juste avant que Lauren n'arrive dans son bureau. Que faisait-elle ici, d'ailleurs ? Et pour ne rien arranger, Brock était juste derrière elle, l'air plus renfrogné que jamais.

Ils étaient arrivés au pire moment. Celia était passée lui demander s'il voulait prendre un verre après le travail, et il était en train de peaufiner un petit discours pour clarifier les choses quand la porte s'était ouverte.

Il fallait qu'il limite les dégâts, et vite.

Lauren entra dans le bureau, ses yeux verts lançant des éclairs. Sa robe fluide turquoise tourbillonnait autour de ses chevilles, et flattait ses courbes. Elle était d'une sensualité et d'une assurance incroyables.

Quand elle tendit sa main gauche à Celia, à sa grande surprise, il vit la bague de fiançailles briller à son annulaire.

— Lauren Presley, la fiancée de Jason, je viens d'arriver de New York. Nous nous marions ce soir.

— Vous vous *mariez* ? s'écria Celia d'une voix aiguë.

— *Ce soir ?* renchérit Jason.

Il avait besoin de reprendre son souffle, car Lauren

enchaînait les déclarations fracassantes à un rythme éreintant.

Brock haussa un sourcil et se pencha, visiblement désireux de ne pas perdre une miette de la scène.

— Je sais que lorsqu'on se marie à Las Vegas, c'est censé être un secret.

Elle se dirigea vers Jason et lui prit le bras, comme si elle était follement amoureuse de lui.

— Désolée d'avoir vendu la mèche, chéri, mais je suis tellement heureuse ! Nous prenons un avion ce soir. Un peu bateau, je sais, mais… (elle caressa son ventre) il est évident que nous n'avons pas tout le temps devant nous pour organiser une grande cérémonie, à moins que je ne porte une tente en guise de robe le jour du mariage.

Brock fourra les mains dans ses poches, le visage impassible.

— Nous ne nous doutions de rien ici. Félicitations, dit ce dernier d'un ton un peu sec.

— Merci, dit Jason en ajustant nerveusement sa cravate.

— Le secret, c'est ma faute, monsieur Maddox, dit-elle avec un sourire contrit. J'ai tendance à être très discrète sur ma vie sociale. Je m'efforce de m'ouvrir davantage.

Elle sourit à Jason, et enfonça les ongles dans son bras, seule indication que son enthousiasme n'était pas authentique.

— Les as-tu prévenus que tu serais en retard demain matin ? susurra-t-elle.

Il lui tapota la main pour qu'elle desserre un peu ses ongles.

— Euh, pas encore.

— Eh bien, apparemment, vous avez des choses à régler, intervint Brock. Nous sommes tous impatients de fêter cela à votre retour. Félicitations, une fois encore.

Il tint la porte à Celia, qui le suivit, les yeux ronds.

Une fois la porte refermée, Jason se tourna vers Lauren, et l'observa avec prudence. Il devait bien avouer que la petite scène de Lauren, quand bien même elle aurait été motivée par de l'agacement, avait porté ses fruits. Il aurait même dû lui en être reconnaissant. Mais elle semblait vraiment furieuse. Il remarqua même qu'elle avait la main drôlement proche de la boussole ancienne en étain dont il se servait comme presse-papiers. Etait-elle du genre à jeter des objets à la tête des gens ? Elle était d'habitude si calme qu'il ne s'attendait pas à ce type de comportement de sa part. Mais il ne s'était pas attendu non plus à ce qu'elle annonce publiquement qu'ils allaient à Las Vegas dans quelques heures pour sa passer la bague au doigt.

Il effaça la distance entre eux, en guettant sur son visage le moindre signe qui trahisse son humeur.

— Tu étais sérieuse en parlant de ce mariage express ?

— On ne peut plus sérieuse.

Elle reposa le presse-papiers avec force.

— C'est génial, vraiment génial, dit-il.

Il ignorait ce qui avait pu causer ce changement d'avis. En fait, il ignorait même ce qui l'avait poussée à venir au bureau, mais il n'avait pas l'intention de se disputer avec elle. Avec douceur, il repoussa ses cheveux sur son épaule, de façon intime.

— Tu n'as aucune raison d'être jalouse de Celia.

— Qui a dit que j'étais jalouse ? rétorqua-t-elle d'un ton brusque.

— Tu es perturbée, à l'évidence.

Il lui massa doucement la nuque, espérant l'apaiser, mais elle écarta sa main d'un geste vif.

— Je n'aime pas qu'on se moque de moi.

— Il n'y a rien entre Celia et moi.

Et c'était la vérité.

— Est-ce qu'elle le sait ?

— J'étais en train de m'en assurer quand tu es arrivée.

Son regard se fit encore plus soupçonneux.

— Donc, il y a bien quelque chose entre vous.

— Hé, minute ! protesta-t-il, en se mettant à faire les cent pas. Tu me fais marcher sur la tête. Quand je me démène pour te charmer, tu me jettes ma bague à la figure. Mais quand tu crois que je flirte avec une autre femme — à tort —, tu es prête à te marier avec moi ?

— Dès que tu auras fait tes bagages et réservé les billets d'avion.

Elle vint se poster devant lui, l'arrêtant dans sa course. Elle avait la mâchoire serrée, ce qui faisait ressortir ses lèvres pleines et attirantes, et ses yeux brillaient.

Elle était si sexy quand elle était en colère…

Mais elle le plongeait dans la confusion.

— Si tu es si furieuse contre moi, pourquoi as-tu annoncé au monde que nous allions nous marier à Las Vegas ?

Elle se rapprocha encore plus près de lui, si près même qu'elle n'était plus qu'à un souffle de ses lèvres.

— Avant, je craignais que nos sentiments ne s'emmêlent. Mais crois-moi, tu as calmé toutes mes craintes d'avoir le cœur brisé et de vivre un mariage chaotique et désastreux comme celui de mes parents. Désormais, je sais, sans l'ombre d'un doute, qu'il n'y a pas la moindre chance pour que je tombe amoureuse de toi. Donc, nous allons à Las Vegas.

Lauren avait tenu bon durant toutes les présentations aux employés de Maddox Communications. Et pendant le trajet jusqu'à la voiture de Jason. Au moins, il ne lui avait posé aucune autre question.

Elle avait même réussi à ne pas pleurer durant le vol, et pendant la parodie de cérémonie, ce qui avait été difficile car Jason avait réussi à trouver une chapelle qui proposait un jardin comme décor. A présent, le rituel touchait à sa fin.

— Je vous déclare désormais mari et femme. Vous pouvez embrasser la mariée.

L'employé de la chapelle ferma son livre de vœux, et passa la main sur la couverture fleurie. Sa chemise hawaïenne était un petit peu excessive, mais il y avait des plantes et des fleurs partout, exactement comme elle l'aurait voulu, ce qui la rendait d'autant plus émotive.

Jason déposa un baiser sur ses lèvres — rien de trop théâtral ni de trop prudent. C'était un baiser parfait. Le contact de ses lèvres, même s'il était léger, provoqua une onde de chaleur en elle.

Et une montée de larmes.

Jason enlaça sa taille, et caressa légèrement le creux de son dos. Ce fut suffisant pour qu'elle se cambre contre lui. Quand elle était si proche de lui, son corps finissait toujours par la trahir.

Elle se dégagea, et baissa rapidement les yeux.

— Excuse-moi.

Il fallait qu'elle s'échappe, avant de se mettre dans l'embarras en s'effondrant en larmes devant Jason. La journée entière avait été comme un grand tour sur des montagnes russes. Et en quelque sorte, elle avait suivi le mouvement, sans jamais se demander si elle pourrait éventuellement descendre ou ralentir la cadence infernale.

Qu'avait-elle fait ?

Elle se réfugia dans une espèce de salle de repos, décorée de palmiers en pots et de fougères suspendues. Là, elle s'enfonça dans un canapé de rotin et prit les mouchoirs mis à disposition sur une table basse. Et enfin, elle s'autorisa à laisser couler ses larmes. Des larmes qu'elle avait contenues depuis qu'elle avait découvert qu'elle aurait un bébé toute seule. Des larmes d'inquiétude, pour son bébé, pour sa société, pour sa mère, aussi.

Et des larmes pour Jason ?

C'était le jour de son mariage, et même si elle aurait aimé en savourer les côtés agréables sans inquiétude, elle ne pouvait se permettre de laisser libre cours à ses désirs si facilement.

Elle ferait ce qu'il fallait pour sauver sa société. Et, oui, elle aiderait Jason à avancer dans sa carrière, parce que c'était dans l'intérêt de leur enfant. Mais une fois que ce mariage de pacotille serait terminé, elle en aurait fini avec Jason Reagert.

Mais d'abord, elle devait aller au bout de sa nuit de noces.

Jason avait un monceau de travail qui attendait dans son ordinateur, posé à côté de son siège. En temps normal, il profitait des trajets en avion pour rattraper son retard.

Mais ce soir, il n'avait pas le moindre intérêt pour le contenu de son disque dur.

Il s'enfonça dans le large fauteuil de cuir, et observa sa nouvelle épouse, allongée sur son siège, en train de parler dans le téléphone de l'avion. Elle venait d'annoncer à son père leur mariage-surprise, et lui avait fait jurer de ne pas dire à Jacqueline qu'il avait été prévenu en premier.

Et même si ce n'était pas une nuit de noces traditionnelle, loin s'en fallait, il rêvait de partager une suite nuptiale avec Lauren.

Le monomoteur était spacieux, et pourvu d'une petite cuisine, mais n'offrait pas d'autre couchage que leurs sièges inclinables.

Son épouse — un éclair de surprise le parcourut à ce mot — composa un nouveau numéro, puis lissa les plis de sa robe turquoise.

— Bonjour, maman, dit-elle, de petites rides de fatigue apparaissant au coin de ses yeux. Pardon de te déranger si tard, mais j'ai des nouvelles vraiment importantes à t'annoncer.

Le regard qu'elle lui lança lui fit l'effet d'une caresse brûlante.

— Tu te souviens de Jason Reagert… oui… tu l'as rencontré chez moi la semaine dernière. Eh bien, il est plus qu'un ami. Nous venons de nous marier à Las Vegas…

Jason toucha le sobre anneau d'or à son doigt. La chapelle lui en avait fourni un au dernier moment, et il avait cru que la bague serait juste un accessoire destiné à sceller leur accord. Mais il se rendait compte que c'était plus que ça.

— Oui, maman, disait Lauren en hochant la tête, je sais que tu aurais aimé être prévenue et assister à la cérémonie. Mais nous n'avions pas beaucoup de temps. Prépare-toi, j'ai une autre grande nouvelle. Nous attendons un bébé…

Un cri s'échappa de l'écouteur, suivi par un long monologue incompréhensible. Lauren lui adressa un clin d'œil avant de reprendre la parole.

— Je dois accoucher dans un peu moins de cinq mois à présent… Non, je ne connais pas encore le sexe du bébé… Euh, une lune de miel ? C'est que nous avons beaucoup de travail…

Elle fut interrompue pour la dixième fois au moins.

— Maman, c'est vraiment…

Elle soupira, et plissa les yeux, pendant qu'à l'autre bout du fil, Jacqueline parlait de plus en plus fort.

C'en était trop. Il fallait qu'il fasse quelque chose.

D'un geste déterminé, il lui prit le téléphone des mains. Lauren eut un cri de surprise, mais il ne se laissa pas perturber.

— Jacqueline ? C'est votre nouveau gendre, Jason, et je suis sur le point de faire valoir mes droits conjugaux. Nous allons éteindre ce téléphone jusqu'à demain midi au moins.

— Mais attendez…, protesta-t-elle.

— Bonne nuit, Jacqueline.

Et il éteignit le téléphone.

— Eh bien ! fit Lauren. Je ne sais comment te remercier.

Elle semblait vraiment soulagée. Si seulement il pouvait continuer à lui éviter ce genre de désagréments.

— Est-ce que tu vas bien ? demanda-t-il.

Elle afficha un sourire tremblant.

— Au moins, maintenant, c'est fait.

— Mais est-ce que tu vas bien ? insista-t-il.

— Bien sûr.

Elle faisait tant d'efforts pour reprendre contenance qu'il voulut la prendre dans ses bras pour la réconforter.

La protéger.

Pourtant, quelque chose en elle lui disait de garder ses distances. C'était comme si elle avait construit des barrières invisibles entre eux deux. Elle semblait distante.

A l'évidence, le fait d'appeler ses parents l'avait bouleversée. Ce n'étaient pas de simples tensions familiales comme il en avait connu.

— Que se passe-t-il vraiment avec ta mère ?

— Je ne vois pas ce que tu veux dire, esquiva-t-elle, jouant avec la bretelle de son sac.

— Manifestement, ce coup de fil t'effrayait.

Il lui caressa le menton, et tourna son visage vers le sien.

— Je me rends compte que ta mère est, comment dire, excessive, mais je pense que tu ne me dis pas tout.

— Tu as raison, autant que tu sois au courant. Tu le découvriras de toute façon, avec le temps, puisqu'elle est la grand-mère de ton enfant.

Elle agrippa les bras de son siège et les serra si fort que ses articulations blanchirent.

— Ma mère a été déclarée bipolaire quand elle avait vingt-deux ans.

Mon Dieu ! Il ne s'était pas du tout attendu à cela.

— Je suis vraiment navré. Nous nous connaissons depuis un moment, pourtant tu ne m'en as jamais parlé.

A la décharge de Lauren, il avait été tout aussi discret sur son propre passé, ce qui expliquait sans doute pourquoi il ne l'avait pas interrogée trop avant sur le sien.

Elle lui lança un regard désabusé.

— Ce n'est pas le genre de choses dont on parle au travail ou autour d'un verre. « Tiens, au fait, ma mère est maniaco-dépressive. »

Et s'il avait pris le temps de lui parler davantage, l'année dernière, de l'écouter vraiment, au lieu de discuter travail et d'échanger des badineries désinvoltes ? Auraient-ils pu devenir suffisamment proches pour qu'elle se confie ? Pas si sûr. Après tout, il avait fallu un mariage forcé pour qu'elle finisse par s'ouvrir un peu.

— Tu dis qu'on l'a diagnostiquée à vingt-deux ans ?

— Elle a suivi différents traitements, par périodes.

Il devina que cette question était douloureuse. Jacqueline devait sans doute refuser de se soigner.

— Quand j'étais enfant, il y a eu de bons moments. Mais ces dernières années, elle a décidé qu'elle ne voulait plus aucun traitement — ni médicaments ni séances de thérapie.

Elle lissait sa robe sans cesse, comme si cela l'aidait à remettre de l'ordre dans ses pensées.

— Ne te méprends pas, je ne suis pas en train de geindre. C'était difficile de grandir avec ses changements d'humeur, bien sûr, mais j'imagine que je suis aussi une personne plus forte grâce à elle.

Il admirait la façon qu'elle avait de voir les choses

de manière positive, mais il soupçonnait aussi que c'était pour cela que personne ne remarquait quand elle avait besoin d'aide.

— Malgré tout, cela a dû être très difficile quand tu étais petite, de ne jamais savoir à quoi t'attendre.

Elle tira sur un fil qui dépassait de l'ourlet de sa robe, et se mordilla la lèvre.

— Autrefois, je craignais de devenir comme elle. Puisqu'elle semble toujours nier son problème, peut-être que je refuse la vérité, moi aussi ? J'ai même vu des psychiatres pour passer des tests.

— Et qu'ont-ils dit ?

Elle marqua un temps d'hésitation. Puis elle sourit avant de reprendre :

— Tu ne sembles pas prêt à fuir par la porte.

— Etant donné que nous sommes dans un avion, ce serait drôlement téméraire.

Dieu merci, elle rit. Un rire doux comme une caresse. Et de nouveau, il fut frappé par l'attraction qu'elle exerçait sur lui. Tout en elle semblait l'exciter.

Mais il ne se laisserait pas distraire pour l'instant. A en juger par son air vulnérable, elle avait besoin qu'il la rassure, maintenant, et il était bien décidé à ne pas lui faire faux bond.

— Lauren… (il mesura ses mots avec autant de prudence que s'il essayait d'obtenir un contrat d'un million de dollars), j'ai travaillé avec toi durant un an, et je n'ai rien vu qui me pousse à penser que tu as des problèmes similaires. Je ne suis pas médecin, mais je te connais suffisamment pour être certain que s'il y avait un problème, tu ferais tout ce qui est en ton pouvoir pour le régler.

Elle déglutit, puis cligna des yeux pour refouler ses larmes.

— Merci, Jason, j'apprécie. J'en suis persuadée moi aussi. Mais quand les gens apprennent sa maladie, j'ai l'impression qu'ils me regardent différemment, comme s'ils ne me prenaient plus au sérieux juste parce que...

— Hé, dit-il en posant la main sur son bras, je te prends au sérieux, moi.

Et c'était le cas, sur le plan personnel comme professionnel. Il faisait confiance à son propre jugement et, durant un an, il avait vu à quel point Lauren était quelqu'un de stable et de posé. Au point qu'il se demandait même comment briser son calme stoïcisme.

— Merci, répéta-t-elle.

Elle serra sa main. Sa bague de fiançailles et son alliance brillaient sous la lumière douce de la cabine.

— Jusqu'ici, les médecins m'ont tous dit qu'ils ne voyaient aucun signe de bipolarité en moi. La maladie apparaît en général à l'adolescence ou à la vingtaine. Je sais qu'il n'y a aucune garantie, mais tu ne m'entendras pas me plaindre d'avoir trente ans.

— Cela a dû être un soulagement de le savoir.

— Plus que tu ne l'imagines.

Elle posa la main sur son ventre.

— Mais je m'inquiète de nouveau. Si j'avais transmis le gène à notre enfant ?

Comment répondre à cette interrogation ? Il avait à peine assimilé le fait qu'il allait être père. Il avait surtout songé à assurer l'avenir du bébé, à convaincre Lauren de venir en Californie, à leur éviter des déboires professionnels à tous les deux.

Il y avait tant d'aspects de la vie de son enfant dont

il pourrait s'inquiéter. Et il y avait des choses qu'il ne pouvait absolument pas contrôler. Son énergie serait mieux dépensée s'il la consacrait à ce qu'il *pouvait* contrôler.

— Tu es au courant. Je le suis aussi. Nous serons vigilants, et nous fournirons à notre enfant toute l'aide dont il ou elle aura besoin, si le cas se présente.

Il serra sa main, et se réjouit de sentir son pouls s'affoler sous son pouce. Ou étaient-ce ses propres battements de cœur qui s'accéléraient, au contact de sa peau soyeuse ?

— Tu sais, ma famille compte beaucoup de diabétiques, et j'ai une sœur dyslexique, dit-il. Peu de familles ont une histoire médicale parfaite.

Une larme roula sur la joue de Lauren.

— Tu peux être à la fois si merveilleusement logique et gentil à la fois.

— Gentil ? C'est une grande première.

— Je suis sérieuse, dit-elle. Tu as su exactement quoi dire, et je devine que tu pensais chaque mot.

— Ce matin, tu m'as dit que j'étais le publicitaire typique, doué pour vendre, même si pour cela je dois recourir au mensonge.

Il ne savait pas au juste pourquoi il la mettait en garde, juste au moment où elle voyait enfin des qualités en lui. Depuis quand se sabotait-il ?

Et, à cet instant, il comprit. Lauren comptait trop pour lui, voilà pourquoi il se devait d'être totalement honnête envers elle. Etait-il possible qu'il veuille plus d'elle qu'une nuit de noces ?

Il se força à se concentrer sur ce qu'elle venait de dire. Difficile, quand il avait l'impression que le sol roulait sous ses pieds, alors que l'avion était parfaitement stable.

Elle lui caressa doucement le visage.

— Peut-être que je commence à faire davantage confiance à mon instinct, et mon instinct me dit que tu es un homme bien.

Et, sans crier gare, elle posa les lèvres contre les siennes.

Quand elle plongea les mains dans ses cheveux, il inclina la tête pour approfondir leur baiser. Le doux abandon de ses lèvres contre les siennes attisa un feu à peine contenu en lui. Il désirait Lauren — au point d'en rêver la nuit — depuis leur aventure. Il avait eu beau tenter de se convaincre qu'il était simplement accaparé par son nouveau travail, personne n'avait attiré son regard ou son attention comme Lauren.

Personne.

Elle se blottit contre lui, ne faisant qu'attiser son désir. Il brûlait de la caresser de nouveau. D'être peau contre peau, d'explorer chaque creux et chaque vallée de son corps, de la regarder vibrer de passion sous ses caresses.

Il en avait les mains tremblantes, rien que d'y penser.

Il la sentit sourire contre sa bouche, puis elle recula. Ce baiser n'était pas une invitation à consommer leur mariage, mais c'était un pas dans la bonne direction.

— Bonne nuit, Jason, murmura-t-elle, avant de se caler sur son siège.

Elle battit des cils et, presque aussitôt, s'endormit.

Lui, en revanche, était bien réveillé. Il essaya de trouver une position confortable, mais la brûlure du désir ne le quittait pas, le mettant au supplice.

A présent, il prenait conscience d'une chose. Il s'était tellement concentré sur le fait de glisser la bague au doigt de Lauren qu'il n'avait pas songé un instant que le plus dur restait à faire.

Faire en sorte que l'alliance reste à son doigt.

- 7 -

Assise sur le rebord de son lit, Lauren s'apprêtait à passer sa nuit de noces. Seule.

Ou, du moins, ce qu'il en restait. Quand leur avion avait atterri, le soleil pointait en effet déjà à l'horizon, peignant une douce lumière aux nuances jaunes et orangées dans le ciel. Elle aurait aimé admirer le lever de soleil avec Jason, mais il était déjà en train de se préparer à partir au bureau — une réunion qu'il ne pouvait manquer, avait-il dit. Il avait promis de rentrer tôt, mais, pour ne pas avoir l'air trop en demande, elle lui avait assuré que de toute façon, elle aussi avait beaucoup de travail.

Etrange mariage. Etrange lune de miel. Néanmoins, aucun d'eux ne pouvait se permettre de prendre des jours de congé. Ils luttaient tous les deux pour consolider leur carrière. C'était idiot de vouloir davantage.

Pourtant, elle ne pouvait s'empêcher de se demander comment elle allait pouvoir reprendre sa vie d'avant, après ce qu'ils venaient de vivre.

Trop agitée pour retourner dormir, elle enleva ses chaussures et s'aventura dans le couloir à l'étage. Elle n'osa pas s'approcher de la pièce dans laquelle Jason se douchait, car elle n'était pas sûre de pouvoir résister à la tentation de le rejoindre, dans cette salle de bains magnifiquement rénovée. Jusqu'ici, tout ce qu'elle avait vu dans la maison était luxueux, depuis la cuisine jusqu'aux trois salles de bains, en passant par la suite principale, dotée d'un salon. Elle n'avait pas encore vu les autres pièces, mais elle les imaginait tout aussi élégantes.

Elle entra dans la pièce juste à côté de la suite. *Vide*. Juste un parquet, des moulures au plafond, et quelques cartons. Avec sa vue imprenable, elle ferait une chambre d'amis idéale.

La pièce suivante avait un plafond voûté. Lauren s'imagina aussitôt y peindre des anges comme ceux de la chapelle Sixtine. Un décor idéal pour une chambre d'enfant… Soudain troublée par la tournure que prenaient ses pensées, elle ferma la porte précipitamment derrière elle.

Il ne restait plus qu'une pièce. Celle-ci était meublée. Rien de remarquable. Juste un bureau en merisier avec un ordinateur, une imprimante, et un téléphone-fax. Et un fauteuil de cuir.

Sur l'écran de l'ordinateur, une scène nautique défilait. Jason avait dit vouloir profiter des loisirs qu'offrait San Francisco, mais les seuls objets personnels qu'elle voyait dans sa maison étaient des costumes et des outils de travail. Même si elle comprenait la satisfaction que le travail apportait, une part d'elle-même avait très envie d'apporter dans la maison de Jason — dans son monde — un peu de vie. Avec des meubles chaleureux. Des plantes.

Des rayons de soleil s'infiltrèrent à travers les rideaux, lui rappelant que le jour se levait et qu'elle n'avait pas fermé l'œil de la nuit. Elle avait besoin de sommeil, pour le bébé, si ce n'était pour elle-même.

Elle allait tourner les talons quand un cadre au mur attira son attention. Elle revint dans la pièce, et s'approcha. Quand elle découvrit ce qu'il représentait, elle sentit une étrange émotion lui nouer le ventre…

C'était bien le dessin à l'encre du voilier qu'elle avait créé pour une eau de toilette.

D'une main tremblante, elle suivit les contours de son œuvre, et songea à Jason. Quatre mois plus tôt, il avait quitté son bureau sans aucune protestation, et ne l'avait jamais rappelée. Certes, c'était elle qui lui avait demandé de partir, elle qui l'avait repoussé.

Mais se pouvait-il qu'il ait pensé à elle, tout aussi souvent qu'elle avait rêvé de lui ?

Dans la salle de conférences de MC, Jason ruminait. Il n'avait toujours pas trouvé le moyen de garder Lauren à San Francisco. Cela le rendait si nerveux qu'il faisait tourner son stylo sur la grande table ovale, et pivotait imperceptiblement dans son fauteuil de cuir rouge.

Gavin Spencer, un autre publicitaire de MC, fixa son stylo en mouvement et haussa un sourcil.

Jason sursauta. Il se sentait comme un gamin pris la main dans le sac, tout cela parce qu'il avait envie de rentrer chez lui avec sa nouvelle épouse.

Mais, au lieu de cela, il était obligé d'assister à cette réunion. Située au centre du sixième étage, la salle de conférences était un immense espace. Les quatre murs de verre transparent pouvaient s'opacifier grâce à une commande électrique. La présentation du jour était projetée sur un des murs, qui faisait office d'écran géant.

Brock cliqua sur l'image finale de son diaporama avant de se tourner vers l'assemblée.

— C'est tout pour l'instant.

Il se tourna vers son assistante, Ella Linton.

— Ella, vous enverrez les détails de ma présentation à tout le monde ?

La jeune femme eut un hochement de tête efficace.

— Ce sera fait, monsieur Maddox.

Brock alluma les lumières et se tourna vers Jason.

— Jason ?

Pourvu que son P-DG ne lui demande pas sur quoi portait la dernière image…

— Oui ?

— Permets-moi d'être le premier à te féliciter officiellement pour ton mariage. Tout le monde se joint à moi pour vous souhaiter, à Lauren et à toi, une longue vie de bonheur.

Brock applaudit, et toute l'assemblée l'imita.

Lorsque les acclamations et les applaudissements s'évanouirent, Flynn se leva.

— Nous sommes tous impatients de mieux connaître ton épouse, au prochain dîner de l'agence.

— Nous y serons.

La soirée serait plus formelle que leurs réunions au Rosa Lounge. Les épouses étaient censées y assister. Le travail de publicitaire exigeait beaucoup d'investissement et de temps, même si cela interférait avec la vie privée. A ce qu'il avait entendu dire, le mariage de Flynn n'avait pas résisté à toute cette pression.

Comment les gens parvenaient-ils à trouver l'équilibre entre travail et vie de couple ? En ces temps concurrentiels, beaucoup de gens étaient prêts à lui voler sa part. Le fait de garder sa place était devenu encore plus important, maintenant qu'il avait une femme et un bébé qui dépendaient de lui.

Gavin lui donna une tape sur l'épaule.

— Qu'est-ce que tu fais encore ici, alors que ta jolie épouse est toute seule ?

— N'espionne pas mes contrats pendant mon absence, dit-il, et il ne plaisantait qu'à moitié.

— Ça ne me viendrait même pas à l'idée, dit Gavin, mais son esprit de compétition affleurait sous ses paroles.

Toutefois, si l'ambition de son collègue permettait à MC de rester au sommet, c'était tant mieux pour tout le monde.

Jason se leva, impatient de partir. Son emploi du temps était chargé, mais un après-midi de repos le lendemain de son mariage semblait plus que raisonnable. En fait, cela semblerait même suspect s'il restait au bureau.

— Je pars tôt aujourd'hui. Mais Lauren et moi comptons prendre notre lune de miel plus tard. Elle comprend l'importance de la campagne Prentice. En fait, elle est impatiente de rencontrer Walter Prentice à la grande soirée.

Brock l'étudia attentivement.

— Il vaudrait peut-être mieux le rencontrer dans un cadre moins formel, pourquoi pas en prenant un verre après le travail au Rosa Lounge cette semaine ?

— J'en parlerai à Lauren et je te tiendrai au courant.

— On dirait que tu as trouvé la perle rare, commenta Brock. Et c'est une femme d'affaires avisée, par-dessus le marché.

— C'est vrai, Lauren est une femme exceptionnelle.

Je suis heureux qu'elle ait accepté de me suivre en Californie, surtout quand on sait qu'elle a sa propre société sur la côte Est.

Voilà. Il avait posé les jalons du retour de Lauren à New York, comme il avait promis de le faire. Mais il ne comptait pas la laisser repartir sans se battre.

La laisser repartir ?

Il pensait surtout au bébé. Enfin, c'était ce dont il essayait de se persuader. Parce qu'il voulait être un père à plein temps, comme son père ne l'avait jamais été pour sa sœur et lui.

Mais soudain, il refusa de se mentir plus longtemps. Il voulait garder Lauren auprès de lui, avant tout. Elle s'adaptait si bien à sa vie. Ils avaient déjà prouvé qu'ils s'entendaient à merveille comme amis, et comme collègues.

Et sur le plan sexuel, l'alchimie était évidente.

Lauren devrait vivre en Californie, avec lui. Il pourrait l'aider dans sa carrière, et dans ses relations avec sa famille. Ils pourraient avoir une vie de rêve. Tout ce qu'il lui restait à faire, c'était d'en convaincre Lauren.

Mais, songea-t-il soudain, elle savait aussi bien que lui qu'il y avait une alchimie entre eux. Il avait consacré tous ses efforts à la séduire, alors qu'il devrait œuvrer à la convaincre sur un plan pratique, en lui montrant les façons dont leurs vies respectives pouvaient s'accorder. En réalité, il ne devait pas concentrer tous ses efforts à l'attirer dans son lit, mais surtout à la persuader qu'ils pourraient fonder une vraie famille.

Alors, il allait calmer ses ardeurs, et tenter une approche nettement plus romantique.

*
* *

Lauren sortit de la salle de bains et serra le col de son peignoir. Le dîner avec Jason l'avait épuisée nerveusement. Ils étaient rentrés du travail avec de délicieux plats tex-mex et, durant tout le repas, leurs jambes s'étaient effleurées. Une véritable torture qui n'avait fait qu'accroître sa frustration. Elle avait espéré qu'une bonne douche l'aurait aidée à éteindre son désir. Mais au contraire, cela n'avait fait que l'attiser. Tandis que l'eau coulait sur son corps, elle n'avait fait que penser à lui. Elle l'avait imaginé s'asseyant sur le siège en face de la douche.

Puis elle s'était vue se mettre à califourchon sur lui.

Une goutte d'eau ruisselant de ses cheveux glissa entre ses seins, lourds et douloureux. Elle l'essuya d'un geste rageur et s'efforça de penser à tout autre chose qu'au corps de Jason nu contre le sien.

Mais en entrant dans le salon, elle s'arrêta net. Agenouillé devant la cheminée, Jason attisait un feu avec un tisonnier. Les muscles de ses cuisses se dessinaient nettement sous la toile bleu délavé de son jean. Elle mourait d'envie de faire courir ses doigts sur ses muscles, d'explorer la force de son corps, la douceur de sa peau. Et le feu en elle s'embrasa comme celui du foyer, brûlant et incontrôlable. Elle avança, pieds nus sur le sol froid.

Inconscient de sa présence, Jason se leva et sortit d'un carton d'emballage une épaisse couette rayée. En un tournemain, il l'étala sur le sol, devant le feu crépitant.

— Tu as laissé tomber le fauteuil et choisi de dormir par terre ?

Il lui sourit par-dessus son épaule.

— Tu semblais en forme pendant le dîner, alors je me suis dit que tu aurais peut-être envie de discuter ce soir.

— Discuter ? Tu as envie de discuter ?

— Oui. Pourquoi pas ?

Le dessin du voilier accroché dans le bureau lui donna le courage d'entrer dans le jeu de Jason. Il avait concocté une mise en scène romantique dont l'intention était évidente. Dans le coin, elle aperçut le même plateau laqué noir sur lequel il avait pris l'habitude de lui apporter son petit déjeuner. Quelques ustensiles de cuisine y étaient posés. Et à côté, deux verres à vin. Pleins.

— C'est du jus de raisin, commenta-t-il. Je me suis dit que tu devrais au moins apprécier le raisin californien sous cette forme, puisque tu ne peux pas goûter aux merveilleux vins de la région pour l'instant.

Coinçant le peignoir entre ses genoux, elle s'assit sur la couette.

— Comment était ta journée ? Tout le monde t'a cuisiné pour avoir des détails de notre mariage à Las Vegas ?

— C'est de la curiosité naturelle. J'ai reçu beaucoup de félicitations. Tout le monde veut te connaître mieux, bien sûr. Il y a une soirée ce week-end pour fêter le contrat Prentice.

— Je serai là, bien sûr. C'est pour ça que nous nous sommes lancés dans ce mariage, non ?

Il remua les bûches, et marqua une longue pause.

— Les collègues vont aussi prendre un verre dans un bar non loin du bureau, de temps en temps. Nous ne sommes pas obligés d'y aller cette semaine, si cela fait trop pour toi. Après tout, toi aussi tu as de longues journées.

— Cela ne me pose pas de problème de passer du temps avec les gens de MC.

Sauf avec Celia. Maintenant qu'elle y songeait, ce serait même très embarrassant de tomber sur elle. Soudain, elle n'avait plus envie de parler de travail.

— Je dois avouer que ta décoration pour le moins minimaliste fonctionne bien… enfin, il y a l'exception de ton bureau meublé, à l'étage.

Elle le guetta du coin de l'œil, pour détecter la moindre réaction de sa part.

— J'ai apporté quelques affaires de New York avec moi.

Il fit un signe de tête vers les cartons.

— Des draps. De la vaisselle. Mes vêtements, et quelques livres.

— Ton bureau.

Et le voilier qu'elle avait dessiné.

— Oui.

Il tapota la couette.

— C'était mon couvre-lit, à New York.

— Parfait pour les froides soirées d'hiver, mais guère adapté par les températures plus douces de San Francisco, alors tu l'avais laissé dans son carton.

Une fois de plus, elle fut intriguée par le mode de vie de Jason. Pourquoi se contentait-il de vivre au jour le jour ?

— Exactement. Il ne fait pas froid ici.

— Mais assez pour faire un feu ce soir.

Elle avança pour respirer le parfum boisé et puissant d'un vrai feu de cheminée.

— Et assez chaud pour jardiner.

La pièce baignait maintenant dans une douce chaleur, et elle remarqua que Jason relevait ses manches.

— Je me demandais si tu voulais bien jeter un coup d'œil aux parterres de fleurs, et me faire quelques suggestions, dit-il.

Aussitôt, une foule d'idées lui vinrent à l'esprit. Elle verrait bien des vignes grimpantes sur un treillis, tout à fait comme celui qu'elle pouvait imaginer dans le jardin arrière, autour d'un Jacuzzi. Mais elle se rappela aussitôt que ce n'était pas chez elle. Elle n'allait pas rester éternellement et, pour l'heure, elle n'était pas sûre de pouvoir supporter d'avoir d'autres choses à regretter quand elle retournerait à New York.

— Tu ne devrais pas plutôt engager un paysagiste ?

— Je préférerais que ma talentueuse épouse dessine un plan et mette le paysagiste au travail. Mais seulement si tu as le temps, bien sûr.

Il baissa la tête, comme s'il essayait de capter son regard.

— Je suis sérieux, Lauren.

Elle allait sans doute le regretter plus tard, mais…

— D'accord, je vais jeter un coup d'œil et esquisser quelques idées.

Elle fixa son alliance et son solitaire et décida de mettre les choses au clair :

— Ce sera amusant d'imaginer des choses que le bébé aimera quand nous viendrons en visite.

— Génial, dit-il avec un sourire — une autre chose qui lui manquerait quand elle partirait.

Il sortit de derrière un carton un petit sac d'épicerie.

— J'ai apporté de quoi accompagner le jus de raisin, si tu as faim.

— J'ai toujours faim le soir, en ce moment.

Le bébé bougea en elle, comme s'il anticipait déjà les réjouissances à venir.

— Je suis content que tu n'aies plus de nausées.

Il sortit des biscuits au miel, des marshmallows… et des chocolats Godiva.

Elle en eut aussitôt l'eau à la bouche. Elle regarda avec avidité tous les ingrédients qu'il tenait dans ses mains.

— Des sandwichs marshmallow-chocolat ? demanda-t-elle.

— Sauf si tu n'en as pas envie. Je sais que les femmes enceintes ont des fringales particulières.

Il plaqua la boîte dorée contre lui.

— Je peux manger les chocolats tout seul.

— Pas si tu veux rester en vie.

Elle agrippa la boîte de chocolats, déchira le ruban, et glissa une truffe dans sa bouche.

— Divin ! s'exclama-t-elle.

— J'en déduis que tu veux un sandwich, dit-il, l'air malicieux.

— Ou trois, dit-elle, se détendant sur la couette.

Elle croisa les jambes, et s'adossa contre un carton. Cette soirée était aussi agréable que le feu dans la cheminée. Jason superposa un chocolat et une guimauve entre deux biscuits, et glissa avec adresse le sandwich sur une plaque de gril.

Elle regarda faire, émue malgré elle par tant de prévenance. Il était étrange de voir cet homme d'affaires coriace et sûr de lui préparer avec concentration un sandwich de sucreries. Elle avait beau connaître Jason depuis plus d'un an, il ne cessait de la surprendre davantage de jour en jour. Elle repensa à la conversation qu'ils avaient eue sur la maladie de Jacqueline. Là aussi, sa compréhension et sa gentillesse l'avaient touchée.

— Merci pour tout.

Il la regarda par-dessus son épaule.

— Attends de goûter, avant de me remercier.

— Je voulais dire, d'avoir été si compréhensif au sujet de ma mère.

— Navré que ce coup de fil t'ait perturbée.

La lumière du feu éclaira son regard, dans lequel brillait un intérêt sincère.

— Si seulement je pouvais faire quelque chose.

— Ce n'est rien. Je n'ai plus vraiment besoin de son approbation.

— Mais elle a encore le pouvoir de te blesser, observa-t-il avec un peu trop de perspicacité.

— J'imagine qu'il y a une part en soi qui ne cesse jamais de rechercher la reconnaissance de sa mère. Le problème, c'est que ma mère ne m'approuve que si je mène *son* style de vie. *Ses* rêves.

Elle laissa échapper un rire sans joie.

— Et ses rêves sont d'une ambition démesurée.

— L'ambition, ça a du bon.

Il posa l'en-cas sucré sur une petite assiette, le chocolat et le marshmallow coulant sur les côtés, et la lui tendit.

— Non, je veux dire, vraiment démesurée, dit-elle en prenant l'assiette. Ma mère a des rêves aussi élevés que l'Everest. Deux jours après mes leçons de claquettes, elle me voyait déjà à Broadway. Si je faisais un plongeon dans la piscine, elle parlait de jeux Olympiques.

— C'est beaucoup de pression pour un enfant.

— Elle avait le même genre de projets pour elle-même et pour son art. Elle disait toujours que le fait d'épouser papa (elle plongea le doigt dans le mélange fondant et chaud) et de tomber enceinte de moi lui a coûté une grande carrière à Paris.

— Ta mère est une artiste ?

— Elle a un don étonnant, mais elle est d'une grande exigence. Donc, elle pense que je galvaude mon talent.

Elle dut lécher la mixture un tout petit peu trop longtemps, car elle vit Jason tirer sur le col de sa chemise comme s'il avait du mal à respirer. Pour être tout à fait honnête, cette réaction la flatta et lui redonna espoir.

Il suivait des yeux le moindre de ses mouvements, d'un regard assombri.

Quelle femme enceinte ne serait pas heureuse de se sentir désirable et sexy ?

— Tu as une brillante carrière.

— Si brillante que mon comptable dépense tous mes fonds sur une île paradisiaque.

Elle mordit dans sa friandise, et lécha ses lèvres. Le gémissement qu'elle entendit venait-il d'elle ou de Jason ?

— Ce genre de choses arrive. Et tu t'en remets, la rassura-t-il.

Il s'agita sur la couverture, ce qui ne fit qu'attirer son attention sur son érection. Une nouvelle onde de chaleur monta en elle.

Bien vite refroidie par la seule pensée de sa mère.

— Je me pose beaucoup de questions, avoua-t-elle. J'étudie chaque décision que j'ai prise pour détecter des erreurs, une négligence. Un manque de concentration.

Elle reposa la friandise sur l'assiette. La soirée ne lui semblait plus si drôle, à présent.

— Et tes parents ? demanda-t-elle. Les as-tu prévenus que tu allais être père ?

— Je ne leur parle pas, dit-il tout en préparant un deuxième sandwich.

— C'est triste.

Il eut l'air sincèrement surpris.

— Pourquoi serait-ce triste ? Tu ne serais pas contente d'éviter les confrontations avec ta mère ?

Certes, sa mère lui apportait beaucoup de frustrations, et la blessait même parfois, mais elle ne s'imaginait pas couper les ponts avec elle. Qu'est-ce qui avait conduit Jason à rompre si brutalement avec sa famille ?

— Elle reste ma mère, dit-elle.

Quoique, elle devait l'admettre, la distance supplémentaire que la Californie avait instaurée entre elle et Jacqueline était plutôt rassurante.

— Tu es drôlement tolérante — sauf quand il s'agit de moi, bien sûr.

Songeant à la scène qu'elle lui avait faite au bureau, elle grimaça.

— Je croyais que tu n'avais rien fait de mal avec Celia.

— Je parlais de la façon dont je t'ai quittée il y a quatre mois.

Il posa son assiette et s'approcha d'elle.

— J'aurais dû manquer ce fichu vol et rester discuter avec toi.

— Je t'avais dit de t'en aller.

Il écarta les cheveux qui barraient sa joue, provoquant des petits frissons dans son sillage.

— J'aurais dû te demander si tu le pensais vraiment.

— A ce moment-là, oui, j'étais sérieuse.

Elle avait été si terrifiée de perdre tout contrôle avec lui qu'elle lui avait montré la porte aussi vite qu'elle avait pu. Elle avait cru qu'il avait ressenti la même chose. Et que, comme elle, il n'avait baissé sa garde que parce qu'il avait été sûr de partir.

— Et maintenant, Lauren ?

Maintenant, elle était plongée en pleine confusion, mais une chose était sûre : elle ne pouvait plus le rayer de sa vie.

— Nous sommes liés à jamais par le bébé.

L'air entre eux devint électrique. Le parfum de Jason, le feu de cheminée, l'intimité de cette conversation, c'en était trop. Il fallait qu'elle change de sujet. Tout de suite.

Alors, elle sortit de la poche de son peignoir une photo de sa dernière échographie.

— Je t'ai apporté quelque chose.

Il observa le cliché, puis l'interrogea du regard.

— C'est notre bébé ?

Elle opina, bien décidée à ne pas laisser les larmes couler.

Jason caressa la photo du bout des doigts.

— Sais-tu si c'est une fille ou un garçon ?

— On n'a pas pu me le dire. Le bébé a joué les timides, mais le médecin m'a dit qu'on pourrait le savoir à la prochaine échographie. Que préférerais-tu ?

— Fille ou garçon, je serai heureux de toute façon.

Il riva son regard au sien. Rien que le fait d'avoir sa totale attention était sexy et enivrant.

— J'ai simplement besoin de savoir que vous êtes tous les deux en bonne santé.

Avec douceur, il caressa le bas de son dos, comme s'il avait deviné qu'une douleur persistante s'y logeait souvent. Sa prévenance réveilla une autre douleur en elle, exquise celle-là. Tout ce que Jason avait dit et fait ce soir lui faisait remettre en question sa décision de rentrer à New York, et lui donnait envie d'abandonner tout ce pour quoi elle avait travaillé dur, rien que pour une autre chance avec lui…

Elle se redressa et tenta de rassembler le peu de maîtrise qui lui restait.

— Le bébé et moi allons bien. Tu n'as pas à t'inquiéter.

D'un geste tremblant, elle saisit son assiette et se leva.

— Merci encore pour le pique-nique, mais il faut que j'aille me coucher.

Il la regarda partir, un doux rire aux lèvres qui la suivit jusqu'en haut de l'escalier. Pourquoi fallait-il qu'il soit absolument parfait ce soir, et qu'il lui fasse entrevoir l'existence rêvée qu'ils pourraient mener ensemble, si elle restait à San Francisco ?

Elle referma la porte de sa chambre, mais cela ne suffit pas à éteindre le feu au creux de son ventre.

Il n'y avait qu'une seule façon d'oublier son désir pour Jason.

L'assouvir.

Mais serait-elle assez courageuse pour prendre ce risque ?

- 8 -

Le Rosa Lounge n'était pas du tout comme elle s'y attendait.

Jason lui avait dit que c'était un bar à cocktails, et elle avait imaginé un endroit haut de gamme, de style new-yorkais. Au lieu de cela, elle venait de découvrir le style rétro-funky de San Francisco.

L'éclairage rose fuchsia projetait une lumière tamisée étonnante, tandis que les touches de noir et de blanc ajoutaient une note chic à l'ensemble. L'artiste en elle appréciait ces contrastes audacieux.

De plus, la nourriture était exquise. Elle plongea un triangle de fromage grillé dans une coupelle de soupe à la tomate. A présent que ses nausées étaient de l'histoire ancienne, son appétit semblait vouloir rattraper le temps perdu. Elle mordit dans une bouchée. Succulent, comme les autres mets qu'elle avait goûtés. Toutefois, rien ne valait les en-cas de Jason.

D'ailleurs, rien dans ce séjour à San Francisco ne tournait comme elle l'avait prévu. Oserait-elle s'exposer à d'autres surprises et entamer une liaison avec Jason ? L'idée lui semblait effrayante, et même stupide, puisqu'elle portait déjà son enfant. Mais le bébé était là, maintenant, et elle ne savait comment dépasser cette barrière pour simplement suivre son désir.

Une main sur son épaule la tira de ses pensées.

— Oui ? demanda-t-elle en se tournant rapidement.

— Bonsoir, nous n'avons pas encore eu l'occasion d'échanger quelques mots. Je suis Ella Linton, l'assistante de Brock.

La jolie brune, d'une beauté discrète et sans prétention, lui tendit la main.

— Lauren Presley… je veux dire, Reagert. Je ne suis pas encore habituée à mon nouveau nom.

— Bien sûr, dit Ella en souriant. Les mariages express vous laissent moins de temps pour vous préparer aux changements à venir.

Un mariage express qui était devenu public après sa scène chez MC. Lauren se retourna vers le bar. Naturellement, Celia était bien loin, installée à une haute table de l'autre côté de la salle.

— Jason et moi nous connaissons depuis un an, précisa-t-elle à l'assistante.

— Pardon si mon commentaire sonnait mal. Je ne voulais pas sembler indiscrète ou sous-entendre quoi que ce soit.

Ses yeux bleus brillaient de sincérité — et de curiosité.

— Nous sommes tous simplement curieux de connaître mieux la femme qui a réussi à passer la corde au cou de Jason Reagert.

Une nouvelle bouffée de colère envahit Lauren.

— Vous voulez dire, puisque Celia Taylor lui faisait du charme il y a encore quelques jours ?

— Eh bien, Lauren, s'exclama Ella, on peut dire que vous ne mâchez pas vos mots.

— Si je ne m'abuse, vous aviez tous une place aux

premières loges, ce jour-là. Mon arrivée était un peu trop théâtrale, je sais.

Seigneur, elle voulait sortir de toute cette histoire en préservant sa fierté. Tout en inventant un mensonge plausible pour couvrir Jason.

— J'imagine que je sors les griffes quand il s'agit de mon mari.

Elle regretta aussitôt ces paroles. D'autant plus qu'elle ne pouvait nier que c'était la stricte vérité. Elle tourna la tête dans la direction de Celia. La jolie rousse un peu trop flamboyante à son goût sourit de manière tendue à un homme qui tentait manifestement de la séduire, puis regarda vers la porte. Il était évident qu'elle voulait fuir, mais ne savait comment faire. En apparence, la jeune femme semblait sûre d'elle, mais son agitation ne collait guère avec cette image.

— Lauren, dit Ella en posant la main sur son bras, personne ne vous reproche d'avoir été en colère. Celia est magnifique, et beaucoup se sont demandé si elle s'était servie de ses charmes pour arriver là où elle est.

Malgré elle, Lauren ressentit un élan de sympathie envers Celia. Elle savait comme il était difficile d'avancer dans le monde des affaires quand ce genre de rumeurs vous précédait.

— C'est pour le moins vexant.

Ella sirota son Martini, et l'observa par-dessus le bord de son verre.

— A moins que ce ne soit la vérité. Je veux dire, c'est un monde très compétitif. Restez sur vos gardes.

Ella avait raison. Lauren devait faire preuve de prudence, notamment devant l'assistante de Brock.

Car elle avait un gros secret à cacher. Le fait que son mariage était factice.

— Merci du conseil, Ella. J'apprécie votre prévenance, et je suis sûre que Jason appréciera aussi.

— Je vous en prie.

Au même moment, Jason se glissa derrière elles.

— Bonsoir, mesdames. Puis-je vous offrir un autre verre ?

Lauren avait reconnu son eau de toilette aux notes chaudes avant même qu'il n'ouvre la bouche.

— Ça ira pour moi, merci.

— Pour moi aussi, dit Ella en levant son Martini blanc.

Jason serra Lauren contre lui.

— Vous vous amusez toutes les deux ?

Lauren leva les yeux vers lui.

— J'apprends les potins de chez MC, par une personne bien renseignée.

Jason sourit.

— Ella, bien sûr.

L'assistante rit, puis regarda l'assiette de Lauren.

— Je crois que je vais me commander la même chose. J'ai été ravie de discuter avec vous.

Une fois qu'elle se fut éloignée, Lauren se retourna vers Jason, en prenant soin de garder son assiette en équilibre.

— Je pense que tout se passe bien.

— C'est un euphémisme. Tu as fait des merveilles ce soir. Si nous nous détendions un peu ? Tu veux t'asseoir et manger ? Ou danser ?

Elle faillit choisir la nourriture, mais la chaleur des

mains de Jason sur sa taille avait réveillé un autre appétit.

Après tout, que pouvait-il lui arriver sur la piste ?

Après trois airs endiablés, Jason prit Lauren dans ses bras pour danser un slow. Il la sentit se raidir imperceptiblement, puis poussa un soupir de capitulation. La sueur qui perlait sur son front suscita en lui des images érotiques. En fait, dès qu'il voyait Lauren, il avait ce genre de pensées, et plus encore quand il la tenait contre lui.

Cette femme était la tentation personnifiée.

Ce slow lui fournissait l'occasion rêvée d'avancer dans son entreprise de séduction, tout en restant dans la retenue.

— Merci d'être si géniale ce soir, dit-il en appuyant son front contre le sien.

— Je remplis juste ma part du contrat.

Ses jambes effleuraient les siennes, et ses seins appuyaient contre son torse.

D'accord, peut-être que ce slow, ce n'était pas une bonne idée, tout compte fait.

— Tu es vraiment étonnante, et pas seulement d'un point de vue professionnel.

Il pencha la tête, et posa ses lèvres sur les siennes. Pas assez longtemps pour se donner en spectacle, mais suffisamment pour qu'elle s'adoucisse contre lui, pendant que lui se tendait de désir. Les lèvres de Lauren avaient encore la saveur citronnée de son eau pétillante.

Un couple les bouscula, et il releva la tête, non sans regret.

— Essaierais-tu de me séduire ? dit-elle.

Elle avait la voix rauque et sexy, et sa poitrine se soulevait et s'abaissait à un rythme rapide.

Il glissa les mains le long de sa taille.

— Je t'ai juste embrassée.

— Tu appelles ça un simple baiser ?

— Je crois que tu viens de me faire un compliment.

Les joues roses, elle lui donna une tape sur le torse.

— Tu savais parfaitement ce que tu faisais, et quel effet cela avait sur moi.

— Tu as aimé le baiser, conclut-il en l'étreignant.

— Une évidence, dit-elle en se balançant contre lui. Mon corps est traître quand il s'agit de toi. Alors, essaies-tu de me séduire, oui ou non ?

Une réponse trop évidente le mènerait à l'échec. Il fallait tenter une approche plus subtile, plus romantique.

— Qui a dit qu'un baiser menait forcément plus loin ?

Elle le dévisagea, manifestement désarçonnée.

— Quoi ?

— Tu n'es pas de cet avis ?

— Si, si, bien sûr. C'est juste que je ne m'attendais pas à entendre cela de ta part. Un homme.

— Je t'assure que je suis vraiment un homme.

— Je sais, oui.

Elle appuya légèrement son ventre arrondi contre lui.

— T'embrasser (il effleura de nouveau ses lèvres dans un baiser prometteur) m'apporte beaucoup de plaisir.

Et de tourment. Mais il ne voulait pas perdre un terrain précieux en mentionnant ce fait.

Ash, le directeur financier de MC, s'avança sur la piste de danse en compagnie de sa nouvelle petite amie, une étudiante. Ash se souvenait-il que trois semaines plus tôt, dans ce même bar, Jason et lui s'étaient réjouis d'être des célibataires endurcis ? Certes, Ash avait déjà un mariage raté à son actif.

En caressant son alliance, Jason s'avisa une fois de plus que la patience était une vertu. Pour garder Lauren, il lui faudrait faire preuve de finesse. Ils avaient déjà essayé la manière irréfléchie, en se jetant dans les bras l'un de l'autre, et cela ne s'était pas bien terminé pour lui.

Or il ne commettait pas deux fois la même erreur.

Lorsque le slow se termina, il l'entraîna aussitôt hors de la piste.

— Que dirais-tu de rouler jusqu'à Twin Peaks pour admirer les lumières de la ville ? chuchota-t-il contre son oreille. C'est l'endroit parfait pour un flirt. Je promets de ne pas profiter de toi pendant notre premier rendez-vous.

— Cela t'a peut-être échappé, dit-elle en riant, mais nous avons déjà couché ensemble.

— Crois-moi, je m'en souviens.

Dans les moindres détails. Et il voulait réitérer l'expérience. Mais pour cela, il devait s'en tenir à son plan.

— J'en déduis que tu refuses ma proposition, reprit-il. C'est vraiment dommage.

Elle fronça les sourcils, confuse.

— Jason, je ne te comprends pas ce soir. Je ne suis pas sûre de ce que tu attends ou de ce que tu veux…

— Chut, dit-il, posant un doigt contre ses lèvres. Et au fait, je n'ai pas parlé de sexe, ce soir. Je suis publicitaire, tu te souviens ? Tu dois prêter grande attention à mes paroles.

Il recula et embrassa sa main avant de la relâcher.

— Merci pour cette merveilleuse danse, madame Reagert. Je vais penser à vous toute la nuit… pendant que je dormirai dans mon fauteuil.

Deux jours plus tard, Lauren se mêlait aux gens à la soirée Maddox Communications. Cette fête lui rappelait vraiment toutes les choses qu'elle aimait dans son travail. Le développement d'un réseau de relations, l'échange d'idées avec les meilleurs professionnels, notamment. Elle était comme un poisson dans l'eau.

Et en même temps, cette soirée était une frustration de plus.

Car elle lui rappelait de manière criante pourquoi elle devait retourner à son travail à New York. Et, d'un autre côté, son désir pour Jason n'avait jamais été aussi puissant. Il la tourmentait avec ses contacts « fortuits » et ses baisers inopinés. Elle se consumait littéralement pour lui.

Après les airs de jazz joués pendant le dîner, l'orchestre passa aux classiques du rock. Elle n'était pas sûre de pouvoir supporter une autre danse avec Jason. Sauf qu'il n'y avait pas que sur la piste qu'ils étaient en harmonie. Avec tous les événements de ces quatre derniers mois, elle avait presque oublié quelle équipe étonnante ils formaient, sur le plan professionnel. La réunion de ce soir le lui rappelait avec force.

Tout en se balançant légèrement au rythme de la musique, elle se dirigea vers le bar pour commander un autre verre. Pour la première fois ce soir, Jason et elles se trouvaient à des côtés opposés de la pièce. Mais elle sentait son regard sur elle. Sa robe de satin couleur cuivre tourbillonnait autour de ses chevilles, et chaque contact de l'étoffe taquinait ses sens déjà excités. Le haut brodé de perles lui paraissait soudain irritant et inconfortable contre ses seins. Elle avait vraiment besoin de reprendre ses esprits, et d'oublier l'effet que lui faisait Jason, même d'un simple regard.

La fête avait lieu dans un yacht-club, qui offrait une magnifique vue de la baie de San Francisco. A travers les portes vitrées, elle distinguait le Golden Gate dans le brouillard.

C'était une soirée éclatante, avec ses invités triés sur le volet et son organisation sans faille. Ella, l'assistante de Brock, allait et venait pour s'assurer que tout se passait sans accroc.

Ayant grandi dans le Connecticut, Lauren avait côtoyé des familles influentes, et des acteurs majeurs de la vie politique. Et pourtant, ce soir, elle était impressionnée. Les Maddox avaient sorti le grand jeu.

Le repas avait été excellent : du flétan noir en croûte à la mousse de fruits aérienne. Elle avait tout simplement adoré. Dommage qu'elle ne puisse pas en emporter un peu à la maison.

Les meilleurs vins californiens coulaient à flots. Et même si elle ne pouvait pas en boire le moindre verre, leurs bouquets parfumés flottaient dans l'air. En attendant qu'un serveur arrive, elle sirota le reste de son eau pétillante.

— Madame Reagert, puis-je vous offrir un autre verre ?

Lauren se retourna, et découvrit derrière elle non pas un serveur, mais le client de Jason, Walter Prentice.

Apparemment, même cet homme très guindé et un peu rigide savourait un bon vin de temps en temps.

— Merci, monsieur Prentice. J'allais justement en commander un.

— Dans ce cas, laissez-moi vous aider.

Il claqua des doigts et, comme par magie, un serveur apparut aussitôt pour prendre sa commande, et remplir le verre de son épouse, Angela.

Une fois qu'elle eut pris son verre, Lauren sourit en guise de remerciement.

Prentice se balança sur ses talons.

— Les talents chez Maddox sont très prometteurs. La compétition était serrée entre eux et Golden Gate Promotions, et je suis heureux de travailler avec un groupe de jeunes gens si impliqués et si brillants.

— Je ne connais pas encore tout le monde, répondit-elle, mais ils se montrent merveilleusement accueillants.

— Rappelez-moi votre nom, ma chère, dit Angela en posant une main sur son bras.

— Lauren Presley, euh, Reagert maintenant, bien sûr, rectifia-t-elle en souriant. Mais je n'ai aucun lien avec Elvis.

— J'imagine qu'on vous pose souvent la question, dit Walter en riant.

— Assez, oui.

Elle songea à ce qu'elle savait de Prentice, et se rappela le slogan de sa compagnie. *La famille avant tout.*

— Et pourtant, ma famille est du Connecticut, bien loin de Graceland.

— Les paysages du Connecticut sont magnifiques. J'y possède une maison, en bord de mer.

Ce milliardaire avait sans doute des résidences sur toutes les côtes du pays.

— Vous avez connu Jason à New York ? reprit-il, montrant ainsi que la conversation n'était pas aussi anodine.

— Oui, je possède une société d'arts graphiques. Nous avons collaboré sur quelques campagnes, et notre relation est née de là.

C'était vrai, même si les détails auraient pu causer une apoplexie à Prentice.

— Comment allez-vous diriger votre société depuis l'autre bout du pays, maintenant que Jason et vous êtes mariés ? demanda Angela.

— J'espère que vous ne comptez pas vivre une de ces relations longue distance, dit Prentice, les sourcils froncés. Ça ne fonctionne jamais, vous savez. C'est pourquoi j'emmène ma femme et mes enfants partout avec moi.

Pas étonnant qu'Angela ait l'air si fatigué.

— On peut accomplir nombre de choses avec un bon directeur adjoint, un ordinateur et un téléphone, fit valoir Lauren.

Elle avait déjà songé à différentes solutions, en fait. Car, pour que Jason fasse partie de la vie du bébé, il leur faudrait faire beaucoup d'allers-retours, surtout pendant les premières années. Et ils devraient aussi passer du temps ensemble. Beaucoup de temps.

Elle regarda Jason, qui discutait avec Flynn. Ce dernier, avec sa carrure imposante, attirait l'attention de plus d'une femme dans la salle, mais Lauren préférait l'allure plus subtile de Jason, ses muscles de nageur, déliés et élégants. Elle pouvait presque sentir le sel et le soleil sur sa peau.

— Vous êtes une femme d'affaires moderne, commenta Prentice.

Etait-ce un compliment ou une critique ? Elle n'aurait su le dire.

Mais Angela posa de nouveau la main sur son bras.

— Félicitations encore une fois, ma chère, pour votre mariage et votre futur bébé. Walter et moi sommes très heureux pour vous.

— Absolument, dit Walter en levant son verre. A présent, voulez-vous bien nous excuser, madame Reagert ?

— Bien sûr. J'ai été ravie de discuter avec vous.

Quand le couple s'éloigna, elle se détendit un peu. Jason avait raison, tout se passait à merveille. Elle caressa son alliance en regardant s'éloigner les Prentice, mariés depuis quarante ans. Comment était-ce de rester avec la même personne pendant la moitié de sa vie ? Si les Prentice semblaient avoir tout pour être heureux, les yeux tristes d'Angela rappelaient à Lauren tout ce qu'elle avait laissé à New York.

Secouant la tête, elle se retourna et tomba nez à nez avec… la femme qu'elle avait évitée presque toute la soirée.

Celia Taylor.

La jeune femme grimaça, visiblement aussi peu ravie qu'elle.

Lauren envisagea de marmonner une excuse et de filer, puis se ravisa. Fuir ne ferait qu'alimenter les rumeurs éventuelles. Et puis, n'y avait-il pas déjà assez de rumeurs qui flottaient autour de Celia ? Lauren devrait la détester, pourtant, elle éprouvait de la compassion envers elle. Le monde du travail pouvait être cruel pour les jolies femmes.

Aussi afficha-t-elle un grand sourire — qu'elle voulut sincère.

— Bonsoir, Celia. Je vous cherchais, justement. Je suis encore nouvelle en ville, et je me demandais si vous pouviez me conseiller un bon coiffeur.

Quelle excuse minable ! Elle qui avait voulu éviter les sujets futiles. Pourquoi n'avait-elle pas songé à lui parler de son travail ? Ou à lui demander conseil sur un sujet professionnel ? Ou encore, à la questionner sur les galeries d'art en ville ? Mais puisqu'elle avait initié cette conversation, elle irait jusqu'au bout. Elle tenait absolument à dissiper tout malaise avec la collègue de Jason.

Celia cligna des yeux, et frotta son nez parfait.

— Oui, bien sûr, je vous enverrai le nom de mon salon.

— Merci, j'apprécie.

Elle aurait aussi besoin de trouver un nouveau gynécologue-obstétricien, aussi, si elle devait revenir voir Jason. Ou si elle restait plus longtemps que prévu…

— Je suis navrée pour l'autre jour, chuchota Celia en se penchant vers elle.

Son eau de toilette onéreuse était sûrement agréable, mais Lauren la trouva un peu trop capiteuse. C'était sûrement la grossesse. Et non le fait qu'à cet instant, elle détestait cette femme rien que parce qu'elle existait.

N'était-ce pas totalement ridicule ? Celia Taylor

n'avait rien fait de mal. Si Lauren était jalouse, c'était son problème, pas celui de Celia.

— Vraiment, il n'y a pas de raison de vous sentir mal à l'aise, dit Lauren.

— Je voulais juste m'assurer que vous saviez qu'il n'y a rien entre Jason et moi. Je veux dire, je lui demandais juste ce qu'il comptait faire après le travail… s'il allait au Rosa Lounge avec les autres.

Celia ne lui aurait pas posé la question, si elle avait su que Jason avait une petite amie. Sauf qu'il n'en avait pas. Pas vraiment, du moins. Si Jason n'avait pas reçu cette photo d'elle, enceinte, aurait-il accepté d'aller prendre un verre avec Celia ?

La jalousie la tenailla de plus belle. A l'évidence, le fait que ce ne soit pas la faute de Celia ne changeait rien à l'affaire.

— Il n'y a pas de problème, je vous assure. C'est moi qui ai insisté pour garder notre relation secrète. S'il y a quelqu'un à blâmer pour ce malentendu, c'est moi.

Celia poussa un long soupir.

— Je suis si soulagée d'entendre ça ! Je déteste les rumeurs de bureau. Lauren, vous êtes vraiment une gentille personne.

Alors, pourquoi était-elle obsédée par Celia, qui n'avait pas à porter une tente en guise de robe pour cacher son ventre ? Et qui ne souffrait certainement pas de rétention d'eau ?

Et pourquoi tenait-elle à impressionner les Prentice ? Ou à trouver un obstétricien à San Francisco ?

La réponse à toutes ces questions, elle la connaissait parfaitement. C'était parce que, qu'elle le veuille ou non, elle était attirée par Jason. Pendant quatre mois, elle avait essayé de l'oublier — sans succès. Et le fait de l'ignorer n'avait pas fonctionné non plus.

Elle le chercha des yeux dans la salle bondée, et le repéra rapidement. Jason leva aussitôt le menton, comme s'il avait senti son regard sur lui. Il tourna imperceptiblement la tête, et la fixa intensément. De délicieux picotements la parcoururent et une foule d'images plus troublantes les unes que les autres envahirent son esprit.

Elle ne pouvait fuir la vérité plus longtemps. Son désir pour Jason n'avait pas diminué d'un iota. Le nier ne faisait qu'accroître son tourment.

Elle connaissait l'effet du déferlement d'hormones pendant la grossesse, et peut-être cela jouait-il un peu. Mais pour l'essentiel, son désir n'était pas dû à son état. Pour preuve, elle n'avait pas éprouvé la moindre attirance pour les autres hommes qui avaient croisé son chemin ce soir, et Dieu savait qu'il y avait beaucoup d'hommes séduisants et influents dans cette pièce.

Mais elle ne voulait que Jason.

Cette prise de conscience lui fit l'effet d'un éléctrochoc et elle prit enfin sa décision : celle d'arrêter de lutter contre son désir. Oui, c'était décidé, elle allait s'abandonner à tous les fantasmes que son mari lui inspirait.

- 9 -

Le dîner chez MC avait été un franc succès, comme Jason l'avait espéré.

Alors, pourquoi était-il si contrarié ?

Après avoir fermé la porte de la maison, il fourra les mains dans les poches de son pantalon de smoking, et observa sa séduisante épouse, à l'autre bout du salon. Pas de doute, c'était elle, la cause de sa frustration.

Le trajet en voiture s'était déroulé dans une ambiance étrange. Il lui avait montré des endroits pittoresques dignes d'intérêt, espérant qu'elle prendrait conscience des bons côtés de la vie californienne, mais elle avait gardé le silence la majeure partie du temps, en le fixant avec une intensité déstabilisante.

Assise à la fenêtre, elle semblait songeuse. La lumière du clair de lune se reflétait sur les perles de son décolleté, qui mettait en valeur ses seins généreux. La taille Empire de sa robe ne laissait rien entrevoir de sa grossesse, et ses cheveux étaient relevés en chignon. Elle était d'une beauté et d'une élégance sans égales. Elle était parfaite.

Ils pourraient être si heureux, ensemble. L'idée de partager la vie de Lauren lui paraissait de plus en plus évidente.

Toute la soirée, des hommes l'avaient dévorée du

regard, le rendant presque fou de jalousie. Il aurait voulu leur crier qu'elle était avec lui. Qu'elle portait *son* bébé. Mais il n'avait pas pour habitude de se conduire comme un imbécile possessif.

Et puis, il était trop fier d'elle. Ces derniers temps, il avait presque oublié quelle femme d'affaires avisée elle était, mais cette soirée le lui avait rappelé avec éclat. Lauren avait conquis non seulement Prentice, mais beaucoup d'autres invités influents. Grâce à son talent et à son charme, elle avait établi de nombreux contacts. Des contacts dont il pourrait profiter lui aussi. A sa grande surprise, il avait découvert que l'assurance sereine de son épouse l'excitait autant que son corps débordant de sensualité.

Il se rapprocha d'elle et posa les mains sur ses épaules nues.

— Tu étais étonnante ce soir. Prentice te mangeait littéralement dans la main.

Elle se tourna vers lui, et une mèche de cheveux, échappée de son chignon, caressa son visage comme il aurait aimé le faire.

— Il semble beaucoup plus sympathique que je ne m'y attendais, après la façon dont tu me l'avais décrit.

— Il t'a appréciée, c'est sûr, dit-il en enroulant les bras autour d'elle.

Encouragé par le fait qu'elle ne protestait pas, il posa les mains sur son ventre. Le bébé roula doucement sous ses doigts, puis s'arrêta.

— Son épouse aussi, d'ailleurs, ajouta-t-il.

— Elle m'a paru triste et fatiguée.

Elle s'appuya contre lui, et il respira le doux parfum de ses cheveux.

— Je ne peux m'empêcher de me demander si le style de vie de son mari lui convient autant qu'à lui.

— Et toi ? Aimes-tu ce genre d'événements ?

Il la regarda non sans inquiétude. Ce genre de soirées constituaient une part importante de sa vie professionnelle. Si Lauren n'en était pas friande, cela pourrait leur poser un réel problème. Un problème comme en avait connu Flynn, dont le mariage avait sombré en partie à cause des exigences de sa carrière.

— Tu plaisantes ? Tu me connais depuis un an, tu sais que j'adore ça.

Elle se pelotonna contre lui, de sorte que son postérieur se nicha de manière intime contre son ventre. Dans cette position, elle ne pouvait ignorer son érection.

— En tout cas, tu sais garder ton calme sous la pression, observa-t-il.

En cet instant, il ne pouvait en dire autant, tant il était tendu. Mais il voulait juste savourer le fait de l'avoir dans ses bras.

— A quoi penses-tu ? demanda-t-elle.

Il décida d'être honnête.

— Au fait que je n'arrive pas à te quitter des yeux. Tu es absolument magnifique.

— C'est gentil, mais inutile de me flatter, dit-elle avant de poser les mains sur les siennes. Je sais que ma taille disparaîtra dans quelques semaines.

— Je ne suis pas le seul à t'avoir dévoré du regard.

De nouveau, un sentiment de possessivité primaire le parcourut.

— Tu es sexy en diable. C'est vrai ce qu'on dit sur le rayonnement des femmes enceintes.

Il remonta les mains et effleura ses seins.

— Toute la semaine, j'ai rêvé de te toucher.

Avec un petit rire, elle se retourna dans ses bras, lui offrant ainsi une vue plongeante sur son décolleté laiteux.

— Ah, alors tout est dans le bonnet supplémentaire, dit-elle.

— Un bonnet supplémentaire ?

Tant pis s'il passait pour un homme primaire, mais il ne pouvait absolument pas détacher ses yeux de sa poitrine. Pas plus qu'il ne pouvait arrêter les pensées érotiques qui assaillaient son esprit. Il avait tant envie de déshabiller Lauren, de contempler chaque centimètre de ce corps qu'il n'avait qu'entraperçu lors de leur unique aventure.

— Sais-tu ce que je donnerais pour t'ôter cette robe ? Mon Dieu, Lauren, je sais que tu tenais à faire chambre à part, mais je suis sur le point de mourir de désir. Je ne sais pas combien de temps encore je pourrai m'empêcher de te toucher.

Elle joua avec sa cravate, et caressa doucement son cou.

— J'ai peut-être revu ma position.

Ses mots furent comme un coup de fouet. Il avait espéré séduire Lauren, mais pas aussi vite. La soirée lui aurait-elle ouvert les yeux ? Se pouvait-il qu'elle ait vu, comme lui, à quel point ils étaient compatibles ?

Quoi qu'il en soit, il n'allait certainement pas laisser passer cette occasion incroyable.

Il l'embrassa sur l'oreille.

— *Peut-être* revu ta position ?

Elle se retourna, et enroula les bras autour de son cou.

— *Sûrement* revu ma position.

Poussant un soupir de soulagement, il l'embrassa, à pleine bouche, enfin. Et Lauren lui rendit son baiser, sans retenue. Avec audace, même. Toutes ces longues nuits à se réveiller, tendu de désir inassouvi, après avoir rêvé d'elle, et voilà qu'enfin elle s'offrait à lui.

Elle agrippa ses épaules, avec force et insistance, comme une femme qui savait exactement ce qu'elle voulait. Elle remonta jusqu'à son col puis plongea les mains dans ses cheveux et l'attira vers elle.

Lorsqu'il l'étreignit, son sexe en érection appuya contre son ventre, lui rappelant aussitôt qu'il devait tout de même se montrer prudent.

— Quelle est la meilleure façon de faire l'amour sans risque pour le bébé et toi ?

De ses doigts habiles, elle écarta sa veste de smoking.

— A quatre mois et demi, ce n'est pas encore un problème. Et avec le temps, il suffira de trouver des positions inventives. Peut-être que nous devrions nous entraîner dès maintenant ?

— Tu es en train de faire naître des images folles dans mon esprit.

D'elle maintenant… d'elle dans quelques mois. Seraient-ils encore ensemble, à ce moment-là ? Il avait une chance de la faire changer d'avis et de la convaincre de rester, et il comptait bien la saisir, parce qu'il se rendait compte qu'une autre nuit avec Lauren serait loin de lui suffire.

— Ta voix est si sexy qu'elle suffit à m'exciter, dit-il.

— Les mots peuvent être aphrodisiaques, aussi. J'ai des fantasmes que j'aimerais te raconter.

D'une main, il ferma les rideaux.

— T'écouter parler de n'importe quoi est plus aphrodisiaque que de manger des huîtres tous les jours.

Elle poussa un doux soupir, puis se mordilla la lèvre. Lentement, il ouvrit la fermeture Eclair de sa robe, et le vêtement glissa, dévoilant…

Il en eut la bouche sèche.

Lauren portait un soutien-gorge de dentelle sans bretelles, assorti à un minuscule slip qui s'arrêtait juste sous la courbe de son ventre. Des fils dorés étaient entrelacés dans la dentelle blanche, attirant son regard sur ses courbes attirantes et sa peau laiteuse. Il caressa son ventre, et songea qu'il n'y avait rien de plus beau que Lauren portant leur enfant en elle. Elle était comme une déesse, et son pouvoir sur lui était tel qu'elle pourrait le mettre à genoux.

Les yeux assombris d'une excitation non dissimulée, elle retira les épingles de son chignon et secoua ses cheveux, qui retombèrent en cascade sur ses épaules.

— L'un de nous est beaucoup trop habillé. Enlève tes vêtements, tu veux ? Depuis le temps que je rêve que tu poses nu pour moi.

— Que je pose ? dit-il tout en déboutonnant sa chemise.

— J'ai pris des cours pour dessiner le corps masculin pendant mes études, tu sais.

— Je ne suis pas sûr d'aimer l'idée que des hommes en tenue d'Adam te tournent autour.

Taquine, elle fit glisser son ongle le long de son torse.

— Alors, déshabille-toi.

— Heureux de pouvoir te satisfaire.

Les yeux rivés aux siens, il retira sa chemise. Le désir le tenaillait, et il avait hâte d'être en elle, mais il avait surtout envie de la contempler encore. Ils avaient fait l'amour si vite, si fébrilement, la première fois, qu'il n'avait pas eu l'occasion de la voir vraiment.

En revanche, ce qu'il avait ressenti, enfoui entre les replis brûlants et soyeux de son sexe, était gravé dans son esprit.

Fou de désir, il acheva de se déshabiller, puis lui tendit la main. Elle la saisit et, de son autre main, effleura son torse. Son cœur se serra sous sa caresse.

Puis, l'attirant à lui, il dégrafa son soutien-gorge, et le laissa glisser au sol.

Elle se cambra contre lui, en appuyant ses seins généreux avec un gémissement de plaisir.

— Je ne peux pas attendre plus longtemps, dit-elle. Pourrions-nous aller plus lentement cette fois ?

— Tout le plaisir sera pour moi.

Cette fois au moins, il était sûr qu'elle n'allait pas le mettre à la porte après leurs ébats.

Sans plus attendre, il la plaqua contre le mur. Elle l'embrassa, le mordilla, promena ses ongles le long de son dos, tout en lui racontant ses fantasmes — torrides. Elle avait autant envie de lui que lui d'elle, se réjouit-il en faisant glisser son slip le long de ses cuisses soyeuses.

Dès qu'elle fut nue, elle leva une jambe et l'enroula autour de sa taille. Il n'eut pas besoin d'autre invitation. D'une main experte, il se mit à explorer ses replis secrets, et constata qu'ils étaient déjà moites et gorgés d'envie. Plongeant la tête entre ses seins, il aspira un de ses tétons dans sa bouche. Bientôt, il le sentit se durcir entre ses lèvres, et une nouvelle vague de désir afflua en lui, faisant pulser son sexe contre le ventre de Lauren.

Quand elle saisit son sexe dur entre ses mains et commença à le caresser lentement, il devina son intention.

— Maintenant ? Ici ? Tu es sûre ?

Même si, dans ses yeux, il reconnaissait le même désir sauvage que la première fois, il avait besoin de l'entendre l'exprimer.

Elle resserra légèrement son étreinte.

— Si tu ne me prends pas tout de suite, dit-elle en serrant son sexe un peu plus fort, je vais exploser sans toi dans environ quatre-vingt-dix secondes.

— Quatre-vingt-dix secondes ?

— Quatre-vingt-neuf, rectifia-t-elle en passant le pouce sur le bout de son pénis.

Alors, il la hissa autour de sa taille, et la positionna au-dessus de son sexe… Accrochée à ses épaules, elle descendit lentement sur lui…

Les sensations étaient comme dans son souvenir, mais décuplées. Rien n'aurait pu être plus puissant que ce qu'il ressentait à cet instant.

Une fois qu'il fut totalement en elle, elle blottit sa tête contre son épaule.

— Tout va bien ? demanda-t-il, parvenant à peine à se contenir.

Plus rien n'existait que la douceur soyeuse et la chaleur de son corps. Voilà à quoi se réduisait son monde en cet instant.

— Soixante et onze secondes, murmura-t-elle d'une voix saccadée, et le décompte continue.

Elle commença à onduler des hanches contre lui, en un mouvement ensorcelant. Il n'eut pas besoin d'autre encouragement.

Il s'enfonça en elle, pendant qu'elle ondulait sur lui et laissait échapper des gémissements enfiévrés, d'une voix de plus en plus haletante. Elle avait les yeux brillants et les joues rosies, il le savait parce qu'il était incapable de détourner son regard d'elle. Cette fois, il n'allait pas manquer l'occasion de la voir prendre du plaisir.

Quand elle rejeta la tête en arrière, les yeux clos, il admira la courbe gracieuse de son cou. La sueur perlait sur son front, et elle se mordillait la lèvre. Ses gémissements se firent de plus en plus aigus, jusqu'à ce qu'elle pousse un cri d'extase. Elle resserra les jambes autour de lui, comme un étau, et cria sa libération sans retenue.

Qui eût cru que sa femme réservée serait du genre à crier de la sorte ? Le fait de savoir que c'était lui qui avait provoqué ces sons exquis accrut son plaisir et, à son tour, il fut balayé par un orgasme explosif et libérateur.

Le front appuyé contre le mur, il s'effondra contre elle. La sueur les liait peau à peau, comme s'ils ne faisaient plus qu'un. Mais pour combien de temps ?

En à peine quatre-vingt-dix secondes, il avait pris conscience d'une chose.

Il ne pourrait jamais laisser Lauren repartir.

Seigneur, il fallait qu'elle s'échappe.

Dans la spacieuse cabine de douche, Lauren était assise à califourchon sur Jason, tandis que le jet d'eau chaude coulait sur eux. Elle embrassa son épaule mouillée, tandis que son sexe pulsait encore en elle.

Elle aussi était encore secouée de frissons postorgasmiques. Son esprit était empli d'images de Jason lui faisant l'amour toute la nuit, avec ses mains, sa bouche, son corps. Elle se repassait aussi en boucle ses paroles. Sans cesse il lui avait répété à quel point il la désirait, à quel point elle l'excitait, à quel point il ne pouvait attendre pour la posséder encore. Elle s'était totalement abandonnée à lui.

Et cela l'effrayait terriblement.

Elle commençait à avoir froid, pourtant, elle n'arrivait pas à quitter le giron de Jason.

Leur aventure d'un soir avait été très agréable. Mais ce n'était rien comparé à ce qu'ils venaient de vivre. Une passion dévastatrice, désordonnée et époustouflante, qui pourrait bien lui faire perdre la raison, et lui faire oublier la vie indépendante qu'elle avait bâtie avec tant de mal. Elle avait travaillé très dur pour se libérer du cadre familial étouffant dans lequel elle avait grandi. Aurait-elle la force de s'affirmer avec Jason, alors qu'il pouvait la transformer si rapidement en une esclave des sens ?

Quand ils étaient entrés dans la douche ensemble, elle avait cru qu'ils ne pourraient pas refaire l'amour aussi vite, mais il lui avait assuré qu'ils pourraient assouvir encore un de ses fantasmes avant l'aube. Bientôt, les caresses de ses mains sur son corps savonné l'avaient projetée dans une autre spirale de plaisir, et les cris de leur orgasme simultané avaient résonné entre les murs.

Cette nuit, il lui avait aussi fait l'amour lentement, intensément. Cette nuit était bien différente de leurs ébats frénétiques sur le canapé de son bureau à New York, après lesquels il l'avait quittée si rapidement qu'elle était restée sur sa faim.

Mais ce soir, il lui avait fait découvrir des niveaux de plaisir inexplorés, et venait de lui donner un nouvel orgasme sidérant, après une nuit d'amour déjà incroyable de sensualité. Et cela lui faisait peur. Si peur qu'elle frissonna contre lui.

— Tu as froid, dit-il en embrassant sa joue. Laisse-moi prendre soin de toi.

Il la souleva doucement, puis la posa sur le siège face à lui, avant de fermer les robinets de cuivre couverts de vapeur. Saisissant un drap de bain sur le sèche-serviette, il le lui tendit.

— Merci.

Elle ne prit pas la peine d'expliquer que ses frissons n'étaient pas causés par le froid.

Une fois la serviette enroulée autour d'elle, elle s'approcha de la petite cheminée de la salle de bains. Même si ce n'était pas une cheminée à bois mais à gaz, les flammes chaudes étaient un luxe agréable. Elle avait eu le privilège de grandir dans une maison luxueuse, néanmoins cette salle de bains l'impressionnait.

Les malheureux jeunes gens qui s'étaient séparés en rénovant cette maison avaient consacré beaucoup de temps et de soins à leurs travaux. Avaient-ils eu la chance de profiter de leur demeure un tant soit peu, avant que leur mariage ne se désagrège ?

Tout en s'essuyant le dos, Jason lui donna un baiser ferme et bref, la tirant de ses sombres pensées.

— J'adorerais rester, mais je suis en retard pour le travail.

— La faute à mes fantasmes, dit-elle avec une légèreté qu'elle était loin de ressentir.

Plus vite elle se débarrasserait de lui, plus vite elle

pourrait remettre de l'ordre dans ses émotions entremêlées. Elle arrivait à peine à penser, pour l'instant, encore moins à être raisonnable.

Comment l'être, quand elle pouvait admirer le corps nu et musclé de Jason, qui se dirigeait vers le dressing ? Car dans cette salle de bains spacieuse, un mur avait été abattu pour créer ce dressing. Il fallait de l'audace pour casser hardiment des murs et opérer un changement irréversible, dans l'espoir que tout tournerait comme on l'avait rêvé — audace qu'elle était quasiment sûre de ne pas avoir.

Elle démêla ses cheveux avec ses doigts pendant que Jason s'habillait.

Lorsqu'il la rejoignit, il était habillé de pied en cap et portait même son attaché-case.

— Désolé de devoir travailler un samedi, mais je serai de retour vers 18 heures. J'ai des projets pour la soirée, alors ne t'embarrasse pas à préparer le dîner. Je penserai à toi toute la journée.

Il lui donna un autre baiser, plus long cette fois — plus aimant ? La saveur de son dentifrice et les notes citronnées de son après-rasage mirent ses sens en alerte. Ça, Jason savait embrasser. Et étrangement, ce baiser revêtait encore plus de sens que les autres, précisément parce qu'il ne mènerait pas plus loin. La tendre attention que Jason venait d'accorder à ses lèvres, pour recréer un lien, était tout aussi intime que la fusion de leurs corps.

Quand la porte se ferma derrière lui, Lauren se laissa glisser sur le siège de la douche et essaya de rassembler ses esprits. Même si elle trouvait la force de retourner à New York, elle reviendrait avec le bébé, pour que

Jason passe du temps avec son enfant. Et Jason leur rendrait visite, lui aussi.

Comment pourrait-elle être dans la même pièce que lui sans éprouver de désir ? C'était impossible. Elle le désirerait. De plus en plus.

Mais pour combien de temps ? Un feu aussi ardent devrait bien finir par s'éteindre.

Oui, mais s'il ne s'éteignait pas ?

Elle avait été témoin des ravages de la passion sur ses parents.

Il était hors de question qu'elle vive de pareils tourments.

- 10 -

Jason faisait des progrès, il le sentait aussi sûrement que la piqûre des embruns salés de la baie sur sa peau.

Tandis qu'ils longeaient la jetée, après avoir partagé un délicieux dîner au yacht-club, il glissa son bras autour des épaules de Lauren. Il s'en voulait un peu d'avoir fait attendre une femme enceinte une heure de plus pour manger.

Il détestait être en retard, mais, cet après-midi, il n'avait pas pu faire autrement. Prentice avait soudain changé d'avis sur la star qui devait incarner une ligne de maillots de bain. Sans parler des quatre autres nouveaux contrats avec lesquels Jason jonglait. Au moins, Lauren et lui avaient réussi à sortir un samedi soir, pour un vrai rendez-vous. Et il comptait bien profiter de chaque minute pour lui montrer les nombreux atouts de la vie à San Francisco.

Quoi de mieux pour lui faire découvrir un maximum de sites touristiques qu'un bateau ?

— Un bateau ? Tu possèdes un bateau ? s'exclama-t-elle, ralentissant le pas.

Au-dessus de leur tête, la sauvagine s'ébattait. Les marais alentour abritaient une abondante population d'oiseaux migrateurs durant l'hiver.

— Ah, j'ai oublié de t'en parler ? dit-il d'un ton faussement innocent.

— Oui, j'en suis certaine. Je n'aurais pas oublié un tel bateau, dit-elle en désignant de la main son voilier de cinq mètres.

— J'en ai eu un bon prix d'un type dont l'affaire était en difficulté. Ce bateau sur mesure était sur l'eau depuis à peine quelques semaines quand il s'est rendu compte qu'il devrait le vendre pour éviter la faillite.

— Alors, il est presque neuf ?

— Il a moins de six mois.

Remontant la fermeture de son coupe-vent, Jason sentait déjà le tangage apaisant sous ses pieds. Il espérait que Lauren n'avait pas le mal de mer. Ce n'était pas une cause de rupture, mais ce serait fâcheux, étant donné que la voile était sa seule vraie forme de loisir.

— Tu aimerais faire un tour ?

— Euh, oui. Pourquoi pas ? dit-elle, manifestement surprise par ce changement de plan.

Avait-elle un problème avec l'impulsivité ? Ce n'était en tout cas pas l'image qu'elle donnait, vu la façon dont ils faisaient l'amour, où et quand cela leur prenait. Sur le trajet vers le restaurant, il avait dû s'arrêter sur une route déserte pour ne pas risquer un accident. Elle s'était montrée gourmande et frénétique, pour son plus grand plaisir.

Maintenant qu'il y songeait, c'était peut-être aussi pour cela qu'ils avaient dîné tard.

Il l'aida à monter à bord, en remerciant d'un signe de tête l'employé du club qui avait préparé les voiles, afin qu'ils puissent partir tout de suite. Une fois à bord,

Lauren sembla tout à fait à l'aise. D'un pas assuré, elle s'installa sur un transat, et offrit son visage au vent.

Le battement des voiles et des cordes était une musique apaisante, après sa dure journée de travail. Lauren semblait se satisfaire du silence — chose qu'il appréciait. La plupart des gens de sa connaissance ressentaient le besoin de remplir les blancs.

Il prit la barre et engagea le bateau hors de la baie. Le clair de lune et les lumières de la côte éclairaient les boutiques de Fisherman's Wharf et l'île d'Alcatraz. C'était vraiment une belle manière de découvrir les richesses de San Francisco.

Après une heure de croisière le long de la baie, il jeta l'ancre et rejoignit Lauren, assise sur le pont. Les lumières du bateau éclairaient la crête des vagues et le front de mer empli de promeneurs.

Jason posa une couverture sur les épaules de Lauren, et se plaça derrière elle.

— Tu as froid ?

Elle secoua la tête contre son torse.

— Non, ça va. J'ai mis plusieurs couches de vêtements, comme tu me l'avais conseillé avant que nous ne sortions. Mais laisse-moi la couverture, dit-elle en se pelotonnant entre ses plis. Le temps se rafraîchit.

Il l'attira contre lui, savourant la sensation de son corps collé au sien.

— Est-ce que tu as eu une journée productive ?

— Pas particulièrement créative, mais chargée. Je m'occupe de payer mes créanciers, puisque ton prêt a été encaissé.

Elle posa la main sur son genou.

— Merci encore. Ma société signifie beaucoup pour moi.

— Inutile de me remercier, dit-il, et il était sincère. Tu vas me rembourser, tu te souviens ?

— Oui, dit-elle en riant. A un taux d'intérêt ridiculement bas.

Il espérait qu'ils pourraient bientôt effacer cette fichue dette. Il avait voulu l'aider, et maintenant, à son grand désarroi, elle semblait ne rien vouloir accepter de lui. Avec un peu de chance, le détective privé qu'il avait engagé pour retrouver le comptable de Lauren arriverait bientôt à un résultat. Si Lauren récupérait son argent, sa société serait stable, ce qui lui permettrait d'être plus flexible.

Il savait bien qu'elle n'accepterait plus d'argent de lui, mais peut-être pourrait-il la convaincre de conserver le prêt original pour leur enfant, et de développer sa société ? Elle pourrait, par exemple, ouvrir une succursale à San Francisco. C'était la meilleure solution pour le bébé, non ?

Et pour lui.

Elle se tourna vers lui, le vent ramenant sa longue queue-de-cheval devant son visage.

— Je suis contente que tu aies proposé cette croisière. Comme tu le sais, je suis un peu sous tension ces derniers temps.

— La mer a un effet relaxant.

Pour sa part, il avait l'impression d'être transporté dans un autre monde. Les vagues léchaient les flancs du bateau, et des poissons sautaient à quelques mètres à peine d'eux. Les lumières de quelques autres bateaux brillaient au loin, mais aucun n'était assez près pour qu'ils puissent en distinguer les détails.

— Tu pourrais vivre ici, observa-t-elle. Le bateau a plus de meubles que ta maison.

Cette dernière remarque lui rappela qu'il ne restait plus qu'une semaine avant qu'elle ne reparte pour New York. Le moment était venu de tenter une avancée.

— Peut-être que dimanche, nous pourrions nous balader dans le quartier de Fisherman's Wharf, et acheter quelques meubles.

— Je ne sais pas, dit-elle en caressant son genou et en fixant l'horizon. Qu'est-ce qui t'a décidé à quitter la Marine ? Quand Prentice a dit pendant le dîner que tu t'étais comporté en héros pendant un incident avec des pirates, tu es devenu très silencieux.

Il se tendit devant cette soudaine incursion dans son passé. Mais il était si bien dans les bras de Lauren qu'il n'eut pas le cœur de la repousser.

— Je faisais juste mon travail. Je n'en ai parlé à Prentice que parce qu'il a un neveu en service.

— Qu'est-il arrivé ?

Son passé de militaire lui semblait si loin à présent. Mais c'était une partie de sa vie, qui lui avait inculqué la discipline, la capacité de concentration et le goût du dépassement, qualités dont son père avait toujours dit qu'il en aurait besoin, mais qu'il avait été trop absent pour lui enseigner lui-même. Il sentit le bébé rouler sous ses mains, et se promit aussitôt de faire mieux que son propre père. D'être présent pour son enfant.

— C'était une prise d'otages, au large de la Malaisie. Nous avons été appelés en renfort.

— Nous ?

— J'étais officier-plongeur et démineur, rattaché à une équipe de forces spéciales.

— Démineur ? Tu as manipulé des bombes ?

— Entre autres, oui.

Elle tressaillit entre ses bras.

— Ça semble effrayant.

Effrayant ? Les premiers jours, oui, mais les dernières années, les frissons de peur ne le saisissaient qu'une fois la mission terminée.

— Il y a eu des moments difficiles, c'est vrai. Mais nous étions bien entraînés et préparés, pour pouvoir nous montrer imperturbables durant nos missions.

— Ton travail doit te sembler bien tranquille en comparaison.

— Différent, seulement. Parfois, la Marine me manque. Mais la publicité, c'est ce que j'ai toujours voulu faire. J'étais si décidé à être différent de mon père que j'ai poursuivi d'autres rêves pendant quelque temps, mais en fin de compte, je suis revenu à ce qui coule dans mes veines.

— Tu as su te faire un prénom et ne pas rester dans l'ombre de ton père, ici comme à New York. Tu ne dois ta réussite qu'à toi-même.

Il était touché que Lauren ait remarqué cela. Il avait fourni beaucoup d'efforts pour réussir seul, en tout cas.

— J'ai obtenu une bourse du Rotary Club de la Marine, puisque je n'avais le droit de toucher à l'héritage de mes grands-parents qu'à l'âge de vingt-cinq ans. Après mon diplôme, je devais effectuer des années de service en échange. Je me plais à penser que je me serais enrôlé malgré tout, même si je n'avais pas eu besoin de cette bourse.

— Tes parents refusaient de payer tes études ?

— Oh, ils auraient volontiers payé, mais la contrepartie aurait été trop conséquente.

— C'est-à-dire ?

— Aller dans la même université que mon père, et rejoindre l'agence familiale. J'apprécie tous les avantages que la fortune de ma famille m'a apportés, mais je refusais d'être un enfant gâté toute ma vie.

— Tu as prouvé ta valeur, sans l'ombre d'un doute.

— C'est un processus en cours.

Un processus qui durait toute la vie, en réalité.

Il songea à la mère de Lauren, qui avait tant dénigré le talent de sa fille parce qu'elle le jugeait inférieur au sien. Peut-être Lauren comprenait-elle les problèmes qu'il avait avec ses parents mieux qu'il ne l'avait mesuré.

— Globalement, je suis heureux ici, de mon travail et de mon cadre de vie.

— Etant donné ton amour de la mer, San Francisco est un lieu idéal, bien plus que New York et ses hivers froids.

— Je fais de la plongée depuis mon enfance. C'est plus pratique d'avoir un bateau que de perdre du temps à rejoindre un lieu de vacances.

Il posa le menton sur le sommet de sa tête.

— Les bateaux naufragés sont passionnants à explorer, et les récifs de corail sont d'une beauté à couper le souffle. J'aimerais te les faire découvrir, quand le bébé sera né.

— Jason (elle lui pinça légèrement la cuisse), encore une fois, tu vas trop loin. Je dois bientôt partir, n'oublie pas.

Elle était si belle entre ses bras, songea-t-il en l'étreignant un peu plus fort.

— Nous ne pouvons pas vivre au jour le jour éternellement. Il faudra bien que nous fassions des projets, à un moment donné, fit-il valoir.

Elle se retourna dans ses bras, le visage illuminé par le clair de lune.

— Tu sais quoi ? J'ai un projet, un projet vraiment génial, concernant la façon dont nous devrions passer la nuit ensemble.

Mais pourquoi Lauren refusait-elle de voir qu'il était sérieux ? Il voulait qu'elle comprenne que leurs personnalités s'accordaient à merveille, et pas seulement sur le plan charnel.

Une lueur de détermination dans le regard, elle le plaqua au sol, avant même qu'il puisse réagir, et tira la couverture sur eux.

— Je pense que nous devrions nous blottir sous cette couverture, et voir qui fera crier l'autre de plaisir en premier.

Lauren regarda longuement Jason, allongé sous elle, puis, lentement, l'embrassa. Elle avait décidé de laisser libre cours à son désir, et l'expression stupéfiée de Jason lui avait donné l'avantage dont elle avait besoin. Mais déjà, il reprenait le contrôle. En poussant un râle, il la fit rouler sous lui, puis remit la couverture sur eux.

Toute cette conversation sur leur avenir lui avait donné envie de fuir, tant elle l'effrayait. Mais au final, elle avait décidé d'agir. Et de le faire taire de la meilleure façon possible.

Elle n'avait pas envie de discuter du futur. Jason

savait pertinemment qu'elle avait ses rêves, sa société, son chemin à tracer dans le monde. Et puis, en dépit de tout, elle avait besoin de veiller sur sa mère, qui n'avait personne d'autre qu'elle pour s'assurer qu'elle ne sombre pas complètement.

Elle avait de multiples raisons de rentrer à New York.

Quel que soit son désir pour Jason, son envie de rester auprès de lui, son temps ici était compté. Elle n'avait plus qu'une semaine pour emmagasiner des souvenirs, ensuite, elle devrait instaurer des limites, si Jason et elle voulaient avoir une chance d'élever leur enfant dans la paix.

Pour l'heure, elle avait seulement envie de profiter de l'instant présent, de savourer la sensation du long corps de Jason sur le sien, de mémoriser le son de sa voix rauque de désir.

Le bateau ondulait doucement, et les vagues imitaient le mouvement de leurs corps qui se frottaient l'un contre l'autre. Elle tira sur ses vêtements avec des mains empressées. De son côté, il lui retira fébrilement son jean. Dès qu'ils furent à moitié nus, elle enroula la main autour de son sexe dressé, et le guida jusqu'à elle, n'y tenant plus.

Enfin, il la pénétra d'un puissant coup de reins. Son parfum épicé se mêlait à l'air salé et à son propre parfum fleuri, excitant ses sens déjà aiguisés.

Elle serra ses fesses pour l'inciter à aller plus vite, plus fort, aussi loin que son ventre arrondi le permettait. Glissant la main entre eux, il caressa son clitoris, tout en continuant d'aller et venir en elle.

Déjà, ils adoptaient un rythme instinctif qui leur était propre. Cela témoignait d'une compréhension des besoins de l'autre qui l'excitait et l'effrayait en même temps. Jason lui donnait envie de faire des choses indécentes, audacieuses, comme de faire l'amour en plein air, sur le pont d'un bateau.

Il mordilla son oreille, tout en continuant de tracer des cercles de plus en plus rapides autour du centre de son sexe. La rugosité de ses doigts amplifiait la force des sensations qu'il faisait naître en elle.

— Alors, Lauren, qui va crier en premier ?

Elle serra les jambes autour de lui, et parvint à lui arracher un gémissement.

— Je ne sais pas, susurra-t-elle. A toi de me le dire.

Il se souleva un peu pour la regarder, le visage tendu de retenue.

— Je pense que nous allons crier en même temps.

La promesse d'un orgasme simultané l'excita encore davantage.

Il captura le cri qu'elle poussa dans sa bouche, tandis qu'elle accueillait le râle d'extase qui montait du fond de sa gorge. Le plaisir se déversa dans ses veines avec une explosion de couleurs, la laissant vidée, languide.

Prenant une profonde inspiration, Jason s'étendit à côté d'elle. Puis, sans un mot, il l'attira contre lui et étendit la couverture sur eux.

Sur la côte, les lumières de San Francisco scintillaient. Chaque fois qu'une vague venait lécher la coque, elle sentait sa résolution faiblir. Si Jason avait l'intention de la persuader de la douceur de vivre à San Francisco, eh bien, il avait réussi.

Toutefois, même si elle était conquise, et séduite par l'existence qu'il lui faisait entrevoir, une pensée l'obsédait. Jason n'avait jamais parlé de sentiments entre eux. Il ne lui avait jamais dit qu'il l'aimait.

Elle, de son côté, ne pouvait dissiper le sentiment dérangeant qu'elle était en train de tomber amoureuse de Jason.

Irrévocablement amoureuse.

- 11 -

Jason rejoignit à grandes enjambées le pont inférieur, après avoir vérifié que tout était en ordre. Le fait d'avoir Lauren dans un lit jusqu'au matin était un plaisir rare, dont il comptait profiter au maximum.

Enfin, s'il arrivait à tenir la distance. Son épouse était presque insatiable, songea-t-il en souriant.

Poussant la porte menant à la cabine principale, il s'arrêta net. Les draps étaient froissés, mais le lit était vide. Où diable Lauren était-elle passée ?

Il retourna vers la cuisine, et alluma la lumière. Comme il le pensait, Lauren était là, recroquevillée dans un coin du sofa, les yeux rouges de larmes non versées. Vêtue d'un de ses T-shirts de la Marine, elle avait les genoux ramenés contre sa poitrine.

— Lauren ? Est-ce que tout va bien ?

Elle se redressa rapidement, et afficha un sourire un peu trop éclatant pour être convaincant.

— Bien sûr. Pourquoi ça n'irait pas ? Je viens de faire l'amour sous les étoiles, et je parie que je vais recommencer avant que la nuit ne s'achève.

C'était un pari qu'elle gagnerait, bientôt. Mais pas encore. Pas avant qu'il n'ait découvert ce qui l'avait bouleversée.

Il s'assit à côté d'elle. Pas trop près, toutefois. Elle

semblait si tendue qu'elle s'effondrerait sans doute au moindre contact.

— Tu sembles distraite. Cela fait peut-être de moi un égoïste, mais quand j'ai une femme dans mon lit — toi en particulier —, je veux sa totale attention.

— Il n'y a rien de grave.

Elle tira sur le bord de son T-shirt avec des doigts nerveux. Cela ne lui ressemblait pas, elle d'habitude si calme.

— Tu es perturbée, à l'évidence, insista-t-il en posant la main sur la sienne. Pourquoi ne me dis-tu pas ce qui te tracasse ?

Elle sortit de sous sa jambe son téléphone portable. Puis, d'un air détaché, elle le lança à l'autre bout du sofa. Le léger tangage du bateau fit tomber l'appareil sur le sol.

— Ma mère a téléphoné.

Sa mère ? Mais il était plus de minuit ici, ce qui signifiait qu'il était plus de 3 heures du matin à New York. Pourquoi sa mère avait-elle appelé Lauren si tard ? C'était manquer d'égards envers sa fille enceinte, qui aurait très bien pu dormir à poings fermés.

Et puis il comprit. Jacqueline était sans doute dans une phase maniaque. Il ne savait pas grand-chose des troubles bipolaires — un fait qu'il comptait rectifier dès que possible —, mais il se doutait que l'appel de Jacqueline avait dû être éprouvant.

S'il ne pouvait guère changer le passé de Lauren, il pouvait essayer d'alléger un peu son présent.

— Eh bien, tu aurais dû taper au plafond, et je serais venu à ta rescousse.

— Merci, vraiment, dit-elle avec un sourire tremblant, mais tu ne peux pas éternellement répondre à ma place.

— Qu'a-t-elle dit ?

— Rien de vraiment horrible. Son appel tombe mal, c'est tout.

Elle se pencha vers lui. C'était un bon début.

— Elle est paniquée par la perspective que j'aie un bébé. Le mariage était une bonne chose à ses yeux — mais pas le bébé. Ou plutôt, le fait de devoir se marier à cause de lui.

Il enroula une mèche de ses cheveux autour de son doigt.

— Toi-même, tu trouvais cela archaïque, non ?

Elle serra les lèvres.

— Elle m'a dit d'exiger de grosses indemnités de divorce et, après avoir raccroché, elle m'a envoyé le numéro de son avocat par SMS.

Il eut soudain une envie furieuse de jeter le téléphone par-dessus bord.

— Ce n'était pas vraiment un appel maternel réconfortant, hein ? dit-il, serrant les poings de colère contenue.

— Je ne devrais pas être affectée, je le sais bien. Ce n'est pas comme si nous avions prévu de rester mariés. Simplement, je n'ai pas aimé la façon dont elle s'attendait à ce que je te dépouille de ta fortune. Elle m'a fait penser à ce demi-million de dollars que tu m'as prêté, et je me suis sentie très mal.

Elle tapa du poing contre les coussins.

— J'aurais dû tenir bon, et laisser mon entreprise couler, si c'était la façon dont les choses devaient se passer. J'ai tout gâché.

— Hé, attends !

Il la prit par les épaules et la fit pivoter vers lui. En aucun cas, il ne la laisserait douter d'elle-même de cette façon. Quelle mère était Jacqueline pour avoir fait une entaille aussi profonde dans la confiance de sa fille ?

— Reprenons tout point par point. D'abord, ton comptable t'a volée. Cela arrive tous les jours à des gens très compétents et très malins dans le monde des affaires. Tu sais, même des villes se font escroquer ! Deuxièmement, nous sommes liés par ce bébé, ce qui signifie que nous devons faire équipe et nous entraider. Si j'avais de gros soucis, j'attendrais évidemment de toi que tu me viennes en aide. Tu comprends ? dit-il en lui prenant le menton. Est-ce que tu m'entends ?

Elle hocha la tête, et afficha un sourire un peu plus assuré.

— Oui, je t'entends, et je dois admettre que tes paroles me réconfortent.

— Et pour finir, cesse de donner de l'importance à ce que ta mère pense. Je refuse qu'elle perturbe la mère de mon enfant.

Cela, il l'avait dit pour sa propre satisfaction autant que pour celle de Lauren.

— Ce point n'est pas aussi raisonnable que les deux premiers, tu sais.

Oui, et il se sentait un peu hypocrite, puisque lui-même avait été trop sensible à l'opinion de son père la majeure partie de sa vie.

— Peut-être que quand il s'agit de toi, je ne suis pas aussi raisonnable que j'aimerais.

Un doux euphémisme.

— A présent, viens te coucher, dit-il.

Le sourire qu'elle lui adressa était sensuel et franc, cette fois.

— Essaierais-tu de me séduire ?

— Mon Dieu, Lauren, dit-il en passant un bras autour de ses épaules, tu ne penses qu'à ça !

Elle lui mordilla le menton.

— M'invites-tu à refaire l'amour, oui ou non ?

A dire vrai, il voulait même bien plus que cela.

— Je te demande de dormir avec moi.

— Bien sûr, très bonne idée, dit-elle d'un ton désinvolte.

Il réprima un soupir de dépit. Elle était passée totalement à côté de ce qu'il avait essayé de dire.

Il tenta de se convaincre que c'était lui qui se montrait trop impatient. Et pourtant, alors qu'ils se glissaient sous les couvertures et que Lauren se collait contre lui, il eut le sentiment qu'elle était encore sur ses gardes. La réalité le frappa de plein fouet : elle ne faisait qu'assouvir des fantasmes sexuels, sans s'impliquer sur le plan émotionnel.

Cependant, maintenant qu'il mesurait à quel point elle avait souffert dans le passé, il commençait à comprendre.

Lauren cherchait désespérément à fuir le chaos de la vraie vie.

Lauren fixait la lune et les étoiles, à côté de Jason, endormi depuis longtemps. N'importe quelle autre nuit, le doux balancement du voilier l'aurait bercée, et elle se serait endormie en un clin d'œil. Mais ce soir, elle était trop abattue pour trouver le sommeil.

Tirant la couverture sur eux, elle glissa une jambe

entre celles de Jason, et apprécia la douce chaleur que ce contact lui procura. Si seulement ils pouvaient rester sur ce bateau, et naviguer un peu plus loin, jusqu'à un endroit où son téléphone portable ne capterait pas de réseau.

Non, elle ne pleurerait pas. Elle ne se le permettrait pas. Ces appels de sa mère en plein milieu de la nuit ne dataient pas d'hier, après tout. Et puis, elle avait eu tort de ne pas avoir parlé du bébé à Jacqueline plus tôt, elle devait donc assumer les conséquences. Malgré tout, elle avait espéré que, pour une fois…

Fermant les yeux très fort, elle se reprit. Elle devrait pourtant savoir, après toutes ces années de hauts et de bas, qu'elle ne devait rien espérer de sa mère. C'était stupide d'être triste parce qu'elle aurait aimé choisir des meubles d'enfant avec sa mère. Ou parce qu'au lieu de lui suggérer des prénoms de bébé, Jacqueline lui avait donné le nom d'un avocat spécialiste du divorce.

Elle se blottit contre Jason. Dans son sommeil, il laissa glisser son bras sur sa taille. Elle accepta un peu du réconfort qu'elle n'avait pas pu accepter tout à l'heure, tant il lui avait été impossible de baisser sa garde.

Sur le long terme, il valait bien mieux ne pas s'impliquer. Ainsi, quand Jason et elle devraient se dire au revoir, son cœur ne serait pas complètement brisé.

— Bon sang, Jason, un modèle est censé être immobile ! Tu rends les choses bien plus difficiles qu'elles ne doivent l'être.

Lauren avait sans doute raison. Mais il ne pensait pas avoir l'étoffe d'un bon modèle. A sa décharge, étant donné qu'il était le sujet *et* la toile, rester immobile était une mission d'autant plus difficile.

Ses muscles tressautaient sous l'effort. Il lui était presque impossible de ne pas bouger, quand Lauren l'observait et le touchait de la sorte.

— Tu n'es pas à court de sirop ? demanda-t-il, espérant un répit.

Ce matin, au milieu de leur petit déjeuner constitué de gaufres belges, Lauren avait fixé les restes de sirop d'érable, une lueur malicieuse dans les yeux. Sans qu'il sache comment, elle avait déniché un pinceau de cuisine, et était revenue avec un bol de sirop chaud. Quand elle lui avait fait signe de rejoindre la salle de bains, il avait obtempéré sans broncher.

Et voilà qu'il posait nu, dans la cabine de douche, pendant que Lauren, aussi dénudée que lui, peignait sur son corps.

Lorsqu'elle agita le pinceau, une goutte de sirop d'érable atterrit sur son pied, et il sursauta.

— Ne bouge pas, ou j'arrête tout.

— Tu es impitoyable.

Elle lui lança un sourire taquin.

— J'assouvis juste un de mes fantasmes.

— Dans ce cas, mon corps est à ta disposition.

Il ferma les yeux, imaginant une vie entière passée à explorer d'autres fantasmes ensemble.

— Je suis tout à toi.

Elle plongea le pinceau dans le bol, posé sur le lavabo, et peignit un trait sur son cœur. Puis elle explora son torse, en traçant des cercles de plus en plus resserrés sur un de ses pectoraux jusqu'à ce qu'elle parvienne à son téton, qu'elle recouvrit par petites touches successives. Déjà, le désir se répandait en lui, et il n'avait qu'une envie, enlacer Lauren et la pénétrer d'un coup de reins puissant. Mais le regard qu'elle lui lança lui indiqua qu'elle arrêterait tout s'il faisait ne serait-ce que tressaillir.

Elle suivit le chemin de ses côtes, pour arriver sur son ventre. Il contracta ses abdominaux et se mordilla la lèvre.

— Tu es chatouilleux ?

— Pas du tout, mentit-il. Qu'est-ce que tu peins, au fait ?

— Un arbre grand et puissant.

Ses coups de pinceau se multipliaient. C'était un arbre très feuillu, apparemment.

— Tu *es* chatouilleux. Alors, le grand homme fort que tu es a tout de même une faiblesse.

— Ce n'est une faiblesse que si je la laisse m'affecter.

— Est-ce que tu me mets au défi ?

Il se contenta de hausser un sourcil en guise de réponse. Quand il vit une lueur taquine dans ses yeux, il se concentra, bien décidé à ne pas flancher.

Elle reprit ses coups de pinceau. Légers. Caressants. De plus en plus indécents.

Elle ne cherchait plus du tout à le faire rire, à présent qu'elle recouvrait de sirop l'extrémité de son sexe dressé. Quand il s'adossa au mur, cette fois, elle ne le sermonna pas. Au contraire, elle afficha un sourire sensuel et satisfait, puis entreprit de recouvrir entièrement son sexe de sirop.

Puis, souriant de plus belle, elle s'agenouilla. Quand elle passa la langue sur le sommet de son sexe, il eut le souffle coupé. Une myriade de sensations le submergea tandis qu'elle léchait jusqu'à la dernière goutte du sirop qu'elle avait appliqué avec tant de soin. Le gémissement d'appréciation qu'elle poussa le fit gémir à son tour. Tout son corps pulsait d'excitation, à présent.

Il entendit le pinceau tomber sur le carrelage bleu de la cabine de douche, puis sentit la main de Lauren se refermer autour de son sexe. La mâchoire serrée, il appuya les paumes contre le mur, pour éviter de perdre l'équilibre — et le tangage du bateau n'y était pour rien. Si Lauren continuait, il perdrait totalement le contrôle.

A regret, il l'agrippa par la taille, et la fit reculer. Mais lorsqu'il vit ses pupilles dilatées, et ses joues rosies, il fut ravi de constater qu'elle était dans le même état d'excitation que lui. Il ouvrit le robinet et entraîna Lauren sous le jet avec lui. Des gouttelettes glacées bombardèrent sa peau déjà mise à mal par la séance de peinture, mais, bientôt, l'eau se réchauffa.

Plaquant sa bouche sur celle de Lauren, il savoura son goût exquis, mélange de sirop, de désir et de chaleur, avec l'impression que jamais il ne serait rassasié. Il adorait se doucher avec elle, avec ou sans sirop d'érable sur le corps.

Peut-être qu'après cette douche, il pourrait lui arracher la promesse de rester plus longtemps… et encore plus longtemps… jusqu'à ce qu'ils finissent par vivre ensemble.

L'eau s'écoulait sur leur corps pour disparaître dans un tourbillon brunâtre. Il hissa la jambe de Lauren au-dessus de sa taille, et taquina de ses doigts habiles son sexe moite. Haletante, elle s'appuya contre lui pour garder l'équilibre. Au bout de quelques instants, elle ondula de manière effrénée, en poussant des gémissements saccadés, cherchant à l'évidence à aller au bout de ce supplice exquis.

— Reste, reste ici à San Francisco.

Les mots lui avaient échappé. Il avait pourtant prévu d'attendre encore pour les prononcer.

Désireux de lui faire oublier ce qu'il venait de dire, il plaqua sa bouche sur la sienne. Ce n'était qu'une phrase stupide, prononcée dans le feu de l'action.

Mais il sentit Lauren se figer.

— Qu'est-ce que tu viens de dire ? murmura-t-elle, les cils ourlés de perles d'eau.

— Nous en reparlerons plus tard.

Il posa les mains sur ses épaules, puis sur ses seins lisses, en espérant la distraire. Mais pourquoi avait-il fallu qu'il dise ces mots maintenant ? Il savait pourtant que dans une campagne publicitaire, la clé de la réussite était de choisir le bon moment. Or convaincre Lauren était la campagne la plus importante de sa vie. C'était *la* campagne de sa vie.

Elle recula.

— J'ai entendu ce que tu as dit.

Son visage était à présent fermé, et ne donnait que peu d'indices sur ses pensées. En tout cas, elle mettait un terme à leur récréation.

— Je ne comprends pas pourquoi tu changes les règles, dit-elle.

Mais pourquoi parlait-elle de ces fichues règles ? Leur relation allait bien au-delà maintenant.

— C'est toi qui as révisé la clause de chasteté. Et je ne sais pas pour toi, mais pour moi, ces nuits passées avec toi changent tout. Je veux plus.

Elle se mordilla la lèvre, l'air incertain. L'espoir monta en lui, et il l'attira entre ses jambes avec douceur, pour ne pas la brusquer.

Elle toucha sa joue, l'air triste.

— Pourquoi ? Pourquoi veux-tu plus ?

Ce n'était pas la réponse qu'il attendait, mais, au moins, elle avait accepté de discuter. Il tenta de trouver des arguments pour la faire changer d'avis, en vain. Il avait utilisé ses meilleures munitions dès la minute où il était entré dans l'appartement de Lauren, une semaine plus tôt. Cependant, il devait bien y avoir quelque chose à…

Son téléphone vibra sur le comptoir de la cuisine, mais il l'ignora. Il répondrait plus tard.

Mais, après quelques secondes, l'appareil vibra de nouveau.

Lauren se dégagea et enroula une serviette autour d'elle.

— Tu devrais répondre.

— Non, dit-il, l'agrippant par le coude. Nous sommes au milieu d'une conversation capitale. Je veux que le bébé et toi soyez auprès de moi. Je paierai les frais de déménagement pour installer ta société ici, je ferai tout ce que je peux pour te faciliter la transition, parce que, pour être clair, je veux bâtir une vie de famille avec toi, ici, à San Francisco.

La frustration lui nouait la gorge. Il voulait tant convaincre Lauren.

— Bon sang, Lauren, c'est la solution la plus logique !

Dès qu'il eut prononcé cette phrase, il sut qu'il était très loin d'avoir trouvé le bon argument et qu'il s'était montré maladroit. Qu'allait-elle répondre à cela ?

Etait-elle donc si obstinée ? Ou trop fière ? Un mauvais pressentiment s'empara de lui.

— Cette conversation est finie, dit-elle.

Elle alla chercher le téléphone, et le lui apporta.

Comme elle ne lui laissait pas le choix, il prit le maudit appareil, avec l'intention de l'éteindre. Mais il se ravisa quand il découvrit l'adresse électronique affichée sur l'écran.

C'était celle du détective privé qu'il avait engagé pour retrouver le comptable de Lauren.

Il accéda au message.

J'ai localisé le suspect, son compte off-shore aux îles Caïman et ses autres possessions dignes d'intérêt. Les détails sont prêts à être communiqués à la police. Merci de me dire comment vous souhaitez procéder.

Il ne pouvait pas cacher ces informations à Lauren, quand bien même cela augmentait les chances qu'elle retourne à New York.

Il avait échoué et cela lui laissait un goût amer et un sentiment d'une infinie tristesse.

Désormais, Lauren n'avait plus besoin de son argent. Plus rien ne la retenait à San Francisco.

Lauren n'avait aucune raison de rester. Jason ne l'aimait pas, et rien ne la portait à croire que son amant à la logique si implacable l'aimerait un jour.

Installée à côté de lui dans son véhicule, elle observait les maisons qui défilaient derrière la vitre tandis qu'ils remontaient la rue pour rejoindre la demeure de Jason. Sa demeure à elle, aussi, pour quelques jours encore. Elle avait promis de rester deux semaines, et elle tiendrait parole, même si elle n'avait plus besoin de l'argent de Jason.

Tout à l'heure, après avoir lu le message sur son téléphone, Jason lui avait avoué avoir engagé un détective. Celui-ci avait retrouvé le comptable véreux et l'argent de sa société, placé sur un compte des îles Caïman. Les autorités étaient sur le point d'interpeller le coupable, et avaient fait geler tous ses avoirs, disséminés dans plusieurs pays. Peu importait que la police ait accès au compte off-shore ou pas, ou que le comptable soit extradé rapidement ou pas ; cet escroc avait assez d'argent ailleurs pour qu'elle soit sûre de récupérer ses fonds, tôt ou tard.

Dans une semaine, elle retrouverait son petit appartement, sa société, et les températures hivernales de Manhattan. Grâce à Jason et à son détective privé, elle allait pouvoir retrouver sa vie d'avant, et rembourser sa dette jusqu'au dernier *cent*. Tout se déroulait comme elle l'avait souhaité.

Alors, pourquoi éprouvait-elle un tel sentiment de vide ?

Cette dernière semaine dans la maison de Jason s'annonçait longue et triste. Comment avait-elle pu penser un instant qu'elle pourrait assouvir ses désirs avec lui, et s'en sortir le cœur indemne ?

Jason conduisait en silence. La matinée était fraîche, mais bien moins que le nœud de tension dans sa poitrine qui lui glaçait le cœur. Elle voulait se réfugier dans sa chambre au plus vite, afin d'être loin de Jason. Afin de ne plus être tentée d'oublier sa vie planifiée avec soin pour accepter d'emménager avec un homme qui ne lui avait jamais dit qu'il l'aimait.

Et elle, l'aimait-elle ?

Oui, elle l'aimait. C'était une certitude qui se renforçait de jour en jour. Mais qui l'effrayait encore jusqu'au tréfonds de son âme. Elle avait vu ce que l'amour avait fait à ses parents, et ne voulait pas connaître le même sort. A l'évidence, Jason gardait ses émotions aussi prudemment qu'elle, car il n'avait jamais dit ressentir quelque chose de si compliqué et de si perturbant — de si merveilleux — que de l'amour pour elle.

Et si elle prenait le risque de lui avouer ses sentiments ? Peut-être qu'après le dîner, au coin du feu, elle trouverait le courage de tenter sa chance… Qu'avait-elle à perdre de toute façon ?

Enfin, Jason arriva au bout de la rue. Elle plissa les yeux pour contrer le soleil matinal, et distingua une luxueuse berline garée juste devant la maison. Qui était-ce ? Quand Jason marmonna un juron, elle se redressa avec curiosité, et regarda par la vitre. Un homme grand, aux cheveux de jais, était appuyé contre la voiture. Son visage se précisa à mesure qu'ils approchaient.

Brock Maddox les attendait. Et ça ne pouvait pas être bon signe.

Visiblement inquiet, Jason se gara juste derrière lui.

— Je te retrouve à l'intérieur, dit-il avant de sortir. Bonjour, Brock, que puis-je faire pour toi ?

Lauren ferma sa portière, et se tint un peu à l'écart sur le trottoir, trop curieuse de savoir pourquoi Brock était ici.

— Prentice n'est pas content, commença Brock en fourrant les mains dans ses poches.

— De quoi parles-tu ? demanda Jason, l'air soucieux.

— De ce faux mariage que vous avez essayé de nous vendre, tous les deux.

Elle se raidit aussitôt. Elle était peut-être déchirée par sa décision de retourner à New York, mais en aucun cas elle ne voulait que cela coûte son travail à Jason. Elle s'approcha de lui, et posa une main tremblante au creux de son bras.

— Qui a dit qu'il était faux ? risqua-t-elle.

Brock les observa tous les deux, comme s'il hésitait à l'inclure dans la conversation. Il ne semblait pas vouloir entrer, cependant, pour poursuivre cette entrevue à l'intérieur. Maddox était un homme froid, distant, et peut-être même indifférent à son prochain. Etait-ce ce genre d'homme que Jason finirait par devenir ?

Cette éventualité lui donna la chair de poule, et elle frotta ses bras nus. Au moins, il n'y avait pas grand monde dans la rue à cette heure-ci. Quatre maisons plus loin, les membres d'une petite famille, tous habillés sur leur trente et un, montaient dans une voiture, sans doute pour se rendre à l'église. En les observant, elle eut la gorge nouée.

— Tout ce que tu auras à me dire, Lauren peut l'entendre, affirma Jason.

Ils s'en étaient toujours bien sortis, quand il s'agissait de travail, songea-t-elle. Mais sur le plan personnel…

— D'accord, concéda Brock. Le monde de la finance est une petite communauté, tu sais. Tu croyais vraiment que ta transaction d'un demi-million de dollars passerait inaperçue ? La rumeur est partie de Wall Street et est arrivée jusqu'ici, en passant par Golden Gate Promotions, bien sûr. Le comptable de Lauren s'est enfui avec son capital, qui s'élève aussi, comme par hasard, à un demi-million de dollars.

A l'idée que Brock ait vu si clair dans leur jeu, elle fut prise d'un élan de panique. Jason, lui, avait toujours le visage impassible. Apparemment, il était bien plus doué qu'elle pour masquer sa peur.

— Je suppose que tu as renfloué Lauren, en échange d'un mariage de façade, pour empêcher Prentice d'aller fouiner dans ta vie personnelle.

Au bord de la panique, elle chercha les mots justes, les mots qui lui permettraient de sauver la carrière de Jason. Quelle ironie, tout de même. Au moment où elle retrouvait son univers, celui de Jason s'effondrait.

— Notre mariage n'a peut-être pas commencé de manière traditionnelle, mais les choses ont changé entre nous, plaida-t-elle.

Non pas que cela regarde Brock le moins du monde. Comment Jason arrivait-il à évoluer dans un environnement de travail si conservateur, si étouffant ? Si intrusif, même ? Elle était si déterminée à l'aider qu'elle envisagea d'avouer de but en blanc ses sentiments pour lui.

— Alors, Lauren reste ? demanda Brock.

Jason hésita une seconde de trop.

— Elle n'a pas réservé de billet de retour.

— Il te faudra trouver mieux que ça, commenta Brock en fronçant les sourcils. Je sais déjà que la police est sur le coup, et qu'ils ont mis la main sur ce comptable il y a environ une heure. C'est bien ça ?

— Ma femme et moi partageons nos finances. Son affaire est la mienne. Qu'y a-t-il de mal à ce que j'investisse dans sa société ?

— Ce n'est pas ainsi que Prentice voit les choses. Il n'est pas très enclin à faire confiance à un homme qui a payé une femme pour prendre part à un mariage factice juste pour garder un contrat.

Elle ne perdait pas une miette de la conversation et, plus elle en entendait, plus la colère l'envahissait. Elle s'apprêtait à dire à Brock d'aller au diable, mais se retint, pour Jason. D'ailleurs, pour une fois, les ragots étaient tout à fait exacts.

Jason redressa les épaules, adoptant un port militaire.

— Que comptes-tu faire ?

— C'est ta campagne. C'est toi qui l'as décrochée, alors c'est à toi de trouver une solution. Je ne vais pas te mentir, nous n'avons jamais eu autant besoin d'un client comme Prentice qu'en ce moment.

— Je comprends, et je veux faire au mieux pour MC.

Brock jeta un coup d'œil à Lauren, puis revint à Jason.

— Il est évident que tu es prêt à aller très loin pour ta carrière, et si j'admire ton ambition, j'attends aussi de toi que tu couvres mieux tes arrières, à l'avenir.

Il se frotta la mâchoire.

— Je m'en veux de ne pas avoir compris votre manège plus tôt, conclut-il.

Jason se pinça l'arête du nez. Visiblement, il était en proie à une intense réflexion.

Tout en l'observant, Lauren se sentit stupide. Jason semblait vraiment perturbé et cela lui rappela que toute cette histoire entre eux n'était qu'un arrangement professionnel. Elle était bêtement tombée amoureuse de son ambitieux mari et, maintenant, elle avait le cœur en lambeaux. Dieu merci, elle ne lui avait pas avoué ses sentiments.

Brock sortit les clés de sa voiture et les fit cliqueter dans sa main.

— C'est tout pour l'instant. Je voulais juste t'informer en personne, et te donner le temps de trouver un moyen de sauver ta peau. Prentice a ordonné une réunion pour demain après-midi. Je t'attends dans mon bureau à la première heure pour établir un plan de défense.

Il adressa un bref signe de tête à Lauren avant de monter dans sa voiture, avec une contenance toute professionnelle.

— J'imagine que la mascarade est finie, dit-il sans la regarder. Tu n'auras même pas besoin d'attendre la semaine prochaine pour rentrer à New York.

C'était ce qu'elle avait souhaité. Ce qu'elle avait prévu dès le départ. Elle observa la famille, au bas de la rue, et son regard s'attarda sur le père, qui attachait son bébé sur son siège auto.

Si elle avait tout ce qu'elle souhaitait, alors pourquoi cela faisait-il si mal d'observer cette petite famille ?

- 12 -

Jason sortit du bureau de Brock, avec qui il venait de préparer une stratégie pour la réunion de crise avec Prentice, cet après-midi. Il avait le cerveau si engourdi qu'il se sentait comme en pilotage automatique. Il avait perdu Lauren, et il ne verrait son enfant que de loin en loin, pendant les vacances et quelques week-ends.

Hier soir, Lauren et lui avaient de nouveau fait chambre à part. Lui dans son fauteuil, elle dans le lit. Et elle lui avait bien fait comprendre qu'elle préférait qu'il parte avant qu'elle ne se réveille. Elle le tiendrait au courant pour le bébé, avait-elle promis, mais elle tenait à éviter les adieux déchirants.

Brock lui avait donné tout un discours à mémoriser. Un tissu de mensonges tortueux, mais plutôt bien construits. S'il se débrouillait bien, il y avait de bonnes chances pour que Prentice les avale.

Son travail était tout ce qui lui restait, à présent. Un plus grand bureau, avec une plus jolie vue, voilà tout ce qu'il avait à espérer de la vie.

Dans le couloir, Flynn, qui l'attendait manifestement, vint à sa rencontre.

— Viens, marchons un peu, lança-t-il en le prenant par les épaules. Si nous prenions quelque chose à manger et que nous allions dans mon bureau ?

Comme s'il avait le choix ! Il soupçonnait Flynn de jouer le rôle du gentil policier, maintenant que Brock avait joué celui du méchant. Toutefois, Jason avait l'impression que ce n'était pas un jeu, tant ces rôles reflétaient leurs vraies personnalités.

Il suivit Flynn jusqu'à l'ascenseur, qui les amena au cinquième étage. Ce niveau abritait les autres services de MC : relations publiques, création artistique, finances. Les bureaux étaient plus petits que ceux de l'étage supérieur, mais tout aussi modernes, avec leurs murs immaculés et leurs bureaux en acrylique. Flynn sourit aux gens qu'ils croisaient, appelant chacun par son prénom, s'arrêtant pour parler brièvement à quelques employés. Une attitude qui tranchait avec celle de Brock.

Enfin, ils arrivèrent dans la grande salle de restauration, équipée d'une cuisine moderne. Brock Maddox veillait à ce que le réfrigérateur soit toujours bien garni, car les brain-stormings créatifs pouvaient durer de longues heures.

Flynn ouvrit le réfrigérateur et sortit deux plats de nourriture chinoise.

— Tu veux de l'eau ou du soda ? demanda-t-il.

— De l'eau, merci.

L'approche de Flynn était incontestablement plus décontractée que celle de son frère, qui ne lui avait même pas offert une chaise, tout à l'heure. Ils se dirigèrent enfin vers le bureau de Flynn. C'était autrefois celui de Brock, du vivant de leur père. Flynn l'avait récupéré, et en avait fait une pièce bien plus chaleureuse que l'actuel bureau de Brock. Des plantes, un bureau de verre et des canapés crème constituaient le décor.

Exactement le genre d'endroit que Lauren aimerait.

Bon sang, allait-il penser à elle à la moindre occasion, désormais ? Il ferait mieux de l'oublier, et vite. Car, quand il rentrerait chez lui tout à l'heure, elle serait loin.

Et s'il dormait ici ce soir, sur le canapé de son propre bureau ? Ainsi, il pourrait échapper au parfum de Lauren sur ses draps. Il se noierait dans le travail, et sauverait sa carrière.

Flynn s'installa à son bureau et lui fit signe de s'asseoir. Il lui tendit une assiette de poulet aigre-doux et une paire de baguettes.

— Tu tiens le coup, après le savon que t'a passé mon frère ?

— Il a le droit d'être furieux. Il me faudra beaucoup de doigté, et de chance aussi, pour convaincre Walter Prentice cet après-midi.

Flynn plongea sa paire de baguettes dans son carton.

— Brock peut se montrer dur parfois, mais c'est parce qu'il vit pour son travail. Il adorait notre père, et il veut préserver sa mémoire à travers l'agence. MC est toute sa vie. Je n'approuve pas son attitude, mais je le comprends.

Il posa ses pieds sur le bureau et mordit dans un nem.

— Pour ma part, j'ai une vision plus nonchalante de la vie, comme dirait mon frère.

Jason se fit la réflexion que son père se serait bien entendu avec Brock. Pour Flynn, ce ne devait pas être facile d'avoir un aîné aussi rigide. Cependant, même si les choses étaient tendues entre les deux frères, Jason ne courrait pas le risque de prendre parti pour l'un ou l'autre.

— L'ambiance est tendue en ce moment, dit Flynn,

mais les finances de l'agence se portent plutôt bien. Il n'y a pas de raisons de s'inquiéter. Une fois que nous ferons descendre Koteas de son piédestal, nous aurons la mainmise sur toute la côte Est.

— Si tu le dis.

Ce n'était pas du tout le tableau que Brock lui avait dressé. Toutefois, il ne devrait pas s'étonner, les frères Maddox étaient rarement d'accord.

— La tension entre Brock et moi est-elle si évidente ?

Pour toute réponse, Jason haussa les épaules.

— Brock et moi devons œuvrer à ce que cela ne se voie pas. C'est mauvais pour les affaires si nous n'avons pas l'air unis.

Il retira ses pieds de son bureau et reprit une position plus professionnelle.

— J'imagine que tu te demandes pourquoi je t'ai amené ici.

— Parce que je suis la star du jour ?

Et pas pour de bonnes raisons.

Flynn prit un air sérieux, ce qui accentua la ressemblance entre Brock et lui.

— Laissons le sujet MC de côté une minute, dit-il.

Flynn passa nerveusement les mains dans ses cheveux. Il semblait chercher ses mots.

— Bon, je ne sais comment tourner cela autrement, alors je vais être direct. Ne laisse pas ton travail passer avant ton épouse.

Jason posa son plat avec prudence. Il ne s'était pas du tout attendu à cela, et ne savait pas trop comment réagir.

— Lauren repart pour New York cet après-midi.

Il entendait d'ici l'écho dans sa maison vide.

— Je peux donc consacrer tout mon temps à mon travail.

Du moins, jusqu'à ce que le bébé vienne au monde. Car quoi qu'il arrive il comptait être présent.

— Il n'est pas trop tard pour vous, Jason. Vous n'avez encore signé aucun papier de divorce. Tu sais, je parle en connaissance de cause. J'ai laissé ma famille et mon travail s'interposer entre Renee et moi, et, depuis, je l'ai regretté des milliers de fois.

Jason le croyait volontiers, sa voix était teintée d'un regret sincère.

— Tu veux vraiment finir comme Brock ? Qui pense et qui respire MC, au point qu'il vit même ici ?

En effet, tout le monde savait que Brock avait élu résidence dans l'appartement-terrasse de l'immeuble, au dernier étage. Un cadre luxueux, certes, mais Jason préférait tout de même sa propre demeure.

Pourtant, avant que Lauren n'arrive, sa maison vide n'avait rien d'un foyer. Aurait-il pensé un jour à y mettre des plantes, si elle ne le lui avait pas suggéré ?

— Pour Lauren et moi, c'est différent. Nous savions parfaitement ce que nous faisions en nous engageant dans ce mariage, l'un comme l'autre. Nous cherchions juste à limiter les dégâts causés par sa grossesse-surprise, en essayant de trouver la meilleure solution possible.

— Tu ne parles même plus comme le Jason Reagert que je connais. Celui qui ne baisse jamais les bras.

Flynn parlait sans savoir. Jason s'était démené comme un fou une semaine entière pour montrer à Lauren à quel point ils étaient bien assortis, et quelle vie de rêve ils pourraient offrir à leur bébé.

Une semaine entière ?

La prise de conscience était violente. Il ne voulait pas être ce type que Flynn venait de décrire. Un homme loin d'avoir fait tout ce qui était en son pouvoir pour garder la femme qu'il aimait. Car, oui, il aimait Lauren. Il n'avait pas le cœur sec comme son père. Son père ne se serait jamais soucié de savoir si sa femme était heureuse, et n'aurait certainement pas eu la gorgée nouée devant une photo d'échographie.

Une semaine, c'était peut-être peu pour conquérir Lauren, mais c'était assez pour qu'il soit sûr que ses sentiments pour elle étaient réels. Lauren était parfaite pour lui. En tant qu'amie, amante, épouse, et mère de son enfant.

Flynn avait raison. Rien ni personne ne devrait s'interposer entre sa femme et lui. Il ne se pardonnerait jamais de laisser sa vie être dictée par sa carrière. Il irait retrouver Lauren à l'autre bout du pays. Et si, pour être avec elle, il devait quitter son poste et créer sa propre agence à New York, alors il le ferait, sans l'ombre d'une hésitation.

Dès que la réunion avec Prentice serait terminée, il prendrait le premier avion pour New York, et irait retrouver son épouse.

Lorsque le taxi démarra, Lauren observa la maison de Jason dans le rétroviseur. Sa valise était faite, son billet d'avion pour New York, réservé, et son bref mariage, terminé. Même son souhait d'éviter des adieux larmoyants avait été exaucé. Jason était parti au bureau avant qu'elle ne se réveille, comme elle le lui avait demandé.

La ville défilait devant elle, déjà pleine des souvenirs

qu'elle avait fabriqués avec Jason en l'espace d'une semaine. Des souvenirs fabuleux. Tous ces moments ensemble se mêlaient dans son esprit comme dans un kaléidoscope doux-amer. Elle aimait Jason, mais comment bâtir une vie avec lui, s'il ne l'aimait pas en retour ?

A l'intérieur de son sac, son téléphone sonna, la faisant sursauter. Etait-ce Jason ? Elle sortit nerveusement l'appareil, et lut le numéro qui s'affichait sur l'écran.

Maman.

L'espace d'un instant, elle envisagea de remettre le téléphone dans son sac. Hier encore, elles avaient discuté de fresques murales pour la chambre d'enfant et, pour l'instant, elle n'avait pas la force de gérer de nouvelles critiques. Mais à quoi bon reporter l'inévitable ?

Elle décrocha, et colla le téléphone contre son oreille.

— Bonjour, maman. Que puis-je pour toi ?

— Je prends juste de tes nouvelles. Comment te sens-tu ?

Lauren se figea sur son siège. Il y avait un calme dans la voix de sa mère qu'elle n'avait pas entendu depuis bien longtemps. D'instinct, elle étouffa l'espoir qui montait en elle. Car, malheureusement, cette accalmie était sans doute annonciatrice d'une phase dépressive.

— Je me sens beaucoup mieux ces jours-ci, maman.

Sur le plan physique, en tout cas. Sur le plan sentimental, elle avait le cœur en lambeaux.

— En fait, je suis prête à reprendre le travail à plein temps. Je me dirige vers New York à cet instant, pour m'occuper de quelques affaires.

Elle lui parlerait du divorce plus tard.

Elle s'attendait à ce que, comme à son habitude, sa

mère lui prodigue des conseils non sollicités, et exige de passer des journées entières en sa compagnie.

— C'est fantastique, Lauren. Je suis contente que tu ailles bien.

Jacqueline marqua une pause, puis prit une inspiration tremblante.

— Ecoute, ma chérie, je t'appelle pour une raison précise.

Lauren sentit son ventre se nouer. Même si on ne savait jamais vraiment à quoi s'attendre avec sa mère, en général, il y avait des drames, des larmes et de la colère.

— Je t'écoute.

— C'est très difficile pour moi de te dire cela, alors, s'il te plaît, ne m'interromps pas.

Lauren réprima un rire nerveux. Elle, l'interrompre, alors que, la plupart du temps, elle arrivait à peine à placer un mot ?

— D'accord, maman.

— Très bien. Je suis allée voir mon médecin aujourd'hui. Pas mon médecin généraliste, l'autre, celui que j'avais arrêté de consulter depuis un moment. Nous avons programmé quelques rendez-vous de suivi, également.

Lauren avait l'impression que son sang affluait violemment à son cerveau. Elle avait peine à croire ce qu'elle venait d'entendre et, pourtant, elle avait bien entendu. L'espoir était une chose effrayante.

— Cela me fait plaisir de l'entendre, maman, vraiment plaisir.

— Ne m'interromps pas, chérie.

— Oui, pardon.

Lauren secoua la tête, stupéfiée par la tournure que prenait la conversation.

— Il m'a aussi prescrit un nouveau médicament qui vient de sortir sur le marché, et je vais le prendre. Ce n'est pas facile pour moi de le faire ni même de t'en parler, mais je veux être la meilleure grand-mère possible et, pour cela, il faut que je me soigne. Je veux pouvoir profiter de ton bébé.

Sa chaîne à lunettes tinta dans l'écouteur. Jacqueline était-elle nerveuse ? Sans doute. Cela représentait un immense pas pour elle, de solliciter de l'aide seule, et non parce que sa famille l'y avait poussée. Lauren sentit une soudaine émotion l'envahir.

— Très bien, ma chérie, à présent tu peux parler.

Sa mère avait déjà été suivie par des spécialistes par le passé. Lauren priait pour que cette nouvelle initiative mène à une amélioration à long terme de son état.

— Je mesure à quel point c'était difficile pour toi, et je suis vraiment fière de toi, maman. Merci de m'avoir informée.

Jamais auparavant sa mère n'avait parlé de ses visites chez le médecin et, bien sûr, Lauren avait respecté son choix. Mais Jacqueline avait aussi exigé de ses proches qu'ils fassent comme si son problème n'existait pas. Le fait qu'elle ait parlé ouvertement de sa démarche, reconnaissant ainsi sa maladie, était un progrès incroyable. Lauren aurait besoin d'un peu de temps pour se faire à cette idée, mais elles avaient fait une avancée majeure, aujourd'hui.

Elle s'éclaircit la gorge.

— Je t'aime, maman.

— Je t'aime aussi, ma chérie, murmura sa mère avant de raccrocher.

Lauren serra le téléphone contre sa poitrine, comme pour maintenir ce nouveau lien ténu avec sa mère un peu plus longtemps. Maintenant que la surprise était passée, elle mesurait encore mieux le courage qu'il avait fallu à Jacqueline pour effectuer une telle démarche.

Puis des doutes l'assaillirent. Si sa mère pouvait avoir assez de cran pour remettre sa vie sur les rails, et pour prendre le contrôle de son propre bonheur, pourquoi elle-même ne pourrait-elle pas en faire autant ?

Elle ne voulait pas quitter San Francisco, songea-t-elle en se redressant. Elle ne voulait pas quitter Jason. Elle était sa femme, elle portait son enfant, et elle l'aimait. Corps et âme.

Alors pourquoi fuyait-elle la promesse d'une vie avec lui ? D'accord, il n'avait pas dit qu'il l'aimait, mais avait-elle pris la peine de lui poser la question, au moins ? Ou de lui parler de ce qu'*elle* ressentait pour lui ?

Elle regarda par la fenêtre la ville qu'elle commençait tout juste à explorer. Un monospace familial remorquant un bateau croisa sa route. Elle songea au yacht de Jason, et à tous les week-ends en mer qu'ils pourraient passer. Des voyages auxquels elle ne s'était pas autorisée à penser, lorsque Jason avait essayé de lui en parler.

Quand le taxi passa devant un restaurant, elle se revit en train de lécher du sirop d'érable sur le corps de Jason. Plus loin, elle aperçut une jardinerie, et s'imagina en train de créer un parterre de fleurs avec Jason. A présent qu'elle s'autorisait à se dire « et si », partout elle voyait la possibilité d'un avenir avec lui.

Elle n'avait accordé à leur relation qu'une semaine. Rien, en somme, à l'échelle d'une vie. Il était temps qu'elle cesse de fuir et de se comporter en lâche. Elle allait se montrer courageuse, comme sa mère venait de le faire. Elle qui avait passé sa vie à ne pas vouloir ressembler à sa mère, elle commençait à réviser son jugement.

Elle tapota sur la vitre de séparation qui l'isolait du chauffeur.

— Pourriez-vous faire demi-tour, s'il vous plaît ? Je ne vais plus à l'aéroport, finalement. Conduisez-moi à Powell Street. L'immeuble Maddox.

Dans la salle de conférences de MC, Jason était installé en tête de table, et songeait au discours de « sauvetage » que Brock lui avait dicté.

Un discours qu'il refusait de prononcer.

S'il voulait reconquérir son épouse, il fallait qu'il commence à agir dès maintenant, même quand elle n'était pas là pour entendre ce qu'il avait à dire.

— Monsieur Prentice, même si je suis heureux de vous avoir pour client, il n'y a rien de plus important pour moi que Lauren et notre bébé. Je préférerais confier votre campagne à un de mes collègues plutôt que de laisser quoi que ce soit s'interposer entre mon épouse et moi.

Walter Prentice s'adossa à son fauteuil de cuir, les yeux plissés, l'air indéchiffrable.

— Vous rendez-vous compte, Reagert, que je pourrais très bien vous prendre au mot et choisir un autre publicitaire ? Je n'aime pas beaucoup les gens qui se font passer pour ce qu'ils ne sont pas.

A cet instant, des acclamations de surprise s'élevèrent autour de la table. Jason se retourna…

Lauren était là, devant la porte, l'air déterminé.

Sa stupéfaction laissa vite place à la prudence. Qu'avait-elle en tête ?

Les fauteuils crissèrent autour de la table, les cadres de *MC* semblaient fascinés par la scène qui se déroulait sous leurs yeux.

Lauren avança jusqu'à lui, et glissa la main au creux de son bras.

— Monsieur Prentice, je peux vous assurer que mon mariage avec Jason est tout à fait réel.

Prentice se redressa sur son siège, l'air contrarié.

— Comptez-vous enlever la vedette de MC pour le ramener à New York ?

— Je n'ai aucune intention d'éloigner Jason de San Francisco.

Elle se blottit contre lui.

— Monsieur Prentice, mon mariage est solide comme le roc. Rien ne me fera quitter Jason.

Elle parlait comme si elle pensait ce qu'elle disait. Si elle jouait la comédie pour le punir d'avoir lancé le premier cette idée de fiançailles…

Mais son regard croisa celui de Lauren.

Et ce qu'il y lut le sidéra. De l'amour. Une vague de soulagement déferla sur lui avec une telle force qu'il oublia presque les gens autour d'eux. Heureusement, Gavin toussota, et Jason se retourna vers Prentice.

— Et ces rumeurs de mariage de convenance ? insista Prentice d'un ton réprobateur. Madame Reagert, avez-vous vraiment encaissé un demi-million de dollars pour vous faire passer pour sa femme ?

Jason avait envie de rétorquer que ce n'était pas ses affaires, mais Lauren lui serra légèrement le bras pour le calmer.

— Monsieur Prentice, apparemment, ce n'est pas un secret que ma société a eu des difficultés, et Jason était prêt à tout faire, absolument tout, pour m'aider. Tout comme je suis prête à tout pour l'aider. Nous nous soutenons toujours, quoi qu'il arrive.

Tous les yeux se tournèrent vers Prentice. Chacun semblait retenir son souffle, et un long silence s'installa tandis que le célèbre homme d'affaires réfléchissait à ce que venait de dire Lauren.

Enfin, Prentice rejeta la tête en arrière, et son rire résonna dans la salle, bientôt suivi par une série de soupirs de soulagement appuyés.

Dont celui de Jason. Lauren venait de le tirer d'affaire. Il s'était préparé à se battre bec et ongles pour elle, et voilà que c'était elle qui venait de le défendre. Elle était merveilleuse !

Prentice donna une tape dans le dos de Jason, puis posa la main sur son épaule avec un air paternel.

— J'aime les gens qui suivent mon slogan, *La famille avant tout*. Lauren et vous en êtes la parfaite illustration.

Il se tourna vers Brock, dont le regard sidéré valait son pesant d'or. Sans nul doute, il ne s'était pas attendu à ce que Prentice soit convaincu aussi facilement. Surtout que la devise personnelle de Brock avait toujours été *Le travail d'abord*.

— Maddox, tonna Prentice, donnez aux jeunes mariés le reste de la semaine. C'est un ordre. Il y a sûrement des choses dans ma campagne que ses collègues pourront gérer, pour que ces deux jeunes gens puissent débuter leur union convenablement.

Toute la salle applaudit et les acclama. Même Brock applaudit, quoique avec un peu moins d'énergie. Lauren était rouge d'embarras, mais, Dieu merci, elle souriait.

Puis, quand tout le monde eut retrouvé son calme, il la conduisit hors de la salle de conférences pour rejoindre son bureau. Une fois à l'intérieur, il ferma la porte à clé. Le rire de Lauren se mêla au sien pendant qu'il la prenait dans ses bras. Lorsqu'il l'embrassa, elle lui rendit son baiser, sans hésitation, sans retenue. Ils pouvaient enfin donner libre cours à leurs sentiments.

Il la plaqua contre le bureau, ravi d'avoir un jour de congé à passer avec elle. Mais avant tout, il fallait qu'il sache.

— Tu pensais tout ce que tu disais tout à l'heure devant Prentice ?

— Chaque mot, murmura-t-elle entre deux baisers.

— Dieu merci, dit-il, soulagé, parce que je me suis rendu compte aujourd'hui que je ne pouvais pas te laisser partir.

— Dans ce cas, c'est une bonne chose que j'aie décidé de rester.

Elle attrapa sa cravate et l'attira vers elle, le regard malicieux.

— Ce n'est pas très professionnel de faire l'amour sur ton lieu de travail.

— Nous sommes mariés.

Et puis, il fallait bien qu'ils scellent leur engagement, non ?

— Et ce sera très bénéfique sur le plan professionnel. Chaque fois que je m'installerai à mon bureau, je penserai à toi, ce qui me fera travailler plus efficacement, pour retrouver plus vite ma maison, ma famille, et la femme que j'aime.

Les larmes aux yeux, elle lui adressa un sourire tremblant.

— Eh bien, dans ce cas, murmura-t-elle contre sa bouche, porte-moi sur ce bureau.

— Continue de parler ainsi, et ce sera si rapide que personne ne soupçonnera quoi que ce soit.

— Puisque tu ne me laisses jamais insatisfaite, je n'ai pas de problème avec ça. Et puis comme ça, nous rentrerons plus tôt chez nous.

— Chez nous, répéta-t-il.

Il plongea les mains dans ses cheveux soyeux.

— Tu es sûre que cela ne te dérange pas de rester à San Francisco ? Je ne sais pas si tu as entendu ce que j'ai dit avant que tu n'interrompes Prentice. Je lui disais que j'étais prêt à retourner à New York, si c'était la condition pour te rendre heureuse. J'ai les ressources financières pour m'installer où tu voudras. Je ne veux pas te perdre à cause de mon travail.

Son père et lui avaient laissé le travail et leur fierté se dresser entre eux. Il ne répéterait pas cette erreur avec Lauren.

— Oh, Jason, moi aussi ! Je me suis rendu compte que je m'accrochais à cette idée de succès professionnel parce que j'avais peur de perdre le contrôle. Ici, avec toi, c'est l'endroit où je veux être exactement.

— Je ne te mérite pas, dit-il en la serrant contre lui.

— Dans ce cas, tu peux continuer à faire des efforts, plaisanta-t-elle. En fait, j'ai réfléchi. Pourquoi ne pas investir l'argent que tu as injecté dans ma société pour fonder une autre agence ici ?

— J'aime ta façon de penser.

— Nous pourrions travailler ensemble, comme autrefois.

— Nous formions une sacrée bonne équipe.

— C'est toujours le cas.

Et cela continuerait.

— Tu as toujours été incroyable et exceptionnelle, mais, durant cette semaine, j'ai mesuré à quel point je t'aimais. A quel point j'avais besoin de toi. Je suis content que tu aies décidé de rester, mais si tu n'étais pas revenue, je serais allé te chercher. Je ne pouvais pas te laisser me rejeter hors de ta vie une seconde fois.

Une larme roula sur sa joue.

— Je t'aime aussi, tu sais, dit-elle en souriant malgré ses pleurs. A la folie. J'aime la façon dont tu me fais l'amour, et la façon dont tu m'aides et me soutiens, tout en me donnant confiance en moi. J'aurais dû le comprendre plus tôt, mais j'avais trop peur. Tu me fais perdre le contrôle, tu sais.

Son aveu hésitant formait la dernière pièce du puzzle que Lauren était pour lui. Il comprit enfin que, sous la surface calme et maîtrisée, elle cachait une nature passionnée. Le fait de le savoir l'aiderait à appréhender leur relation.

— Je ne veux surtout pas t'effrayer.

— Je fuyais les sentiments intenses que tu faisais naître en moi, parce que je redoutais de devenir comme ma mère, et d'avoir un mariage aussi désastreux que celui de mes parents. Mais je n'ai plus peur à présent. En fait, nous faisons ressortir le meilleur chez l'autre.

Il était tout à fait de cet avis. Sans Lauren, il n'aurait sans doute jamais songé à fonder une famille, et serait passé à côté de ce grand bonheur.

— On dirait que tu as beaucoup réfléchi ces dernières heures, commenta-t-il.

— Et je ne t'ai pas encore parlé des projets que j'ai pour le jardin !

Elle remonta les mains sur les revers de son col.

— Maintenant que notre journée de travail est finie...

Il la souleva et la fit s'asseoir sur le bord du bureau. Comme toujours, les envies de Lauren étaient en parfaite adéquation avec les siennes.

— Il est vraiment temps de nous accorder une récréation, approuva-t-il.

Epilogue

San Francisco, deux semaines plus tard

Tout en cherchant le regard de Jason, qui était allongé tout contre elle, Lauren ne put s'empêcher de se demander comment un homme pouvait être tout à la fois aussi présent dans son corps et dans son esprit.

Ils venaient de faire l'amour et, comme toujours, elle se sentait comblée. Comblée, mais aussi prête à recommencer au plus vite, juste le temps qu'ils reprennent leur souffle.

— J'ai une idée, dit Jason en remettant une mèche de cheveux derrière son oreille. Si nous baptisions chaque nouveau meuble de cette façon ?

— Cela pourrait s'avérer un peu compliqué, quand ce piano droit ancien que tu as commandé arrivera.

— Au contraire, ce sera l'occasion de mettre en pratique quelques positions inventives.

Avec une fleur fraîchement coupée provenant de leur jardin, il caressa son ventre, dans lequel leur enfant grandissait.

— Les fleurs sont magnifiques, dit-il. Je n'arrive pas à croire que tu aies réussi à faire de cette maison un foyer aussi chaleureux en si peu de temps.

— Et tu n'as encore rien vu.

Elle avait disposé deux topiaires devant la porte d'entrée, et planté des gueules-de-loup dans les jardinières, ce qui était un bon début. Mais elle était impatiente de façonner le jardin plus en détail, avec le temps. Car, désormais, elle avait ce luxe.

Du temps. Avec Jason. Pour la vie entière.

Elle avait engagé un directeur à plein temps pour ses bureaux de New York, et comptait ouvrir une nouvelle branche de sa société à San Francisco. Puisqu'elle récupérerait bientôt son argent, Jason et elle avaient décidé d'utiliser le demi-million qu'il lui avait prêté comme mise de départ pour son expansion californienne. C'était un investissement judicieux pour leur avenir, et pour leur enfant. Elle avait déjà dessiné des plans pour construire son nouveau bureau derrière la maison, dans le même style architectural que cette dernière.

Avec Jason à ses côtés, l'avenir s'annonçait radieux.

Il était son meilleur ami, son amant, son partenaire, et son mari — et il se trouvait aussi être l'amour de sa vie.

Ils avaient même invité la mère de Lauren à visiter des appartements dans le voisinage, afin qu'elle puisse venir voir son petit-fils ou sa petite-fille quand elle le voudrait. Si Jason avait encore du chemin à faire pour se réconcilier avec ses propres parents, elle savait qu'elle ne serait jamais heureuse si elle coupait les ponts avec sa mère, surtout maintenant que Jacqueline semblait prête à accepter de l'aide.

Pour autant, Lauren ne se berçait pas d'illusions. Tout ne serait pas toujours facile avec Jacqueline, c'était le moins qu'on puisse dire, mais, à présent, elle se sentait capable de poser des limites plus fermes, et de redéfinir une relation mère-fille plus saine.

— Je t'aime, Jason, murmura-t-elle contre ses lèvres.

— Je t'aime aussi, répondit-il.

Jamais elle ne se lasserait d'entendre ces mots.

Dire qu'il y a encore quelques semaines, tous deux étaient si bornés et enfermés dans leur existence froide et uniquement dévouée au travail qu'ils avaient failli passer à côté de leur bonheur.

A présent, la devise de Prentice, *La famille avant tout*, s'appliquait parfaitement à eux.

Retrouvez les membres de la famille Maddox
dès le mois prochain dans votre collection Passions.

KATE CARLISLE

Une rencontre inoubliable

éditions Harlequin

Titre original : SWEET SURRENDER, BABY SURPRISE

Traduction française de ROSELYNE AULIAC

© 2010, Kathleen Beaver. © 2011, Harlequin S.A.

83-85, boulevard Vincent-Auriol, 75646 PARIS CEDEX 13.
Service Lectrices — Tél. : 01 45 82 47 47
www.harlequin.fr

- 1 -

Tout en longeant le couloir feutré menant à sa suite, Cameron Duke n'avait qu'une idée en tête, ou plutôt trois idées : défaire sa cravate, boire une bière et se détendre. D'ailleurs, pas forcément dans cet ordre. Ces derniers jours, il avait travaillé d'arrache-pied sur le projet de développement hôtelier en cours et il en avait assez de vivre dans une suite d'hôtel.

A la réflexion, se dit-il en introduisant sa carte magnétique dans la serrure, il ne pouvait décemment pas se plaindre à ce sujet. Après tout, l'hôtel lui appartenait. Et sa suite particulière, située au dernier étage du Monarch Dunes, était un condensé de deux cents mètres carrés de pur luxe : tout le confort d'une maison individuelle, une vue fantastique sur l'océan Pacifique et un service de chambre irréprochable. Non, vraiment, il n'était pas à plaindre.

Il se fit néanmoins la promesse que, sitôt la conférence internationale sur la restauration qui débutait le lendemain terminée, il prendrait quelques semaines de vacances. Maintenant que le complexe hôtelier tournait à pleine capacité, il pouvait se permettre de partir quelque part et de pratiquer le farniente. Pourquoi ne pas louer une maison flottante sur le lac Shasta ou faire du rafting sur la King River ? Ou se contenter de passer quelques coups de fil…

Ou vivre une aventure brève mais torride avec une belle inconnue ? Rien que d'y penser, il en avait l'eau à la bouche.

Desserrant sa cravate pour être plus à son aise, il jeta ses clés sur une table basse et posa son attaché-case sur le sol de marbre avant de pénétrer dans le salon. Il remarqua aussitôt que toutes les lumières étaient allumées, ce qui lui parut étrange car il était sûr d'avoir tout éteint avant de partir, deux jours auparavant.

Il remarqua également que tous les rideaux étaient tirés, alors que le personnel de service savait pertinemment qu'il laissait toujours les rideaux écartés pour profiter de la vue imprenable qu'il avait sur le Pacifique. Les fenêtres à double vitrage étant de verre trempé et légèrement teinté, il était de toute façon impossible de voir ce qui se passait à l'intérieur et les rideaux n'étaient que d'une très relative utilité.

Intrigué, il se dit que c'était peut-être le fait d'un nouvel employé qui n'avait pas été mis au courant de ses préférences. Quoi qu'il en soit, il ferait en sorte que cela ne se reproduise pas.

Il fit quelques pas dans la pièce et son regard tomba sur un livre broché, grand ouvert et posé face contre une table basse. Puis il remarqua un autre objet insolite qui drapait un accoudoir du canapé.

De plus en plus perplexe, il s'avança dans cette direction et s'empara délicatement d'un morceau de tissu soyeux. Rose, bordé d'une dentelle d'une teinte plus pâle. Une pièce de lingerie absurdement féminine. Tandis qu'il soulevait l'objet du délit pour l'examiner de plus près, un parfum subtil de fleur d'oranger et d'épices lui chatouilla les narines. La fragrance lui était vaguement familière, et une onde de désir inexplicable le traversa.

Que diable signifiait tout cela ? Certes, comme tout homme normalement constitué, il était sensible au charme érotique d'une belle pièce de lingerie féminine. Mais pour l'heure, ce qui le préoccupait, c'était comment cette fichue pièce avait pu atterrir ici, sur *son* canapé.

Mais avant de mener l'enquête, une bière s'imposait. Il traversait la salle à manger spacieuse en direction de la cuisine quand il s'arrêta net à la vue d'une paire de talons aiguille rouges, hyper-sexy, posés négligemment sous la table.

Il détestait se répéter, mais que signifiait... ?

Des talons aiguilles ? Il s'agissait sûrement d'une plaisanterie. C'était bien le style de son frère Brandon de lui faire ce genre de farce. Et s'il n'avait pas été aussi épuisé, cette blague de potache l'aurait sans doute fait rire.

Méfiant, il pénétra dans la cuisine sur la pointe des pieds. Non, Brandon ne se cachait pas derrière le bar, prêt à bondir comme un diable de sa boîte en hurlant : « Je t'ai eu ! » Mais cela ne signifiait pas pour autant que son frère ne le guettait pas quelque part dans la suite. Il sortit une bière du réfrigérateur et but une longue rasade. C'est à ce moment-là que son regard tomba sur une rangée de petits pots vides pour bébé, alignés sur la paillasse de l'évier.

Des pots pour bébé ?

Cette fois, c'en était trop !

— Brandon ? Où es-tu ? cria-t-il.

Pas de réponse.

— Je sais que tu te planques quelque part, dit-il en franchissant les doubles portes et en s'avançant le long du couloir en direction de la chambre principale.

Soudain, il entendit quelqu'un chanter.

Il se figea sur place. C'était bel et bien une voix féminine qui fredonnait *Singing in the rain*. Une femme chantait sous *sa* douche ! Dans *sa* salle de bains !

Il aperçut sa propre chemise polo bleu marine négligemment jetée sur le dossier d'une chaise dans un coin, ainsi que ses chaussures glissées sous la chaise.

S'il avait commencé à douter de sa santé mentale, ces objets lui confirmaient tout du moins qu'il se trouvait bien dans sa suite particulière. Cela signifiait donc que la mystérieuse inconnue s'était trompée d'endroit. Il étouffa un juron. Ce devait être un canular monté de toutes pièces par Brandon avec la complicité d'une amie pour lui faire une « surprise » à sa façon. Il ne voyait pas d'autre explication. En effet, sans l'accord d'un membre de la famille, le concierge de l'hôtel n'aurait jamais autorisé une inconnue à pénétrer chez lui.

Il tendit l'oreille, immobile au milieu de la pièce. Quelle attitude adopter ? Il devrait sans doute se comporter en gentleman et attendre que l'inconnue ait fini de se doucher, de se sécher et de s'habiller. Mais au diable les bonnes manières !

Après tout, il était dans son bon droit et elle, dans son tort. Il alla donc se poster à l'entrée de la salle de bains et attendit que l'eau cesse de couler et que la porte de la cabine s'ouvre.

Il en émergea une longue jambe fuselée, humide

et nue, ainsi qu'un bras hâlé parsemé de taches de rousseur tâtonnant à la recherche d'une serviette. Il en attrapa une et la lui tendit obligeamment en disant :

— A votre service.

A ces mots, la femme poussa un cri strident.

— Sortez d'ici, hurla-t-elle en laissant retomber la serviette.

— C'est précisément ce que je m'apprêtais à vous dire, riposta-t-il, imperturbable.

D'habitude, il n'était pas du genre voyeur. Il savait qu'il aurait dû s'esquiver et laisser le temps à la belle effarouchée de se couvrir. Mais il ne put s'y résoudre tant il était subjugué par le spectacle qu'elle lui offrait. Ses seins ronds et haut placés terminés par deux mamelons roses fièrement dressés. Des seins qu'il mourait d'envie de palper. Et de prendre dans sa bouche. Il se voyait déjà caressant la peau soyeuse de son ventre avant de descendre en direction des boucles blondes au creux de ses cuisses galbées.

Son regard fut attiré par un objet brillant sur le nombril de l'inconnue, qui s'ornait d'un petit diamant. Contre toute attente, la vue de ce piercing le fit sourire.

— Allez-vous sortir de là, à la fin ? s'insurgea-t-elle en récupérant la serviette dont elle couvrit sa somptueuse poitrine.

Fin du spectacle, se dit-il. Il reporta donc son regard sur le visage de la femme et tressaillit sous l'effet de la surprise. Ces yeux bleus flamboyants de colère ne lui étaient pas inconnus. Au contraire, non seulement il les avait déjà vus, mais il n'avait jamais réussi à les oublier.

— Bonsoir, Julia, dit-il.

— Cameron ? Que fais-tu ici ?

Sous le choc, il dut prendre appui contre le montant de la porte, tout en cachant son trouble sous une feinte nonchalance.

— Je suis ici chez moi. Je comptais enfiler un short et regarder le match de foot à la télé en buvant une autre bière, expliqua-t-il en croisant posément les bras. En fait, il serait plus pertinent de demander ce que *toi*, tu fais là.

Elle poussa un soupir agacé en sortant de la cabine de douche, sa serviette étroitement nouée autour d'elle à la façon d'une armure.

— On m'a dit que cette suite serait inoccupée durant les deux prochaines semaines.

— Je doute qu'un membre du personnel ait pu te dire une chose pareille.

— Pourtant, c'est la vérité, riposta-t-elle en pénétrant dans la chambre attenante.

Tout en buvant une autre gorgée de bière, il l'observa pendant qu'elle retirait quelques vêtements d'une valise posée sur un meuble près de la fenêtre.

— Quand tu seras habillée, peut-être pourrons-nous avoir une petite discussion à propos de nos territoires respectifs.

— Oh, ça va ! grommela-t-elle en repoussant ses cheveux humides d'une main tremblante. Encore une fois, que fais-tu ici ?

— Moi ? demanda-t-il en souriant malgré lui.

Comment se fâcher avec une femme aussi superbe ?

— Aux dernières nouvelles, il s'agit de *ma* suite, ajouta-t-il.

— Mais tu n'étais pas censé être là !

— Chérie, cet hôtel m'appartient.

Agrippant sa serviette d'une main et ses vêtements de l'autre, elle se faufila dans le dressing d'où elle ressortit moins d'une minute plus tard, en short et T-shirt.

Il ravala un juron. Si elle s'imaginait que le fait de s'habiller allait diminuer son envie de l'examiner sous toutes les coutures, elle faisait fausse route. Son T-shirt fin et moulant mettait ses seins en valeur, et cette vue sublime ne fit que l'exciter un peu plus.

— Vas-tu te décider à m'expliquer ce que tu fabriques ici ? demanda-t-il d'une voix un peu trop rauque.

Tout en gonflant ses cheveux avec ses doigts pour les faire sécher, elle se tourna vers lui.

— Ecoute, Cameron, Sally m'a dit que…

— Comment ?

Il fronça les sourcils, en proie à un mauvais pressentiment.

Julia venait de prononcer le nom de sa mère, et ce n'était pas une bonne chose, c'est le moins qu'on puisse dire. Sally Duke, qui l'avait adopté quand il avait huit ans, était une femme formidable au caractère bien trempé. Hélas pour Cameron, célibataire endurci, elle s'était mise en tête de le marier, comme ses deux frères, afin d'avoir des petits-enfants à choyer. Et si Sally avait quelque chose à voir avec la venue de Julia, il avait du souci à se faire.

— Quel rapport y a-t-il entre ma mère et ta présence ici ?

Julia lui décocha un regard prudent, comme pour juger de son humeur.

— Hum, absolument aucun. Ma langue a fourché.

— Tu plaisantes ! s'exclama-t-il, incrédule.

— Non, je ne plaisante pas, riposta-t-elle, vexée, en redressant les épaules.

Ce geste eut pour effet de mettre en valeur sa poitrine. Ses cheveux humides avaient tellement détrempé son T-shirt que le fin tissu s'était littéralement plaqué sur ses seins, dessinant leurs contours à la perfection. Mais, tout à son indignation, elle ne semblait pas s'en apercevoir.

— Tu n'étais pas censé être là. Et puisque le concierge m'a donné la clé de ta suite, je pense que tu ferais mieux de partir.

— C'est hors de question.

Il s'avança nonchalamment vers elle sans la quitter du regard.

— Et maintenant, dis-moi exactement ce que ma mère t'a dit.

Visiblement mal à l'aise, elle battit en retraite.

— Peu importe. Réflexion faite, je vais faire mes valises et m'installer ailleurs.

— Pas si vite, protesta-t-il en l'attrapant par le bras. Auparavant, je veux savoir ce que ma mère vient faire dans cette histoire.

— Très bien, soupira-t-elle en essayant vainement de lui échapper. Sally m'a dit que tu serais absent durant la conférence et que je serais installée plus confortablement dans une suite que dans une chambre ordinaire. Puis elle a demandé au directeur de me donner la clé de cette suite.

A ces mots, il se raidit. Certes, il avait initialement prévu de séjourner deux autres semaines dans le nord de la Californie, mais il avait appelé Sally la veille pour l'informer qu'il avait changé d'avis et qu'il serait de retour le soir même.

A n'en pas douter, sa mère avait manigancé cette rencontre entre lui et Julia.

Croyait-elle vraiment qu'il allait avoir le coup de foudre pour la jeune femme et lui demander sa main ? Si tel était le cas, elle se berçait d'illusions.

Mais tandis que Julia se tortillait pour lui échapper, il sentit une brusque flambée de désir l'envahir. Chaque chose en son temps. Il réglerait ses comptes avec sa mère plus tard.

Pour l'instant, il se tenait face à une belle jeune femme en petite tenue. Une femme hyper-sexy qu'il avait jadis connue d'une façon tout ce qu'il y a de plus intime.

La maintenant fermement contre lui, il perçut de nouveau cette fragrance subtile, mélange de fleur d'oranger et d'une touche d'exotisme. Malgré ses efforts, il n'avait jamais réussi à oublier cette déesse au parfum si ensorcelant.

Il se rappelait leur première rencontre. Dès le premier regard, il avait senti le désir entre eux, puissant, irrésistible.

A l'époque, sa mère venait de découvrir l'existence de Cupcake, la pâtisserie que Julia tenait à Old Town Dunsmuir Bay. Sally avait tellement apprécié ses gâteaux et autres gourmandises qu'elle les avait fait goûter à ses fils. Et ils étaient tous tombés d'accord pour dire que ces produits, d'une qualité exceptionnelle, méritaient de figurer au menu des restaurants de la chaîne hôtelière Duke.

La jeune femme avait été conviée à une journée

d'accueil dans l'un de leurs établissements de la côte pour y présenter l'intégralité de sa gamme de pâtisserie, viennoiserie et boulangerie. Dans la foulée, elle avait décidé de prolonger son séjour jusqu'à la fin du week-end. C'était là que Cameron l'avait vue pour la première fois, alors qu'elle traversait le hall en direction du salon. Il s'était présenté à elle, frappé par sa beauté et sa grâce. Elle n'avait pas semblé indifférente à ses attentions. Et ils avaient passé un fabuleux week-end ensemble.

Fin de l'intermède.

Pourtant, elle était souvent revenue hanter ses rêves, mais, fidèle à ses principes, il s'était abstenu de la contacter. S'agissant des femmes, il suivait une règle de conduite bien établie : une fois la liaison terminée, il s'arrangeait pour que la rupture soit franche et sans équivoque. Il ne regardait jamais en arrière et ne revenait pas sur sa décision. C'était plus sûr et plus simple pour les deux parties. Ainsi, sa partenaire du moment ne se faisait pas de fausses idées sur son compte et ne nourrissait pas l'espoir d'une relation durable. D'ailleurs, pour éviter tout malentendu, il n'entretenait que des liaisons de courte durée avec des femmes qui savaient exactement à quoi s'en tenir à son sujet.

Pour autant qu'il s'en souvienne, il avait reçu quelques e-mails de Julia lui demandant de la rappeler. Il avait été tenté de le faire, mais, rendu prudent par une précédente mésaventure, il y avait renoncé. Dans leur intérêt à tous les deux. Et, de guerre lasse, elle avait cessé de le contacter.

Mais voilà que dix-huit mois plus tard, il la retrouvait ici même, dans sa suite d'hôtel. Vêtue d'un short sexy et d'un T-shirt qui ne dissimulait rien de ses charmes. Qui plus est, avec un adorable piercing au nombril. Et tandis qu'elle dardait sur lui son troublant regard, tout ce qu'il voulait, c'était voir ses yeux s'assombrir sous l'effet de la passion, savourer ses lèvres pulpeuses et caresser son corps splendide. Allait-il vraiment la mettre à la porte comme il en avait eu l'intention au début ?

Question idiote.

— Ecoute, je suis désolé, dit-il d'une voix apaisante en lui effleurant le bras. Le concierge a dû oublier que je rentrais ce soir. Comme il se fait tard, autant rester ici tous les deux pour cette nuit. Demain matin, je te trouverai une autre chambre.

Elle hésita, visiblement ennuyée.

— Je suppose que je peux dormir sur le canapé.

— On en parlera plus tard, dit-il nonchalamment en se rapprochant d'elle. Je suis vraiment ravi de te revoir, Julia.

Elle esquissa un sourire timide.

— Vraiment ?

Il lui effleura le front de ses lèvres tout en humant son parfum délicat.

— Oui.

Elle laissa échapper un petit soupir de bien-être et ferma les yeux.

— Mais que fais-tu de tes sacro-saints principes ?

Il la contempla, quelque peu décontenancé.

— De quoi parles-tu ?

Elle ouvrit les yeux et soutint fermement son regard.

— Une fois que tu en as terminé avec une femme, tu ne reviens jamais en arrière.

— Je t'ai dit ça ?

Elle hocha solennellement la tête.

— Oui. La dernière fois que je t'ai vu, tu m'as assuré que tu avais passé un merveilleux moment avec moi, mais que tu ne me contacterais pas. Tu m'as dit aussi que je ne devais pas me faire de fausses idées sur ton compte.

Sa voix trembla tandis que les lèvres de Cameron se rapprochaient à quelques millimètres des siennes.

— Ce jour-là, j'aurais mieux fait de me taire, maugréa-t-il en posant une main sur sa nuque.

Elle eut un sourire malicieux.

— Tu as précisé que c'était une règle de conduite que tu t'étais fixée depuis longtemps.

— Ce soir, j'ai envie de déroger à mes principes, marmonna-t-il en s'emparant de ses lèvres.

Elle laissa échapper un petit gémissement et se blottit contre lui. Enhardi par ce premier succès, il se servit de sa langue pour l'inciter à s'ouvrir à lui ; ce qu'elle sembla faire de bonne grâce. Il s'engouffra aussitôt dans la chaleur de cette bouche accueillante dont il explora les tendres profondeurs. Une délicieuse impression de bien-être s'empara de lui, comme s'il se retrouvait en terrain familier, et tous les problèmes du monde s'évanouirent d'un seul coup. Rien d'autre ne comptait que la saveur délectable de ces lèvres et le besoin d'assouvir l'onde de désir qui l'enflammait tout entier.

Les bras noués autour de son cou, elle se lova tout contre lui. Comme elle était douce, sensuelle et passionnée ! Elle lui avait manqué, réalisa-t-il soudain. Mais il écarta bien vite cette pensée dérangeante et se hâta d'engager avec elle une joute érotique.

Il perçut un gémissement et se sentit flatté. Mais ce n'était pas suffisant. Il voulait l'entendre murmurer son nom. Il voulait qu'elle le supplie, qu'elle crie pour qu'il…

Un cri ?

Il tressaillit. Oui, c'était bien quelqu'un qui criait quelque part. Sur le palier ? Dans l'appartement d'à côté ? Bizarre. Comme les murs étaient insonorisés, il était quasiment impossible d'entendre un bruit provenant de l'extérieur.

Pourtant, le cri se répéta, assourdi mais audible. Il s'écarta légèrement et contempla Julia, l'air interrogateur.

— Tu entends ?

— Oui, répondit-elle en le repoussant et en balayant la pièce du regard.

Elle semblait sur le qui-vive, comme si elle guettait le moindre bruit. Mais plus rien ne se produisit et, au bout d'un moment, il l'attira de nouveau dans ses bras.

— Ça doit provenir d'à côté, murmura-t-il en égrenant des baisers légers sur ses lèvres et ses joues avant de savourer la peau soyeuse de son cou.

Elle gémit tandis qu'il promenait ses mains le long de son dos et agrippait ses fesses à la fois fermes et douces. Tout en dévorant sa bouche, il pressa son membre raidi contre elle, puis commença à la guider vers le lit, mourant d'envie de lui faire l'amour dans les règles de l'art.

— Oh, Cameron, murmura-t-elle contre ses lèvres.

— Oui, chérie, je sais.

Il s'assit sur le bord du lit, les cuisses écartées, et l'attira tout contre lui. Il s'apprêtait à lui ôter son T-shirt quand, soudain, un vagissement retentit. A l'intensité du son, il ne pouvait provenir que de sa propre suite.

Julia réprima un gémissement de dépit en s'écartant de Cameron. Mille et une pensées se bousculaient dans son esprit. Mais le bébé était sa priorité et requérait toute son attention. Elle avait été tellement perturbée par l'irruption de Cameron dans la salle de bains qu'elle avait oublié de récupérer le moniteur de surveillance pour bébé. Mais, elle en était sûre, si le petit Jake commençait à s'agiter, elle l'entendrait depuis n'importe quelle pièce de la suite. Après ce premier cri d'avertissement, il se tenait tranquille, mais elle savait par expérience qu'il ne le resterait pas longtemps.

Autre sujet de préoccupation : Cameron allait bientôt faire la connaissance de Jake. Certes, cela devait arriver un jour, mais puisqu'il n'avait pas encore abordé le sujet, son silence ne pouvait signifier qu'une chose : fidèle à ses principes, il n'avait jamais lu les e-mails qu'elle lui avait adressés et, par conséquent, il ignorait l'existence du bébé. Restait à espérer qu'il aimait les surprises.

Elle longea le couloir en direction de la chambre, se préparant à l'inévitable.

— Je ferais mieux de m'en occuper.

— T'occuper de quoi ? demanda-t-il en se postant derrière elle et en nouant les bras autour de sa taille.

— Le cri que tu as entendu tout à l'heure.

— Celui qui venait d'à côté ? Laisse tomber, je n'entends plus rien, assura-t-il.

Puis il poursuivit son tendre assaut en l'embrassant

dans le cou et en lui mordillant son point le plus sensible derrière l'oreille.

Elle ne put s'empêcher de pousser un gémissement de plaisir. Elle ressentait de délicieux frissons partout où les lèvres et les mains de Cameron la touchaient. Cet homme était un magicien ! Pour autant qu'elle s'en souvienne, il avait l'art de l'exciter et de combler ses moindres désirs.

Mais, au nom du ciel, pourquoi avait-elle fait confiance au responsable de la réception quand il lui avait affirmé que Cameron serait absent durant toute la durée de la conférence ? Il est vrai que Sally avait insisté pour qu'elle occupe cette fameuse suite. En voyant la lueur malicieuse dans le regard de la vieille dame, elle aurait dû se méfier et comprendre qu'il s'agissait d'un coup monté. Dire qu'on lui aurait donné le bon Dieu sans confession…

Sa première idée avait été de laisser Jake à la maison auprès de la nourrice, mais celle-ci souhaitait participer à une croisière avec sa fille, et plusieurs amies de Julia comptaient assister en famille à la conférence. Pour ces raisons, et aussi parce que son bébé lui manquait terriblement quand ils étaient séparés, elle avait décidé de l'emmener avec elle.

Toutefois, l'arrivée inopinée de Cameron compromettait ses beaux projets. Certes, elle n'était pas opposée à l'idée qu'il voie le bébé, mais la situation risquait de devenir très vite embarrassante.

— Mmm, c'est si bon ! murmura-t-elle en se tournant vers Cameron et en l'embrassant avec fougue.

Pourquoi fallait-il qu'elle se sente aussi attirée par cet homme sexy et beau comme un dieu ? Il semblait plus grand et plus fort que dans son souvenir. Plus sûr de lui aussi, pour autant que cela soit possible. Il la contemplait avec une expression de prédateur dans le regard. Elle n'aurait pas dû trouver cela excitant au possible, mais c'était plus fort qu'elle.

Si seulement il n'avait pas débarqué ici sans crier gare ! La faute à pas de chance. Il est vrai qu'avec lui, elle avait toujours joué de malchance.

Elle l'avait rencontré dix-huit mois auparavant et avait aussitôt succombé à son charme. Ils avaient eu une aventure torride qui avait duré quatre jours. Quelques semaines plus tard, elle s'était aperçue qu'elle était enceinte.

Comme elle éprouvait le besoin de faire les choses comme il faut, elle avait contacté Cameron à plusieurs reprises, mais il ne l'avait jamais rappelée.

Elle se rendait compte aujourd'hui qu'il n'avait jamais lu ses e-mails. Après tout, c'était peut-être mieux ainsi. Dans son besoin obsessionnel d'éviter toute relation suivie avec une femme, il aurait sûrement refusé de s'impliquer dans l'éducation de l'enfant.

Elle osait à peine imaginer sa réaction quand il verrait le bébé et, surtout, quand il apprendrait que Jake était son fils. Certes, Cameron était quelqu'un de bien et il ne les mettrait pas à la porte, mais il risquait de penser qu'elle avait voulu le piéger. Et il y avait fort à parier qu'il refuserait de croire que l'enfant était de lui.

— Oh, murmura-t-elle tandis qu'il se pressait contre elle.

Alors qu'elle peinait à aligner deux idées, subjuguée par la douceur de ses caresses, une pensée finit par percer la brume de son désir : et si elle essayait de créer une petite diversion pour lui permettre de calmer Jake ? Demain, il serait temps d'affronter l'inévitable. Ce n'était pas très courageux de sa part, mais tant pis.

Quoi qu'elle décide de faire, elle devait réagir vite avant que le bébé ne se rappelle à son bon souvenir.

— Ecoute, Cameron, dit-elle en reprenant son souffle.

Il fallait l'éloigner du vestibule au plus tôt.

— Tu devrais aller te chercher une bière dans la cuisine pendant que j'enfile un vêtement plus…

— Je n'ai pas besoin de bière, Julia, répliqua-t-il d'une voix rauque en promenant ses mains sur ses cuisses hypersensibles. Tout ce que je veux, c'est faire l'amour avec toi.

— Moi aussi, assura-t-elle, toute chavirée, en faisant courir ses doigts sur ses épaules musclées. Mais auparavant, je veux me rafraîchir un peu.

— Tu viens juste de prendre une douche, protesta-t-il en lui mordillant le cou. Tu es fraîche comme une rose.

Gémissant de plaisir, elle s'obligea à le repousser.

— Mais j'ai besoin de me sécher les cheveux !

— Vraiment ? s'étonna-t-il en écartant une mèche de son front. Ils m'ont l'air très bien ainsi.

— Peut-être, mais je n'ai pas envie de m'enrhumer.

Il la contempla, l'air sceptique.

— Bon, si tu y tiens.

Elle lui décocha un grand sourire.

— Que dirais-tu d'une bière bien fraîche ?

— Quoi ?

— Une bière, insista-t-elle. Dans la cuisine. N'as-tu pas dit que tu voulais en boire une tout en regardant le match ?

— Oui, bien sûr, mais…

— Vas-y. J'arrive tout de suite.

Elle tenta de le pousser vers le salon. Peine perdue. Autant essayer de déplacer une montagne.

— Que se passe-t-il, Julia ?

A peine avait-il prononcé ces mots qu'elle entendit la voix de Jake l'appeler :

— Maman, maman !

Surpris, Cameron écarquilla les yeux.

Tant pis pour la diversion. D'après le ton de sa voix, le bébé n'était ni souffrant ni affamé, mais cela ne facilitait pas les choses pour autant.

— Cameron, je ne voulais pas avoir à…

— Cette fois, j'ai bien entendu un cri, l'interrompit-il en la repoussant. Il semblait provenir de l'autre chambre.

— Non, non !

Elle se mit en travers de son chemin, bien décidée à l'arrêter.

— C'est sans doute un chat. Je vais m'en occuper.

— Un chat ?

Il jeta un regard alentour, les sourcils froncés.

— J'en doute.

En entendant le bébé crier de nouveau, elle s'adossa au mur, résignée.

— Ah ! s'exclama Cameron en se dirigeant vers la seconde chambre.

Face à cette réaction, elle se glissa devant lui pour lui barrer l'accès.

— Cela ne te concerne pas, Cameron. Va plutôt regarder ton match de foot.

Il la dévisagea, l'air effaré, comme si elle avait perdu la raison. Peut-être était-ce le cas. Depuis qu'elle l'avait revu, elle n'était plus dans son état normal. Elle, si raisonnable d'ordinaire, se conduisait en dépit du bon sens. La faute à cet homme, encore une fois.

— Laisse-moi passer, Julia.

Elle leva la main pour l'en empêcher.

— Pas question. C'est peut-être ta suite, mais tu n'entreras pas ici sans moi.

— Alors, ouvre cette porte.

Sa mine inflexible indiquait clairement qu'il ne bougerait pas d'ici tant qu'il n'aurait pas compris de quoi il retournait.

— Très bien, marmonna-t-elle à contrecœur.

Tôt ou tard, il découvrirait l'existence de Jake. Pour l'instant, elle devait faire en sorte qu'il ne perturbe pas le bébé. Avec un soupir de résignation, elle ouvrit tout doucement la porte.

— Ce n'est pas ce que tu crois. Je veux dire…

— Vraiment ?

Sans plus attendre, il franchit le seuil et s'arrêta net à la vue du berceau. Pénétrant dans la pièce à sa suite, elle constata avec soulagement que le bébé arborait un grand sourire et sautillait sur son matelas, les deux mains agrippées au rebord du lit.

— Tu parles d'un chat ! Il s'agit d'un bébé ! s'exclama-t-il en se tournant vers elle, l'air furieux.

Elle s'avança vers son fils, tout sourires, et murmura :

— Tu as raison. Il s'agit d'un beau bébé.

A force de sauter et de s'époumoner, les joues du petit Jake étaient toutes rouges, et elle en éprouva du remords. Il lui tendit les bras, les genoux tremblants.

— Maman, maman !

— Hello, mon trésor.

Elle se pencha pour le prendre dans ses bras, puis le cala contre son épaule en lui massant le dos.

— Voilà qui est mieux. Ne t'inquiète pas. Je suis là, mon bébé.

— Qu'est-ce que cela signifie ?…

Elle perçut nettement une pointe de menace dans la voix de Cameron.

— Julia, cet enfant est ton fils ?

Un sourire aux lèvres, elle embrassa la joue veloutée de Jake et respira son doux parfum, mélange de talc et de savon, puis elle se tourna vers Cameron.

— Oui. C'est mon fils. Et le tien. Cameron, je te présente Jacob Cameron Parrish, ton enfant.

- 2 -

Interloqué, Cameron recula si brusquement qu'il se cogna le coude dans le montant de la porte.

— Si c'est une plaisanterie, elle n'est pas drôle ! grogna-t-il en frottant son coude endolori.

Visiblement, le bébé ne semblait pas de cet avis car il se mit à glousser et à taper des mains.

— Ba-da-ba !

Cameron lui jeta un regard courroucé avant de se retourner vers Julia, qui se retenait à grand-peine de sourire. C'en était trop ! Si elle comptait se jouer de lui, elle en serait pour ses frais.

Il connaissait la chanson par cœur. Ce n'était pas la première fois qu'une femme cherchait à lui soutirer de l'argent en le menaçant d'intenter une action en recherche de paternité. C'était l'inconvénient d'être riche. Heureusement, il avait su s'entourer d'une armée d'avocats et savait comment se sortir de ce genre de situation.

— Je ne crois pas un mot de cette histoire. D'ailleurs, ce bébé n'est pas un nouveau-né. S'il était vraiment mon fils, comme tu le prétends, pourquoi aurais-tu attendu aussi longtemps pour m'en parler ?

— Tu te moques de moi ? riposta-t-elle. Je t'ai envoyé plusieurs e-mails dans lesquels je te demandais de me contacter. Dans mon dernier message, je t'expliquais que j'étais enceinte de toi. Comment fallait-il te le dire pour que tu comprennes ?

Mû par une froide colère, il fit un pas un avant.

— Et moi, je ne te crois pas. Est-ce si difficile à comprendre ? C'est le plus vieux piège du monde, et je n'ai pas l'intention d'y tomber. Si tu te figures que je vais te signer un chèque en blanc, tu te trompes lourdement.

— Je n'ai pas besoin de ton argent, lança-t-elle, furieuse.

Voyant que Jake commençait à s'agiter, elle baissa la voix avant de poursuivre :

— A l'époque, je cherchais simplement à te faire savoir que tu allais être papa. Mais tu n'as pas été fichu de me contacter une seule fois. A cause de tes maudits « principes ».

Tout en arpentant la chambre, elle tapotait le dos du bébé pour le calmer. Puis elle fit volte-face et s'avança vers lui, l'air ulcéré.

— Mais tu sais quoi ? dit-elle en lui martelant le torse de l'index pour mieux souligner ses propos. Tout compte fait, c'est aussi bien que tu nous aies royalement ignorés, Jake et moi. Avec ta phobie des engagements, tu n'aurais sans doute pas fait un bon père pour notre fils.

Il ne pouvait tolérer qu'elle lui parle sur ce ton. Hors de lui, il lui agrippa le poignet avant qu'elle ne recommence son manège.

— Je t'interdis de dire que je suis incapable de m'intéresser à mon propre enfant.

Voyant qu'elle blêmissait et déglutissait péniblement, il lui lâcha la main.

— Je voulais juste dire…

— Je ne ferai jamais de mal à mon enfant, gronda-t-il, les dents serrées. Je sais ce que c'est de vivre avec un…

Il s'interrompit brusquement et se passa la main dans les cheveux, au comble de la nervosité.

— Peu importe, marmonna-t-il.

Qu'est-ce qui lui avait pris ? Il n'avait jamais évoqué son enfance, sauf avec ses deux frères, il y a bien longtemps. Elle faisait partie du passé et devait y rester à tout jamais. Mais c'était précisément à cause de cette enfance malheureuse qu'il faisait très attention à ne pas avoir d'enfant. Voilà pourquoi il était sûr et certain que Jake n'était pas de lui.

— Je suis désolée, murmura Julia.

Il se ressaisit et dit plus calmement :

— Toujours est-il que je ne te crois pas. Nous avons pris des précautions. J'en prends toujours.

— Oui, moi aussi. Mais aucune protection n'est efficace à cent pour cent.

Elle contempla le bébé dans ses bras et ajouta :

— La preuve.

— J'ignore à quel jeu tu joues, insista-t-il, mécontent. Mais je suis sûr que ce n'est pas mon fils.

— Baba, papa, s'écria gaiement Jake en se tortillant dans les bras de sa mère. Papa, ba-doo, papa.

Jack conclut sur un large sourire qui creusa une fossette dans sa joue droite.

Papa ? Les sourcils froncés, Cameron se frotta la joue droite, soudain très mal à l'aise.

— Demande-lui d'arrêter de dire ça, maugréa-t-il.

Julia éclata de rire.

— Il gazouille, comme tous les bébés. Les sons qu'il émet n'ont aucune signification particulière.

Jake continua son babil sans se départir de son sourire, et sa fossette se creusa un peu plus. Cameron serra les dents, dépité. Lui aussi avait une fossette à la joue droite. Mais cela ne voulait rien dire…

— Allons, mon ange, murmura-t-elle en se dirigeant vers le berceau. Il est temps de te rendormir.

— Non ! Baba ! Papa ! cria Jake en agitant ses petits bras en direction de Cameron, comme pour lui demander de l'aide.

— Apparemment, il veut que ce soit toi qui le mettes au lit, remarqua-t-elle, un sourire malicieux aux lèvres.

Avant qu'il ait pu réagir, elle lui fourra le bébé dans les bras.

— Mais voyons, je ne…

— Baba, lança gaiement Jake en gigotant dans ses bras. Papa.

Soudain, le bambin s'arrêta de remuer et planta son regard dans le sien, l'air grave. Cameron ne put que soutenir son regard et, contre toute attente, un flot d'émotions contradictoires l'envahit : confusion, affection, colère, frustration, joie, douleur. Emerveillement. Tous deux cillèrent, puis continuèrent de se dévisager, et Cameron eut l'étrange impression de contempler son âme, un peu comme s'il s'était dédoublé. Bon sang, où avait-il été pêcher une idée pareille ? Non, ça ne pouvait pas lui arriver à *lui* ! Il ne pouvait pas être papa ! C'était bien la dernière chose au monde qu'il voulait.

Au bout d'un moment, Jake se mit à bâiller et se lova

contre le torse de Cameron, les yeux clos, son petit poing agrippant le plastron de sa chemise, comme pour marquer son territoire. Cameron posa sa main sur la menotte de Jake et se sentit tout chaviré. Il resserra son emprise sur le bébé pour l'empêcher de tomber. C'était en tout cas l'explication qu'il crut bon de formuler pour lui-même.

— Il a sommeil, fit remarquer Julia à voix basse. Couche-le sur le dos et frotte-lui un peu le ventre. Ça l'aide à s'endormir.

— Désolé, bonhomme, j'obéis aux ordres de ta maman, murmura-t-il.

Il fit ce qu'elle lui demandait et caressa le crâne du bébé, s'extasiant de la douceur de ses cheveux sous ses doigts.

Sage comme une image, Jake mit deux doigts dans sa bouche et continua de fixer Cameron, visiblement fasciné.

Il devait convenir que le bambin était mignon comme tout, mais cela ne faisait pas de lui son fils pour autant.

Il était bien forcé de l'admettre, la ressemblance entre eux était frappante : mêmes cheveux mordorés, mêmes yeux verts taillés en amande et même fossette à la joue droite. Qu'il le veuille ou non, Jake était bel et bien son fils.

Malgré tout, il ne parvenait pas à chasser de son esprit l'idée que Julia Parrish lui avait tendu un piège. Tout le monde savait que la famille Duke était riche. Très riche. Qui sait si Julia ne cherchait pas simplement à lui extorquer une coquette somme d'argent ? Certes, il ne se déroberait jamais à ses devoirs vis-à-vis de son fils, mais de là à dérouler le tapis rouge devant Julia, il y avait une marge.

Voyant que le bébé commençait à s'endormir, il sortit de la chambre sur la pointe des pieds, suivi de Julia. Une fois la porte refermée, il fit volte-face et lança *mezzo voce* :

— J'exige un test de paternité.

Elle tressaillit, visiblement bouleversée. Qu'est-ce qu'elle se figurait ? Qu'il allait la croire sur parole ? Tout en l'examinant avec attention, il se rappela qu'elle avait un visage expressif et qu'il lisait en elle comme à livre ouvert. A l'époque, il n'avait eu qu'à contempler ses traits mobiles pour savoir qu'elle avait apprécié chacune de ses caresses et qu'elle avait passé un agréable moment en sa compagnie. Avait-elle eu une arrière-pensée en sortant avec lui ?

Sûrement. Comme la plupart des femmes qu'il avait fréquentées. Toujours la même : l'appât du gain…

— C'est d'accord pour le test ADN, marmonna-t-elle.

Tiré de ses sombres pensées, il revint au moment présent.

— Entendu. Je le ferai faire demain.

— C'est ennuyeux. Ma conférence débute demain, objecta-t-elle en le précédant vers le salon.

Il en profita pour admirer ses longues jambes fuselées et ses fesses rebondies. Que de souvenirs érotiques elles lui rappelaient !

Elle récupéra le livre abandonné sur la table basse, puis se tourna vers lui.

— Je ne serai donc pas en mesure d'emmener Jake chez le médecin avant mon retour à la maison.

— Attends une minute, dit-il tandis qu'il assimilait le sens de ses propos. Tu es ici pour la conférence ?

Elle le considéra, l'air éberlué.

— Evidemment ! Pour quelle autre raison serais-je ici ?

Il faillit dire que c'était pour lui extorquer une pension alimentaire pour l'entretien de Jake, mais il parvint à se retenir à temps et toussota pour masquer son embarras.

— Nous avons une infirmière disponible en permanence à l'hôtel. Je lui demanderai de venir demain matin pour la prise de sang.

— Entendu, répondit Julia de mauvaise grâce, en se frottant le bras.

— Qu'est-ce qui ne va pas ?

Elle poussa un petit soupir tremblant.

— Je sais que c'est nécessaire, mais je déteste l'idée qu'on fasse une prise de sang au bébé.

— C'est important, assura-t-il.

Il n'empêche, rien que d'imaginer l'aiguille dans le petit bras potelé de Jake, lui-même en avait des frissons. Du coup, il se mit à douter de la pertinence de sa décision. S'il avait insisté pour faire ce test ADN, c'était pour punir Julia. Mais ce ne serait pas elle qui ferait cette fichue prise de sang. Ce serait Jake, lequel semblait bien trop jeune pour subir une pareille épreuve.

Pourquoi se leurrer plus longtemps ? Jake était son fils, et le test de paternité n'y changerait rien.

Certes, il était furieux contre Julia parce qu'elle l'avait pris en traître, mais il la croyait. Cependant, il ne le lui annoncerait pas ce soir. Non, il la laisserait languir encore quelques heures. Il le lui dirait demain matin, quand il aurait eu sa dose de caféine.

— Puisque tu y tiens…

Tout en parlant, elle avait récupéré sa lingerie sexy et ses talons aiguilles. Elle se dirigea ensuite vers la cuisine et se mit à rassembler les petits pots pour bébé.

— Que fais-tu ? s'étonna-t-il.

— Je commence à ranger mes affaires.

— Attends, fit-il en l'attrapant par le bras. Il n'est pas question que vous partiez, toi et Jake.

— Mais nous ne pouvons pas rester ici puisque tu es de retour !

— Si, justement.

Elle le contempla, l'air incrédule. Comme elle était sexy quand elle fixait sur lui ses grands yeux bleus ! Il était prêt à relever tous les défis qu'elle lui lancerait.

Mais elle secoua la tête en signe de dénégation.

— Si tu crois qu'il va se passer quelque chose entre nous, tu te trompes sur toute la ligne.

— Chérie, dit-il d'une voix enjôleuse, ne t'en déplaise, tout à l'heure, nous étions à deux doigts de faire l'amour.

— Ecoute, Cameron…

— Mais tu as raison, l'interrompit-il. Ce soir, il ne se passera rien entre nous.

Avec une décontraction qu'il était loin de ressentir, il lui lâcha le bras et se dirigea vers le salon.

— Et vous allez rester là, toi et Jake.

— Entendu, acquiesça-t-elle en lui emboîtant le pas. Il vaut mieux laisser le bébé dormir. Il a eu son compte d'émotions pour aujourd'hui. Nous changerons de chambre demain.

Contre toute attente, ces derniers mots eurent pour effet de l'agacer. Pour se donner une contenance, il alla prendre une bouteille de bière dans le réfrigérateur.

— Tu n'y es pas du tout, chérie. Vous allez devoir rester ici jusqu'au résultat du test ADN, voire durant toute la durée de la conférence puisqu'il n'y a pas d'autre chambre disponible.

Elle laissa échapper une exclamation de dépit.

— J'ai renoncé à ma chambre quand ta mère a insisté pour que je m'installe ici. Elle doit encore être libre à l'heure qu'il est !

— Je crains que non. Cette semaine, outre ta conférence, nous organisons un tournoi de golf.

Elle le foudroya du regard.

— Mais cet hôtel est à toi ! Alors, arrange-toi pour nous trouver une chambre !

— Je pourrais, mais je ne le ferais pas, déclara-t-il froidement. Parce que si Jake est bien mon fils, il doit dormir ici, avec moi. Et nous n'allons pas tarder à savoir la vérité, n'est-ce pas ?

Rassurée, Julia se glissa entre les draps du lit jumeau, dans la chambre d'amis. La révélation de sa paternité à Cameron n'avait pas été aussi difficile à faire que ce qu'elle avait redouté. Pour l'heure, Jake dormait à poings fermés en émettant des petits ronflements, inconscient du drame qui se nouait autour de lui. Comme toutes les mères, sa priorité était d'épargner toute souffrance, morale ou physique, à son enfant. Certes, elle ne serait pas toujours là pour le protéger, mais, pour l'instant, il n'avait pas besoin de savoir que sa maman et son papa se querellaient à son propos.

Elle avait beau concentrer toutes ses pensées sur son fils, se focalisant sur ses menottes ou son rire communicatif, l'image de Cameron ne cessait de s'imposer à elle. Elle eut honte d'elle-même en se remémorant avec quelle facilité elle était retombée dans ses bras. Pourtant, elle s'était juré de faire preuve de la plus grande froideur à son égard au cas où leurs chemins se croiseraient de nouveau. Mais elle avait été prise de court, et rien ne s'était passé comme prévu. Moralité : elle savait à quel point elle était sensible à son charme fatal… et lui savait qu'il n'avait qu'à lever le petit doigt pour la voir arriver en courant.

Cette situation était vraiment humiliante !

Dans quelques heures, elle devrait de nouveau affronter Cameron. Se laisserait-elle emporter, comme aujourd'hui, ou serait-elle capable de résister à l'ascendant sensuel qu'il avait sur elle ? C'était à croire qu'il l'avait ensorcelée !

Dans un bâillement, elle tapota son oreiller et s'allongea sur le dos en s'obligeant à respirer calmement. Elle avait absolument besoin de récupérer des forces en prévision de la rude journée qui s'annonçait.

A moitié endormi, Cameron s'étira, puis tenta de se mettre sur le dos… et atterrit sur le plancher.

— Que diable ?… grommela-t-il.

Bon sang, où était-il ?

Il reprit peu à peu ses esprits et poussa un grognement de dépit en se rappelant où il avait dormi la nuit dernière. Il se releva avec effort, le dos courbaturé, et s'assit sur le canapé, les coudes sur les genoux.

Après le départ de Julia, il avait pensé regarder le

match de foot en finissant sa bière, mais le cœur n'y était plus. Il était donc allé se coucher, mais il n'avait fait que se tourner et se retourner dans son lit, incapable de dormir en sachant que Julia se trouvait dans la chambre d'amis, de l'autre côté du couloir. Lui la voulait dans son lit, son splendide corps tout contre le sien. Il voulait se noyer dans sa touffeur…

Hélas, elle était inaccessible. Du moins, pour l'instant. Mais il était patient et savait que son heure viendrait. Bientôt, cette femme désirable serait de nouveau à lui.

Cette pensée réconfortante n'avait pas suffi à lui faire trouver le sommeil. Il était donc revenu dans le salon, histoire de se changer les idées en regardant les programmes télévisés de la nuit. Finalement, il s'était endormi sur le canapé. Une erreur tactique qu'il regrettait amèrement ce matin, tandis qu'il tentait de déplier son dos douloureux. Bon sang, il se faisait l'effet d'un vieil homme perclus de rhumatismes alors qu'il avait à peine trente ans !

Bien décidé à retrouver sa forme olympique, il enfila un short, chaussa des baskets et partit faire du footing dans le parc de la résidence hôtelière.

Quarante-cinq minutes plus tard, après une douche chaude et deux tasses de café, il se sentait beaucoup mieux. C'était une bonne chose, car il devait être au mieux de sa forme pour gérer les nouveaux occupants de sa suite.

— Papa !

Quand on parle du loup…

— Bonjour, lança Julia accompagnée de Jake, installé dans une sorte de porte-bébé futuriste.

Machinalement, il s'avança pour le lui prendre des

mains et déposa le bébé sur son siège sur le comptoir de la cuisine.

Elle portait un tailleur bleu marine à rayures, un chemisier blanc, des talons aiguilles noirs, et sa crinière blonde était nouée en queue-de-cheval. Dieu sait pourquoi, il la trouvait terriblement sexy dans cette tenue sévère, tandis qu'elle croquait une pomme tout en faisant réchauffer un petit pot pour le bébé. Une chose était sûre, il filait un mauvais coton !

— Papa, murmura Jake en contemplant gravement Cameron.

— Il dit ça souvent, constata-t-il en observant le bambin.

Contrairement à hier, il n'était plus vraiment fâché d'entendre Jake répéter *papa* à tout bout de champ.

— Il aime faire rouler ce mot sur sa langue, expliqua Julia.

Puis elle se troubla en réalisant ce qu'elle venait de dire. Il ne put s'empêcher de rire en la voyant détourner le regard, rouge de confusion, et s'affairer autour de la cafetière. Peut-être avait-il l'esprit mal tourné, car il imagina aussitôt ce qu'il aimerait faire rouler sur sa langue…

— Ma conférence débute dans quarante-cinq minutes, annonça-t-elle, l'air on ne peut plus professionnel, en sirotant une gorgée de café. J'ai engagé une baby-sitter pour s'occuper de Jake toute la journée. Elle ne devrait pas tarder à arriver. Mais si tu préfères rester seul, je comprendrai. Je vais vérifier avec le concierge si une chambre s'est libérée…

— La présence de la baby-sitter ne me dérange pas.

— Ah bon, merci.

— As-tu bien dormi ?

— Merveilleusement bien. Et toi ?

— Comme un loir, mentit-il.

— Tant mieux.

La situation devenait de plus en plus embarrassante. Comme il ne trouvait plus rien à dire, il s'accouda au comptoir et regarda Julia ranger sa tasse dans le lave-vaisselle, puis Jake qui dodelinait de la tête, les yeux clos. Heureux bambin !

La sonnette de la porte d'entrée retentit, réveillant Jake qui ouvrit de grands yeux. Il prit un air boudeur, les lèvres tremblantes, et Cameron comprit qu'il allait se mettre à pleurer.

— Du calme, bonhomme, tout va bien, dit-il doucement en lui caressant le ventre. Rassure-toi, moi aussi, je sursaute chaque fois que j'entends cette maudite sonnette.

Visiblement réconforté, Jake en oublia de pleurer. Voyant que le bébé fixait sur lui un regard confiant, comme si ses propos étaient parole d'évangile, il sentit son cœur se gonfler d'émotion. A cet instant précis, il avait l'étrange impression d'être la personne la plus importante au monde.

— C'est sûrement la baby-sitter, remarqua Julia d'une voix rauque. Je vais lui ouvrir.

Dix minutes plus tard, après avoir installé la jeune fille et Jake dans la chambre d'amis, Julia était prête à partir. Son sac en bandoulière et son attaché-case à la main, elle ressemblait davantage à une avocate qu'au meilleur chef pâtissier de la Central Coast californienne. Il l'accompagna jusqu'à la porte d'entrée.

— Je lui ai donné toutes les indications nécessaires

ainsi que mon numéro de portable, déclara-t-elle, visiblement nerveuse. Je laisserai mon téléphone branché en permanence, en cas de besoin.

— Tout se passera bien, assura-t-il tout en s'appuyant au montant de la porte pour lui barrer le passage. Ecoute, nous n'avons pas encore parlé du test de paternité.

— Oh, murmura-t-elle, dépitée.

Les sourcils froncés, elle laissa tomber son attaché-case et croisa les bras.

— Moi qui espérais que tu aurais changé d'avis !

— Croyais-tu vraiment que j'allais te verser une pension alimentaire sans m'être assuré que Jake est vraiment mon fils ? riposta-t-il.

— Tu peux garder ton argent, Cameron, lança-t-elle, furieuse. Je n'en ai pas besoin.

— Toutes les femmes disent ça.

Elle le fusilla du regard.

— C'est le bien-être de Jake qui m'importe avant tout. Sais-tu combien de fois il s'est fait vacciner depuis sa naissance ? Combien d'aiguilles se sont enfoncées dans sa chair tendre ? Rien que d'y penser, j'en ai froid dans le dos. Mais ne t'inquiète pas. Tu auras ton fichu test ADN. Pour ce qui est de l'argent…

— Ecoute, Julia, je…

Elle leva la main pour l'interrompre.

— Avant de dire quelque chose que tu risques de regretter par la suite, je te conseille de consulter le site Internet du Fonds fiduciaire Parrish. On en reparlera ce soir.

— Entendu, dit-il d'un ton apaisant.

Certes, il était peut-être allé un peu trop loin, mais,

après tout, que savait-il d'elle ? La vie lui avait appris à être méfiant.

Elle récupéra son attaché-case, et il s'effaça pour la laisser passer. Au moment de franchir le seuil, elle fit volte-face, un éclat métallique dans ses prunelles.

— Dans la foulée, consulte aussi les e-mails que je t'ai envoyés à l'époque. Il se peut que tu voies les choses sous un autre angle et que tu révises ta façon de me juger.

— Julia, je ne…

— Tant que tu y es, dit-elle en retirant un album de son attaché-case et en le lui fourrant dans les mains, jettes-y un coup d'œil. Je comptais le montrer à des amies, mais je pense qu'il devrait t'intéresser.

Perplexe, il contempla l'épais album à la couverture fleurie et commença à le feuilleter. Il contenait des photos du bébé assorties d'annotations manuscrites. Que signifiait…

— Oh, une dernière chose, dit-elle, ne lui laissant pas le temps de parler. Hier soir, j'ai été prise au dépourvu, mais cela ne se reproduira pas. J'accepte de rester ici durant les dix prochains jours, mais il est hors de question que nous fassions l'amour. A bon entendeur…

Sur ce, elle franchit le seuil la tête haute, telle une reine offensée.

- 3 -

Ainsi, elle avait eu le culot de lui imposer ses règles en précisant qu'il était hors de question qu'ils fassent l'amour !

Vraiment ? Pour autant que Cameron s'en souvienne, hier soir, Julia était sur le point de succomber à la tentation quand Jake les avait si malencontreusement interrompus. Qu'à cela ne tienne, avec un peu de persévérance et beaucoup de charme, il ne tarderait pas à la mettre dans son lit.

Une fois qu'elle fut partie, il alla récupérer son ordinateur dans sa chambre et s'installa dans la salle à manger. Ainsi, il ne dérangerait pas Jake quand viendrait l'heure de sa sieste.

Les propos de Julia résonnaient désagréablement à ses oreilles, et c'est à contrecœur qu'il entreprit des recherches en ligne sur le groupe Parrish.

Tandis qu'il regardait, effaré, les informations défiler sur l'écran, des milliers de pensées se bousculaient dans son cerveau. Au bout d'un moment, il finit par décrocher son téléphone pour appeler le responsable de son service informatique et lui demander de récupérer dans les plus brefs délais les e-mails de Julia qu'il avait effacés dix-huit mois plus tôt. Puis il se plongea de nouveau dans la lecture des informations qu'il avait recueillies sur Julia Parrish et sa famille.

Il apprit, non sans un certain malaise, que ses parents étaient morts dans un accident d'avion quand elle avait dix ans. Il y avait des pages entières consacrées à l'œuvre philanthropique de ses parents, mais presque rien sur Julia Parrish jusqu'à ce qu'elle ouvre sa désormais célèbre pâtisserie dans Old Town Dunsmuir Bay, quatre ans auparavant.

Avait-elle de la famille dans la région ? Qui s'était chargé de son éducation ? Chaque question qu'il se posait en soulevait d'autres sans lui apporter la moindre réponse. Aussi se promit-il d'en discuter longuement avec elle dès ce soir.

Hormis la nouvelle de la mort de ses parents, l'autre fait marquant concernant Julia Parrish était le niveau de sa fortune personnelle, presque aussi considérable que la sienne. Alors, pourquoi s'escrimait-elle à vendre des *cupcakes* ?

Quant au Fonds fiduciaire Parrish, c'était une des plus importantes et influentes associations caritatives de Californie. Le Fonds finançait ou garantissait quasiment tout ce qui touchait à l'enfance, depuis les programmes télévisés jusqu'à la recherche scientifique en passant par les opérations humanitaires en faveur des enfants du monde entier. Bien entendu, comme tout un chacun, il avait entendu parler de ce Fonds, mais il n'avait jamais fait le rapprochement avec Julia et n'avait jamais eu aucune raison de le faire… jusqu'à ce jour.

Il n'y avait rien d'étonnant à ce qu'elle ait renoncé à le contacter. Elle n'avait pas besoin de son argent puisqu'elle était riche à millions.

Cette nouvelle le laissa perplexe. D'un côté, il était ravi à l'idée que le petit Jake ne manquerait jamais de rien. Mais d'un autre côté, il entendait être le seul à pourvoir aux besoins de son fils. Dès le retour de Julia, il lui expliquerait qu'il prenait désormais les choses en main.

Fière comme elle était, elle risquait de s'en offusquer. Puis il chassa cette pensée d'un haussement d'épaules. Qu'elle dise ce qu'elle veuille. Il était le père de Jake, et il comptait assumer ses responsabilités parentales. Après tout, ce n'était pas comme s'il l'obligeait à l'épouser. D'autant que ni l'un ni l'autre ne le souhaitaient.

Quoique… A la réflexion, un mariage entre lui et Julia serait peut-être la meilleure solution pour Jake.

Non, c'était inenvisageable. Déjà qu'il refusait de s'impliquer durablement dans une liaison, il n'allait pas se fourvoyer dans un mariage ! Allons, tout se passerait pour le mieux. Jake aurait la chance d'avoir deux parents attentifs et aimants, même s'ils ne vivaient pas sous le même toit.

Des parents attentifs et aimants… Lui n'avait pas eu cette chance, du moins pendant sa petite enfance. Son père biologique, un être brutal, avait fait un papa et un mari exécrable. Si c'était ça le mariage, alors, non merci !

Et au cas où l'exemple de ses parents n'aurait pas suffi à le dissuader, le pacte qu'il avait conclu jadis avec ses frères l'aurait empêché de se marier. Croix de bois, croix de fer…

Il se rappelait comme si c'était hier le jour où il était arrivé dans la grande demeure de Sally Duke, surplombant les falaises de Dunsmuir Bay. Il venait d'avoir huit ans. Au début, il avait mal accepté le fait qu'elle le retire du foyer d'accueil en même temps que deux autres garçonnets et qu'elle leur demande de se comporter comme des frères.

Les premières semaines de cohabitation avec Adam et Brandon avaient été chaotiques, c'est le moins qu'on puisse dire. Comme tous les gamins de huit ans, ils se disputaient pour obtenir la suprématie sur toutes choses : jouets, nourriture, télévision et, surtout, l'attention de Sally. Et en même temps, ils redoutaient qu'elle ne les renvoie d'où ils venaient. Ce ne serait pas la première fois que cela leur arriverait. Mais ils ne connaissaient pas Sally Duke.

Un jour où les trois gamins avaient dépassé les bornes, Sally, excédée, les avait relégués dans la maisonnette construite spécialement pour eux dans les arbres, et leur avait intimé l'ordre de n'en redescendre que quand ils auraient appris à se comporter comme des frères.

Après avoir passé plusieurs heures dans cette maison miniature, Cameron, Adam et Brandon avaient fini par partager leurs plus noirs secrets. La mère de Brandon, toxicomane, s'était enfuie de la maison, et son père, qui le battait régulièrement, était mort au cours d'une rixe dans un bar. Les parents d'Adam l'avaient abandonné quand il avait à peine deux ans ; il avait vécu dans un orphelinat avant d'être placé en foyer d'accueil.

A son tour, Cameron leur avait avoué que son père était d'un tempérament violent, et que c'était surtout sa mère qui en avait fait les frais. Non qu'elle ait été une maman attentionnée, compte tenu de sa dépendance à l'alcool et à la drogue. Il le savait, elle avait menti, volé et pire encore pour assouvir ses vices, mais il en rendait son père responsable ; c'était sa faute si elle avait cherché refuge dans les paradis artificiels. Il avait entendu si souvent sa mère hurler de douleur sous les coups de son père qu'il en avait encore des cauchemars. Le comble, c'est que, tout en la battant, son père hurlait qu'il agissait ainsi parce qu'il l'aimait. Et puis, un beau matin, il les avait trouvés morts tous les deux, et l'image de leurs corps inanimés était restée gravée à tout jamais dans son esprit. A l'époque, il avait sept ans.

Adam et Brandon avaient été écœurés d'apprendre que c'était faire preuve d'amour que de rouer de coups une femme. D'où l'idée du pacte sacré.

D'abord, les trois gamins s'étaient juré fidélité.

Ensuite, ils avaient fait vœu de ne jamais se marier ni avoir d'enfants, et ce, pour la bonne raison que le mariage rendait les gens méchants et stupides. Le mariage les poussait à se faire du mal à eux-mêmes et à leur entourage.

Enfin, ils s'étaient promis de tout faire pour que Sally Duke soit fière d'eux.

Depuis ce jour, elle leur avait fait savoir de mille et une façons qu'ils avaient pleinement réalisé ce dernier vœu. Tous trois étaient devenus des personnes honorables et des hommes d'affaires prospères, et elle ne pouvait que s'en féliciter. Bien sûr, comme toutes les mères, elle s'était mise en tête de marier ses fils pour qu'ils lui donnent des petits-enfants à choyer. Et, comble de l'ironie, malgré ses diatribes contre le mariage, Cameron venait de lui offrir ce qu'elle désirait tant.

Il ne put s'empêcher de rire tout bas en imaginant la tête qu'elle ferait en voyant Jake.

Certes, elle déchanterait en apprenant qu'il n'avait pas l'intention d'épouser Julia, mais elle s'en remettrait. Il ne se marierait jamais, c'était ainsi et pas autrement. Il ne voulait pas suivre l'exemple pathétique de ses parents et risquer de détruire une autre vie.

Cela ne l'avait pas empêché de multiplier les conquêtes amoureuses. Il avait même tenté de nouer des relations durables avec quelques femmes, en dépit du pacte sacré, mais chaque fois l'essai avait tourné au désastre. Il est vrai qu'avec une hérédité aussi lourde que la sienne, il ne pouvait pas en être autrement. Il était donc voué au célibat et, tout compte fait, ce n'était pas plus mal.

Il se leva et vérifia l'heure à sa montre. Il avait demandé à la baby-sitter d'emmener Jake faire une promenade dans le parc de l'hôtel, le temps d'organiser une petite réunion avec ses frères dans sa suite. Ils ne devraient plus tarder à arriver et il serait obligé de leur révéler l'existence de leur neveu.

Tant pis pour le pacte sacré. Du moins, il n'était pas le premier des trois frères à l'avoir rompu. Le privilège en revenait à Adam, quand il avait épousé Trish James, le mois dernier.

Lorsque la sonnette de la porte d'entrée retentit, il se leva d'un bond et fut heureux d'accueillir ses frères. Après avoir échangé les bourrades habituelles, il les conduisit dans la cuisine.

— Vous voulez une bière ? proposa-t-il.

— Quelle question ! s'exclama Brandon en sortant trois bouteilles du réfrigérateur.

— Comment va Trish ? demanda Cameron à Adam.

Il savait que son frère était venu avec sa femme pour passer un week-end romantique au Monarch Dunes.

— Elle va bien, répondit Adam en souriant. Elle a rencontré maman et ses amies dans le hall. A l'heure qu'il est, elles doivent être en train de se détendre au bord de la piscine.

— Se détendre ? Tu plaisantes ! s'esclaffa Brandon. On ferait mieux de boucler cette réunion au plus vite pour que tu ailles délivrer cette pauvre enfant des griffes du trio infernal.

— Bonne idée, admit Adam en s'installant à la table de la salle à manger et en ouvrant une chemise remplie de notes et de graphiques.

Cameron et Brandon le rejoignirent, et ils se mirent à discuter du changement de programme de dernière minute concernant le projet hôtelier de la Napa Valley, lequel passait désormais en tête des priorités puisque le Monarch Dunes enregistrait d'excellents résultats.

— Tu as fait du bon boulot ici, frérot, constata Brandon en levant sa bouteille en direction de Cameron.

— Merci, dit-il. Le projet de la Napa paraît bien engagé.

Quelques années auparavant, les trois frères s'étaient rendu compte que la meilleure façon de gérer leur société de développement était de confier à chacun d'eux la direction d'un projet particulier et sa réalisation de A à Z. Cameron avait pris en main la destinée du Monarch Dunes, et il avait géré ce projet comme il gérait sa vie : avec une rigueur toute militaire.

L'élégant hôtel de style American Arts & Crafts, situé à soixante-cinq kilomètres de Dunsmuir Bay, affichait déjà complet pour les trois prochaines saisons. Il était même en passe de devenir le premier lieu de villégiature de la Central Coast californienne.

Cameron avait supervisé le moindre détail, depuis la superficie du hall — lequel ouvrait sur une terrasse spacieuse surplombant l'océan et les falaises — jusqu'à l'emplacement des greens sur le terrain de golf ultramoderne, conçu pour accueillir des tournois internationaux.

— Mes collaborateurs sont désormais prêts à voler de leurs propres ailes et à me voir me retirer, admit-il. C'est tout juste s'ils ne se mettent pas au garde-à-vous quand je leur demande de faire quelque chose !

— Quand tu leur *demandes* quelque chose ? ironisa Adam. Dis plutôt que tu leur aboies tes ordres !

Brandon hocha la tête avec un sourire de commisération.

— Que veux-tu ! Un Marine restera toujours un Marine.

Indifférent aux sarcasmes de ses frères, Cameron haussa les épaules.

— En attendant, les choses sont faites à mon idée. Bon, si on revenait à nos moutons ?

Il jeta un coup d'œil à ses notes avant d'ajouter :

— J'informerai mon assistante que la grande inauguration du Napa Hotel est repoussée d'une semaine pour la faire coïncider avec les vendanges et le foulage du raisin. Elle coordonnera les opérations avec ton équipe, Brandon.

Le complexe hôtelier de la Napa Valley jouxtait les vignobles et les établissements vinicoles que la famille Duke avait achetés plusieurs années auparavant. Les vins blancs étaient déjà commercialisés dans tout le pays et les rouges étaient en passe d'acquérir une renommée internationale.

— Entendu, acquiesça Brandon en se dirigeant vers la cuisine. Hé ! Qu'est-ce que c'est ?

Cameron réprima un juron en voyant son frère s'emparer de l'album que lui avait confié Julia.

— Ce n'est rien. Donne-le-moi.

Mais Brandon commençait déjà à le feuilleter.

— Mince alors, ce sont des photos de bébé !

— De quel bébé s'agit-il ? demanda Adam en rejoignant son frère.

Cameron poussa un juron exaspéré.

— Rends-le-moi ! ordonna Cameron en essayant de lui arracher l'album des mains.

— Pas question ! objecta Brandon en esquivant la manœuvre.

Adam lança un regard pénétrant à Cameron.

— Comptais-tu nous faire partager un secret ?

— Je ne joue pas à ce jeu-là, grommela Cameron.

Il tendit la main, attendant patiemment que son frère se décide à lui rendre l'objet du délit.

— Bon, je vous reverrai plus tard, dit-il en se dirigeant vers la porte d'entrée pour les raccompagner.

— Hé, pas si vite ! se récria Brandon, les poings sur les hanches.

Il se tourna vers Adam.

— Sais-tu ce que j'ai vu ? La photo d'une femme enceinte et une échographie.

— Et alors ? maugréa Cameron en haussant les épaules.

Il n'était pas disposé à leur montrer quoi que ce soit tant qu'il n'aurait pas examiné en détail le contenu de l'album.

— Que se passe-t-il, Cameron ? s'inquiéta Adam.

Comprenant qu'il avait perdu la partie, il revint s'asseoir à la table en soupirant.

— Très bien. De toute façon, j'aurais fini par vous le dire.

— Nous sommes tout ouïe, assura Brandon en s'installant à son tour.

— J'ai un fils, déclara Cameron tout de go.

Un profond silence accueillit sa déclaration.

Stupéfait, Brandon cligna des yeux, puis ouvrit la bouche pour parler, mais aucun son n'en sortit.

Adam tressaillit et vrilla un regard perçant sur son frère.

— Tu peux répéter ?

Une fois remis de sa surprise, Brandon croisa les bras et lança d'une voix triomphante :

— Je savais bien que c'était une échographie !

Cameron le foudroya du regard.

— Allons donc ! Tu as dit ça à tout hasard.

— C'est faux ! Je suis plus intelligent qu'il n'y paraît, assura Brandon en faisant une grimace comique.

Adam et Cameron éclatèrent de rire, et la tension se dissipa un peu.

— Après une pareille bombe, tu nous dois des explications, décréta Adam.

Il se résolut à leur faire un bref résumé de la situation.

— Tu n'as jamais consulté ses autres e-mails ? s'étonna Brandon. A ta place, j'aurais eu la curiosité de les lire.

— J'ai plus de self-control que toi, se défendit Cameron.

— Tu veux dire, des *problèmes* de contrôle, ironisa Brandon.

Adam pouffa de rire.

— On devrait jeter un coup d'œil à ces fameux messages.

— Impossible. Je les ai effacés, informa Cameron.

A l'heure qu'il est, son service informatique les avait sans doute récupérés. Mais de là à partager tous ses secrets avec ses frères, il y avait une marge !

— Dieu merci, tu as l'album photo. Si on le feuilletait ? insista Adam.

— C'est hors de question.

— Bon sang, Cameron, nous sommes tes frères ! protesta Brandon. Et tu as besoin d'un point de vue objectif.

Il avait raison, admit Cameron à contrecœur. Et puisqu'il avait rompu le pacte sacré, il leur devait bien quelques concessions.

Il ouvrit le livre en soupirant, et tous trois se penchèrent sur la photo illustrant la première page, celle de Jake prise à l'hôpital dans l'heure qui avait suivi sa naissance.

— Il a le visage tout ratatiné, remarqua Brandon.

— Pas du tout ! s'insurgea Cameron.

— Les nourrissons ont toujours cet air-là, intervint Adam d'un ton apaisant. Ils font un vrai parcours du combattant pour voir le jour !

— Mince alors ! s'exclama Brandon, visiblement impressionné.

Riant de bon cœur, Cameron tourna la page et se perdit dans la contemplation des toutes premières photos de Jake. Sur certaines d'entre elles, Julia tenait le nourrisson dans ses bras. Qui avait pris ces clichés ? se demanda-t-il avant de réaliser avec consternation qu'il aurait dû se tenir derrière l'objectif. Mais il avait complètement ignoré Julia. Son sentiment de frustration ne fit qu'augmenter à mesure qu'il tournait les pages et voyait son petit garçon grandir et embellir.

— Regardez comme il est mignon ! s'exclama Brandon en désignant une photo de Jake dégustant son premier morceau de poulet cuit au barbecue.

Sous le cliché, Julia avait précisé que la viande avait été hachée pour la circonstance. Jake n'en avait fait qu'une bouchée, mais il s'était longuement amusé avec la sauce, comme en témoignaient son sourire édenté ainsi que son visage et ses cheveux maculés de rouge.

— On dirait Cameron lors d'un barbecue, plaisanta Adam.

Cameron ne put s'empêcher de rire. Décidément, ses frères n'avaient pas fini de le chambrer !

Puis il se pencha sur un autre groupe de photos que Julia avait intitulées : Les premières vaccinations de Jake. Elle précisait que l'assistante médicale avait pris les clichés pendant que Julia réconfortait le bébé.

— Pauvre gosse. Ça a dû lui faire un mal de chien ! marmonna Brandon.

Rien que d'y penser, Cameron en avait des frissons. La première photo montrait le gentil docteur tenant une petite seringue. La photo suivante zoomait sur le visage expressif de Jake, tout plissé d'inquiétude, comme s'il pressentait ce qui allait lui arriver. Sur la dernière, le bambin était rouge de colère ; il avait les paupières serrées et la bouche grande ouverte ; à l'évidence, il hurlait de douleur et de peur.

Pour un peu, Cameron croyait entendre les cris de son fils. Que n'avait-il été là pour le consoler !

— C'est trop cruel, murmura Adam en détournant le regard.

— J'en ai mal pour lui, renchérit Brandon en se frottant le bras.

Mal à l'aise, Cameron s'empressa de passer à la page suivante. On y voyait le bébé, étonné et ravi, le jour où il avait découvert l'océan en compagnie de Julia. Son regard s'attarda sur la jeune femme. Elle était tellement sexy et désirable dans son bikini qu'il faillit caresser la photo.

A sa grande consternation, il réalisa que ses frères semblaient très intéressés par ce qu'il voyait, et il se hâta de tourner la page.

— Hé, pas si vite ! protesta Adam.

— Il a raison, insista Brandon. Je n'ai pas eu le temps d'admirer l'océan !

— Tu m'en diras tant ! ricana Cameron.

Il était hors de question de laisser ses frères contempler Julia en petite tenue. Lui seul avait ce privilège.

— Allons, Cameron, reviens à la page précédente, le pressa Adam. Nous devons apprendre à connaître la maman de Jake.

— Vous en avez assez vu comme ça, riposta Cameron en refermant l'album d'un geste sec.

— Dommage, soupira Brandon en se calant contre le dossier de sa chaise. En attendant, je ne comprends toujours pas pourquoi tu n'as pas pris contact avec elle quand tu as reçu ses messages.

Cameron pinça les lèvres, dépité.

— Tout ce que j'ai vu dans son premier e-mail, c'est une femme qui insistait pour que je la rappelle.

Le genre pot de colle. J'ai donc supprimé sans les lire ses autres messages.

— C'est plutôt expéditif, marmonna Brandon.

— Allons donc ! se récria Cameron. Toi qui as déjà eu affaire à des femmes obsédées durant ta carrière de footballeur professionnel, comment aurais-tu réagi en pareille circonstance ?

Les sourcils froncés, Brandon ne dit mot.

— Il marque un point, convint Adam de mauvaise grâce.

— A l'époque, j'ai considéré que c'était ce qu'il y avait de mieux à faire, assura Cameron, mal à l'aise.

— Je suis passé par là, moi aussi, admit Brandon en soupirant. Je ne peux donc pas te reprocher ton excès de prudence. Mais cette femme paraît tellement normale !

— Comprends-moi bien, précisa Cameron, désireux de se justifier. Durant le week-end que nous avons passé ensemble, j'ai beaucoup apprécié sa compagnie. Mais peu après, les messages ont commencé. Le premier jour, elle m'en a envoyé *quatre*. Elle montrait tous les signes d'une femme désespérée qui s'était mis dans la tête une idée farfelue, du genre : depuis que nous avons fait l'amour, je suis folle amoureuse de toi, ou que sais-je encore. Et elle exigeait que je la rappelle. Elle m'a même envoyé une lettre que j'ai déchirée sans ouvrir. Ça sentait le piège à plein nez.

— Evidemment, vu sous cet angle…, murmura Adam.

— Quelque temps après, le flot des messages s'est calmé, et j'ai cru qu'elle avait compris que je refusais de mordre à l'hameçon.

— En fait, elle a renoncé à compter sur toi, rectifia Brandon dans un haussement d'épaules.

Si Cameron fut piqué au vif par la remarque, il s'abstint de tout commentaire. Il n'avait rien à ajouter pour sa défense.

— Et maintenant, que comptes-tu faire ? demanda Adam.

— Régler la question.

— Vraiment ? ricana Brandon. Je te souhaite bonne chance.

Cameron le foudroya du regard.

— J'ai la situation bien en main.

— Ah, ton fameux self-control ! dit Adam avec ironie. Si Julia doit vivre ici, avec toi, durant les dix prochains jours, il risque d'être mis à rude épreuve.

Adam parlait sans doute en connaissance de cause, songea Cameron. Son frère avait trouvé le bonheur avec Trish, et il en était ravi. Mais le mariage et la famille, très peu pour lui.

Adam se leva et rangea sa chemise dans son attaché-case.

— Trish va insister pour voir le bébé.

— Moi aussi, renchérit Brandon. Je veux faire la connaissance de mon neveu.

— Pourquoi ne viendrions-nous pas chez toi ce soir ?

— Non, pas ce soir, s'empressa de dire Cameron.

Il avait besoin de préparer Julia à cet assaut familial.

— J'organiserai quelque chose demain soir.

Dix minutes après le départ de ses frères, la baby-sitter ramena Jake à l'appartement. Cameron observa avec attention la façon dont elle s'y prenait pour changer la couche du bébé et lui donner à manger. Il lui posa plusieurs questions pratiques et obtint qu'elle lui dévoile un peu de son savoir-faire, puis il lui donna congé pour le reste de la journée. Malgré une certaine appréhension, il était prêt à prendre le relais.

— Nous voilà seuls tous les deux, murmura-t-il à Jake après le départ de la baby-sitter.

Il prit le bébé dans ses bras et le promena à travers la suite, comme pour le familiariser avec les lieux. Après tout, il était chez lui, maintenant. Puis il alla se poster à la fenêtre donnant sur les falaises et l'océan, et pointa du doigt un point de repère en direction du nord.

— Tu vois ce promontoire ? C'est là où nous habitons.

Une mouette se mit à tournoyer dans le ciel, et il la montra à Jake.

— Peux-tu faire un signe de la main à l'oiseau ? Attends, je vais te montrer.

Il attrapa le poignet de Jake et l'agita doucement.

— C'est bien, murmura-t-il en respirant l'odeur de talc du bébé.

— Papapapa, gazouilla Jake.

— Oui, mon fils, murmura-t-il en le serrant affectueusement dans ses bras. Allons voir si on trouve quelque chose à grignoter.

Il farfouilla dans les placards de la cuisine et découvrit des Cheerios pour Jake et des *crakers* pour lui. Après avoir installé Jake sur sa chaise haute, il regarda avec émotion le bébé s'amuser avec les grains de céréales.

Certes, le mariage et la vie de famille n'avaient jamais fait partie de son programme, mais maintenant qu'il avait un fils, il mettrait tout en œuvre pour assurer son bien-être et faire en sorte qu'il ne manque jamais de rien.

A sa grande surprise, il éprouvait déjà des sentiments très forts pour le bambin. Il n'osait pas appeler cela de l'amour. A vrai dire, il doutait de pouvoir un jour prononcer ce mot. Et c'était peut-être mieux ainsi.

Après une petite enfance placée sous le signe de la violence, il avait eu la chance d'être adopté par Sally Duke. Grâce à l'amour indéfectible qu'elle lui portait, il avait réappris à faire confiance à ses semblables. Malgré les mises en garde de son père biologique — lequel n'avait cessé de lui seriner qu'il ne méritait pas qu'on s'intéresse à lui —, il savait qu'il était capable de donner et de recevoir de l'amour. Durant sa scolarité, il était sorti avec beaucoup de jeunes filles et, même s'il n'était pas tombé amoureux, il avait eu de l'affection pour elles, et il savait que c'était réciproque.

Et puis, en classe de terminale, il avait rencontré Wendy, une ravissante jeune fille qui était tombée follement amoureuse de lui. Un soir, elle lui avait demandé de lui dire qu'il l'aimait. Sans trop réfléchir, il avait prononcé les mots fatidiques. Mais, en réalité, il n'éprouvait que de l'amitié pour elle, et il avait essayé de rompre en douceur. Wendy l'avait très mal pris. Elle avait tout tenté pour qu'il revienne sur sa décision, allant jusqu'à dresser ses amis contre lui et le menaçant de dire à ses professeurs qu'il trichait lors des examens. Il l'avait ignorée, avec l'espoir qu'elle finirait par se lasser. Mais elle avait porté plainte contre lui pour agression sexuelle. Un comble !

Compte tenu de ses antécédents familiaux, il était bien la dernière personne capable d'agresser quelqu'un.

Wendy l'ignorait, mais pas Sally Duke. Elle avait pris les choses en main et loué les services d'un avocat. Dans la salle d'audience, Wendy avait fini par craquer et avait reconnu avoir menti. Mais le mal était fait.

Il se rappelait encore le flot d'adrénaline qui avait couru dans ses veines, et son accès de rage au moment où le juge l'avait blanchi de tout soupçon. Si l'issue du procès lui avait été défavorable, aurait-il réagi avec violence, comme son père ?

Dans un effort désespéré pour canaliser toute cette fureur qu'il sentait bouillonner en lui, il avait rejoint les rangs des Marines. Et il s'était juré de ne plus jamais laisser quiconque tenter de le détruire au nom de l'amour.

Mais désormais il y avait Jake. Et Julia. Que devait-il décider à leur sujet ?

Une fois son atelier sur les allergies alimentaires terminé, Julia s'attarda pour répondre aux questions de son auditoire. Alors qu'elle sortait de la salle de réunion, plusieurs participantes, désireuses d'en apprendre davantage, lui emboîtèrent le pas tout en la bombardant de questions. Elle adorait ce moment privilégié qui lui permettait de transmettre aux passionnées comme elle toutes les ficelles du métier. C'était une façon de rendre hommage à ses mentors qui lui avaient si généreusement fait partager leur savoir au fil des ans.

Après avoir salué ses étudiantes, elle pénétra dans le hall de l'hôtel et s'arrêta net en apercevant Sally Duke et deux autres femmes près de la réception, à une quinzaine de mètres de là. Toutes trois portaient des bermudas, des T-shirts colorés et des chaussures de marche.

Valait-il mieux éviter la mère de Cameron ou exiger d'elle des explications ? Après tout, la veille, au moment où elles s'étaient rencontrées, Sally ne pouvait pas ignorer que son fils rentrerait dans la soirée. Pourtant, elle lui avait certifié qu'il serait absent durant toute la conférence. A coup sûr, la vieille dame lui avait tendu un piège, et elle y était tombée la tête la première !

Si elle avait su, elle aurait réfléchi à deux fois avant de participer à cette conférence. Et, surtout, elle aurait laissé Jake à la maison. Mais avec des si…

Tout compte fait, mieux valait s'éloigner discrètement. Ce n'était pas très courageux de sa part, mais Dieu sait ce que Sally allait encore inventer. Tout en longeant l'interminable couloir menant aux ascenseurs, elle se remémora son arrivée à l'hôtel, hier après-midi, en compagnie de Jake.

La poussette à la main, elle traversait le hall suivie d'un groom occupé à manœuvrer un chariot surchargé de bagages quand elle avait entendu une voix féminine la héler :

— Julia, quelle bonne surprise !

Atterrée, elle avait reconnu Sally Duke qui se précipitait vers elle, un grand sourire aux lèvres. En temps normal, elle aurait été ravie de revoir son amie de Dunsmuir Bay. Après tout, c'était grâce à elle que ses affaires étaient aussi florissantes.

Mais sans même lui laisser le temps de la saluer, Sally s'était aussitôt penchée au-dessus du bébé. Elle n'oublierait jamais le sentiment de panique qui s'était emparé d'elle tandis qu'elle guettait la réaction de la vieille dame. Allait-elle remarquer la ressemblance entre Jake et Cameron ?

Surmontant son appréhension, elle avait fait les présentations.

— Sally, voici Jake, mon fils.

— Oh, il est adorable !

Elle s'était agenouillée devant la poussette et avait attrapé le pied du bambin.

— Bonjour, mon ange. Je suis ravie de faire ta connaissance.

Jake s'était mis à rire, et une fossette avait creusé sa joue droite. Sous le coup de la surprise, Sally en était restée bouche bée. Elle avait dévisagé longuement le bébé, puis avait levé vers Julia des yeux embués de larmes.

— C'est impossible ! avait-elle murmuré.

Plus morte que vive, Julia aurait voulu disparaître dans un trou de souris. Mais la vieille dame ne la lâchait pas du regard.

— Est-ce vrai ?

— De quoi parlez-vous ? avait-elle répliqué d'un ton faussement détaché.

— Oh, chérie, protesta Sally. Il est le fils de Cameron, n'est-ce pas ?

A son tour, elle avait senti ses yeux s'emplir de larmes, et elle s'était contentée de faire un signe d'assentiment.

— J'en étais sûre ! avait poursuivi Sally en caressant la joue de Jake. Cette fossette vaut tous les tests ADN.

Julia avait souri, mais son inquiétude n'avait fait que croître. Cameron prendrait-il les choses aussi bien quand il apprendrait la vérité ?

Sally s'était relevée en reniflant et avait serré Julia dans ses bras.

— Je l'adore déjà. Merci infiniment.

Bouleversée, Julia avait fait promettre à Sally de garder le secret jusqu'à ce qu'elle annonce elle-même la nouvelle à Cameron.

— Il n'est pas au courant ? s'était récriée Sally. Grand Dieu, pourquoi le lui avoir caché ?

Julia lui avait brièvement expliqué qu'elle avait essayé de l'en informer, mais qu'il n'avait jamais répondu à ses messages.

Sally avait levé les yeux au ciel, exaspérée.

— Ça ne m'étonne pas de lui ! Quelle tête de mule, quand il s'y met ! Je suis vraiment désolée, mon petit.

Elle avait juré de ne rien dire à Cameron. Puis, les lèvres pincées et le regard déterminé, elle avait fait appeler le directeur de l'hôtel et lui avait demandé de donner à Julia la suite de Cameron. Julia avait protesté, mais elle s'était laissé convaincre quand Sally l'avait assurée que Cameron serait absent durant les quinze prochains jours.

— Il ne saura jamais que vous avez occupé sa suite. Faites-moi confiance, avait-elle ajouté, un sourire innocent aux lèvres.

En pénétrant dans la suite, Julia fut surprise par le silence qui y régnait. Aucune lumière n'était allumée. Pas le moindre signe d'activité. Bizarre ! Cameron avait-il emmené le bébé en promenade ? A moins que Sally Duke ne se soit précipitée ici pour récupérer Jake et jouer les baby-sitters, comme elle en avait exprimé le désir.

Elle déposa son attaché-case et son sac à main sur une chaise de la salle à manger, mourant d'envie d'un bon bain chaud. Mais le bébé passait avant tout.

Après avoir ôté ses talons hauts, elle longea le vestibule en direction de la chambre d'amis, l'oreille aux aguets. Pas le moindre son. En ouvrant la porte, son regard se posa aussitôt sur le berceau. Vide. Un vent de panique s'empara d'elle. Mon Dieu, où se trouvait le bébé ? Aucune lumière n'était allumée, mais les rideaux écartés laissaient pénétrer les dernières lueurs du crépuscule. Son regard s'habitua à la pénombre, et elle finit par découvrir Cameron, couché sur un des lits jumeaux, le petit Jake allongé sur son torse et dormant à poings fermés. Les grandes mains de Cameron étaient posées sur le dos du bébé dans un geste protecteur.

Le père et le fils tendrement enlacés. Quel spectacle sublime ! Elle en eut les larmes aux yeux.

Décidément, elle filait un mauvais coton !

Il était hors de question qu'elle tombe amoureuse de Cameron Duke. N'avait-elle pas encore compris qu'il n'était pas homme à s'engager dans une relation durable ? Dieu merci, elle et Jake se débrouillaient très bien tous les deux.

Seulement voilà, Cameron était de retour dans le paysage et ne comptait pas se laisser ignorer. Il avait même été très clair sur deux points : malgré son apparente affection pour Jake, il refusait de croire que l'enfant était de lui. Et il souhaitait ajouter un deuxième épisode à l'aventure torride qu'ils avaient vécue ensemble la dernière fois qu'ils s'étaient vus. Mais elle était désormais une mère de famille responsable, et les relations sexuelles dénuées d'amour ne l'intéressaient plus. Or Cameron n'était pas disposé à lui ouvrir son cœur, encore moins à tomber amoureux d'elle et à l'épouser.

Et c'était sans doute mieux ainsi. Elle avait beaucoup mûri durant ces dix-huit derniers mois, et elle avait fait une croix sur Cameron. Sa vie était bien remplie, et elle était heureuse sans lui… Du moins, elle tâchait de s'en persuader.

- 4 -

En percevant le son étouffé d'un soupir, Cameron ouvrit tout grand les yeux. Julia se tenait sur le seuil, le regard fixé sur lui et Jake. Elle portait toujours son tailleur strict, mais elle paraissait plus conciliante, voire plus vulnérable que ce matin. Sans bouger de sa position, il murmura :

— Le bébé dort.

— C'est ce que je vois, répondit-elle doucement. Toi aussi, tu dormais.

— Non, je fermais les yeux.

— Ah, fit-elle en souriant. Il vaut mieux réveiller Jake, sinon il ne va pas faire sa nuit.

— Je n'y avais pas pensé, admit-il, confus.

— Tu ne pouvais pas savoir, le rassura-t-elle en s'avançant vers le lit.

Il tapota le dos de jake.

— Hé, bonhomme, maman est de retour. Elle va te préparer ton petit pot préféré.

Le bébé s'étira et se mit à geindre en clignant des yeux.

— Chut ! murmura Cameron d'un ton apaisant.

Voyant que les lèvres de Jake commençaient à trembler, il leva un regard inquiet vers Julia.

— On dirait qu'il va pleurer.

— Il est toujours un peu grognon quand il se réveille de sa sieste, expliqua-t-elle en prenant le bébé dans ses bras. Il est désorienté, et il a sans doute besoin d'être changé.

Sans le poids du bambin sur son torse, Cameron éprouva un curieux sentiment de dépossession.

— Pourtant, la baby-sitter s'en est chargée avant de partir.

— Je n'en doute pas, intervint Julia en souriant. Mais connaissant mon bout de chou, il vaut mieux que je vérifie.

— Bon, fit-il en se levant et en s'étirant. Je vais te regarder faire. Ainsi, en cas de besoin, je saurai comment m'y prendre.

— Oh ! murmura-t-elle, visiblement déconcertée. Euh, oui… Bonne idée.

Julia avait raison : un changement de couche s'imposait. Tout en s'affairant autour de la table à langer, elle lui demanda à brûle-pourpoint :

— As-tu parlé à l'infirmière ?

Il eut un moment de flottement avant de comprendre de quoi il retournait. Curieusement, il ne se sentait pas encore prêt à reconnaître que Jake était son fils. Tant pis pour Julia ; elle patienterait encore un peu.

— Oh, la prise de sang ? Non, pas encore.

Elle poussa un soupir excédé.

— Pourquoi refuses-tu de voir la vérité en face ? Ta mère a tout de suite su que Jake était ton fils. Et avant que tu ne tires des conclusions hâtives, je tiens à préciser que je ne lui ai rien dit. Elle a tout compris au premier coup d'œil.

— Ma mère ? Elle a vu Jake ? demanda-t-il, consterné.

Tout en boutonnant le pyjama du bambin, Julia lui raconta son entrevue avec Sally.

— Bon, je l'admets, ma mère est prête à tout pour avoir des petits-enfants, dit-il. Mais cela ne veut pas dire pour autant que Jake est mon fils. Je ne suis pas le seul homme avec qui tu aies…

Il s'interrompit, soudain mal à l'aise. Il refusait d'imaginer Julia dans d'autres bras que les siens. Non que cela le regarde. Elle était libre de faire ce que bon lui semblait avec qui elle voulait. Mais il refusait d'y penser. Il toussota pour masquer son embarras.

— Quoi qu'il en soit, nous nous sommes protégés. Alors, comment expliques-tu que cela ait pu arriver ?

Elle soutint son regard.

— Te souviens-tu combien de fois nous avons fait l'amour ce week-end ? Même avec toutes les protections du monde, l'accident était prévisible.

S'il s'en rappelait ! Malgré tout ce temps, le souvenir de leurs ébats érotiques le tourmentait encore.

— Toi et moi savons comment c'est arrivé, murmura-t-elle d'une voix un peu trop rauque. Et ta mère n'y est pour rien.

Le rouge aux joues, elle prit le bébé dans ses bras et sortit précipitamment de la chambre.

— Je dois préparer son dîner, dit-elle.

Il lui emboîta le pas, bien décidé à poursuivre cette conversation.

— A la réflexion, nous ne nous serions jamais rencontrés si ma mère n'avait pas insisté pour que mes frères et moi inscrivions la gamme de tes pâtisseries au menu de nos restaurants.

Elle se tourna vers lui, l'air sceptique.

— Certes, mais cela remonte à près de deux ans. Crois-tu vraiment qu'à l'époque, ta mère se soit mise en tête de nous… Oh, peu importe !

A l'évidence, elle était furieuse contre lui. Une fois dans la cuisine, elle déposa Jake dans le porte-bébé sur le comptoir et, après s'être assurée qu'il ne risquait pas de tomber, elle alla examiner le contenu du réfrigérateur.

— De nous quoi ? demanda-t-il d'un ton provocant. De nous pousser dans les bras l'un de l'autre ? Avait-elle deviné que nous ferions l'amour dès le premier soir ?

Il se posta derrière elle et noua les bras autour de sa taille.

— Et que nous continuerions à le faire soixante-douze heures d'affilée, jusqu'à épuisement ?

Il se rapprocha d'elle un peu plus et frotta son membre tendu contre ses courbes voluptueuses. A sa grande satisfaction, elle poussa un petit gémissement rauque.

— T'en souviens-tu ?

— Oui, murmura-t-elle. Heureusement qu'il y avait le *room service*, sinon nous serions morts de faim !

Il se mit à rire, puis il poussa un grognement guttural tandis qu'elle se pressait lascivement contre lui. Le corps en feu, il embrassa sa peau soyeuse sous l'oreille. Les yeux clos et les lèvres entrouvertes, elle rejeta la tête en arrière, et il en profita pour passer sa langue le long de sa mâchoire.

— Tu te rappelles quand nous avons bu du champagne dans cette grande baignoire ?

— Oh, oui, acquiesça-t-elle. C'était divin.

Ivre de désir, il la fit pivoter vers lui et déposa un chapelet de baisers sur sa joue et son menton avant de s'emparer de ses lèvres tremblantes. Elle s'ouvrit à lui, et il plongea sa langue avec avidité dans sa bouche. Elle soupira d'aise, comme pour l'encourager, et il approfondit son baiser.

Soudain, la sonnette de la porte d'entrée retentit, les faisant sursauter tous les deux. Ils se regardèrent, incrédules.

— C'est fou ! marmonna Julia, confuse, en s'emparant d'un petit pot sur l'étagère du réfrigérateur.

— Qui cela peut-il être ? pesta-t-il en se dirigeant vers le vestibule.

Il prit le temps de se composer un visage de circonstance avant d'ouvrir la porte.

— Bonjour, mon chéri ! s'exclama sa mère.

— Coucou ! Hello, Cameron ! s'écrièrent en chœur Beatrice et Marjorie, postées derrière Sally.

— Nous venons voir le bébé, expliqua Marjorie. J'espère que nous ne tombons pas mal.

Il fit un signe de dénégation et s'effaça pour les laisser passer. Les trois femmes étaient amies depuis une éternité, et elles se retrouvaient tous les mardis pour jouer aux cartes. Beatrice et Sally travaillaient comme bénévoles à l'hôpital, et Marjorie était responsable des ressources humaines chez Duke Development.

— Est-ce que nous arrivons trop tard ? s'inquiéta Marjorie en jetant un regard circulaire dans le salon.

Sally se tourna vers Cameron.

— Nous espérions que tu nous laisserais jouer les baby-sitters pendant que toi et Julia iriez dîner en amoureux.

A ces mots, Julia s'avança vers elles.

— Oh, non, ce n'est pas…

— C'est entendu, se hâta-t-il de dire. Donnez-nous cinq minutes, et vous aurez le champ libre.

— Elles nous ont bien eus ! remarqua Julia en sirotant son chardonnay et en grignotant un amuse-gueule.

Tout en écoutant ses commentaires, Cameron constatait avec plaisir que toutes les tables de l'élégante salle à manger du Monarch Dunes étaient occupées. Mais l'atmosphère du lieu n'en demeurait pas moins feutrée. Les bougeoirs stylisés disposés le long des murs vert pâle jetaient des ombres spectaculaires sur le plafond voûté. Tout autour de la salle, la présence de paravents et de plantes vertes donnait aux dîneurs un agréable sentiment d'intimité. Le service était à la fois attentif et discret, et la nourriture excellente, comme il se doit. Les frères Duke y veillaient.

— Ça t'ennuie tellement de dîner ici, ce soir ?

— Oh, non ! se récria-t-elle en jetant un coup d'œil admiratif alentour. Cet endroit est superbe.

— Tant mieux, dit-il, soulagé. Alors, bois une gorgée de vin et détends-toi.

— Tu as raison, profitons de l'instant présent.

Ils étaient installés près d'une grande baie vitrée surplombant le terrain de golf et, au-delà, les falaises et l'océan. La nuit était étoilée, et un croissant de lune nimbait d'argent le paysage. Les verres en cristal et les couverts en vermeil accrochaient la lueur des bougies et jetaient des éclats arc-en-ciel sur la nappe blanche.

Il contempla Julia, un sourire aux lèvres.

— Je suis heureux que tu prennes les choses du bon côté.

Elle poussa un petit soupir.

— Néanmoins, je ne voudrais pas que Sally s'imagine que je vais lui confier le bébé à tout bout de champ.

— Tu ferais mieux d'en prendre ton parti, plaisanta-t-il. Maintenant qu'elle a jeté son dévolu sur Jake, tu vas avoir un mal fou à t'en débarrasser.

— Je sais, admit-elle en souriant. Elle m'a déjà menacée de camper devant chez moi pour le voir plus souvent.

Il haussa un sourcil narquois.

— Je lui parlerai si elle se montre trop envahissante.

— Oh, non, surtout pas ! protesta-t-elle en posant une main sur la sienne. Comme je n'ai pas de famille, je suis ravie que Jake ait une grand-mère pour le dorloter.

Il retint sa main quand elle voulut la retirer.

— Puisqu'on parle de famille, j'ai suivi ton conseil et je me suis renseigné sur le Fonds Parrish.

— Tu sais donc que je ne cherche pas à obtenir une pension alimentaire.

— En effet, admit-il. J'ai appris par la même occasion que tes parents étaient morts quand tu n'étais qu'une enfant. J'en suis désolé.

— Oui. Ils sont morts dans un accident d'avion. Cette terrible nouvelle m'a anéantie. A l'époque, j'avais dix ans et aucun parent pour me recueillir.

— Alors, qui t'a élevée ?

Elle eut un pauvre sourire.

— Comme j'avais une nourrice qui s'occupait de moi depuis ma naissance, le juge m'a autorisée à rester auprès d'elle. Mes tuteurs désignés par le tribunal étaient deux avocats de mes parents et, après leur nomination, ils sont venus s'installer chez nous.

— Des avocats pour tuteurs ? Tu plaisantes !

Son visage s'assombrit.

— Hélas, non. Comme tu peux t'en douter, nos rapports étaient strictement professionnels. En fait, quand j'ai pris connaissance du testament de mes parents, il y a quelques années de cela, j'ai eu la désagréable impression d'être assimilée à un de leurs biens. Mais je sais qu'ils m'aimaient, et c'est sans doute la faute aux avocats et à leur fichu jargon juridique. Toujours est-il que ni mon père ni ma mère n'avaient de frères et sœurs. Je n'avais donc personne chez qui aller.

— Tu peux remercier le ciel de ne pas avoir été placée en famille d'accueil.

— Je sais, assura-t-elle. Rosemary, ma nourrice, était comme une mère pour moi.

— Tu as eu de la chance de l'avoir.

— Oui, j'en suis consciente.

Elle but une autre gorgée de vin, comme pour se donner le courage de poursuivre son récit.

— Mais deux ans plus tard, elle a été emportée par un cancer. J'ai pleuré pendant des semaines. J'avais l'impression que le sort s'acharnait sur moi.

— Je suis désolé, murmura-t-il, en lui pressant la main.

— Mes tuteurs ont engagé une autre nourrice. Mais Rosemary était irremplaçable. Et puis j'avais passé l'âge d'avoir une nounou.

— Tu n'avais que douze ans !

— J'étais déjà mûre pour mon âge, expliqua-t-elle en souriant. Comme mes parents voyageaient beaucoup pour leur fondation, j'avais l'habitude de me retrouver seule. Mais ça ne me dérangeait pas. J'étais une enfant autonome.

— Mais livrée à elle-même, remarqua-t-il, navré, en sirotant une gorgée de vin.

— Oh, je t'en prie, se récria-t-elle en faisant un geste désinvolte de la main. Tu ne vas pas me servir le couplet de la pauvre petite fille riche !

— Et pourquoi pas ?

La voix de Cameron était chargée d'une telle compassion qu'elle en eut les larmes aux yeux. Allons, elle n'allait pas se mettre à pleurer parce que quelqu'un se montrait gentil avec elle !

— Personne ne s'en soucie, répliqua-t-elle, d'une voix un peu trop rauque. C'est un cliché, et rien de plus.

— Les clichés contiennent un fond de vérité, tout comme les proverbes, assura-t-il en posant son verre. Dans la vie, il y a des choses plus importantes que l'argent, Julia.

Perplexe, elle n'arrivait pas à comprendre où il voulait en venir. Voulait-il dire que *l'amour* était plus important que tout ? Elle se garda bien de poser la question tout haut. Peut-être finirait-il par livrer le fond de sa pensée.

— Tu as raison. Mais c'est plus facile à dire quand on est riche. Aussi, plutôt que d'ennuyer mes amis, j'évite de parler de moi.

— Sauf quand tu es avec moi, remarqua-t-il en souriant.

Elle se mordit la lèvre, troublée.

— Oui, on dirait bien.

Quand ils retournèrent dans leur suite, le bébé dormait à poings fermés dans son berceau. Sally et ses amies leur assurèrent qu'elles avaient passé un moment merveilleux et qu'elles ne désiraient rien tant que de renouveler l'expérience. Puis elles s'éclipsèrent discrètement.

— Tu veux boire un dernier verre ? proposa Cameron en se dirigeant vers le bar à liqueurs.

— Non. Demain, j'ai une longue journée qui m'attend, répondit-elle en posant sa veste sur le dossier d'une chaise. Mais je dégusterais volontiers une tasse de chocolat chaud. Tu en veux une ?

— Ce n'est pas dans mes habitudes, mais pourquoi pas ? répondit-il en la suivant dans la cuisine. Par contre, je doute que nous ayons tous les ingrédients nécessaires.

— Nous les avons.

Elle prit une tablette de chocolat dans le placard et se mit à la casser en morceaux.

— D'où sort-elle ? s'étonna-t-il.

— Je l'ai apportée avec moi.

— Tu voyages toujours avec ta provision de chocolat ?

Elle le considéra avec des yeux ronds, comme s'il avait dit une énormité.

— Evidemment !

— Ah, je comprends. Tu peux être amenée à tout moment à préparer un dessert.

— Exact.

Elle déposa les morceaux de chocolat et une cuillerée d'eau dans une petite casserole qu'elle mit à chauffer.

— C'est tout ? demanda-t-il, l'air sceptique.

Elle lui désigna la casserole et la plaque de cuisson.

— Chocolat plus chaleur égalent chocolat chaud.

Elle le prenait vraiment pour un demeuré !

— Ça semble d'une facilité enfantine !

Les poings sur les hanches, elle le considéra, la mine indignée.

— Tu croyais peut-être que j'allais commencer par moudre les fèves de cacao ?

— Oui, quelque chose comme ça.

Devant son air penaud, elle se mit à rire.

— La tablette me permet de sauter quelques étapes fastidieuses.

N'empêche, il n'était pas convaincu.

— Sans vouloir te vexer, je doute du résultat.

L'air stoïque, elle continua de remuer la mixture.

— Parce que tu as l'habitude d'utiliser du lait froid et du sirop de chocolat.

— C'est vrai, admit-il en riant. C'est pourquoi j'ai un a priori contre ta recette.

— Ne juge pas avant d'avoir goûté, conseilla-t-elle d'un ton radouci, en ajoutant un peu d'eau et en continuant de remuer.

— Mmm ! Ça commence à sentir bon.

— Tiens, rends-toi utile, dit-elle en lui tendant la cuillère et en baissant le feu. Je dois faire de la crème fouettée.

— Je suppose que tu as tout ce qu'il te faut ?

— Bien sûr, riposta-t-elle en sortant une boîte du réfrigérateur.

Il ne put réprimer un sourire.

— Décidément, j'aime la façon dont tu voyages.

Après avoir sorti son propre mixeur du placard, elle versa la crème dans un bol, ajouta une cuillerée à soupe de sucre et commença à mixer le tout. Moins de quatre minutes plus tard, elle obtenait un plein bol de crème fouettée mousseuse à souhait. Elle versa le chocolat dans deux tasses à café et les nappa d'une bonne cuillerée de crème. Puis elle lui tendit une tasse.

— Sirote le chocolat à travers la crème, conseilla-t-elle. De cette façon, tu éprouveras distinctement la sensation de chaleur et celle de froid.

Elle se tenait à quelques centimètres de lui, l'observant avec attention pendant qu'il dégustait la préparation. Lui aussi gardait les yeux rivés sur elle pendant qu'il dégustait son breuvage. Une pure merveille !

— Eh bien ? demanda-t-elle, curieuse.

Il continuait de la dévisager, se demandant quel goût auraient ce chocolat et cette crème fouettée s'il les léchait sur sa poitrine.

— C'est tellement bon que c'en est presque immoral, dit-il d'une voix rauque.

Il s'amusa de la voir rougir. Songeait-elle à la même chose que lui ?

Elle toussota pour s'éclaircir la gorge.

— Donc, tu aimes ça.

— Aimer ? s'exclama-t-il en finissant sa tasse. Je n'ai jamais rien bu de meilleur.

— Merci, dit-elle d'un air modeste en dégustant son chocolat.

— Non, merci à toi. Tu sais quoi ? J'ai envie de le goûter sur ta langue.

Sans plus attendre, il la prit dans ses bras et s'empara de sa bouche.

Aussitôt, tout son corps s'embrasa de désir. Oubliant toute réserve, Cameron la plaqua contre le mur de la cuisine, mêlant sa langue à la sienne. Sous ses mains, il la sentait consumée de désir, comme lui. Allait-elle enfin s'abandonner et laisser libre cours à sa passion, comme il en rêvait depuis le moment où il l'avait vue dans toute la splendeur de sa nudité au sortir de sa douche ? Il la désirait avec une intensité qu'il n'avait pas ressentie depuis des mois, voire des années. En fait, depuis la dernière fois où ils avaient fait l'amour.

Il ne se lassait pas de dévorer cette bouche offerte, mordillant et suçotant ses lèvres. Palpitante de désir, elle noua les bras autour de son cou et se haussa sur la pointe des pieds, le haut de ses cuisses plaqué contre son érection. Au comble de l'excitation, il lui prit les seins en coupe, les pétrissant à travers le tissu soyeux de son chemisier. Elle laissa échapper un gémissement rauque, et il sut avec certitude que son désir était égal au sien.

Il mourait d'envie de la prendre là, maintenant, contre ce mur. De déchirer ses vêtements et de plonger encore et encore en elle jusqu'à ce qu'ils glissent sur le sol, exténués mais comblés. Il ne se rappelait pas avoir jamais éprouvé un désir aussi explosif pour une autre femme. Il fallait qu'elle lui appartienne. Maintenant.

A son grand dam, elle mit fin à leur baiser et prit une profonde inspiration.

— Oh, Cameron, je ne peux pas…

— Mais si, dit-il d'une voix enjôleuse.

Il promena ses lèvres le long de sa mâchoire et de son cou, mordillant et léchant sa chair soyeuse. Puis il lui déboutonna son chemisier et en écarta les pans pour profiter pleinement de cette poitrine généreuse qui s'offrait à lui.

— Cameron, s'il te plaît, murmura-t-elle. Je… je suis désolée.

Elle pressa les mains contre son torse.

— Comprends-moi, je ne peux pas le faire.

— Si, tu le peux, protesta-t-il. Tu l'as déjà fait. Regarde, je vais te montrer.

Elle le repoussa fermement.

— Là n'est pas la question ! C'est juste que...

Réalisant soudain ce qu'elle essayait de lui dire, il s'écarta de mauvaise grâce.

— Tu n'es pas prête à le faire, c'est ça ?

— Oh, je suis plus que prête, assura-t-elle, l'air contrit. Mais je ne suis pas stupide. Je sais ce que tu ressens.

— Cela me paraît évident, répliqua-t-il, un sourire coquin aux lèvres, en se plaquant contre elle.

A sa grande satisfaction, elle laissa échapper un gémissement rauque.

— Je veux dire, je sais ce que tu penses de moi. Tu es persuadé que je mens à propos de Jake et que je cherche à te forcer la main.

— Non, c'est faux.

— *Si*, c'est vrai, assura-t-elle calmement. Tu as des principes bien établis. Et moi, je dois penser avant tout au bien-être de Jake. Qui plus est, nous devons faire ce test de paternité avant de songer à... Oh, et puis zut ! Il est grand temps que j'aille me coucher.

Il retint un juron. Ce maudit test ADN fichait tous ses plans en l'air ! Mais il ne pouvait s'en prendre qu'à lui-même.

— Julia, écoute-moi, commença-t-il avec toute la sincérité qu'il ressentait dans son cœur. Je te crois. Je sais que Jake est mon fils. Et si je n'ai pas encore fait ce test, c'est parce que je suis persuadé que tu dis la vérité.

Il vit son visage s'assombrir.

— Tu dis ça parce que tu as envie de coucher avec moi.

— Je dis ça parce que c'est la vérité. Mais je l'avoue, je meurs d'envie de te faire l'amour. Et toi ? demanda-t-il, une lueur coquine dans le regard.

— Moi aussi, admit-elle en souriant. Mais ça ne fera que compliquer les choses.

Ses grands yeux expressifs exprimaient à la fois le regret et l'incertitude. Mais il fut soulagé de constater qu'elle semblait toujours aussi passionnée. Aussi s'empressa-t-il de dire :

— Nous gérerons au mieux les complications.

Mais sa remarque dut lui paraître trop désinvolte car elle eut une moue contrariée.

— Je refuse de coucher avec toi simplement parce que je partage ta suite sur un malentendu.

— Le fait est, nous la partageons.

— Et c'est très commode pour toi. Puisque tu m'as sous la main, tu aimerais bien en profiter pour faire une partie de jambes en l'air.

— Ce n'est pas ce que j'ai voulu dire, se récria-t-il, au comble de la frustration. Depuis le début, j'ai tout faux. Remettons les compteurs à zéro, veux-tu ? Je te crois, Julia. Jake est mon fils. Je sais aussi que tu ne cherches pas à me forcer la main. Et je te désire de tout mon être, sans aucune arrière-pensée. *Toi,* et personne d'autre.

Elle l'observa avec attention, comme si elle essayait de lire en lui.

— Je te désire aussi, admit-elle enfin. Et je suis soulagée que tu me croies. Mais tu as des principes, et je suis bien placée pour savoir que tu n'y déroges jamais. Une fois que l'intermède sera terminé, tu me laisseras tomber. Une nouvelle fois. Et je ne pourrai pas le supporter.

Elle semblait si sûre de son fait qu'il en fut ébranlé. Certes, s'il poursuivait ses assauts de séduction, il finirait sans doute par l'amadouer et obtiendrait ce qu'il voulait. Mais à quel prix ? Pour Julia, faire l'amour n'était pas sa priorité du moment. Et il ne voulait pas abuser d'elle dans un moment de faiblesse. Il soupira et s'écarta d'elle à contrecœur.

— Tu te trompes sur toute la ligne, chérie. Mais ce n'est pas ce soir que je réussirai à t'en convaincre, n'est-ce pas ?

Elle secoua doucement la tête.

— Je suis désolée.

— Pas autant que moi, assura-t-il en se penchant pour déposer un baiser sur ses lèvres pulpeuses. Fais de beaux rêves, Julia.

- 5 -

Ses maudits principes !

Voilà qu'il était pris à son propre piège !

Cameron donna un coup de poing rageur dans son oreiller. Il allait sûrement passer une nouvelle nuit blanche. Autant en profiter pour méditer sur l'échec qu'il venait d'essuyer et revoir ses fichus principes. Non qu'il veuille les changer, car ils étaient efficaces. Mais il devait cesser de s'en prévaloir à tout bout de champ. Surtout auprès d'une femme qui serait dans son lit à l'heure qu'il est s'il avait eu la bonne idée de se taire.

Comment faire pour la convaincre de sa bonne foi ? Il aurait dû lui dire immédiatement qu'il savait que Jake était son fils. Mais cela n'aurait sans doute pas suffi à arranger les choses entre eux. Ne lui avait-elle pas reproché de vouloir profiter de sa présence dans sa suite pour avoir une partie de jambes en l'air ?

Certes, il en mourait d'envie. Mais pas seulement. Il aimait bien Julia. Il appréciait son intelligence, son sens de l'humour, son intégrité.

Qui plus est, elle était la mère de son enfant. Ils seraient donc amenés à se voir au moins une ou deux fois par semaine. Alors, pourquoi ne pas saisir cette occasion pour renouer leur histoire amoureuse ? Prendre un peu de bon temps ensemble ?

L'idée était séduisante… Néanmoins, il avait intérêt à la garder pour lui s'il ne voulait pas que Julia l'envoie promener !

En tout cas, il était hors de question qu'elle l'empêche de voir Jake. Demain matin, il lui proposerait un projet de garde alternée.

En parlant de garde, il devrait s'assurer que sa maison était dûment équipée et sécurisée pour accueillir un enfant.

Mais cela ne suffirait pas pour en faire un foyer digne de ce nom. Il ferait aménager une des chambres spécialement pour Jake, avec un petit lit en forme de voiture de course, un ordinateur et une multitude de jouets.

Dans la foulée, il ferait installer une clôture autour de la piscine, et il apprendrait à nager à Jake dès que possible. Avec un peu de chance, il deviendrait champion de natation. N'avait-on pas déjà un as du ballon rond dans la famille ?

Il ferait aussi construire une aire de jeux dans le parc, avec balançoire, toboggan et cage à écureuil. Et il achèterait un chien pour tenir compagnie au bambin.

Il commençait à sombrer dans le sommeil quand une pensée s'imposa à lui : en cas de garde alternée, il ne verrait Jake que de temps à autre. Cette fois, il se réveilla pour de bon, tant l'idée lui était désagréable. Et pourquoi Julia et Jake ne viendraient-ils pas s'installer chez lui ? Avec six chambres, il y avait assez de place pour eux trois, et la cuisine était suffisamment spacieuse pour permettre à Julia de préparer ses desserts.

Il se reprocha aussitôt de nourrir de tels fantasmes. Qu'il soit un papa pour Jake, passe encore — contre toute attente, il s'était pris d'affection pour le bambin. Mais de là à être un compagnon pour Julia ? C'était hors de question. Aurait-il oublié son échec cuisant avec Martina ?

Quelques années auparavant, après avoir démissionné de la Marine, il avait rejoint ses frères pour participer à la création de leur société de développement. Lors d'un dîner d'affaires, il avait fait la connaissance de Martina Moran. Au lieu de tirer la leçon de son expérience malheureuse avec Wendy, il s'était comporté comme un nigaud, faisant preuve d'une naïveté confondante. Martina lui avait clairement fait comprendre qu'il lui plaisait et, soi-disant pour se mettre à l'épreuve, il avait commencé à sortir avec elle.

Leur relation s'était épanouie comme une fleur au soleil, et il était tombé amoureux de Martina. Anxieux de se prouver qu'il n'y avait pas de fatalité, il l'avait demandée en mariage, et elle avait accepté de l'épouser. Il s'était cru le plus heureux des hommes, et il avait fait des projets d'avenir, persuadé d'avoir enfin conjuré le mauvais sort.

A l'époque, il était si jeune… et si stupide !

En fait, Martina s'était servi de lui simplement pour rendre un autre homme jaloux. Son plan avait tellement bien fonctionné que cet homme, le richissime Andrew Gray, lui avait demandé sa main. Elle avait aussitôt plaqué Cameron sans le moindre état d'âme.

Une fois remis de son chagrin, il avait pris la trahison de Martina comme un signe du destin. Il devait se faire une raison : pour ce qui était des femmes et de l'amour, il était né sous une mauvaise étoile. Et il s'était juré de ne plus jamais tomber amoureux.

Aujourd'hui, il avait quelques années de plus, mais était-il devenu plus sage pour autant ? S'il proposait à Julia de cohabiter avec lui dans l'intérêt de Jake, parviendrait-il à garder son cœur intact ? Et elle, accepterait-elle de venir vivre avec lui ? Il avait beau tourner et retourner le problème dans sa tête, il ne voyait pas d'autre solution. Il devrait donc tout mettre en œuvre pour convaincre Julia du bien-fondé de sa démarche. Pour le reste, tant qu'ils seraient persuadés d'agir au mieux des intérêts de l'enfant, tout se passerait bien, il en était sûr.

Fort de ses bonnes résolutions, il se rallongea sur son lit et, en attendant que le sommeil le gagne, il commença à élaborer un plan pour le lendemain.

Julia était tellement exténuée qu'elle peinait à introduire sa carte magnétique dans la serrure de la suite. La faute à une nuit sans sommeil suivie d'une journée particulièrement chargée. Dès qu'elle se serait occupée de Jake, elle se servirait un verre de vin et se ferait couler un bain chaud.

Elle n'eut pas plus tôt franchi le seuil du salon qu'elle entendit les échos d'un joyeux tintamarre, un mélange de musique, de rires et de conversations animées. Cameron avait-il organisé une réception ? Et où était Jake ?

Elle soupira car, après dix longues heures de conférence, elle n'était pas d'humeur à s'amuser. Elle choisit la solution de facilité, mais elle avait des excuses pour le faire : elle décida de s'esquiver discrètement et de se réfugier dans la chambre d'amis.

Elle s'apprêtait à faire demi-tour quand une jeune femme pénétra dans le salon et l'aperçut.

— Oh, vous devez être Julia, s'écria-t-elle en souriant. Cameron nous a beaucoup parlé de vous.

Comment devait-elle interpréter cette remarque ? se demanda Julia, sur le qui-vive.

— Bonsoir, répondit-elle en tâchant de masquer son dépit.

Non seulement l'inconnue était d'une grande beauté, avec son épaisse chevelure brune et son teint de pêche, mais encore elle semblait très sympathique.

Julia ne put s'empêcher de s'interroger sur sa présence chez Cameron. Sortait-il avec elle ? Non qu'elle ait quelque chose à y redire. Il menait sa vie comme il l'entendait. Mais ce n'était pas une raison pour lui imposer la présence de sa maîtresse. S'il organisait une petite soirée entre amis, mieux valait qu'elle s'éclipse. Elle n'avait pas sa place parmi eux.

Elle en était là de ses réflexions quand ce fut au tour de Sally Duke de faire son apparition.

— Trish, où est…

Elle s'arrêta net en apercevant Julia et s'écria :

— Oh, elle est là !

— Bonsoir, Sally, répondit-elle, confuse.

— Ma chérie, je suis désolée. Nous avons envahi votre territoire alors que vous devez être épuisée.

— Ça ne fait rien, se défendit-elle mollement.

— Venez prendre un verre de vin. Vous ferez la connaissance de mes fils. En attendant, je vous présente Trish, la femme d'Adam.

— Oh, vraiment ? s'exclama Julia, soulagée, en lui

tendant la main, un sourire chaleureux aux lèvres. Bonsoir, Trish.

Ignorant la main tendue, Trish la prit dans ses bras et lui donna l'accolade.

— Je suis ravie de vous rencontrer. Jake est vraiment adorable. Nous sommes si heureux que vous vous soyez retrouvés, tous les trois.

— Merci. Moi aussi, je suis enchantée de faire votre connaissance.

— Je suis relativement nouvelle dans la famille, expliqua Trish en passant son bras sous celui de Julia. Adam et moi sommes mariés depuis un mois.

— Oh, c'est merveilleux ! Toutes mes félicitations.

— Merci. Nous sommes tellement heureux.

— Grâce à mes bons offices, intervint Sally en faisant un clin d'œil complice à sa belle-fille.

Toutes deux éclatèrent de rire. Puis, voyant que Julia les considérait d'un air éberlué, Trish s'empressa de dire :

— C'est une histoire compliquée.

— Mais je vous la raconterai un jour, promit Sally en riant et en s'emparant de l'autre bras de Julia. Maintenant, il est temps de faire connaissance avec mes garnements.

Bras dessus bras dessous, toutes trois traversèrent la salle à manger et s'arrêtèrent sur le seuil de la cuisine, derrière le comptoir.

Ce qui frappa d'abord Julia, ce fut de voir que la pièce, pourtant spacieuse, était littéralement envahie par trois hommes superbes, en l'occurrence Cameron et ses frères, occupés à rire et à discuter avec Beatrice et Marjorie, les amies de Sally.

Puis elle eut un coup au cœur en s'apercevant que le plus costaud des trois tenait Jake à bout de bras, au-dessus de sa tête, tel un avion de papier qu'il s'apprêterait à lancer à travers la pièce. Le bébé, ravi, gloussait et poussait des petits cris d'excitation.

Affolée, elle dut faire appel à tout son sang-froid pour ne pas se précipiter au secours de son enfant. Mais, à l'évidence, il était en sécurité entre les grandes mains de ce géant, sans doute Brandon, l'ex-footballeur professionnel dont Cameron lui avait parlé.

— Moi aussi, je veux le porter, déclara le troisième homme.

Par élimination, elle en arriva à la conclusion qu'il devait s'agir d'Adam. Sans attendre le feu vert de Cameron, il récupéra Jake en plein vol plané.

Tenu à bout de bras, le bébé se mit à pousser des petits cris ravis.

— Salut Jake, fit-il en plantant son regard dans celui du bébé. Bienvenue dans la famille.

— Hé, tu m'as l'air drôlement content d'être parmi nous ! l'apostropha Brandon en lui chatouillant le ventre.

Pour toute réponse, Jake se mit à gigoter en riant aux éclats.

Brandon se tourna vers Cameron et lui assena une claque dans le dos.

— Il est adorable.

— Oui, en effet, acquiesça Cameron en récupérant le bébé et en le serrant contre son cœur.

Ce geste tendre était tellement émouvant qu'elle en eut les larmes aux yeux.

Puis Cameron leva le bébé au-dessus de sa tête pour

que chacun puisse l'admirer de nouveau. Visiblement aux anges, Jake continuait de sourire et de gazouiller.

— Comme vous pouvez le constater, il est aussi beau que son père, remarqua Cameron, une note d'orgueil dans la voix.

— Arrête d'insulter ce gosse, plaisanta Brandon.

Adam se mit à rire.

— Dis plutôt qu'il est aussi beau que ses oncles.

— Très drôle, marmonna Cameron, nullement vexé.

— Papa ! s'écria Jake.

Un silence s'abattit sur l'assemblée. Amusée, Julia vit les trois frères échanger des regards complices avant d'afficher un grand sourire. Puis Adam donna une tape dans le dos de Cameron.

— Félicitations à l'heureux papa.

Cameron poussa un soupir, visiblement ému.

— Merci.

— Oui. Félicitations, mon vieux, renchérit Brandon. J'ai hâte de faire la connaissance de ta petite chérie.

Trish s'empressa de toussoter pour attirer leur attention.

— Maman ! Maman ! s'écria Jake en l'apercevant.

A ces mots, les trois hommes se retournèrent d'un seul bloc.

Si la franche camaraderie qui régnait entre les frères Duke et leur volonté d'accueillir Jake dans le giron familial l'avaient profondément touchée, maintenant, leur mine ahurie la fit rire aux éclats. Elle s'avança pour caresser la joue de Jake, lequel gigotait comme un beau diable entre les bras de Cameron.

— Bonjour, mon poussin. Tu t'amuses bien, on dirait.

Tandis que le bébé poussait des petits cris de joie,

Brandon fit un pas en avant, un sourire penaud aux lèvres.

— Désolée, m'dame. Mais vu mon gabarit, tout le monde me semble petit à côté.

— Dis plutôt que tu es le roi des gaffeurs, plaisanta Adam.

Ignorant son frère, Brandon tendit la main à Julia.

— Bonsoir, je suis Brandon. Le plus beau et le plus intelligent des frères Duke.

Et sûrement le plus costaud et le plus facétieux des trois, se dit-elle, amusée, en lui donnant une poignée de main. D'un geste désinvolte, il rejeta en arrière ses cheveux châtain clair un peu trop longs, mais une mèche rebelle lui retomba sur le front, lui donnant un petit air de mauvais garçon. Il n'empêche, il s'était montré adorable avec Jake.

Adam s'avança à son tour.

— Bonsoir, Julia. Je suis Adam Duke.

Elle serra la main du plus grand et du plus sérieux des trois frères. Il avait beaucoup de classe, des cheveux couleur de jais, une mâchoire carrée et un regard bleu pénétrant qui semblait lire au fond de votre âme. Trish avait vraiment de la chance, songea-t-elle avec envie.

— Avec son regard perçant, Adam a le chic pour effrayer les dames, expliqua Brandon le plus sérieusement du monde. Si vous avez besoin d'un peu de réconfort pour vous remettre de vos émotions, n'hésitez pas, je suis votre homme.

Elle se mit à rire, imitée par Trish.

— Personne d'autre que moi ne fera de câlins à

Julia, grommela Cameron en lui tendant un verre de vin blanc.

Elle le remercia d'un sourire, délicieusement troublée à l'idée de ce câlin. Mais ce n'était vraiment pas le moment !

Tandis que les conversations allaient bon train, Cameron ouvrit une autre bouteille. Tous les invités voulaient prendre le bébé dans leurs bras, et Jake, heureux comme un roi, se laissait faire de bonne grâce.

Tout en sirotant son vin, elle sentait peu à peu toute la tension accumulée se relâcher. Une demi-heure s'était écoulée et, à sa grande surprise, sa fatigue s'était envolée. Mieux, elle se sentait en pleine forme. C'était la première fois qu'elle se trouvait mêlée à un groupe aussi turbulent et joyeux. Si c'était ça, la famille, elle ne demandait qu'à en faire partie !

La sonnette de la porte d'entrée retentit, et Sally alla ouvrir.

— C'est sûrement le *room service*, murmura Cameron derrière elle. J'ai invité tout le monde à dîner. J'espère que tu n'y vois pas d'inconvénient ?

Elle se tourna vers lui en souriant.

— Bien sûr que non. Tu as beaucoup de chance d'avoir une famille aussi merveilleuse.

— Je sais, dit-il en fixant sur elle un regard intense.

— Bon, il vaut mieux que je me rende utile, s'empressa-t-elle de dire, les joues en feu.

Pourquoi fallait-il qu'elle se mette à rougir comme une écolière dès qu'il la regardait ? se demanda-t-elle, confuse. Pourtant, elle était habituée aux témoignages d'admiration masculins. Mais lui seul lui faisait un tel effet.

Tout en dressant la table, elle examina les trois hommes à la dérobée. Cameron éclipsait ses frères, au demeurant superbes, par sa haute silhouette élancée, ses yeux verts et son sourire éblouissant. Sans compter cette adorable fossette à la joue droite. Rien d'étonnant à ce qu'elle se sente troublée dès qu'il était dans les parages.

Pendant que l'équipe du *room service* déposait les plats sur la desserte, elle installa Jake sur sa chaise haute et lui donna des Cheerios et des carottes miniatures à grignoter, le temps de réchauffer son dîner.

Puis, pour la plus grande joie des invités, elle prépara une mousse au chocolat à sa façon avec le reste des ingrédients de la veille auxquels elle incorpora des jaunes d'œufs et de la vanille. Dix minutes plus tard, alors que le dessert refroidissait au réfrigérateur, tout le monde passait à table.

Le dîner se déroula sous le signe de la bonne humeur et de la convivialité. Les plaisanteries fusaient, les conversations s'entrecroisaient et chacun y allait de sa petite histoire de famille, attendrissante ou drôle. Au bout du compte, Julia ne se souvenait pas d'avoir autant ri de sa vie.

Une fois la table débarrassée, Cameron prépara du café, et elle servit sa fameuse mousse au chocolat. Devant les éloges dithyrambiques des convives, elle ne put s'empêcher de rire en songeant à la simplicité enfantine de ce dessert.

Après avoir rempli le lave-vaisselle, elle se mêla de nouveau aux invités, étreinte d'émotion. Quel accueil chaleureux la famille et les amis de Cameron leur avaient réservé, à elle et à Jake ! Emue, elle observa

Cameron pendant qu'il prenait le bébé dans ses bras et lui frottait doucement le dos. Et quand Jake émit un petit rot, tout le monde éclata de rire et applaudit des deux mains.

Son pouls s'accéléra en sentant la main de Cameron lui presser la cuisse, sous la table.

— Tu t'amuses bien ? demanda-t-il.

— Je n'ai jamais passé une aussi bonne soirée.

Et c'était vrai. Un moment comme celui-là et des personnes comme celles-là, elle en avait rêvé toute sa vie. Elle avait sous les yeux l'exemple même du cercle familial chaleureux qui lui avait tant manqué. Suffisait-il d'un simple coup de baguette magique pour transformer le rêve en réalité ? Etait-ce ridicule de croire qu'elle allait pouvoir ouvrir son cœur à ces personnes et à cet homme ?

Cameron avait observé Julia avec attention durant toute la soirée. Il ne voulait pas chanter victoire trop tôt, mais, de toute évidence, son plan fonctionnait à merveille.

Il se pencha vers elle et lui murmura :

— Allons faire un tour dehors, veux-tu ?

— Oui, mais je dois d'abord mettre le bébé au lit.

— Oh, ça te dérange si nous nous en occupons ? intervint Trish en posant la main sur l'épaule de son mari. Nous devons nous entraîner, Adam.

Celui-ci écarquilla les yeux, surpris.

— Excusez-moi, intervint Brandon en les regardant à tour de rôle. Auriez-vous une annonce à nous faire ?

— Je l'ignore, avoua Adam en levant un regard perplexe vers sa femme. Est-ce le cas, chérie ?

Trish lui adressa un sourire innocent.

— Bien sûr que non, mais il vaut mieux nous y préparer.

Adam feignit de se montrer soulagé et prit la main de sa femme qui venait de se lever.

— Chérie, ne me refais jamais une frayeur pareille !

Tout le monde se mit à rire, et Cameron tendit le bébé à Trish.

— Il commence à avoir sommeil.

— Il est tellement craquant ! Nous ferons bien attention à lui, promit Trish.

— Il peut être coquin quand il s'y met, la taquina Julia en caressant la joue de Jake. Et il adore qu'on lui change sa couche.

— Oui, renchérit Cameron. Je te souhaite bien du plaisir.

Tout en riant, il entraîna Julia vers la terrasse. Tandis que la brise nocturne jouait dans sa longue chevelure blonde, il vit qu'elle serrait frileusement sa veste sur sa poitrine. Il dut se faire violence pour ne pas la prendre dans ses bras et lui faire un rempart de son corps.

Il n'allait pas tomber dans le ridicule ! Ce n'était qu'une petite brise de rien du tout. Mais curieusement, depuis qu'il avait élaboré son plan, tôt ce matin, son instinct protecteur se développait tous azimuts. Ainsi, il avait déjà demandé à sa gouvernante de prendre toutes les dispositions nécessaires pour adapter sa maison aux besoins de Jake. Elle lui avait d'ores et déjà assuré que l'aire de jeux serait prête d'ici quelques jours. Il ne lui resterait plus qu'à aménager la chambre du bébé avec l'aide de Julia.

— Quelle vue splendide ! s'exclama-t-elle, appuyée à la balustrade, le regard tourné vers le nord, en direction de la forêt de séquoias qui se découpait sur fond de ciel étoilé.

— Oui, en effet, acquiesça-t-il, le regard toujours rivé sur elle.

Lorsqu'elle se tourna vers lui, elle croisa son regard. Il faisait trop sombre pour voir si elle rougissait, mais il était sûr qu'elle avait les joues cramoisies. Cette pensée le fit sourire et l'émut en même temps. C'était bien la première fois qu'il faisait cet effet-là à une femme !

— Tu passes une bonne soirée ? insista-t-il en s'accoudant à côté d'elle.

— Oh, oui ! s'écria-t-elle, le regard étincelant. Les membres de ta famille sont merveilleux. Je leur suis très reconnaissante d'avoir réservé un accueil aussi chaleureux à Jake.

— Et à toi aussi, Julia.

— Je sais, dit-elle en riant. Et je suis ravie à l'idée que Jake grandira au sein d'une famille aussi unie.

— Il est le centre de toutes les attentions. Tout le monde veut se l'arracher. Ça ne t'ennuie pas ?

— Bien au contraire, assura-t-elle. C'est ce qui peut lui arriver de mieux.

— Je suis heureux de te l'entendre dire, parce que je n'ai pas cessé d'y penser toute la journée.

— A quoi ?

— A ce qui serait le mieux pour Jake.

— Vraiment ? s'étonna-t-elle.

— Oui, fit-il en souriant. Je veux que Jake fasse partie de ma vie, Julia. Je veux le meilleur pour lui.

— Moi aussi, fit-elle d'un ton mesuré.

— Tant mieux, s'écria-t-il, ne doutant pas un instant du succès de son plan. Parce que toi et moi, nous allons nous marier.

- 6 -

— Comment ?

Certes, il s'attendait à ce que Julia soit surprise, mais son exclamation atterrée le désarçonna quelque peu. Qu'à cela ne tienne, il lui prit les mains dans un geste censé être romantique.

— Je veux que nous nous mariions, Julia. Toi et le bébé viendrez vous installer chez moi. Nous offrirons à Jake une vie merveilleuse.

Elle retira ses mains d'un geste sec.

— Il a déjà une vie merveilleuse, riposta-t-elle.

— Elle le sera davantage si nous sommes réunis tous les trois, assura-t-il avec force.

— Non ! Sûrement pas !

Furieux de voir qu'elle lui résistait, il recula d'un pas, les sourcils froncés, et croisa les bras sur sa poitrine.

— Tu comptes m'empêcher de voir mon fils ?

Elle le dévisagea, interloquée.

— Non. Bien sûr que non. Tu auras un droit de visite…

— Je refuse de me contenter d'un droit de visite, s'insurgea-t-il. Je veux que mon fils vive avec moi.

— C'est hors de question ! s'écria-t-elle. Je suis sa mère. Il vit avec moi depuis qu'il est né, et je suis tout à fait capable de l'élever seule. Tu n'as pas le droit de me l'enlever !

— Je n'ai pas l'intention de te l'enlever, s'empressa-t-il de dire, ennuyé du tour que prenait la conversation.

Pourquoi rien ne se passait comme prévu ? Il se résolut à faire en sorte de ne pas envenimer la conversation et à rester calme.

— Si je te demande de m'épouser, c'est pour que nous puissions élever Jake ensemble.

Elle le dévisagea un instant, l'air incrédule, puis s'écria :

— Quelle idée saugrenue ! Il est hors de question que j'aille vivre chez toi.

— Et pourquoi, je te prie ? demanda-t-il, vexé.

Elle faillit s'étrangler d'indignation.

— Parce que tu ne veux pas de moi, Cameron. Tu me l'as dit toi-même, tu ne regardes jamais en arrière. Au nom de tes sacro-saints principes. Alors à quoi rime ce soudain revirement ?

Pris au dépourvu, il réfléchit à toute vitesse.

— Ecoute, Julia, je m'adapte aux circonstances. Et si je fais une entorse à mes principes, c'est dans notre intérêt commun.

Pourquoi montait-elle sur ses grands chevaux alors que sa proposition était tout à fait raisonnable ?

— J'admire ta maturité d'esprit ! ironisa-t-elle. Quoi qu'il en soit, je refuse d'emménager chez toi pour jouer les nounous de service.

— Qui te demande de jouer les nounous ? protesta-t-il.

— Oh, voyons, Cameron. Je ne suis pas complètement stupide. Tu veux Jake et, comme je suis sa mère, tu as besoin de moi pour que je prenne soin de lui.

— Non, c'est faux ! se récria-t-il. Je vous veux tous les deux.

— Jake et moi sommes parfaitement heureux dans notre maison. Tu peux nous rendre visite aussi souvent que tu le souhaites.

— C'est hors de question. Je veux vivre avec mon fils et sa mère. Je veux que tu m'épouses. Voyons, Julia, pourquoi refuses-tu d'entendre raison ? riposta-t-il, ulcéré.

— Parce que tu te sers de moi pour obtenir Jake, dit-elle d'une voix tremblante d'émotion. Et je refuse de n'être qu'un pion sur ton échiquier personnel.

Elle était terrifiée, réalisa-t-il soudain. Par sa faute. Il avait cru bien faire, mais il s'était montré maladroit et trop sûr de lui. Quel crétin il faisait ! Adossé au muret du balcon, il l'attira contre lui et lui frotta doucement le dos dans un geste apaisant.

— Je te promets que je ne cherche pas à me servir de toi, mon ange. Je ne ferais jamais une chose pareille. Je souhaite simplement que nous formions une famille : toi, moi et Jake.

Elle eut un petit soupir tremblant et leva vers lui un regard plein de tristesse.

— Mais, Cameron, tu ne m'aimes pas !

Il tressaillit, pris de court. Elle attendait de l'amour ? De sa part ? Il réprima un gémissement de frustration, conscient qu'il ne pourrait jamais lui donner ce qu'elle attendait. Mais il y avait plein d'autres choses qu'il pouvait lui offrir.

— Julia, je t'admire, assura-t-il gentiment. Je te respecte, je t'apprécie beaucoup, et c'est toi que je veux pour épouse. Qui plus est, nous nous entendons merveilleusement bien au lit. C'est important dans un couple, n'est-ce pas ? Je suis persuadé que nous aurons une vie formidable ensemble. Mais pour ce qui est de l'amour… tu m'en demandes trop, Julia.

La tête inclinée en arrière, elle l'observa avec attention.

— Et Jake, est-ce que tu l'aimes ?

Il fronça les sourcils, perplexe. A défaut d'aimer Julia, était-il capable d'amour paternel ? Il se souvint de la fois où il avait eu l'étrange impression de contempler son âme dans les yeux du bambin. Depuis cet instant, le lien ténu qui le reliait à Jake n'avait fait que se renforcer. Etait-ce cela, l'amour ? Pour lui, cette question était superflue, et Julia devrait s'en arranger.

— Jake est mon fils, et je donnerai ma vie pour lui, éluda-t-il.

Julia hocha la tête sans mot dire. Elle avait vu les traits de Cameron s'adoucir quand il s'était demandé s'il aimait ou non Jake. Elle connaissait cette expression. Elle l'avait vue sur son propre visage quand elle se regardait dans une glace alors qu'elle tenait le bébé dans ses bras. C'était l'expression d'un parent aimant. Même si Cameron était incapable de prononcer ce mot, c'était bel et bien de l'amour qu'il éprouvait pour son fils.

A son corps défendant, elle était tentée par cette demande en mariage où l'amour n'avait pas sa place. Fallait-il qu'elle ait envie d'une famille pour abandonner tout espoir d'être aimée un jour !

*
* *

Quelques minutes plus tard, en proie à la plus vive émotion, elle rejoignait les convives en compagnie de Cameron. Tout en écoutant distraitement les conversations, elle réfléchissait à cette surprenante demande en mariage. Cameron l'appréciait et la respectait. Et ils s'entendaient bien au lit. Mais était-ce suffisant pour former un couple heureux ?

Du moins, elle aurait la chance de faire partie d'un cercle familial chaleureux et aimant. Puisqu'elle n'avait pas eu de frères et sœurs avec qui jouer ou discuter, Adam, Brandon et Trish combleraient ce vide affectif. Et Sally serait comme une mère pour elle. Elle lui confierait ses aspirations et ses secrets les plus intimes. Elles iraient faire du shopping et déjeuneraient ensemble.

Seigneur, elle n'allait quand même pas épouser Cameron simplement pour faire partie de sa famille !

Avec un soupir de frustration, elle pénétra dans la chambre d'amis au moment où Trish déclarait fièrement à Adam :

— Nous l'avons fait !

— Tu as été brillante, assura-t-il.

Maintenant d'une main le bébé sur la table à langer, de l'autre, il enlaça Trish et lui planta un baiser sur la bouche.

Julia soupira d'envie. Ce geste était tellement romantique !

Soudain, Trish s'aperçut de sa présence.

— Oh, Julia, s'exclama-t-elle. Il s'est comporté comme un ange.

— Et il sort indemne de cette expérience, la taquina-t-elle. Merci pour lui.

— Merci à toi de nous avoir fait confiance, assura Trish en échangeant un regard complice avec Adam.

En les voyant tellement heureux et amoureux l'un de l'autre, Julia sentit son cœur se serrer. Cameron l'aimerait-il un jour ? se demanda-t-elle tristement. Allons, il était temps de se ressaisir. A quoi cela servait-il de courir après des chimères, si ce n'est à vous rendre malheureux ? Depuis toute petite, elle avait appris à se contenter de ce que la vie lui offrait. Ainsi, elle ne risquait pas d'être déçue.

Après le départ d'Adam et Trish, elle déposa le bébé dans son berceau et lui frotta le ventre jusqu'à ce qu'il s'endorme.

— Fais de beaux rêves, mon ange, murmura-t-elle en le regardant glisser dans le sommeil.

Elle reconnaissait que grâce à son heureux caractère, Jake était relativement facile à élever. Mais en refusant la demande en mariage de Cameron, ne risquait-elle pas de le priver d'une relation plus étroite avec son père ? Certes, Cameron lui avait affirmé qu'il donnerait sa vie pour Jake. Mais saurait-elle se contenter d'un bonheur au rabais pourvu que Jake vive heureux, entouré d'une maman et d'un papa prêts à le chérir et à le protéger en toutes circonstances ?

Tout en éteignant la lumière, elle songea à l'autre argument que Cameron avait avancé pour la convaincre : leur bonne entente au lit.

Comme c'était vrai ! Alors que la vision de leurs deux corps enlacés s'imposait à elle, une onde de désir la fit frissonner, et elle dut s'arrêter un moment pour retrouver son sang-froid. En pénétrant dans le salon, elle chercha aussitôt Cameron des yeux et, quand leurs regards se croisèrent, elle perçut dans le sien une telle intensité qu'elle ne put s'empêcher de rougir. Pourquoi fallait-il que cet homme ait un pareil ascendant sur elle ?

Oh, oui, sur le plan sexuel, ils s'entendaient à merveille. Mais combien de temps cela durerait-il ?

Incapable de fermer l'œil, Cameron ne faisait que se tourner et se retourner dans son lit. Conformément à son plan, après le départ des invités, il avait reconduit Julia à sa chambre et, après l'avoir embrassée en lui souhaitant une bonne nuit, il s'était enfermé dans la sienne.

Pour la troisième nuit consécutive, il était allongé dans son lit, seul, incapable de dormir. Qu'est-ce qui clochait chez lui ? Il était un Marine, que diable ! Il avait mené des soldats au front, combattu vaillamment l'ennemi et vu la mort de près. Pourtant, sa séparation d'avec Julia, quelques heures auparavant, avait été la chose la plus difficile qu'il ait jamais faite.

Mais c'était pour la bonne cause. Le piège était amorcé. Il allait laisser Julia cogiter encore quelques jours, le temps qu'elle comprenne que ce mariage était la meilleure solution pour Jake.

Hélas, ces excellentes raisons n'eurent aucun effet sur son état d'excitation extrême. Et tandis que le clair de lune déversait sa lumière blafarde à travers la fenêtre, il se résigna à une autre nuit sans sommeil.

Impossible d'éviter Cameron ce matin, se dit Julia, troublée, en l'apercevant assis à la table du petit déjeuner où il mangeait des toasts tout en essayant de faire avaler à Jake des céréales de riz et de la purée de banane. Comment faisait-il pour s'adapter aussi vite à la routine du bébé ? A moins que la baby-sitter ne lui donne des leçons particulières.

Mais surtout, parviendrait-elle à retrouver un rythme de sommeil normal après trois nuits d'insomnie ? La faute à Cameron. Non seulement sa demande en mariage lui avait fait l'effet d'une bombe, mais ses regards brûlants de passion contenue l'avaient émoustillée au plus haut point. Et qu'avait-il fait après cela ? Il l'avait embrassée chastement avant de la laisser en plan sur le seuil de sa chambre !

Rien d'étonnant à ce qu'elle soit à cran.

— Hé, petit chenapan ! protesta Cameron en attrapant au vol la main de Jake avant qu'il ne déverse sa cuillerée de purée de banane sur sa tête. La nourriture va dans ta bouche, pas dans tes cheveux.

Malgré son humeur maussade, elle ne put s'empêcher de rire.

— Bien joué.

Il leva les yeux vers elle et lui adressa un sourire charmeur. A son grand dam, elle se sentit toute chavirée.

— Merci. Tu pars pour la conférence ?

— Oui. La baby-sitter ne devrait pas tarder.

— Parfait, fit-il.

Il essuya le menton barbouillé de Jake à l'aide d'une serviette et lui donna une pichenette sur le nez. Le bébé, ravi, se mit à glousser et à tambouriner sur son plateau.

— Tu es un sacré coquin, dit-il, amusé, en caressant affectueusement la tête de Jake.

La première intervention de Julia débutait dans vingt minutes, mais elle n'avait pas le cœur à partir travailler alors que Cameron et le bébé s'amusaient comme des petits fous. Le spectacle qu'ils offraient était si touchant. Et c'était si tentant de rester avec eux. Pas seulement ce matin, mais toute la vie. N'en avait-elle pas assez rêvé, d'un moment comme celui-là ? Maintenant, il ne tenait qu'à elle de concrétiser ce rêve.

Elle ne parvenait pas à détacher son regard du père et du fils riant de concert. Y avait-il quelque chose de plus sexy que la vue de cet homme se consacrant tout entier à son enfant ?

Contre toute attente, elle sentit les larmes lui monter aux yeux. Elle devait partir d'ici et vite avant de se laisser aller à l'émotion. Avant que la confusion, la nostalgie et le désir ne lui fassent perdre tout contrôle.

Prenant une profonde inspiration, elle se pencha vers Jake et l'embrassa sur la joue.

— Au revoir, mon ange, je t'adore.

Machinalement, elle embrassa Cameron sur la bouche. Réalisant soudain la portée de son geste, elle tenta de s'écarter, mais Cameron avait été plus rapide. Il l'enlaça et prolongea leur baiser, jusqu'à ce qu'elle y mette fin, le souffle court.

— Hum, à ce soir, bredouilla-t-elle.

— Travaille bien, chérie, dit-il, un sourire coquin aux lèvres, tandis qu'elle se précipitait hors de la pièce, rouge de confusion.

La réunion avec les nouveaux investisseurs s'était déroulée à la perfection, se félicita Cameron en empochant leurs cartes de visite. Maintenant, il lui restait une heure avant de rejoindre les responsables de l'hôtel pour leur déjeuner hebdomadaire. Prenant la direction du centre de conférences, il finit par trouver l'atelier de démonstration où œuvrait Julia et pénétra à l'intérieur.

— Sentez-vous la différence ? demandait-elle en déambulant dans l'allée centrale, un grand bol à la main, et en offrant aux participantes des échantillons sur des petites cuillères en plastique.

— La texture est aussi brillante qu'un miroir, s'écria-t-elle gaiement. Et, grâce au blanc d'œuf, elle a une adhérence parfaite. Ce type de glaçage nécessite plus de temps, mais au final, quelle tenue ! Voyez ces pointes lisses et dures. Elles se tiennent toutes seules. C'est merveilleux, n'est-ce pas ? Vous en conviendrez avec moi, ça valait bien un petit effort supplémentaire.

Sur ce, elle piocha dans le bol et porta une cuillère à sa bouche.

— Mmm, quel délice ! Il fond sur la langue.

A sa grande confusion, il sentit une flambée de désir le dévorer. Pourtant, la salle était comble, et la tenue de Julia n'avait rien d'affriolant — chaussures à talons moyens, pantalon bleu marine, chemisier bleu pâle, et tablier de cuisine noué à la taille. Il n'empêche, il mourait d'envie de la prendre là, sur-le-champ. Rien que de l'imaginer, vêtue uniquement de son tablier blanc et de ses souliers, son érection s'intensifia.

Dire qu'il avait suffi de quelques mots inoffensifs — la description du glaçage d'un gâteau — pour le mettre dans tous ses états !

C'était sans doute la faute au vocabulaire culinaire : « adhérence parfaite », « pointes lisses et dures »,

« fond sur la langue »... Mais qu'enseignait-elle donc à tous ces gens ?

Soudain, elle s'aperçut de sa présence et s'arrêta net, interloquée. Il plongea son regard dans le sien, se demandant si elle se rendait compte de l'effet qu'elle lui faisait.

Probablement, car elle dut s'éclaircir la gorge avant d'annoncer à son auditoire :

— Nous allons faire une pause d'une dizaine de minutes. Et quand vous reviendrez, je vous révélerai mon secret pour réussir à coup sûr un glaçage à la crème au beurre.

Ignorant le flot humain qui se déversait à côté de lui, il gardait les yeux rivés sur Julia. Quand la salle se fut vidée de ses occupantes, elle s'approcha de lui.

— Quelle bonne surprise ! s'exclama-t-elle en souriant.

Puis elle plongea une petite cuillère dans le bol et la lui tendit.

— Tu veux goûter ?

— Oui, gronda-t-il en attrapant le bol et la cuillère et en posant le tout sur la table la plus proche.

Il l'attira contre lui et l'embrassa avec fougue. Il savourait le goût et la douceur du dessert sur ses lèvres et sur sa langue, mais ce n'était pas suffisant. Il voulait tout d'elle. Ici et maintenant.

Elle noua ses bras autour de son cou et se lova contre lui, se pressant contre son érection. Tétanisé, il lui demanda d'une voix rauque de désir :

— Où pouvons-nous aller ? Là, tout de suite ? Connais-tu un endroit où nous pourrions être seuls ?

Qu'est-ce qui lui prenait de poser une telle question ?

Après tout, l'hôtel était à lui. C'était à lui de savoir ce genre de choses. Mais en la voyant pendue à son cou, il était tellement troublé qu'il n'arrivait plus à aligner deux idées.

— Cameron, protesta-t-elle, haletante. Mes étudiantes seront de retour dans une minute.

— Je te veux maintenant, marmonna-t-il, en la plaquant contre lui.

Il s'empara de ses lèvres de façon possessive et, à sa grande satisfaction, elle ne lui opposa aucune résistance. Bien au contraire, elle s'ouvrit à lui et le laissa explorer les profondeurs de sa bouche. C'était si bon qu'il aurait voulu faire durer le plaisir éternellement.

— Cameron, je… je te veux aussi, balbutia-t-elle, le souffle court, mais nous devons attendre.

— Je n'en peux plus d'attendre, protesta-t-il en l'embrassant de nouveau avec une passion redoublée.

— Ce soir, promit-elle en le repoussant.

— Oui, ce soir, répéta-t-il tandis que les portes s'ouvraient et que les participantes regagnaient leur place.

— Et nous parlerons aussi, ajouta-t-elle.

— Oui, il le faut.

- 7 -

Après avoir refermé la porte de la suite, Julia jeta un coup d'œil circulaire dans le salon silencieux et vide. Cameron et Jake faisaient-ils de nouveau la sieste ensemble ?

Un éclat de rire lointain la fit sourire, et elle suivit les petits cris et autres gloussements qui la menèrent tout droit à la salle de bains attenante à la chambre d'amis. Elle passa prudemment la tête dans l'entrebâillement de la porte et ne put s'empêcher de rire devant le spectacle qui s'offrait à elle.

Jake était installé dans son siège de bain, maintenu par une ceinture et entouré de jouets flottants. Le siège étant fixé au fond de la baignoire à l'aide de ventouses, le bébé ne risquait pas de se déplacer. En revanche, il pouvait faire gicler l'eau alentour, et il ne s'en privait pas.

Agenouillé à côté de la baignoire, Cameron était trempé.

— Un de ces jours, marmonna-t-il en savonnant les épaules et le dos de Jake, il faudra que toi et moi, nous ayons une longue conversation sur la préservation de l'eau.

Julia sourit, amusée. Durant toute la matinée, elle avait passé en revue les avantages et les inconvénients d'un mariage avec Cameron, mais dès qu'elle l'avait aperçu dans l'atelier de démonstration, elle en avait oublié toutes ses belles résolutions. La lueur intense et sauvage qui avait brillé dans son regard à ce moment-là lui avait appris tout ce qu'elle avait besoin de savoir. Peut-être ne l'aimait-il pas encore. Peut-être ne lui ferait-il jamais de déclaration d'amour, mais une chose était certaine, elle ne lui était pas indifférente. En fait, elle était écartelée entre deux décisions. D'un côté, elle mourait d'envie de sauter le pas, de former un vrai couple avec lui et de vivre leur passion au quotidien aussi longtemps que cela durerait. Mais de l'autre, elle redoutait qu'un mariage sans amour ne soit une erreur colossale, et que le prix à payer ne soit trop élevé.

Il finit par s'apercevoir de sa présence et tourna vers elle un visage dégoulinant.

— Tu veux prendre le relais ?

— Oh ! non, tu te débrouilles très bien, dit-elle en riant et en s'empressant de refermer la porte.

Une heure et demie plus tard, la vaisselle du dîner était rangée dans le lave-vaisselle et Jake endormi dans son berceau.

Cameron prit la main de Julia, et ils sortirent de la chambre sur la pointe des pieds, en direction du salon où ils avaient laissé leurs verres de vin à moitié pleins à côté d'une assiette de cookies faits maison.

— Asseyons-nous et parlons, proposa-t-il.

— Entendu, acquiesça-t-elle, visiblement nerveuse.

Pourquoi se tenait-elle sur la défensive alors qu'elle avait toutes les cartes en main ? se demanda-t-il, étonné.

Au début, quand il avait envisagé de faire venir

Jake et Julia chez lui, l'idée du mariage ne lui était pas venue à l'esprit. En effet, avec ses frères, n'avait-il pas fait le vœu de rester célibataire ? Certes, il avait aussi promis de ne jamais avoir d'enfant. Mais c'étaient des enfantillages. Maintenant qu'il avait un fils, il était déterminé à le garder auprès de lui et à épouser la mère de son enfant — puisqu'il fallait en passer par là pour les avoir l'un et l'autre sous son toit.

Il espérait que son discours de la veille au soir prônant un mariage basé sur le respect mutuel et la nécessité pour Jake d'avoir ses deux parents auprès de lui avait convaincu Julia. Sans oublier l'argument clé : leur merveilleuse entente au lit.

— Cameron, je…

— Chérie, juste…

Ils se mirent à rire tous les deux.

— Vas-y, toi d'abord, lui proposa-t-il galamment.

— Entendu, fit-elle en écartant une mèche rebelle.

— Attends, laisse-moi faire, intervint-il.

Il promena voluptueusement ses doigts dans son épaisse chevelure, la faisant gonfler puis la repoussant en arrière. Il en profita pour se rapprocher d'elle et humer sa fragrance féminine.

— Mmm, comme c'est agréable ! murmura-t-elle d'une voix alanguie.

— Tu es si belle ! s'exclama-t-il en plongeant son regard dans ses yeux d'un bleu azuréen. As-tu remarqué que tes cheveux reflètent toutes les nuances de l'arc-en-ciel ?

— Oui, fit-elle. C'est plutôt bizarre.

— Au contraire, c'est ravissant. Et tu sens divinement bon, ajouta-t-il en se penchant pour lui embrasser le cou.

— Merci.

Les yeux mi-clos, elle affichait une expression de pure volupté. Enhardi, il l'embrassa de nouveau.

— Cameron, tu me déconcentres, protesta-t-elle faiblement.

— Je sais, dit-il en poursuivant son tendre assaut. Accorde-moi encore une minute.

Elle lui caressa la joue.

— Cameron, il faut que je te parle maintenant, sinon je n'y arriverai jamais.

— Bon, d'accord, je t'écoute, fit-il en poussant un soupir résigné et en se calant contre le dossier du canapé.

Prenant une profonde inspiration, elle le regarda droit dans les yeux et déclara tout à trac :

— En fait, je voulais juste te dire que… j'accepte de t'épouser.

A ces mots, il se sentit immensément soulagé, et tous ses muscles tendus à craquer se relâchèrent. Certes, il s'était douté qu'il réussirait à la convaincre, du moins il l'avait espéré. Mais c'était seulement maintenant qu'il réalisait à quel point l'enjeu était important.

— Tu as bien dit que tu acceptais de m'épouser ? demanda-t-il, comme s'il craignait d'avoir mal entendu.

— Oui, assura-t-elle en souriant timidement.

— Bien, voilà une bonne chose de faite. Maintenant, passons à la suivante.

Sans plus attendre, il l'attira sur ses genoux et l'embrassa avec ardeur. Il avait l'impression que chaque cellule de son corps absorbait avidement les ondes de volupté qui émanaient de Julia tandis qu'elle répondait avec ferveur à son baiser, dans un assaut de lèvres et de langues.

Il voulait sentir sa peau contre la sienne. Maintenant.

Elle dut avoir la même pensée car, en un rien de temps, elle se retrouva à califourchon sur lui.

— Caresse-moi, ordonna-t-elle.

Il ne se le fit pas dire deux fois et glissa ses mains sous son pull.

Il le lui ôta en un tournemain et retint son souffle devant le spectacle qui s'offrait à lui. Elle ne portait pas de soutien-gorge, et ses seins ainsi exposés étaient parfaits. Plus opulents et plus ronds que dans son souvenir, leurs mamelons roses fièrement dressés, comme dans l'attente de ses caresses.

Il prit ses seins en coupe, lui agaçant les tétons de son pouce jusqu'à ce qu'elle se trémousse de plaisir. Tétanisé, il prit un mamelon dans sa bouche, le titilla, le suça et le lécha avant de s'attaquer à l'autre, arrachant à Julia des gémissements de volupté.

Un pur régal ! C'était la seule pensée cohérente qu'il parvenait à formuler en un moment pareil. Il ne savait plus où donner de la tête tellement ses sens étaient sollicités : la douceur soyeuse de sa peau, la délicate senteur florale de son corps, la saveur de sa chair, aussi tentante que le péché.

Terriblement excitée, elle l'agrippa par les cheveux, l'exhortant à poursuivre ses caresses expertes.

Galvanisé, il s'empara de sa bouche, et elle répondit à son baiser avec une passion égale à la sienne, sa langue dansant sensuellement contre la sienne.

Le souffle court, il déposa une pluie de baisers légers le long de ses épaules, puis se concentra de nouveau sur ces seins qui réclamaient toute son attention. Elle laissa échapper un gémissement de pur plaisir en l'accompagnant de mouvements du bassin dans un déhanché sexy et en se pressant avec insistance contre lui. Son érection devenait douloureuse et il était sur le point de perdre tout contrôle.

— Chérie, tu me rends fou, marmonna-t-il d'une voix rauque. Passe tes bras autour de mon cou.

L'agrippant par les fesses, il se leva du canapé et se précipita vers sa chambre où il la déposa sur le lit.

Appuyée sur un coude, elle le contempla pendant qu'il se déshabillait à la hâte. Il lut une telle avidité dans son regard qu'il en fut tout émoustillé, et il se hâta de lui ôter son pantalon. Elle ne portait plus qu'un incroyable string en dentelle noire des plus affriolant.

— Quelle vision de rêve ! murmura-t-il, subjugué.

Elle se passa la langue sur les lèvres, et ce geste involontaire faillit de nouveau lui faire perdre tout contrôle. Puis elle écarquilla les yeux, surprise, en le voyant s'agenouiller entre ses cuisses et lui soulever les jambes pour les poser sur ses épaules.

— Je veux savourer ton essence, dit-il d'une voix rauque.

Sans plus attendre, il plaqua la bouche sur son sexe. Et quand il la pénétra de la langue, elle cambra le dos et laissa échapper un feulement.

— Désormais, tu es à moi, murmura-t-il.

Il la caressa comme s'il voulait la marquer de son sceau, léchant sa chair délectable, plongeant et replongeant dans ses profondeurs intimes jusqu'à ce qu'elle se trémousse dans le lit, lui demandant de mettre fin à cette délicieuse torture. Pour toute réponse, il lui décocha un regard mutin et plongea un doigt dans sa fente brûlante pour parfaire ses caresses. Arc-boutée sur le lit, elle cria de plaisir.

— Cameron, haleta-t-elle. J'ai besoin de te sentir en moi. Maintenant.

Il baissa doucement ses jambes, puis se leva pour se rendre de l'autre côté de la pièce. Elle le suivit des yeux, gémissant et protestant, jusqu'à ce qu'elle se rende compte qu'il enfilait un préservatif. Il revint aussitôt vers elle et la caressa du doigt pour s'assurer qu'elle était prête à l'accueillir.

— S'il te plaît, maintenant, le supplia-t-elle en l'attirant plus près.

— Oui, maintenant, acquiesça-t-il en la pénétrant d'un mouvement souple.

Elle laissa échapper un petit cri suffoqué, et il s'empara de sa bouche, étouffant ses cris tandis qu'il s'enfouissait plus profond en elle.

Elle faisait l'amour comme une déesse, ondulant du bassin dans un déhanchement érotique et se haussant à sa rencontre pour mieux l'accueillir en elle. Subjugué par cette danse lascive qu'elle exécutait pour lui, il faillit s'abandonner à son plaisir, mais, dans un effort surhumain, il réussit à se maîtriser. Il était hors de question de jouir avant elle. Il accéléra la cadence de ses coups de reins, se fondant en elle, au point que leurs deux corps ne faisaient plus qu'un. Le souffle court et le cœur battant à tout rompre, il rejeta la tête en arrière pour contempler l'orage qui se formait dans le regard de Julia. Quand il la vit enfin se cambrer sous lui et secouer la tête d'un côté et de l'autre en atteignant l'orgasme dans un cri, il enfouit son visage au creux de son cou et embrassa sa peau soyeuse. Puis, rassemblant ses dernières forces, il plongea de nouveau en elle jusqu'à ce que le spasme de la jouissance le frappe à son tour, le laissant haletant, repu et ébloui.

Trois jours plus tard, ils se mariaient dans le cadre idyllique du Monarch Dunes. C'était une belle journée printanière, ensoleillée et lumineuse. L'océan d'un bleu profond était calme, et le gazon scintillait après une averse nocturne.

En somme, songea Julia, c'était une cérémonie terriblement romantique, hormis le fait que le marié n'était pas amoureux de la mariée, et que les avocats avaient insisté pour dresser un contrat de mariage que les époux avaient signé ce matin.

Mais, en entendant Cameron prononcer la formule rituelle « Oui, je le veux » qui scellait leur union, elle s'empressa de chasser ces détails sordides de son esprit pour savourer pleinement l'instant présent. Et quand son mari la prit dans ses bras et l'embrassa éperdument devant une petite assemblée enthousiaste, elle se dit qu'à la réflexion, tout était pour le mieux dans le meilleur des mondes.

Elle avait choisi une robe blanche élégante qui lui laissait les épaules dénudées. Ce n'était pas la robe de mariée de ses rêves, mais du moins pourrait-elle la remettre en été. Cameron était superbe, comme toujours, et incroyablement sexy dans son smoking, songea-t-elle, toute chavirée. Elle jeta un coup d'œil attendri au petit Jake, vêtu d'un adorable smoking pour bébé déniché par Sally et Trish. Oui, vraiment, c'était une belle journée.

— J'aimerais porter un toast aux mariés, annonça Adam.

Il leva son verre, imité par les invités, et prononça un discours émouvant. A la fin, tous s'écrièrent en chœur :

— Tous nos vœux de bonheur !

Rayonnante au bras de Cameron, une coupe de champagne à la main, Julia remercia chaleureusement les invités. Le diamant qu'elle portait à l'annulaire brillait de mille feux, et elle se prit à sourire. Le lendemain du jour où elle avait accepté sa demande en mariage, Cameron lui avait offert la bague la plus magnifique qu'elle ait jamais vue. Puis il lui avait fait l'amour si tendrement qu'elle en avait eu les larmes aux yeux. Certes, il ne l'aimait pas, mais il se montrait si prévenant envers elle qu'il réussissait presque à lui faire oublier ce terrible constat.

Pour sa plus grande joie, la plupart de ses amies étaient présentes aujourd'hui et ce, grâce à Sally. Voyant qu'elle était accaparée par sa conférence et par les préparatifs du mariage, la vieille dame s'était chargée de lancer les invitations. Un bon point à l'actif de sa belle-mère, quelque peu entremetteuse à ses heures perdues. Mais bon, c'était pour la bonne cause.

Les deux frères de Cameron se partageaient le rôle des témoins du marié, et Sally s'occupait de Jake. Le bambin s'était tenu tranquille durant la cérémonie et les toasts, mais, maintenant, il réclamait son père à cor et à cri.

— Viens ici, cow-boy, s'écria Cameron en prenant le bébé dans ses bras, ce qui mit aussitôt un terme à ses pleurs.

Passant son autre bras autour des épaules de Julia, il se pencha vers elle pour l'embrasser.

— Tu verras, nous serons heureux tous les trois.

— Je sais, assura-t-elle en souriant.

Sans crier gare, Brandon la souleva de terre comme un fétu de paille et lui donna un baiser sur la bouche.

— Bienvenue dans la famille, ma jolie ! s'exclama-t-il.

— Merci, Brandon, balbutia-t-elle, stupéfaite.

Adam, ne voulant pas être en reste, l'arracha des bras de son frère et l'embrassa à son tour.

— Moi aussi, je te souhaite la bienvenue parmi les Duke.

Etourdie par ces manifestations d'amitié débordantes, elle se raccrocha au bras de Cameron.

— Ouf ! Encore merci pour votre accueil chaleureux, les garçons, dit-elle en riant. J'espère que les autres invités seront moins… démonstratifs !

Cameron foudroya ses frères du regard, mais Sally éclata de rire.

— Ils forment un trio formidable, n'est-ce pas ?

— Oui, en effet, admit-elle, en reprenant ses esprits.

— Et la réception est très réussie, poursuivit Sally en lui pressant affectueusement la main avant d'aller rejoindre ses amies au bar à champagne.

Un peu en retrait, Julia contemplait les invités déambuler parmi des tables chargées de canapés et de petits-fours appétissants. La plupart des desserts ayant été réalisés selon ses propres recettes, elle était quasi certaine qu'ils étaient délicieux. Elle aurait voulu avoir plus de temps pour préparer son mariage, mais, compte tenu des circonstances, les choses se déroulaient pour le mieux.

Désormais, elle et Jake faisaient partie d'une famille merveilleuse, et cela valait bien tous les efforts et le stress de dernière minute.

Karolyn Swenson, son amie de toujours et directrice de sa pâtisserie, s'avança vers elle et lui donna l'accolade.

— Je suis si heureuse que tu sois venue ! s'écria Julia.

— Je n'aurais manqué cet événement pour rien au monde, assura-t-elle en prenant les mains de Julia dans les siennes. Je n'arrive pas à croire que tu es mariée.

— Eh oui, j'ai sauté le pas. J'espère que tu es heureuse pour moi ?

— Quelle question ! Ton époux est superbe, lui murmura-t-elle à l'oreille. Je suppose qu'il est le père de ton bébé. Jake est son portrait craché.

Julia tressaillit, surprise.

— Oui, en effet. Et il fera un papa formidable. Nous allons former une famille heureuse.

— C'est tout ce qui compte.

Tandis que Karolyn l'étreignait de nouveau, elle eut l'étrange impression que son amie tentait de la rassurer, de lui faire comprendre qu'elle avait pris la bonne décision.

En voyant la jeune femme s'éloigner pour aller chercher une coupe de champagne, un doute l'assaillit. Une famille, était-ce vraiment l'essentiel ? Comment en être sûre puisque cela faisait près de vingt ans qu'elle en avait été privée ? Mais il était trop tard pour avoir des doutes. Depuis la mort de ses parents, elle avait toujours rêvé d'avoir une famille bien à elle, et maintenant, grâce à Cameron, son rêve était devenu réalité. D'ailleurs, ne lui avait-il pas promis qu'ils auraient une vie merveilleuse, tous les trois ? Il ne lui restait qu'à lui faire confiance et à croire en sa bonne étoile.

— Tenez, je vous apporte une coupe de champagne bien fraîche, proposa Sally.

Julia la remercia d'un sourire, et sa belle-mère glissa son bras sous le sien, d'un air complice.

— Quand je vois la façon dont Cameron vous regarde, ça me fait chaud au cœur.

— Je suis sûre que nous serons heureux ensemble, assura Julia, soudain mal à l'aise.

— C'est évident, trancha Sally en lui tapotant le bras. Ecoutez, vous et moi étions amies bien avant que vous deveniez ma belle-fille, n'est-ce pas ?

— C'est exact, admit-elle, un sourire circonspect aux lèvres.

— Alors, je veux que vous me disiez la vérité. Vous aimez Cameron, n'est-ce pas ?

Julia se mordilla nerveusement la lèvre.

— L'aimer ? Eh bien, évidemment, je…

Sally l'observa attentivement.

— Cette réponse est-elle un oui ?

— Oh, mon Dieu, murmura-t-elle, incapable de mentir.

Certes, Cameron lui avait avoué son incapacité à l'aimer, mais quant à savoir si elle l'aimait ou non…

Une chose était sûre, elle désirait par-dessus tout faire partie intégrante de sa famille. Elle respectait Cameron et avait de l'affection pour lui, sinon elle n'aurait jamais accepté de l'épouser. Mais de là à l'aimer…

— Je ne sais pas, avoua-t-elle, désemparée.

— Vous ne savez pas ? s'exclama Sally. Voilà qui n'est pas ordinaire. Vous n'avez jamais abordé ce sujet tous les deux, avant de vous lancer dans le mariage ?

— Eh bien, si, d'une certaine façon, admit Julia, embarrassée.

— J'apprécie votre franchise, mon petit, déclara Sally. Mais je suis prête à parier qu'un de ces jours, vous et Cameron vous rendrez compte que les sentiments que vous éprouvez l'un pour l'autre sont bel et bien de l'amour.

Emue aux larmes, Julia pressa la main de Sally.

— J'espère que vous avez raison. Mais, pour l'instant, sachez que je suis heureuse. Vraiment très heureuse.

— Vous m'en voyez ravie, assura Sally, en clignant des paupières pour refouler ses larmes. Pour tout vous dire, dès que mes fils ont été en âge de se marier, j'ai craint qu'ils ne tombent sur des femmes uniquement intéressées par leur fortune ou leur position sociale.

— J'imagine que vous avez dû avoir quelques sueurs froides.

— Et comment ! Mais avec vous, je n'ai rien à redouter de ce côté-là, plaisanta-t-elle.

Julia ne put s'empêcher de rire.

— Non, en effet. On peut difficilement m'accuser d'épouser votre fils pour son argent.

— Qu'y a-t-il de si drôle ? demanda Cameron en l'enlaçant.

— Nous disions justement que je t'avais épousé pour tes beaux yeux et non pour ton argent.

Il se mit à rire.

— C'est pareil pour moi.

— Dans ce cas, tout le monde est gagnant, constata-t-elle en souriant.

— Absolument, murmura-t-il en l'attirant tout contre lui.

Sally les contempla un moment, l'air attendri, puis elle marmonna quelque chose à propos d'une coupe de champagne avant de s'éloigner et de les laisser seuls.

Il plongea son regard dans le sien, un sourire aux lèvres.

— T'ai-je dit que tu faisais une mariée magnifique ?

Elle se sentit fondre sous le compliment. Il était si beau, et il s'était montré si attentionné envers elle et Jake ! Pour un peu, elle tomberait amoureuse de lui.

Elle tressaillit, consternée. Qu'est-ce qui lui prenait ? Ne venait-elle pas d'avouer à Sally qu'elle n'avait pas épousé Cameron par amour ? Elle avait intérêt à se ressaisir. Tout ce qu'elle ressentait pour cet homme beau et sexy, c'était du désir et rien d'autre. Elle jeta un coup d'œil alentour et s'éclaircit la gorge.

— On dirait que les gens s'amusent bien.

— Grâce à toi, dit-il en l'embrassant avant d'aller rejoindre ses frères qui lui faisaient de grands signes.

De nouveau livrée à elle-même, elle soupira. Tout à l'heure, elle s'était laissée aller à rêver, mais cela ne se reproduirait plus. La faute au mariage. Les mariages étaient si romantiques, c'était bien connu. Tous les invités devaient se figurer qu'ils s'étaient mariés par amour. Et pourquoi en serait-il autrement puisqu'ils avaient joué leur rôle à la perfection ?

Mais ce n'était que de la comédie. Cameron ne

l'aimait pas et ne l'aimerait jamais. Et elle ne pourrait jamais être amoureuse d'un homme qui ne l'aimait pas.

Qu'elle le veuille ou non, ils avaient fait un mariage de convenance. Plus vite elle en prendrait son parti, mieux cela vaudrait.

- 8 -

Ce soir-là, Sally prit le bébé avec elle pour permettre aux jeunes mariés de profiter de leur nuit de noces. Si, pour elle, c'était une véritable aubaine, en revanche, pour Julia, c'était une source de souci, comme l'avait vite constaté Cameron.

Il versait du champagne dans deux coupes quand Julia vint le rejoindre dans le salon après avoir troqué sa robe blanche pour un vêtement plus confortable.

Soudain, elle s'arrêta net, l'air inquiet.

— Est-ce que ta mère a pensé à prendre les lingettes ?

— Je l'ignore.

— Il vaut mieux que je vérifie.

Elle repartit en courant vers la chambre avant de revenir quelques secondes plus tard.

— Elle a dû les prendre.

— Julia, détends-toi, conseilla-t-il en lui tendant une coupe.

— Tu as raison, je suis ridicule.

A peine s'était-elle assise sur le canapé qu'elle se releva d'un bond.

— Oh, mon Dieu ! J'ai oublié de lui donner la brosse pour nettoyer les petits pots de bébé.

— Chérie, ma mère ne va pas se mettre à faire la vaisselle !

— Oh, bien sûr que non. Où ai-je la tête ? soupira-t-elle. Jake me manque tellement.

Cameron, qui s'efforçait de se donner une apparence désinvolte, appuyé contre la cheminée, haussa un sourcil narquois.

— C'est toi qui dis ça alors que tu l'as eu auprès de toi depuis sa naissance ? Imagines-tu ce que je peux ressentir ?…

Il s'interrompit tout net en voyant Julia, les narines frémissantes et le regard flamboyant de colère. Bon sang, il aurait mieux fait de se taire ! Mais il était trop tard.

— Ainsi, tu continues de penser que je t'ai volontairement tenu à l'écart de la vie de Jake ? s'indigna-t-elle.

— Bien sûr que non ! protesta-t-il, mal à l'aise.

Elle se dirigea droit sur lui et lui donna une petite tape sur le bras.

— Si seulement tu t'étais donné la peine de m'appeler, nous n'en serions pas là. Mais tu étais bien trop fier pour t'abaisser à ce genre de choses.

— Sans doute, chérie. Mais, à l'époque, tu donnais l'impression d'être un peu obsédée.

Elle accusa le coup.

— Obsédée ? s'offusqua-t-elle. Je n'étais pas obsédée. J'étais…, commença-t-elle en écartant les bras dans un geste d'impuissance, j'étais simplement bien décidée à te dire la vérité.

Il réalisa soudain qu'ils ne s'étaient jamais vraiment expliqués à ce sujet. Ce soir, ce n'était pas le moment idéal pour se chercher querelle, mais comme elle semblait bien décidée à en découdre, autant crever l'abcès.

— Ecoute, Julia, tu m'as envoyé quatre e-mails en une journée. Selon moi, cela relève d'une attitude obsessionnelle.

L'air ulcéré, elle croisa les bras sur sa poitrine.

— Ainsi, tu as vu mes messages.

— Oui, je les ai vus. J'ai ouvert le premier, celui où tu me demandais instamment de t'appeler. J'étais sur le point de décrocher mon téléphone quand j'ai remarqué les trois autres messages qui se succédaient à intervalles rapprochés. Et je me suis dit que tu devais être un peu… comment dire…

— Obsédée, précisa-t-elle d'un ton acerbe.

Il haussa les épaules, mal à l'aise.

— C'est du passé, Julia. Oublions tout et savourons l'instant présent.

Mais elle ne semblait pas d'humeur à savourer quoi que ce soit. Et il constata, un peu honteux, qu'elle paraissait triste à présent.

— J'étais enceinte et seule, Cameron. Comment peux-tu me reprocher de m'être montrée insistante ?

— Je ne te reproche rien, assura-t-il d'un ton apaisant. Je t'explique simplement pourquoi j'ai agi ainsi. Avec le recul, je regrette sincèrement de ne pas t'avoir appelée. Mais si je ne l'ai pas fait, c'était par prudence.

— Oh, parce qu'il y a tellement de femmes obsédées qui te harcèlent ? ironisa-t-elle.

Elle ne croyait pas si bien dire. Mais ce soir, il n'était pas disposé à en débattre avec elle. Et il ne savait pas comment se sortir de cette situation épineuse.

— Ecoute, Julia, dit-il. Tu es bouleversée et…

— Ah ça, oui, je suis bouleversée !

— Alors, asseyons-nous et parlons de…

— C'est inutile, dit-elle.

Elle se dirigea vers le couloir, mais fit volte-face avant de sortir de la pièce.

— Je suis désolée, Cameron, mais je ne peux pas faire l'amour maintenant. J'ai besoin d'un peu de temps pour mettre de l'ordre dans mes idées. Je... je suis désolée.

Sur ces mots, elle s'enfuit en courant et alla s'enfermer dans la chambre d'amis.

Seul dans le salon, et pour tout dire un peu hébété, Cameron contemplait la porte par où Julia avait disparu. Il se reprochait amèrement sa maladresse. Dire qu'au soir de leur mariage, il avait trouvé le moyen de se disputer avec elle au lieu de lui faire l'amour ! Il ne savait pas trop comment il s'y était pris pour en arriver là. Mais une chose était sûre : tout était sa faute.

Au comble de la frustration, il se dirigea vers le minibar et se versa un whisky bien tassé. Puis il leva son verre et se porta un toast à lui-même : « Je bois à la santé du sombre crétin que je suis. » Tout en avalant sa première rasade, il mesura à quel point il avait blessé Julia.

Par manque de discernement. Il aurait pu comprendre à l'inquiétude disproportionnée qu'elle avait manifestée à propos du bébé que quelque chose n'allait pas. Elle était à cran. Rien d'étonnant à cela : elle avait travaillé nuit et jour pour mener de front ses ateliers de pâtisserie et les préparatifs du mariage. Et au lieu de faire preuve de compréhension, il s'était montré odieux envers elle.

Réconforté par plusieurs rasades de whisky, il s'affala sur le canapé du salon en se disant qu'il allait regarder le match de foot. Mais il sombra dans un sommeil agité avant même d'avoir allumé la télévision.

Quelque chose cognait contre la tête de Cameron. Avait-il bu à ce point, hier soir, pour être aussi groggy ?

— Papa !

Il ouvrit prudemment un œil et aperçut au-dessus de lui la silhouette floue de Jake dont la menotte s'abattait en cadence sur son front.

— Du calme, bonhomme, murmura-t-il en attrapant au vol la main du bambin. Mon crâne n'est pas un tambour.

— Papa ! cria Jake tout excité avant de se jeter contre le torse de Cameron.

Comme Cameron émergeait lentement de sa torpeur, il repéra du coin de l'œil Julia qui se tenait à quelques pas de là, les bras croisés sur la poitrine, une lueur désapprobatrice dans le regard.

— Surtout, ne hurle pas, implora-t-il, en faisant une grimace contrite. Je me suis conduit comme le dernier des imbéciles et je mérite ta colère. Mais tout ce que je désire, c'est te rendre heureuse, et que nous formions une famille unie. Pardonne-moi pour tout le mal que je t'ai fait. Que dirais-tu de remettre les compteurs à zéro ?

Elle sourit, visiblement satisfaite.

— C'est une excellente idée.

Ce soir-là, Cameron était bien décidé à séduire Julia. Et, contrairement à la nuit précédente, il ne commit aucune erreur. Le bébé avait de nouveau été confié à

Sally. Il avait mis du champagne au frais et commandé des amuse-gueules. Et, surtout, Julia était là.

Assis sur le canapé, il lui prit le visage en coupe et plongea son regard dans le sien.

— Pardonne-moi, Julia.

— Tu es tout pardonné, dit-elle simplement.

— Je ne veux pas m'étendre sur le sujet, mais il fut un temps où j'ai vécu la rage au ventre. Faisons un pacte tous les deux : n'allons plus jamais nous coucher le cœur plein de colère et de rancœur.

Elle l'examina attentivement et dut avoir confirmation sur son visage de ce qu'elle cherchait, car elle approuva d'un signe de tête.

— Marché conclu.

— A la bonne heure.

Il l'embrassa tendrement, puis sortit de sa poche un petit paquet bleu joliment enrubanné.

— Voici un petit cadeau en témoignage de mon affection et de ma gratitude. Tiens, prends-le.

— Oh, non, fit-elle, navrée. Je n'ai rien à t'offrir en retour.

Il se mit à rire.

— Chérie, tu m'as déjà donné ce que je désirais le plus au monde : toi et Jake.

Visiblement émue, elle défit l'emballage et souleva le couvercle de l'écrin. Un superbe collier de diamants scintillait sur un coussin de velours bleu clair. Emerveillée, elle balbutia :

— Oh, Cameron, il est magnifique. Mais… pourquoi ?

— Parce que je voulais te donner un petit quelque chose en souvenir de ce soir. Attends, je vais te le passer au cou.

— Tu appelles ça « un petit quelque chose » ? protesta-t-elle en relevant ses cheveux pour lui faciliter la tâche.

Il en profita pour déposer un baiser sur sa nuque dégagée, puis elle se tourna vers lui pour lui montrer le résultat.

— Il est parfait. Comme toi.

Tout en promenant ses doigts sur le collier, elle sourit, un peu confuse.

— Merci. Mais tu n'aurais pas dû faire cette folie.

C'est avec tendresse qu'ils firent l'amour ce soir-là et une partie de la nuit.

Beaucoup plus tard, alors que le sommeil les fuyait, ils discutèrent un long moment. Il la pressa de questions à propos de sa grossesse et de la naissance de Jake. Et elle lui raconta les étapes marquantes de la vie du bébé. Il l'interrogea sur la nounou qui s'occupait de lui, et elle lui fit l'éloge de cette femme compétente et dévouée.

Ils parlèrent aussi de sa passion pour la pâtisserie, et il en profita pour lui demander pourquoi elle s'était spécialisée dans la fabrication des *cupcakes*. Elle haussa les épaules et se contenta d'expliquer que les gens aimaient les petits gâteaux, puis elle changea de sujet et l'interrogea sur ses frères. Il ne se fit pas prier et la régala d'histoires émouvantes ou cocasses. Jamais il n'avait autant ri au lit avec une femme.

Bientôt, le rire se transforma en baisers, et ils firent de nouveau l'amour.

Le lendemain matin, ils prirent le petit déjeuner sur la terrasse, vêtus de peignoirs assortis. Il constata avec satisfaction qu'elle portait toujours le collier de diamants.

— Je te sers une autre tasse de café ? demanda-t-il en soulevant la verseuse.

— Oui, merci. Il me semble entendre le bruit de l'eau qui coule, dit-elle perplexe.

Il tendit l'oreille et sourit.

— En fait, c'est une cascade.

— Une cascade ? Vraiment ?

Elle se leva et se dirigea vers la balustrade.

— Où se trouve-t-elle ? demanda-t-elle en scrutant les environs. Vers la plage ?

— Pas exactement.

Il la rejoignit et pointa du doigt un bouquet d'arbres près d'un monticule rocheux qui s'élevait non loin de là.

— C'est une piscine tout ce qu'il y a de plus privée. Il nous arrive de la louer pour des réceptions, mais nous n'en faisons pas état dans nos brochures publicitaires. Elle est alimentée par une source souterraine, si bien que l'eau est naturellement chaude. J'ai fait construire une grotte autour de cette piscine, ainsi qu'une cascade.

Elle soupira, l'air rêveur.

— Ça m'a l'air romantique à souhait.

— C'est le cas, assura-t-il en l'enlaçant. On aura peut-être l'occasion d'aller y faire un tour avant de partir.

— Ma conférence se termine dans deux jours, et nous devrons… Oh, mon Dieu !

— Qu'y a-t-il ?

Elle écarquilla les yeux, horrifiée.

— Quel jour sommes-nous ?

— Mardi. Pourquoi ?

— C'est le jour des *cupcakes* ! s'exclama-t-elle en

se ruant vers la cuisine. Il faut que je me dépêche de les préparer.

Sur le seuil, elle se retourna et agita un doigt accusateur vers lui.

— C'est ta faute. Tu m'as distraite.

— Je l'espère bien, plaisanta-t-il en lui emboîtant le pas.

— Oh, ne joue pas sur les mots, marmonna-t-elle en ouvrant à la hâte placards et tiroirs. La démonstration a lieu aujourd'hui à 14 heures. Il faut que je m'y mette dès maintenant.

— Ce ne serait pas plus simple si je demandais à mon assistante d'aller chercher des *cupcakes* à ta boutique ?

Elle le considéra un instant, l'air scandalisé. Puis elle agita la main en signe d'impuissance et se précipita en direction du vestibule.

— Tu ne comprends pas.

— Chérie, détends-toi, conseilla-t-il en la suivant. Tu veux que je t'aide ?

Elle s'arrêta net et lui jeta un regard noir.

— Très drôle, Cameron.

— Mais je suis un vrai cordon-bleu, insista-t-il, vexé, en pénétrant à sa suite dans la salle de bains. Personne ne prépare le *chili con carne* mieux que moi.

— Le *chili* ? dit-elle avec un hoquet. C'est malin !

— Alors là, tu m'offenses gravement, protesta-t-il.

Mais elle l'ignora royalement et se hâta d'ôter son peignoir avant de se glisser sous le jet d'eau chaude.

— Bon, nous réglerons nos comptes plus tard, marmonna-t-il en se déshabillant et en la suivant sous la douche.

*
* *

Tandis que Julia disposait sur le comptoir tous les ingrédients et les ustensiles dont elle avait besoin, Cameron appela Sally pour lui demander si elle pouvait garder le bébé encore quelques heures pendant que Julia et lui prépareraient les fameux *cupcakes*. Sally accepta avec enthousiasme. Elle installerait Jake dans son trotteur pendant qu'elle jouerait aux cartes avec ses amies au bord de la piscine.

— Et maintenant, passons aux choses sérieuses ! s'exclama-t-il, de retour en cuisine, en nouant un tablier à sa taille. De quelle quantité de farine as-tu besoin ?

— Ce n'est pas la même chose de faire de la pâtisserie et de la cuisine, hasarda-t-elle prudemment. Je ne t'en voudrais pas si tu te contentais de t'asseoir et de me soutenir moralement.

— Tu plaisantes !

Elle poussa un soupir résigné.

— Bon. Commence par remplir trois verres gradués de farine, puis verse-la dans ces trois grands bols de verre.

— OK, fit-il en prenant le paquet de farine et un des mesureurs en verre.

— Oh, utilise plutôt celui en plastique.

— Quelle importance ?

Elle s'empara de deux mesureurs et expliqua :

— L'un est pour les liquides et l'autre pour les solides. Tu remplis celui-ci à ras bord puis tu égalises avec la poignée de la spatule, comme ceci, dit-elle en joignant le geste à la parole.

Il la regarda faire, puis opina de la tête.

Vingt minutes plus tard, il en était quitte pour

faire le ménage en grand. Il avait de la farine dans les cheveux, des traces d'œuf sur sa chemise, et son tablier était maculé de chocolat et de beurre.

En revanche, celui de Julia était immaculé. Pour l'heure, elle chantonnait gaiement tout en lavant les ustensiles de cuisine. Qu'est-ce qui clochait dans ce tableau ? se demanda-t-il, dépité, en rangeant le balai dans le placard.

— Dès que la troisième fournée sera dans le four, je commencerai le glaçage, annonça-t-elle en fermant le robinet.

Elle se sécha les mains et essuya un des grands bols en vue de la prochaine étape.

— Et toi, tu termineras par le saupoudrage du sucre glace sur les *cupcakes*, suggéra-t-elle.

— Le saupoudrage ? protesta-t-il. C'est carrément dégradant !

Elle éclata de rire.

— Au contraire, c'est quelque chose d'essentiel.

— Je vais te montrer autre chose d'essentiel, marmonna-t-il en l'attrapant par-derrière.

Criant et riant à la fois, elle essaya de se dégager. Mais il s'arrangea pour lui ôter son chemisier et son pantalon en un tournemain.

— Oh, s'exclama-t-elle, horrifiée, en contemplant son tablier blanc toujours noué à la taille — le seul vêtement qui lui restait. Comment as-tu fait ça ?

Un sourire innocent aux lèvres, il agita ses mains en l'air.

— Je suis magicien à mes heures perdues. Et toi, tu es ravissante, ajouta-t-il en l'examinant de la tête aux pieds. Et maintenant, tourne-toi.

— Sûrement pas ! se récria-t-elle en reculant prudemment.

Il se débarrassa à la hâte de ses vêtements et s'avança vers elle à pas de loup, le regard affamé. Elle se retrouva acculée au mur de la cuisine juste au moment où le minuteur sonnait.

— Le timing est parfait, dit-elle en esquissant un mouvement de côté en direction du four.

Mais il la maintint fermement en place.

— Reste-là, ordonna-t-il.

Il sortit la deuxième fournée de *cupcakes* et la déposa sur une grille, puis il enfourna la troisième série et mit le minuteur sur quinze minutes.

— Il faut que je commence le glaçage dès maintenant, argua-t-elle sans conviction.

— Attends un peu.

Il l'attira à lui et pivota de façon à se retrouver le dos au mur. Glissant les mains sous son tablier, il les posa sur ses fesses rebondies.

— Tu n'as pas honte de faire fantasmer tous les pauvres types dans mon genre qui assistent à tes ateliers de démonstration ?

— Ne sois pas ridicule… Oh !

Ses protestations s'arrêtèrent net quand il lui agrippa les fesses et la souleva en l'air. Elle noua les jambes autour de sa taille et gémit de volupté en se laissant glisser sur son membre dressé.

— Je t'avais bien dit que j'étais un vrai pro en cuisine.

- 9 -

Deux jours plus tard, la conférence était terminée. Cameron et Julia prirent la direction de Dunsmuir Bay au volant de leurs voitures respectives, leurs coffres remplis de bagages.

Moins d'une heure plus tard, elle s'engageait à la suite de Cameron dans l'allée bordée d'arbres menant à sa demeure d'un étage, de style American Arts & Crafts. Après avoir garé sa Porsche devant un garage à trois places, il se dirigea vers son monospace à elle et ouvrit la portière arrière pour sortir Jake de son siège auto.

— Nous voilà chez nous, bonhomme, murmura-t-il. J'espère que tu t'y plairas. Et toi aussi, Julia.

Le bébé dans un bras, son autre bras passé autour de la taille de Julia, il l'entraîna vers la maison. Curieuse de découvrir son nouvel environnement, elle s'arrêta sur le perron pour contempler la vaste pelouse qui s'étendait jusqu'aux falaises surplombant Dunsmuir Bay.

— C'est magnifique, s'écria-t-elle, la main en visière pour se protéger du soleil.

— Oui, fit-il, son regard rivé sur elle, sans même se soucier du bébé qui gigotait en tous sens.

Troublée, elle ne put s'empêcher de rougir et balbutia :

— Je suis sûre que nous serons très heureux ici.

— Tant mieux, dit-il en l'embrassant. Et maintenant, entrons dans la maison du bonheur.

Il poussa la lourde porte en chêne ouvragée, puis s'arrêta net sur le seuil.

— Quelque chose ne va pas ? demanda-t-elle.

— Non, tout est parfait, à un petit détail près. Veux-tu prendre Jake, s'il te plaît ?

Elle obtempéra, surprise, mais déjà Cameron les soulevait dans ses bras, elle et le bébé, pour leur faire franchir le seuil. Une fois à l'intérieur, il l'embrassa de nouveau.

— Bienvenue chez nous.

— Merci, murmura-t-elle, émue. Maintenant, tu peux nous poser à terre.

— Oui, bien sûr.

Un grand sourire aux lèvres, il planta un baiser sur le crâne de Jake et l'embrassa une dernière fois avant de l'aider à se remettre debout.

Tandis qu'il installait le bébé dans son trotteur, elle examina avec intérêt la vaste pièce qui faisait office de salon et de salle à manger, avec son parquet de bois massif. Elle s'étendait depuis l'entrée jusqu'à une immense baie vitrée, à l'autre extrémité. La cuisine ultramoderne s'ouvrait sur la pièce, et le haut plafond voûté rendait le lieu encore plus spacieux. Le long d'un mur, un large escalier menait à l'étage supérieur.

Des tapis moelleux couvraient le parquet du salon. Plusieurs fauteuils et canapés étaient disposés de façon à créer des îlots d'intimité dédiés à la conversation. Une cheminée en pierre, encastrée dans un mur, rendait la pièce accueillante et chaleureuse malgré ses dimensions imposantes.

— Ma gouvernante a vérifié que la maison était dûment adaptée aux besoins de Jake. Mais il vaudra mieux nous en assurer par nous-mêmes.

— C'est superbe, Cameron, s'extasia-t-elle.

Impatiente de découvrir l'endroit où elle allait passer le plus clair de ses journées, elle se dirigea vers l'autre extrémité de la pièce, là où la salle à manger communiquait avec la cuisine.

Attirée par la vue de l'océan qui s'offrait à elle à travers la baie vitrée, elle s'arrêta pour contempler les vagues ourlées d'écume et les bateaux dansant sur l'horizon.

— C'est spectaculaire !

— La vue depuis la cuisine n'est pas mal non plus.

Elle contourna le comptoir et alla se poster devant la fenêtre.

— Pas mal ? se récria-t-elle. Tu veux dire, fabuleux !

Puis elle examina son futur lieu de travail. Les murs étaient peints en jaune doré, une teinte un peu trop foncée à son goût, mais il serait facile d'y remédier.

— C'est splendide. Et tellement immense !

Il rit, visiblement mal à l'aise.

— Essaies-tu de me dire que cette maison n'est pas très confortable ?

— Au contraire ! Tu en as fait un véritable foyer.

— C'est ce que j'aime à croire. En fait, je passe une bonne partie du temps ici ou au bord de la piscine. Ma tanière est à l'étage. C'est là que je regarde la télévision. Mais il m'arrive aussi de la regarder dans le salon.

Il parlait pour ne rien dire, réalisa-t-elle soudain. Pourquoi était-il aussi nerveux ?

— Du moins, j'espère que tu te sentiras chez toi, ici, ajouta-t-il.

— C'est déjà le cas, assura-t-elle en nouant ses bras autour de sa taille et en posant la tête sur son épaule.

Au bout d'un moment, elle se redressa et déclara en riant :

— Même si tout est terriblement propre et bien rangé.

Il haussa un sourcil narquois.

— Encore une fois, cela ne ressemble guère à un compliment.

— Pourtant, c'en est un ! s'exclama-t-elle gaiement. Chez moi, il règne un tel désordre qu'ici, ça me fait tout drôle.

Sans compter que la demeure de ses parents, majestueuse et vétuste, ressemblait davantage à un mausolée qu'à une maison d'habitation. Elle jeta un nouveau coup d'œil alentour et fit la grimace.

— J'espère simplement que tu sais dans quoi tu t'embarques. La présence de Jake risque de transformer ta belle demeure en un véritable capharnaüm.

— J'ai hâte de voir ça, plaisanta-t-il en la suivant dans le salon.

— Je parle sérieusement, Cameron, insista-t-elle en promenant ses doigts sur le dossier d'un canapé d'angle gris souris. Jake fait autant de dégâts qu'une tornade.

— La maison est aux normes antisismiques, assura-t-il en riant. Et si quelque chose te déplaît, débarrasse-t'en. Je veux que tous les deux, vous soyez heureux ici, et que vous vous y sentiez comme chez vous. Crois-moi, je ne suis attaché à aucun objet dans cette pièce.

— Je l'espère, soupira-t-elle. Parce que les jouets de Jake se multiplient comme des petits pains et envahissent toutes les pièces, au point que c'en est effrayant.

Il se mit à rire.

— Ne t'inquiète pas, Julia. Ce sera un progrès par rapport à l'état actuel de la maison.

— Que veux-tu dire par là ? demanda-t-elle en surveillant du coin de l'œil le bébé qui commençait à s'agiter en tous sens.

— Comme tu l'as dit à juste titre, elle est bien trop ordonnée. Et je suis heureux que Jake y mette un peu d'animation.

Tandis que le bambin se frayait bruyamment un chemin sur le tapis persan, elle haussa les épaules en disant :

— En tout cas, je t'aurais prévenu.

— On a perdu trois jours, marmonna Brandon en se glissant sur le siège de la limousine et en claquant sa portière.

Adam ôta ses lunettes de soleil et les fourra dans sa poche.

— Les deux premiers jours ont été fructueux. C'est seulement aujourd'hui que tout a tourné au fiasco.

— Exact, confirma Cameron. Du moins, maintenant, on sait à qui on a affaire.

— A des imbéciles ! grommela Brandon.

Jeremy Gray, le responsable d'une de leurs filiales, avait organisé une réunion dans l'Etat du Delaware, tôt dans la matinée, dans l'espoir que les deux sociétés se trouveraient suffisamment de points communs pour envisager une fusion. Mais la rencontre au sommet s'était soldée par un échec.

— Avant toute chose, je vais fixer rendez-vous à Jeremy pour demain matin, déclara Adam en s'emparant de son téléphone portable. Qu'est-ce qui a bien pu lui passer par la tête ? Il faudra au moins deux ans à ce groupe pour qu'il étende ses activités au pays tout entier.

— S'il y arrive un jour, maugréa Brandon.

Le reste du trajet depuis l'aéroport se fit dans un relatif silence. Cameron arriva le premier à destination. Après avoir récupéré sa valise dans le coffre, il remercia leur chauffeur et fit savoir à ses frères qu'il les verrait le lendemain dans la matinée.

Il était heureux d'être de retour chez lui. En temps normal, il appréciait les voyages d'affaires, mais cette fois il était exténué. Et surtout, sa nouvelle famille lui avait beaucoup manqué. Au point qu'il s'était surpris en train de consulter sa montre en plein milieu d'une réunion et de se demander ce que Julia et Jake étaient en train de faire au même moment. Il n'était pas du genre à s'interroger sur ses sentiments, mais il était bien forcé d'admettre que l'attrait de la nouveauté ne s'était pas encore estompé.

Il pénétra dans la maison et s'arrêta sur le seuil du salon, l'oreille aux aguets. Comme il n'entendait aucun bruit de voix, il grimpa l'escalier quatre à quatre et découvrit Julia occupée à mettre Jake au lit pour la nuit. Comme à son habitude, elle lui frottait le ventre en murmurant des mots doux avant d'agiter le mobile musical suspendu au-dessus du berceau pour l'aider à s'endormir.

Appuyé contre le montant de la porte, il contemplait avec émotion la scène touchante qui se déroulait sous ses yeux. Quand elle l'aperçut, Julia réprima un petit cri et se précipita dans ses bras.

— Je suis si heureuse que tu sois de retour ! s'exclama-t-elle avant de refermer doucement la porte de la chambre.

— Moi aussi, assura-t-il en humant sa fragrance sensuelle.

— Tu veux que je te prépare à dîner ?

— Non, merci. J'ai mangé à l'aéroport. Mais je prendrai volontiers une bière. Et ensuite, au lit.

Ils descendirent au rez-de-chaussée, bras dessus bras dessous.

— Qu'as-tu fait pendant mon absence ?

— Tu le verras dans une minute, dit-elle gaiement.

Une fois dans la cuisine, il se dirigea vers le réfrigérateur, puis s'arrêta net. Perplexe, il jeta un coup d'œil circulaire dans la pièce. Quelque chose avait changé, mais quoi ? Il lui fallut quelques secondes pour le découvrir.

— Tu as repeint ma cuisine ? Et où se trouve mon réfrigérateur ?

Elle lui adressa un sourire radieux.

— Les murs sont d'une nuance un peu plus claire, mais c'est plus agréable ainsi, tu ne trouves pas ? Quant à ton frigo, je l'ai remisé au garage. On s'en servira pour stocker des boissons et des produits surgelés. A la place, j'ai fait installer le mien ; il est pour ainsi dire flambant neuf, beaucoup plus grand et plus fonctionnel. Tu n'y vois pas d'inconvénient, n'est-ce pas ?

Sans mot dire, il ouvrit la porte du nouveau réfrigérateur. Où diable avait-elle mis les bouteilles de bière ? Au bout d'une minute, il finit par les découvrir, soigneusement alignées le long de la porte. Il en décapsula une et avala une longue rasade, faisant de son mieux pour dissimuler son irritation.

— Tu aurais pu me demander mon avis.

A ces mots, le sourire de Julia s'évanouit.

— J'ai agi sur un coup de tête. Cela m'arrive parfois. J'aurais dû t'en parler, mais tu n'étais pas là.

— Tu aurais pu m'appeler.

— Je ne voulais pas risquer de te déranger en pleine réunion, riposta-t-elle. D'ailleurs, tu m'avais clairement fait comprendre que tu serais très occupé et que tu ne pourrais pas t'attarder au téléphone.

— Pourtant, nous avons longuement parlé, hier soir. Tu aurais pu m'en toucher un mot.

Elle pinça les lèvres, visiblement contrariée.

— Nous discutions d'autre chose. J'ai oublié.

Rien d'étonnant à cela, songea-t-il en se remémorant leur conversation. Ils avaient quasiment fait l'amour au téléphone ! Il avala une autre gorgée de bière avant de marmonner :

— La prochaine fois, tiens-moi au courant.

— Je n'y manquerai pas.

Elle avait l'air furieux. Mais dans ce cas, ils faisaient partie du même club, songea-t-il en jetant rageusement la capsule à la poubelle, laquelle se trouvait maintenant de l'autre côté de la pièce, près de la porte de service.

Ce fut la goutte d'eau qui fit déborder le vase.

— Ecoute, Julia, dit-il d'un ton sec, à l'avenir, demande-moi mon avis avant de tout chambouler dans ma maison.

— Et moi qui me figurais que c'était *notre* maison ! répondit-elle en essuyant la chaise haute de Jake.

— Ce n'est pas ce que je voulais dire.

— Vraiment ? Je n'ai pas eu cette impression.

— Excuse-moi, Julia, mais j'ai eu une journée harassante.

— Tu crois peut-être que je me suis tourné les pouces en t'attendant ?

— Là n'est pas la question.

— Et où est-elle ?

Il constata à son ton acerbe qu'elle était à cran, tout comme lui.

— J'essaie simplement de te dire que c'est le genre de décision que nous devons prendre ensemble.

— Bien, fit-elle en jetant l'éponge dans l'évier. Demain, je demanderai aux peintres de remettre la pièce dans l'état où elle était. Puis nous discuterons.

— Ne sois pas ridicule.

— Parce que je suis ridicule, maintenant ?

— En tout cas, ce que tu viens de dire n'a aucun sens. Je t'explique simplement qu'il est important de…

— Je vais te dire ce qui est important, l'interrompit-elle en agitant un doigt vengeur sous son nez. Moi et mon lieu de travail. Au risque de paraître grandiloquente, sache que j'ai besoin d'aimer l'endroit où je travaille, en l'occurrence, la cuisine. Ton frigo n'était pas assez performant, et la couleur de cette pièce était trop sombre à mon goût. Je ne me sentais pas à mon aise ici, et je n'avais aucune inspiration. Ça semble stupide à dire, mais c'est vrai. Et depuis que j'ai fait modifier la teinte des murs, je me sens comme un poisson dans l'eau dans cette pièce, qui est devenue mon atelier de création. Alors, prends-en ton parti.

— C'est ce que je vais tâcher de faire, Julia, dit-il en enroulant sa main autour du doigt qu'elle enfonçait sur son torse. Mais ne crois pas que je vais te laisser impunément changer tout ce qui m'appartient, sous prétexte que…

Il eut un instant de flottement.

— Continue, je te prie, ordonna-t-elle, hérissée comme une chatte en colère.

Mais il jugea plus prudent de se taire, se reprochant déjà d'avoir proféré de telles paroles. « Tout ce qui m'appartient. » Julia avait raison. Dorénavant, cette maison était la *leur*. Et elle avait besoin de s'y sentir à l'aise. Il s'habituerait au nouveau réfrigérateur et à la couleur des murs. D'autant qu'à bien y regarder, la pièce paraissait plus claire et plus lumineuse.

Maintenant que sa colère était retombée, il respirait avec délice la fragrance féminine de Julia. Quelle idée d'entamer une dispute alors qu'il rentrait tout juste d'un voyage d'affaires de trois jours !

— Pourquoi ne poses-tu pas des autocollants sur tout ce qui t'appartient ? poursuivit-elle, ulcérée. Suis-je bête, tout est à toi, ici.

Il se rapprocha insensiblement d'elle et respira son parfum envoûtant.

— Mmm ! Tu sens bon les fleurs. Et le citron.

— Ne change pas de sujet.

Elle hésita avant d'ajouter, sur la défensive :

— J'ai fait de la citronnade.

— J'adore la citronnade, murmura-t-il d'une voix enjôleuse.

Il avait tant et si bien manœuvré qu'elle se retrouvait acculée contre la porte chromée du réfrigérateur ultramoderne.

— Je vais me coucher, annonça-t-elle, l'air digne, en essayant de lui échapper.

— Pas encore, argua-t-il en la retenant par les épaules. Tu as oublié quelque chose.

— Quoi donc ?

— Ça, fit-il en s'emparant avidement de sa bouche, dans une brusque poussée de fièvre sensuelle.

En l'entendant gémir contre ses lèvres, il la souleva et la déposa sur le bord du comptoir. Puis il lui écarta les jambes et s'agenouilla devant elle.

— Oh, Cameron, murmura-t-elle d'une voix rauque.

Terriblement excité, il déposa une pluie de baisers depuis son genou en remontant le long de sa cuisse, d'abord d'un côté, puis de l'autre. Encouragé par ses gémissements de plaisir, il écarta de la langue les tendres plis humides de son sexe et plongea avec délice dans son fourreau soyeux. A sa grande satisfaction, elle laissa échapper un feulement sauvage, et il poursuivit son exploration, les lèvres pressées tout contre le cœur de sa féminité, le léchant et le suçant avec ardeur.

Sa chair était si douce et sa fragrance si enivrante qu'il ne parvenait pas à se rassasier d'elle. Quand elle cria son nom, il se releva, tétanisé, et ôta son pantalon en un tournemain. L'espace d'un instant, il se tint immobile devant elle, en érection, son regard rivé au sien. Plus rien d'autre ne comptait que cet instant magique.

— Viens sur moi, dit-il en la soulevant et en l'aidant

à se couler sur son sexe jusqu'à ce qu'elle l'absorbe complètement.

Le soupir extasié qu'elle poussa faillit lui faire perdre tout contrôle, mais il se força à adopter une cadence lente. Du moins au début. Car la force de sa passion le mit à rude épreuve, et il accéléra le rythme de ses poussées, approchant chaque fois un peu plus de l'ultime vertige. Lorsqu'elle poussa un cri sauvage, il donna un dernier coup de reins et se laissa porter avec elle par une jouissance d'une intensité tellement extraordinaire qu'il se demanda s'ils n'allaient pas se consumer sur place.

Adossés au comptoir de la cuisine, ils se soutenaient l'un l'autre, tels deux marins ivres. Il ne se sentait pas encore prêt à la laisser partir. Il se souvenait vaguement d'une dispute à propos d'une broutille, mais, avec le recul, elle ne lui apparaissait plus que comme le prélude au rapport sexuel le plus époustouflant qu'il ait jamais connu.

— Au risque de le regretter, dit-elle en lui caressant langoureusement le dos, j'aimerais savoir à quoi tu penses en ce moment.

Il jeta un coup d'œil alentour, puis riva son regard au sien.

— Je pense que tu as bien fait de repeindre la cuisine.

Après leur dispute et sa plaisante conclusion, Cameron et Julia s'installèrent dans la routine. Jamais il n'aurait cru qu'il s'adapterait aussi facilement à sa nouvelle vie de mari et de père. Et pourtant, c'était une évidence.

Même si elle avait du personnel qualifié chargé de fabriquer et de vendre ses produits dans sa boutique,

Julia aimait préparer elle-même certains desserts plus élaborés dans sa cuisine, devenue son atelier de création. Comme elle se levait de bonne heure pour pétrir, mixer, procéder à la cuisson et au glaçage de ses *cupcakes*, il avait pris l'habitude de prendre son petit déjeuner avec elle.

On dirait un vrai couple ! songea-t-il un beau matin. Réalisant soudain la portée de ces mots, il fronça les sourcils, consterné. Ce n'était pas prévu au programme. Il avait fait un mariage de convenance, dans l'intérêt de Jake.

Mais, contre toute attente, ses sentiments pour Julia devenaient de plus en plus forts chaque jour. Et il avait de plus en plus de mal à les dissimuler.

— Je n'arrive pas à croire que mon bout de chou aime la purée de carottes au petit déjeuner, s'étonna Cameron en donnant la becquée à Jake.

— Il aime tout, assura fièrement Julia en se versant une nouvelle tasse de café.

— Tout de même, ingurgiter des carottes à 8 heures du matin !

Prenant une nouvelle cuillerée de purée, il se tourna vers Julia et lança en manière de boutade :

— On aurait tout intérêt à faire un jardin potager.

— Pourquoi pas, murmura-t-elle distraitement.

Soudain, elle ouvrit de grands yeux et s'exclama d'un ton enthousiaste :

— Un potager ! Avec plein de carottes ! Oh, mon Dieu !

Elle alla chercher un bloc et un stylo près du téléphone, et griffonna quelques notes.

— On pourrait y faire pousser d'autres légumes, proposa-t-il, déconcerté par sa réaction. Concombres, tomates, salades, poivrons, que sais-je encore ? proposa-t-il en imitant avec la cuillère la trajectoire d'un avion, direction la bouche de Jake.

Elle posa son stylo et reprit sa place à table, tout excitée.

— Des carottes. Un potager pour les enfants et un musée pour les adultes. C'est exactement ça !

— J'ai dû rater un épisode, marmonna-t-il, perplexe.

Elle se leva d'un bond et lui planta un baiser sur les lèvres.

— Tu es génial.

— Je n'en ai jamais douté, plaisanta-t-il en la regardant sortir de la pièce en courant.

- 10 -

Julia se rua à l'étage, dans l'ex-tanière de Cameron, devenue désormais son bureau. Elle alluma son ordinateur et commença à rédiger une proposition d'affaires à l'intention des membres du conseil d'administration du Fonds Parrish.

Elle avait toujours eu l'intention d'ouvrir au public sa demeure familiale, trop grande, trop imposante et regorgeant d'œuvres d'art, de meubles et de livres précieux qui avaient appartenu à ses parents. Mais elle rêvait aussi de laisser sa marque, d'apporter sa pierre à l'édifice en offrant quelque chose de différent, et surtout d'*important* pour les adultes comme pour les enfants.

A première vue, l'idée d'un potager pouvait paraître simpliste, mais elle lui plaisait beaucoup, car ce serait l'occasion rêvée pour attirer des enfants à Glen Haven Farm. Elle était décidée à faire les choses en grand, avec un jardin communautaire en terrasses et un zoo réunissant des animaux que les enfants pourraient caresser. Elle prévoyait déjà des sorties scolaires et des pique-niques. Et pendant que les enfants s'amuseraient, les parents en profiteraient pour visiter le musée et la bibliothèque Parrish.

Elle passa presque toute la matinée à peaufiner son projet avant de le soumettre à Cameron.

Il écouta son exposé sans mot dire. Et quand elle lui demanda ce qu'il en pensait, la première chose qu'il lui dit fut :

— Pourquoi ?

— Que veux-tu dire ? s'étonna-t-elle.

— Je comprends l'idée du jardin. Mais pourquoi vouloir transformer ta maison en musée ?

Elle le contempla quelques secondes, déconcertée, avant de réaliser la situation.

— Tu ne connais pas ma maison, n'est-ce pas ?

— Non, pas encore.

Comme elle avait fait appel à des déménageurs professionnels pour transporter quelques meubles et autres effets personnels dans sa nouvelle demeure, elle n'avait pas eu l'occasion d'emmener Cameron dans sa maison familiale. Il ne savait donc pas à quoi elle ressemblait.

Elle se cala contre le dossier de la chaise.

— Si tu as quelques heures devant toi aujourd'hui, je te montrerai l'endroit où j'ai grandi.

— Volontiers, dit-il en l'embrassant dans le cou avant de la prendre par la main et de l'entraîner vers la chambre.

Trois semaines plus tard, par un samedi après-midi venteux, Cameron, Jake et Julia se tenaient sur le perron de pierre de Glen Haven Farm, la demeure familiale de Julia qu'elle surnommait le Mausolée.

Quelle idée d'appeler cet endroit une ferme ? songea Cameron en admirant l'élégante résidence de style Regency et les pelouses tirées au cordeau.

La bâtisse de deux étages comportait quatre ailes

distinctes qui s'articulaient autour d'un bâtiment central que Julia appelait la galerie. Un terme tout à fait approprié, car ce corps de logis recélait d'innombrables œuvres d'art. Des tableaux de maître ornaient tous les murs, des bibelots en porcelaine et en argent décoraient toutes les surfaces, et des meubles majestueux trônaient dans toutes les pièces.

Julia avait eu un trait de génie. Cet endroit était bel et bien destiné à devenir un musée. Mais ce qui l'avait surtout motivée, c'était de trouver le moyen d'attirer les enfants chez elle. A lui seul, le musée n'y aurait pas suffi. En revanche, elle avait mis dans le mille avec cette idée de jardin potager. Les gamins auraient ainsi l'occasion de cultiver et de récolter leurs propres légumes. Ils s'instruiraient tout en s'amusant.

Après quoi, elle avait bouclé son plan d'affaires en un rien de temps et programmé une réunion avec les membres du conseil d'administration du Fonds pour leur soumettre son projet.

Lors de sa première visite, trois semaines auparavant, elle lui avait dit en passant que la résidence principale faisait près de trois mille mètres carrés et que les pelouses, jardins, étangs, essences rares, roseraie et autres délices botaniques s'étendaient sur trente-six hectares.

Grâce à Sally, sa mère adoptive, il vivait dans le luxe, mais cette propriété était sans commune mesure avec ce qu'il connaissait. A vrai dire, il ne pouvait s'empêcher de penser que cette résidence raffinée et ce terrain exceptionnel surplombant Dunsmuir Bay feraient un complexe hôtelier de tout premier ordre.

Mais ici, c'était Julia qui commandait, et elle allait en faire la démonstration dans quelques instants.

— Merci d'être à mes côtés, lui dit-elle, nerveuse, tandis qu'une limousine remontait la longue allée menant à la maison.

— Pour rien au monde je n'aurais manqué cette réunion au sommet, assura-t-il en l'embrassant sur la joue. Sache que je suis de tout cœur avec toi.

La limousine s'arrêta à quelques mètres de là, et quatre hommes vêtus de costumes sombres en descendirent. En les voyant approcher, Julia lui prit la main et la serra très fort.

Pourquoi cette femme fière et indépendante éprouvait-elle le besoin de solliciter son appui moral ? C'était un mystère pour lui. Après tout, la maison lui appartenait, tout comme les décisions. C'était son argent et son héritage. Alors, pourquoi se souciait-elle autant de l'opinion de ces gros bonnets ?

Au moment où il confiait le bébé à la nourrice, elle tapota le derrière de Jake, comme pour se porter chance, puis elle s'avança à la rencontre des quatre hommes. Il la suivit et salua deux des avocats avec lesquels il avait été en relation d'affaires par le passé, notamment Dave Saunders, un prétentieux bedonnant qu'il détestait cordialement.

— Dites donc, Duke, l'apostropha-t-il, pourquoi ne transformez-vous pas cette propriété en hôtel de luxe ?

— Qui vous dit que ce n'est pas mon intention ? plaisanta-t-il.

Les quatre hommes se regardèrent, surpris. Voyant que Julia ne semblait guère apprécier sa boutade, il s'empressa de lui faire un clin d'œil complice pour la rassurer.

Ainsi, il avait devant lui les tout-puissants membres du conseil d'administration qui détenaient le sort de Julia entre leurs mains — du moins, c'est ce qu'elle croyait. Il comprenait maintenant pourquoi elle lui avait demandé de venir.

Une fois les présentations faites, elle conduisit le petit groupe vers le premier des emplacements qu'elle avait retenus pour son projet.

Tandis que la brise agitait les feuilles des arbres, les hommes s'arrêtèrent pour contempler un bâtiment construit sur le flanc de la colline et qui semblait être la version miniature de l'Acropole d'Athènes.

Un des hommes se mit à rire.

— Ah, la fameuse Folie de Glen Haven !

— Gaspiller ainsi du bon terrain ! ricana Saunders.

— Et de l'argent ! renchérit le troisième en jetant des regards entendus à ses collègues.

— Mon père l'a fait construire pour moi quand j'ai commencé à étudier le grec ancien à l'école, crut devoir expliquer Julia.

Un des hommes laissa échapper un grognement de mépris, et un autre grommela quelques mots indistincts entre ses dents.

Outré, Cameron se retenait à grand-peine de clouer le bec à ces insolents.

Mais Julia, ignorant leurs sarcasmes, se remit en route.

— Nous allons prendre ce chemin jusqu'à la partie ouest de la prairie.

Alors qu'ils longeaient un mur couvert de lierre,

Cameron s'arrêta devant une vieille grille en fer forgé qu'il n'avait pas remarquée lors de sa première visite. De l'autre côté, des rangées de haies formaient des cercles concentriques sur une vaste étendue de pelouse. Intrigué, il y regarda de plus près.

— On dirait un labyrinthe ! s'exclama-t-il, surpris.

A ces mots, Julia revint sur ses pas.

— Oui, c'en est un.

— C'est incroyable ! Quelle chance d'avoir eu un labyrinthe pour terrain de jeux.

Elle jeta un coup d'œil inquiet par-dessus son épaule et vit que les quatre hommes les attendaient un peu plus loin.

— Que se passe-t-il ? demanda Harold Greer, le plus âgé du quatuor, avec impatience.

Cameron leur sourit.

— Accordez-nous juste une minute, messieurs.

Julia poussa un soupir d'agacement.

— Bon, c'est un labyrinthe. Et alors ?

La prenant par les épaules, il l'attira plus près de la grille et examina l'endroit à travers les barreaux.

— C'est curieux. On dirait qu'il y a quelque chose au milieu.

— Un échiquier grandeur nature, dit-elle, hésitante.

Il se tourna vers elle, stupéfait.

— Un échiquier grandeur nature au beau milieu du labyrinthe ?

— Oui.

— Avec des pièces grandeur nature, comme dans les jardins à la française ?

— C'est ça, admit-elle à contrecœur.

— La folie des grandeurs ! marmonna un des avocats.

— Ça ne présente aucun intérêt, Duke, protesta Saunders.

— Mademoiselle Parrish, soupira Greer, le temps passe.

— Je suis désolée, monsieur Greer, s'excusa Julia, confuse.

Cameron fronça les sourcils, indigné. Au ton de sa voix et aux regards furtifs qu'elle ne cessait de lancer à ces quatre hommes, ce n'était pas la première fois qu'elle éprouvait le besoin de défendre ses parents, jugés trop prodigues à leurs yeux. Et il en venait à regretter qu'elle ait organisé cette réunion. A cet instant précis, il aurait tout donné pour l'arracher aux griffes de ces rustres aux manières dictatoriales et à l'esprit étroit.

A une époque, il avait eu affaire à ce genre de personnages, et il avait appris à ne pas les prendre trop au sérieux, surtout quand c'était lui qui tenait les cordons de la bourse. Mais Julia avait grandi sous la coupe de ces gens-là. Ils avaient régenté sa vie et pris les décisions à sa place. Et de toute évidence, malgré son caractère bien trempé, elle n'osait pas se rebeller contre leur autoritarisme. Rien d'étonnant à ce qu'elle soit aussi nerveuse.

— Messieurs, excusez-nous juste un instant, leur lança-t-il avant de l'entraîner plus loin, à l'abri des oreilles indiscrètes.

— Qu'est-ce qui te prend ? chuchota-t-elle, furieuse.

— Pourquoi tiens-tu autant à impressionner ces types ?

— Leur opinion compte beaucoup pour moi, se défendit-elle.

— Ils travaillent pour toi, argua-t-il. C'est plutôt eux

qui devraient chercher à t'impressionner pour conserver leur poste. Mais ce n'est pas le cas. Pourquoi ?

Elle prit une profonde respiration, visiblement mal à l'aise.

— Ce n'est pas aussi simple que tu le crois.

— Bien sûr que si ! Ces gars n'ont pas leur mot à dire sur les décisions que tu envisages de prendre.

— Peut-être, dit-elle, hésitante. Mais ils travaillent pour le Fonds Parrish depuis des années. S'ils estiment que c'est de l'argent gaspillé en pure perte…

— Ce n'est pas le cas, trancha-t-il.

— Tu ne m'es vraiment d'aucun secours ! s'exclama-t-elle, furieuse, en croisant les bras sur sa poitrine. A quoi ça rime de discourir pendant une heure sur ce labyrinthe et ce stupide échiquier ? Tu as intérêt à être plus attentif.

— Crois-moi, je suis très attentif à l'idée de te pourchasser nue à travers ce dédale de verdure.

— Cameron ! protesta-t-elle, rouge de confusion, en jetant un coup d'œil furtif alentour pour voir si quelqu'un risquait de les entendre. Ces hommes m'ont toujours considérée comme une gosse de riches, dépensière et frivole. Et si je tiens tant à me montrer professionnelle avec eux, c'est pour leur prouver qu'ils ont tort. Certes, je n'ai pas besoin de leur feu vert, mais j'aimerais gagner leur respect.

— Leur respect ? s'exclama-t-il, interloqué.

Il ne lui était jamais venu à l'esprit que quelqu'un puisse manquer de respect à sa femme. Et il en fut offusqué.

— Bon, je vais te donner un conseil qui va t'aider à ramener les choses et les gens à leur juste mesure.

— Ce n'est vraiment pas le moment, Cameron ! lança-t-elle, exaspérée. On nous attend.

— Qu'ils attendent, dit-il en baissant la voix. Je connais Dave Saunders depuis l'université, et j'ai également fait quelques affaires avec sa société. Dès qu'il a un verre dans le nez, il se met à poil et danse pour la galerie. Un danseur exécrable, soit dit en passant. Qui plus est, il est ventripotent, il a des dents de lapin et il est radin. La totale, quoi.

Elle étouffa un petit rire.

— Arrête, s'il te plaît.

— Je suis sérieux, assura-t-il. Accorde-moi une faveur : la prochaine fois qu'il te rembarre ou qu'il te traite de haut, imagine-le en caleçon XXL en train de faire la danse du ventre. Crois-moi, il n'y a rien de tel pour te redonner confiance. Allons, promets-moi que tu le feras.

— J'espère ne jamais en arriver à cette extrémité, s'exclama-t-elle en riant de bon cœur.

— En tout cas, c'est une astuce imparable. Un jour, tu me remercieras.

Elle le contempla, un sourire reconnaissant aux lèvres, et lui planta un baiser sur la joue.

— Je me sens déjà mieux. Merci.

— De rien. Et n'hésite pas à leur donner du fil à retordre, dit-il en désignant d'un signe de tête les quatre hommes.

Elle marqua un temps avant de dire, l'air mutin :

— Je suppose qu'après cette réunion, tu voudras visiter le labyrinthe.

— Et comment !

— Ne crains-tu pas de t'y perdre ?

— Aucun risque.

— C'est ce qu'on verra, dit-elle soudain sérieuse. Bon, il est temps d'y aller. Encore merci pour tes conseils.

— Comme je te l'ai dit tout à l'heure, je suis de tout cœur avec toi.

Il l'observa pendant qu'elle se composait un visage de circonstance avant de rejoindre le petit groupe. Un jour, elle lui avait dit qu'elle refusait de jouer le rôle de la pauvre petite fille riche. Et pourtant, comme il l'avait appris plus tard, elle avait grandi dans l'opulence, mais aussi dans la plus profonde solitude affective, avec personne à qui parler hormis le personnel de maison.

Et toute sa vie, elle avait dû faire face à des avocats arrogants et méprisants. Des hommes persuadés d'en savoir plus qu'elle. Mais ils se trompaient lourdement.

Et tandis qu'elle indiquait aux membres du conseil d'administration l'emplacement du futur jardin potager et celui du futur zoo, il se dit qu'il allait passer un excellent moment à regarder Julia démontrer à ces odieux personnages qu'elle était aussi capable qu'eux, voire plus.

Plusieurs semaines s'étaient écoulées depuis cette fameuse réunion. Entre-temps, Julia avait confié ses plans pour le musée à une société de gestion de projets et, tout en continuant de surveiller l'avancement des travaux à Glen Haven Farm, elle pouvait enfin se consacrer pleinement à la pâtisserie. La nourrice arrivait le matin juste au moment où elle et Cameron partaient travailler. Parfois, Cameron travaillait à la maison. Ces jours-là, elle s'arrangeait pour rentrer plus tôt et donnait congé à la nourrice.

Un après-midi, en arrivant, elle trouva la maison vide. Comme il faisait beau et chaud, elle suivit son intuition et se dirigea tout droit vers le patio.

De là, elle aperçut Cameron au bord de la piscine, tenant à bout de bras le bébé sanglé dans une bouée de sauvetage décorée de personnages de dessins animés.

— Prêt ? l'entendit-elle dire.

— Pa-pa-pa-pa ! gazouillait Jake, tout excité.

— Un, deux, trois ! cria Cameron.

Puis il laissa tomber le bébé dans l'eau pour la plus grande joie de Jake.

Julia éclata de rire en voyant les mimiques de Cameron. Elle se sentait fondre de bonheur à la vue de ces deux êtres chers à son cœur.

Pouvait-on être plus amoureuse qu'elle ne l'était ?

Oh, non ! murmura-t-elle, consternée, en se laissant tomber sur une chaise. Ses yeux s'emplirent de larmes. Sûrement à cause du soleil. Elle ne pouvait pas — ne devait pas — être amoureuse de Cameron Duke, au risque de tout gâcher.

Mais, qu'elle le veuille ou non, elle l'aimait ! C'était inéluctable, songea-t-elle, en regardant Cameron s'amuser comme un petit fou avec le bébé. Quelle femme ne serait pas amoureuse d'un homme aussi adorable ?

Ridicule ! Elle ne ressentait que du désir pour lui, et rien d'autre. Ils avaient fait un mariage de convenance, où l'amour n'avait pas de place.

Alors pourquoi son cœur battait-il à mille à l'heure ? Pourquoi avait-elle les jambes flageolantes ? Peut-être couvait-elle la grippe ou avait-elle attrapé une insolation. Tout… plutôt que d'être amoureuse.

Les petits cris de ravissement de Jake finirent par

percer la brume de son cerveau et la ramenèrent sur terre. Quoi qu'elle fasse et quoi qu'elle dise, Cameron ne l'aimerait jamais. Si elle voulait sauvegarder son couple, elle avait intérêt à ne jamais avouer à quiconque qu'elle était amoureuse de son mari. Un comble !

— Je vais préparer de la citronnade, lança-t-elle à la cantonade en faisant un signe de la main à Cameron et Jake avant de réintégrer la cuisine.

Tout en partageant les citrons, elle observait Cameron en train de faire le pitre pour amuser Jake. Quel merveilleux père il faisait !

Et quel merveilleux mari ! Elle songea au collier de diamants qu'il lui avait offert alors qu'ils étaient encore à l'hôtel, pour la remercier d'avoir accepté de l'épouser. Et le soir où ils avaient emménagé dans sa maison, il lui avait offert le bracelet assorti.

Plus qu'une simple attention, son geste semblait venir du cœur. Se pourrait-il qu'il éprouve autre chose que de la reconnaissance en lui faisant des cadeaux princiers chaque fois que quelque chose d'heureux se produisait dans sa vie ? Etait-ce sa façon de lui dire qu'il l'aimait ?

Voilà qu'elle recommençait à divaguer ! se reprocha-t-elle en pressant rageusement la moitié d'un citron sur le presse-agrumes pour en extraire le jus.

La réalité était plus prosaïque. Cameron Duke prenait soin de tout ce qui lui appartenait. Elle était sa femme et Jake était son fils. Il ferait en sorte qu'ils soient heureux et en bonne santé. Il les protégerait au péril de sa vie et leur ferait comprendre qu'ils étaient plus importants que tout à ses yeux.

Ce qui n'était déjà pas si mal ! Au fond, ce n'était

pas étonnant qu'elle soit tombée amoureuse d'un homme pareil, se dit-elle en ajoutant du sucre au jus. Il ne lui restait plus qu'à dissimuler ses sentiments au tréfonds de son cœur pour qu'il n'apprenne jamais la vérité. Parce qu'il n'accepterait jamais que l'amour s'invite dans sa vie.

- 11 -

— Mon Dieu, ils risquent de brûler vifs ! s'exclama Julia, inquiète.

Un épais nuage de fumée enveloppait Cameron et ses frères, occupés à faire cuire des saucisses et des steaks sur le barbecue tout en riant, en discutant et en buvant une bière.

— Ils ne courent aucun danger, la rassura Sally en disposant des assiettes et des serviettes joliment pliées sur la table du patio. Chaque fois, c'est la même chose. Une sorte de rituel. L'épreuve du feu réservée aux seuls mâles de la famille.

— Tu as tout le temps de t'inquiéter, Julia, plaisanta Trish en plaçant les verres et les couverts. Jake ne les rejoindra pas dans la fumée virile avant un an ou deux.

Frissonnant à cette pensée, Julia caressa le crâne de Jake et éparpilla une poignée de Cheerios sur le plateau de sa chaise haute. Cela faisait deux mois qu'elle et Cameron étaient mariés, et ils avaient décidé de célébrer l'événement en organisant leur premier barbecue familial.

En ce dernier jour du printemps, ensoleillé et chaud, les convives avaient largement profité de la piscine avant d'enfiler des tenues décontractées et de préparer le dîner dans une ambiance conviviale.

Pour l'heure, Julia disposait sur un coin de table ensoleillé une large grille couverte de petits pains destinés aux hot dogs et aux hamburgers, qu'elle avait fait cuire dans la matinée.

Tout en sirotant un verre de sangria faite maison, Sally désigna les petits pains d'un signe de tête.

— J'ai beau savoir que vous êtes un vrai cordon-bleu, je n'en reviens pas que vous les ayez préparés rien que pour nous.

— C'est tout naturel, et tellement facile, assura-t-elle en jetant un regard perplexe à la grille. Je me demande si c'est une bonne idée de les faire réchauffer au soleil plutôt qu'au four. Qu'en pensez-vous ?

— Tu es tout simplement géniale ! s'écria Trish en prenant un verre d'eau gazeuse. Je pourrais te demander la recette de ces petits pains appétissants, mais à quoi bon puisque tu tiens une pâtisserie boulangerie ?

Toutes trois éclatèrent de rire.

— Je suis prête à les préparer pour toi chaque fois que tu le désireras.

— Oh, ne me tente pas. Je risque de te prendre au mot.

Julia s'empara de la carafe de sangria.

— Quelqu'un en veut encore ?

— Volontiers, déclara Sally.

— Pas pour moi, merci, répondit Trish, un petit sourire aux lèvres. Ce n'est pas bon pour le bébé.

Sally, qui redressait une fourchette posée de travers, se figea sur place. Elle fit volte-face et dévisagea sa belle-fille.

— Non ! s'exclama-t-elle, incrédule.

— Si, assura Trish en riant de bon cœur.

Les yeux embués de larmes, Sally porta les mains à sa bouche, trop bouleversée pour parler.

A son tour, Julia sentit les larmes perler à ses paupières.

— Tu es enceinte ?

Trish acquiesça de la tête, un grand sourire aux lèvres.

Sally prit la future maman dans ses bras et l'étreignit affectueusement.

— Oh, je suis si heureuse !

— C'est merveilleux, renchérit Julia en se joignant à elles dans une embrassade commune, le cœur rempli d'amour pour ces deux femmes et ce bébé à naître.

Sally se couvrit le visage de ses mains et éclata en sanglots.

— C'est l'excès de joie, balbutia-t-elle. Je n'aurais jamais cru… Et puis Julia et Jake sont arrivés dans nos vies, et maintenant Trish et un autre bébé, et… Oh, de quoi ai-je l'air à pleurer comme une Madeleine !

Les deux jeunes femmes enlacèrent affectueusement leur belle-mère.

— C'est une journée à marquer d'une pierre blanche, murmura Sally.

Puis, les yeux brillants, elle ajouta :

— Jake va avoir un petit compagnon de jeux.

Bouleversée, Julia laissa libre cours à ses larmes.

— Oh, voilà que je m'y mets aussi !

Sally tapota gentiment la joue de ses belles-filles.

— Vous êtes mon rayon de soleil.

Alors qu'il s'avançait dans leur direction, Cameron s'aperçut que Julia et sa mère pleuraient. Inquiet, il se précipita vers elles.

— Que se passe-t-il ? Pourquoi êtes-vous en larmes ? Il est arrivé quelque chose à Jake ?

— Non ! s'empressa de dire Julia en riant. Au contraire, c'est une excellente nouvelle. Trish va avoir un bébé.

Aussitôt, le visage de Cameron s'illumina d'un large sourire. Il serra Trish dans ses bras et lui planta un baiser sur les lèvres.

— Félicitations, sœurette.

— Merci, Cameron, répondit-elle gaiement.

Il fit demi-tour et se dirigea tout droit vers Adam qui n'avait rien vu de la scène. Puis il le prit par les épaules et lui donna l'accolade.

— Que se passe-t-il ? s'étonna Brandon.

— Trish et lui vont avoir un bébé, expliqua Cameron.

Sous le coup de la surprise, Brandon en avala sa bière de travers, et les deux frères lui tapèrent dans le dos en riant. Une fois remis de ses émotions, Brandon serra Adam dans ses bras.

— Félicitations, mon vieux.

Les trois frères faisaient tinter leurs bouteilles en guise de toast quand Sally se précipita vers Adam et lui donna une vigoureuse accolade.

— Si tu continues à ce train-là, tu vas finir par l'étouffer, plaisanta Cameron.

— C'est plus fort que moi, murmura Sally, au comble de l'émotion, avant de serrer de nouveau Adam dans ses bras. Oh, mon chéri, je suis si heureuse pour toi !

— Merci, maman, déclara Adam, visiblement fier de lui.

— Regardez-le pavoiser, plaisanta Brandon. Pour un peu, il ferait cocorico.

— Oh, toi ! protesta Sally en lui donnant une tape sur le bras. Tu vas voir quand ce sera ton tour.

— Des menaces ? se récria Brandon. Désolé, m'man, mais ce n'est pas demain la veille que je vais me marier.

— On verra, marmonna Sally d'un air entendu, avant d'aller rejoindre ses belles-filles.

Brandon frissonna violemment et prit ses frères à témoin.

— Vous avez vu le regard qu'elle m'a lancé ? J'en ai froid dans le dos.

— Oui, à mon avis tu es fichu, dit Cameron avec ironie.

Brandon fusilla ses frères du regard.

— Qu'en est-il de notre pacte sacré ? Nous devions être frères de sang pour la vie, vous vous en souvenez ?

— Nous sommes toujours frères de sang, déclara Adam avec force. Et nous le resterons à jamais.

— N'empêche, maugréa Brandon. D'abord, tu t'es marié. A la rigueur, j'aurais pu l'accepter. Mais il a fallu que Cameron en fasse autant ! Ça m'a mis le moral à zéro, vous pouvez me croire. Et maintenant, un autre mouflet en perspective ? Où va-t-on !

— C'est la vie, assura Cameron, philosophe.

Brandon secoua la tête, l'air sombre.

— Désormais, je vais avoir maman sur le dos. Elle ne va pas cesser de me rebattre les oreilles pour que je fasse comme vous. Mais ça n'arrivera jamais.

— Vraiment ? demanda Adam.

— Jamais, trancha Brandon en pointant sa bouteille de bière vers eux. Vous n'êtes que des amateurs incapables de résister à l'appel des sens, tandis que moi, je suis un professionnel. J'ai une image de marque à défendre.

Adam rejeta la tête en arrière et hurla de rire.

— Une image de marque ! Elle est bien bonne !

Cameron passa son bras autour des épaules de Brandon, l'air compatissant. Après tout, une image de marque qu'on écornait, c'était un peu comme les principes qu'on transgressait.

— Bonne chance, frérot.

— Faux frères, oui ! maugréa Brandon en finissant sa bière d'un trait. Comment voulez-vous faire confiance à quelqu'un après un coup pareil ?

— Pourquoi ne dis-tu pas à Cameron ce que tu ressens pour lui ? demanda Karolyn en disposant des sandwichs faits maison dans la vitrine réfrigérée de la boutique.

— Je ne vois pas de quoi tu parles, déclara Julia, mal à l'aise. Je vais débarrasser les tables en terrasse, car c'est la pause de Lynnie.

— Tu éludes la conversation, lui reprocha Karolyn.

— Oui, je l'admets. Mais pour l'heure, j'ai du travail. Et toi, tu ferais mieux d'aller chercher des boîtes d'emballage. Il n'en reste plus.

Karolyn leva les yeux au ciel, exaspérée, et tourna les talons.

Julia était fière de ces fameuses boîtes blanches destinées aux clients de la pâtisserie, avec le mot « Cupcake » gravé en lettres bleues sur le couvercle, sous le dessin stylisé d'un gâteau. Elles étaient devenues synonymes de plaisir à Dunsmuir Bay. Quand les mères rentraient à la maison avec une boîte Cupcake, les enfants devenaient aussitôt sages comme des images. Et quand le patron arrivait au bureau avec la célèbre boîte, les employés redoublaient de zèle.

Tout en laissant son esprit vagabonder, elle empila les tasses, assiettes et couverts sales sur le plateau et nettoya les tables. Elle salua au passage trois clients qui venaient régulièrement prendre un café au lait et un en-cas après leur entraînement du matin, puis elle répondit à la question d'un autre client à propos du sandwich du jour.

En rentrant, elle jeta un coup d'œil circulaire dans la partie salon de thé pour s'assurer que tout était impeccable. Oui, vraiment, elle avait de quoi être fière, d'autant qu'elle ne devait cette belle réussite qu'à elle-même.

Elle déposa le plateau derrière le comptoir juste au moment où Lynnie reprenait son service.

— Julia, appela Karolyn depuis la cuisine. Peux-tu venir voir le pain au fromage ?

Avant d'obtempérer, elle s'assura que la jeune serveuse avait correctement noué son tablier pour dissimuler le devant de son T-shirt au dessin criard. Sitôt dans la cuisine, Karolyn la prit par le bras et l'entraîna vers la porte de derrière qui donnait sur un minuscule patio garni de jardinières aux fleurs multicolores et de citronniers miniatures.

— Et maintenant, assieds-toi.

— Si je comprends bien, le pain au fromage n'est qu'un prétexte ?

— Oui.

Julia poussa un soupir résigné et prit place à la petite table destinée aux pauses café.

Karolyn rapprocha sa chaise et lui prit la main.

— Je me fais du souci pour toi.

— Je vais très bien, répliqua Julia d'un ton jovial. Les affaires sont florissantes. Je suis mariée à un homme sexy, attentif et chaleureux, qui adore Jake et qui me traite comme une princesse. Nous menons une vie merveilleuse, et je suis… je suis heureuse.

— Julia, protesta Karolyn en lui pressant la main. Ne crois-tu pas qu'il a le droit de savoir que tu es amoureuse de lui ?

— Oh, mon Dieu ! Je n'aurais jamais dû te donner les vraies raisons de mon mariage.

— A quoi ça servirait que je sois ta meilleure amie si tu ne pouvais pas partager avec moi tes secrets les plus intimes ?

— C'est vrai. Mais qu'est-ce qui te fait dire que je suis amoureuse de lui ?

— C'est écrit sur ton visage. En permanence, assura Karolyn. Même Lynnie a fait un commentaire à ce sujet l'autre jour. Et tu sais comme moi qu'elle ne remarque rien à moins que ce ne soit écrit en lettres fluo.

Julia ne put s'empêcher de rire avant de demander, inquiète :

— Et qu'a-t-elle dit au juste ?

— Que tu chantonnes à longueur de journée, que tu as souvent l'air rêveur et que tu pars plus tôt que d'habitude. Bref, elle pense que tu es « mordue ».

— Si je pars plus tôt, c'est parce que j'ai un bébé qui m'attend à la maison, rétorqua Julia, vexée à l'idée d'être aussi transparente, y compris aux yeux du personnel.

— Avant ton mariage, cela ne t'empêchait pas de travailler toute la journée, fit valoir Karolyn en souriant.

Et tu as toujours ta nourrice dévouée, prête à garder Jake jour et nuit en cas de besoin.

— Alors, même Lynnie s'en est aperçue ! se lamenta Julia en cachant son visage entre ses mains. C'est pitoyable.

— C'est la triste vérité, admit Karolyn.

— Que vais-je faire, maintenant ?

— Rentrer chez toi et dire à Cameron que tu l'aimes. Et s'il a un brin de jugeote, il te dira la même chose.

Julia releva la tête et contempla son amie, les yeux embués de larmes.

— Il ne m'aime pas, Karolyn.

— Oh, ne sois pas ridicule, Julia ! Il t'adore.

— Non, tu te trompes, protesta-t-elle.

— Le jour de votre mariage, j'ai bien vu qu'il était fou amoureux de toi. Et il l'est encore plus maintenant.

Julia pinça les lèvres, contrariée.

— Il me désire, je le sais. Mais le désir n'a rien à voir avec l'amour.

Karolyn exhala un soupir navré devant l'entêtement de son amie.

— Chaque fois qu'il entre dans la boutique, l'air se charge d'électricité entre vous deux.

— Ce n'est rien d'autre que du désir, insista Julia.

— Vous êtes aussi aveugles l'un que l'autre, marmonna Karolyn, à bout d'arguments. Mais crois-moi sur parole : Cameron est éperdument amoureux de toi.

Le vendredi suivant, Julia confia Jake à Sally afin d'accompagner Cameron à une conférence sur l'hôtellerie au Monarch Dunes.

Contrairement à la fois précédente où elle avait eu

à s'occuper de sa propre conférence et des préparatifs du mariage tout en gardant un œil sur Jake, elle était en mesure d'apprécier l'occasion et de se détendre. Cameron y avait veillé. Il avait pris toutes les dispositions pour qu'elle se fasse dorloter au Spa de l'hôtel pendant qu'il assisterait aux réunions. Cela faisait une éternité qu'elle ne s'était pas abandonnée aux mains expertes d'un personnel aux petits soins pour elle — manucure, pédicure, esthéticienne et masseuse — dans une ambiance de luxe et de volupté. Et tandis qu'elle s'habillait pour le bal de charité organisé par les participants à la conférence, tous propriétaires de chaînes hôtelières, elle se sentait complètement détendue et fraîche comme une rose.

Elle se fit un brushing pour lisser ses cheveux naturellement bouclés et adopter un style plus glamour. Après avoir enfilé un fourreau de soie bordeaux, qu'elle avait choisi avec l'aide de Trish, elle noua le superbe collier de diamants à son cou et attacha le bracelet assorti à son poignet. Pour parfaire l'ensemble, elle accrocha à ses oreilles les boucles en diamant ayant appartenu à sa mère.

Après un dernier coup d'œil au miroir, elle prit une profonde inspiration et pénétra dans le salon où l'attendait Cameron. Vêtu de l'élégant smoking qu'il portait le jour de leur mariage, il venait de déboucher une bouteille de champagne et versait le liquide ambré dans deux coupes en cristal.

— Une pure merveille ! s'exclama-t-elle, son regard allant de son mari à la boisson pétillante.

Il se tourna vers elle pour lui tendre une coupe et s'arrêta net, littéralement fasciné. Il ne pouvait détacher son regard d'elle, et la lueur intense qu'elle vit briller dans ses yeux fit courir de délicieux frissons sous sa peau.

— Seigneur, tu es la beauté personnifiée !

Elle lui sourit, à la fois amusée et flattée.

— Merci.

— Non, merci à toi, murmura-t-il en faisant tinter son verre contre le sien. Laissons tomber cette soirée et restons ici, veux-tu ?

— Ta proposition est tentante. Mais que fais-tu de tes hôtes ?

Il fit la grimace.

— Entendu. Nous resterons une demi-heure. Pas une minute de plus.

— Juste le temps de danser un slow langoureux, promit-elle en sirotant son champagne.

— Et si on commençait dès maintenant ? dit-il en l'enlaçant et en dansant sur place.

Au bout d'un moment, il se mit à rire.

— Sais-tu que j'ai été contraint d'assister à des bals de charité dès mon plus jeune âge ? Tu parles d'une corvée !

Elle poussa un petit cri de surprise.

— Quelle coïncidence, moi aussi !

— Et nous avons survécu, dit-il en souriant.

Elle posa sa tête sur son épaule et se laissa porter par une musique imaginaire.

— Mmm ! Tu es un excellent danseur, murmura-t-elle.

— Comment en serait-il autrement, avec toi dans mes bras, dit-il en égrenant des baisers le long de son cou. Tu es si belle !

Relevant la tête, elle croisa son regard brûlant de passion et sentit son cœur battre plus vite. Si elle lui avouait qu'elle était tombée amoureuse de lui, comment réagirait-il ? Serait-il consterné ? Furieux qu'elle ait transgressé la règle établie en prononçant le mot tabou ? Ou bien serait-il capable d'admettre que c'était réciproque ? Tout en l'observant, elle se demanda si elle prenait ses désirs pour des réalités ou si elle voyait réellement ses propres sentiments se refléter dans les yeux de Cameron.

— Nous ferions mieux d'y aller, sinon nous ne partirons jamais d'ici, marmonna-t-il. Et ne t'avise pas de faire ami-ami avec qui que ce soit. Nous devons être de retour ici dans trente minutes.

Tandis qu'il circulait parmi les invités, saluant au passage des amis et des concurrents, Cameron tenait la main de Julia serrée dans la sienne. Elle était tellement superbe que tous les hommes se retournaient sur leur passage. Il était hors de question qu'il la lâche au milieu de ces requins.

— Hé, voilà le héros du jour ! déclara une voix masculine derrière lui.

Il se retourna d'un bloc et sourit en reconnaissant son vieil ami, Byron Mirabelle, propriétaire de la prestigieuse chaîne Pinnacle Hotels. Les deux hommes se serrèrent cordialement la main, et Cameron fit les présentations.

— Byron a choisi comme concept des établissements de luxe de petite taille, et il est implanté dans les Etats montagneux du Colorado, Wyoming et Montana.

— L'année prochaine, j'en ouvre un autre à Park City, dans l'Utah, expliqua fièrement Byron.

— C'est fantastique ! s'écria Cameron.

Puis il ajouta à l'intention de Julia :

— Byron a été un de mes premiers mentors dans le métier.

— Je suis ravie de faire votre connaissance, assura-t-elle.

— Et vous êtes précisément la personne que je tenais à rencontrer, riposta-t-il en pointant un doigt accusateur dans sa direction.

— Moi ?

— Oui, confirma Byron d'un air jovial. C'est à cause de vous que ma femme refuse de résider ailleurs que dans les hôtels Duke quand nous venons en Californie.

— Mais je..., bredouilla-t-elle, son regard perplexe allant de l'un à l'autre. Pourquoi ?

Byron glissa son bras sous le sien.

— A cause de ces délicieux croissants au chocolat que vous préparez pour les Duke. Nous ne les trouvons au menu d'aucun autre restaurant.

— Oh, c'est vraiment gentil à vous, le remercia Julia en riant.

Byron se pencha vers elle et ajouta sur le ton de la confidence :

— Pour ma part, j'ai un faible pour vos beignets aux pommes. Seigneur, si je m'écoutais, j'en mangerais à longueur de journée, avoua-t-il en se tapotant le ventre d'un air penaud. D'ailleurs, ça se voit.

— De vous à moi, ce sont mes préférés, lui avoua-t-elle.

Tout en regardant sa femme discuter avec son ami,

Cameron se sentit submergé par une vague de tendresse si puissante qu'il sentit ses jambes se dérober sous lui. En proie à une émotion indicible, il avait du mal à respirer.

Mais que lui arrivait-il ?

Etait-il victime d'une crise cardiaque ? Il en doutait, car il ne ressentait aucune douleur. Au contraire, il se sentait merveilleusement bien. Epanoui et heureux. Bizarre !

Comme il ne comprenait pas ce qui lui arrivait, il éprouva le besoin de bouger.

Il laissa Julia et Byron à leur conversation et se dirigea vers le bar où il commanda un whisky. Le breuvage lui fit du bien, et il décida qu'il était temps de retrouver Julia et de s'éclipser pour faire l'amour jusqu'au bout de la nuit. Il décida que le lendemain matin, à la première heure, ils rentreraient à la maison car Jake lui manquait terriblement. Il n'aurait su dire quand le changement s'était produit, mais il était devenu un fervent partisan de la vie de famille. Et il faisait passer Julia et Jake en premier dans l'ordre de ses priorités.

Quelqu'un lui toucha l'épaule, et il fit volte-face.

— Bonjour, Cameron.

Il ne put s'empêcher de tressaillir.

— Martina.

— Tu es superbe, minauda-t-elle de cette voix sensuelle dont elle avait usé pour le séduire.

Elle portait une robe en dentelle noire au décolleté plongeant — décolleté dont elle lui fit largement profiter en s'appuyant contre lui.

— J'espérais bien te trouver ici ce soir, ajouta-t-elle en battant des cils, l'air aguicheur.

Il la considéra avec détachement. Dire qu'il l'avait aimée à une certaine époque, du moins il l'avait cru. Mais maintenant, il ne ressentait plus rien pour elle.

— Où est Andrew ? demanda-t-il.

Et surtout, où était passée Julia ? Il scruta la foule, tâchant de repérer sa femme et Byron. En vain.

Martina fit la moue.

— Il n'est pas venu. Tu m'as manqué, Cameron. Comment vas-tu ?

— Aussi bien que possible, répondit-il sèchement.

— Tant mieux, susurra-t-elle tout en promenant ses doigts sur le revers de sa veste. A vrai dire, je suis ravie de te trouver seul. Peut-être pourrions-nous aller quelque part… pour parler, ou…

— Ou quoi ? répliqua-t-il en ôtant délibérément sa main posée sur sa veste. Ou tromper ton mari ? Pour le rendre jaloux ? Non, sûrement pas.

— Oh, Cameron, ne sois pas aussi amer, balbutia-t-elle en s'agrippant à son bras. Je… je suis incapable de feindre plus longtemps. Andrew et moi divorçons.

— Désolé, maugréa-t-il sans un regard pour elle, en continuant de scruter la foule, à la recherche de Julia.

— Il faut que tu saches, insista Martina, que si nous nous séparons, Andrew et moi, c'est parce que… je n'ai jamais réussi à t'oublier. Oh, Cameron, j'ai tant besoin de toi. Je veux que tu me reviennes.

La proposition était si grotesque qu'il laissa échapper un ricanement.

— Tu m'en diras tant !

— Te voilà ! s'exclama gaiement Julia en lui touchant l'épaule. Byron est adorable. Oh ! bonjour.

Réprimant un soupir de soulagement, il se retourna et la prit par la taille.

— Martina, je te présente Julia, ma femme.

— Ta… quoi ?

Interloquée, Martina ouvrit la bouche et la referma sans mot dire.

— Bonjour, Martina, déclara Julia d'un ton aimable.

Elle avait beau faire celle qui ne comprenait pas la situation, sa tension était palpable, songea-t-il. Avait-elle vu l'autre femme suspendue à son bras ?

— Ravie de faire votre connaissance, répondit froidement Martina dont le visage se marbra de taches rouges.

Elle était furieuse, et c'était bien fait pour elle. Il se pencha vers Julia et lui murmura :

— La demi-heure s'est écoulée.

— Entendu.

Elle se tourna vers Martina et lui adressa un sourire avenant.

— Moi aussi, j'ai été ravie de vous connaître.

Pour toute réponse, Martina pivota sur ses talons et alla se perdre dans la foule.

— Une amie ? demanda Julia, intriguée.

— Pas vraiment, éluda-t-il. Partons d'ici.

Ils prirent le chemin des écoliers et passèrent par la plage pour rentrer à l'hôtel. C'était une vraie soirée de début d'été, douce, avec une brise légère qui vous caressait la peau, songea Julia. La marée était basse, et les vagues s'échouaient mollement sur le rivage. Ses chaussures à la main, elle attendait le moment propice pour poser des questions à Cameron à propos de cette fameuse Martina. Elle avait entendu la dernière phrase de leur conversation et savait donc que cette femme souhaitait que Cameron lui revienne.

Ces propos lui avaient fait froid dans le dos. Mais, Dieu merci, il avait ri au nez de Martina, et elle espérait de tout cœur ne plus jamais entendre parler de cette femme au décolleté provocant.

— Allons par là, proposa-t-il en lui prenant la main et en s'engageant dans un sentier menant vers un bosquet.

A mesure qu'ils s'en rapprochaient, elle entendit distinctement un bruit d'eau.

— C'est la fameuse cascade ?

— Oui. Elle se situe au-delà des arbres.

— Oh, j'aimerais tant la voir ! dit-elle avec enthousiasme, en lui pressant la main.

Des nuages filaient dans le ciel nocturne, révélant par intermittence une lune pleine à la clarté laiteuse. Au bout de quelques minutes, ils parvinrent à un monticule rocheux au pied duquel était creusée une petite piscine bordée de galets. L'eau tombait en cascade sur les pierres et éclaboussait la piscine éclairée par des spots sous la surface, ce qui donnait à son eau une étrange couleur bleue.

— C'est magnifique ! On dirait un lagon tropical, remarqua-t-elle, les yeux brillants d'excitation. On peut s'y baigner ?

Il lui caressa la joue en souriant.

— J'espérais que tu dirais ça.

Alors qu'elle examinait la piscine, elle plissa les yeux, intriguée.

— C'est curieux, j'ai l'impression de voir de la lumière derrière la cascade.

— C'est la grotte, expliqua-t-il, un sourire coquin aux lèvres, en l'attirant contre lui. Le fantasme masculin par excellence. Ça te dit d'aller voir ?

Elle leva les yeux vers lui, l'air sceptique.

— Je doute que ce genre de fantasme m'intéresse.

Il rit de bon cœur.

— En réalité, il s'agit d'un simple Spa. Mais il est très agréable. A l'abri des regards, chaud et bien éclairé.

— Comment fait-on pour y accéder ?

— En nageant, répliqua-t-il, amusé.

Elle laissa échapper un petit rire nerveux. Jetant un regard inquiet alentour, elle aperçut une chaise longue sur laquelle étaient posés des serviettes et des peignoirs soigneusement pliés.

— Ils sont pour nous ?

— Oui.

— Quelqu'un peut nous voir ?

— Non. Je m'en suis assuré.

A ces mots, elle perdit toute timidité.

— Dans ce cas, nageons, proposa-t-elle, ravie.

Tout en abaissant la fermeture Eclair de son fourreau de soie, il déposa un baiser sur son épaule nue.

— J'ai envie de te faire l'amour.

Elle frissonna sous sa caresse.

— Moi aussi.

— Tu as froid ?

— Pas du tout.

— Tant mieux, fit-il en écartant les pans du fourreau qui glissa le long de son corps avant de s'échouer mollement à terre.

Elle enjamba sa robe du soir, qu'il récupéra pour en draper une chaise, et se tint devant lui en talons aiguilles, string rouge et soutien-gorge assorti.

— Tu es belle à couper le souffle, s'extasia-t-il.

Elle ferma les yeux en exhalant un petit soupir sensuel.

— Caresse-moi, s'il te plaît.

Il accéda à sa demande, mais prit tout son temps, s'amusant à la faire languir. Il ne se lassait pas de promener ses doigts le long de son dos et de ses bras avant d'épouser la courbe de ses hanches et de ses cuisses, déclenchant en elle d'incroyables frissons. Debout derrière elle, il l'embrassait dans le cou tout en caressant la peau soyeuse de son ventre et en jouant avec le piercing qu'elle portait au nombril. Un cri rauque lui échappa quand ses mains remontèrent vers sa poitrine et effleurèrent ses tétons fièrement dressés.

— Cameron, j'ai besoin…

— Je sais, chérie. Moi aussi, j'en meurs d'envie.

Poursuivant ses exquises attentions, il prit ses seins en coupe, se servant de ses pouces pour masser et titiller ses mamelons si sensibles jusqu'à ce qu'ils durcissent dans l'attente du plaisir suprême. Quand elle laissa échapper un râle de volupté, il détacha son soutien-gorge et le laissa glisser par terre. Ivre de passion, elle se pressa contre lui, avide de sentir son membre raidi au creux de ses reins. Il poussa un grognement rauque et la fit pivoter vers lui. Puis il s'agenouilla devant elle et lui ôta lentement son string avant de lui écarter les jambes.

— Oh, haleta-t-elle, frissonnante d'anticipation,

tandis qu'il embrassait sa peau soyeuse à l'intérieur des cuisses.

Bientôt, il effleura son sexe de ses lèvres, avant de la pénétrer de la langue. Tremblante de désir, elle pensait avoir atteint le point de non-retour quand il se releva brusquement et la prit dans ses bras.

— Nous nagerons plus tard, marmonna-t-il en la déposant délicatement sur la chaise longue.

Tandis qu'il se dévêtait à la hâte et lui dévoilait sa fière érection, elle ne put s'empêcher d'éprouver un moment d'intense satisfaction en prenant conscience du pouvoir purement féminin qu'elle exerçait sur lui.

Elle lui tendit les bras, pressée de l'accueillir en elle. Après avoir enfilé un préservatif, il lui mit les mains au-dessus de la tête et s'allongea sur elle. Consumée de désir, elle se haussa à sa rencontre pour lui permettre de se glisser profondément en elle et de la faire sienne, une fois de plus.

Dans le silence de la grotte, Cameron gisait dans les bras de Julia, de nouveau comblé et repu. Après avoir fait l'amour dehors, sur la chaise longue, ils avaient passé un agréable moment à nager dans la piscine, sous la voûte étoilée. Puis, riant et s'aspergeant tels deux gamins facétieux, ils avaient plongé sous la cascade pour pénétrer dans la grotte secrète. Ils s'étaient laissés flotter à la surface des eaux étincelantes et délicieusement chaudes avant de refaire l'amour sur la rive du lagon.

Le sourire aux lèvres, il se redressa sur un coude et embrassa Julia.

— Te rends-tu comptes que tu m'as permis de réaliser mon plus grand fantasme ?

Elle se mit à rire.

— Je t'aime, Cameron.

Sous le coup de la surprise, il se figea sur place. Elle avait l'air consterné, comme si elle regrettait ses propos, mais le mal était fait, se dit-il sombrement. Qu'est-ce qui lui avait pris ? Si elle se figurait qu'il allait lui déclarer en retour qu'il l'aimait, elle se trompait lourdement. Un pareil aveu ne ferait que gâcher leurs chances de bonheur. Certes, depuis son mariage avec Julia, il avait été tenté de croire qu'il pouvait enfin vivre et aimer comme un homme normal, mais la soudaine apparition de Martina un peu plus tôt dans la soirée l'avait brutalement ramené à la réalité et lui avait rappelé l'espèce de malédiction qui pesait sur lui : chaque fois qu'il aimait une femme, il courait tout droit à la catastrophe.

— Apparemment, j'ai dit ce qu'il ne fallait pas dire, marmonna Julia en s'écartant de lui, le privant ainsi de sa douce chaleur.

Elle se leva et s'enveloppa dans une des serviettes empilées non loin d'eux.

— Attends, ne pars pas.

— Pourquoi resterais-je, Cameron ? Ecoute, je n'avais pas l'intention de te faire cet aveu, mais maintenant que c'est fait, je ne le regrette pas. Oui, je suis amoureuse de toi. Et toi, tu réagis à cette déclaration en te murant dans le silence. Comment crois-tu que je me sente après une pareille gifle ? Je rentre à l'hôtel.

— Julia, dit-il d'un ton apaisant, j'ai énormément d'affection pour toi.

— Je sais. Mais je ne suis pas sûre de pouvoir m'en contenter.

— Julia, je ne peux pas…

Qu'était-il donc censé répondre à cela ? Ne lui avait-il pas déjà dit qu'il ne l'aimerait jamais ? Et maintenant, voilà qu'elle se mettait en tête de changer la règle du jeu ! Il était hors de question de la laisser faire. Elle ne savait pas à quoi elle s'exposait, mais lui le savait. Il se releva et se tint au bord de la piscine, mal à l'aise.

— Ecoute, je t'avais prévenue dès le début que je ne…

— Je sais. Tu as banni le mot amour de ton vocabulaire, l'interrompit-elle amèrement.

— Tu devrais t'en réjouir au lieu de me le reprocher. Tu…

— Laisse-moi deviner, dit-elle tristement. Tu m'en veux parce que j'ai enfreint ton fichu règlement intérieur, n'est-ce pas ?

Il serra les poings, furieux de voir que la situation lui échappait.

— Oui. Nous avions conclu un accord, te rappelles-tu ?

— Je ne me souviens d'aucun accord, Cameron.

Sans plus s'occuper de lui, elle ôta sa serviette et descendit les marches de la piscine, ses longues jambes fuselées s'enfonçant progressivement dans l'eau. Et soudain, une pensée lui traversa l'esprit : lui qui s'était si longtemps cru indigne d'amour, il était aimé !

— Je viens avec toi, s'écria-t-il.

— Je préfère être seule.

— Tant pis, marmonna-t-il en se laissant glisser dans l'eau à sa suite.

— Cameron, tu as dit tout ce que tu avais à dire.

— Non, c'est faux.

Elle le foudroya du regard.

— Et qu'as-tu à ajouter ?

Il détourna les yeux de cette poitrine superbe, de peur de prononcer des mots qu'il regretterait par la suite.

— Juste ceci : je suis heureux que tu sois amoureuse de moi.

— Vraiment ? s'écria-t-elle, perplexe. Et pourquoi, je te prie ?

— Parce que c'est un gage de longévité pour notre mariage.

Elle le considéra un instant, interloquée.

— Que veux-tu dire par là ?

— Eh bien, si tu es amoureuse de moi, tu ne seras pas tentée d'aller voir ailleurs et de mettre en danger notre couple.

— Oh, c'est trop fort ! s'exclama-t-elle, suffoquant d'indignation. Ecoute-moi bien, Cameron, dit-elle en lui martelant le torse de l'index. Je n'ai jamais été tentée de te quitter, mais tu mériterais que je le fasse, ne serait-ce que pour te punir de ton arrogance. Et ne crois pas une seule seconde que je sois dupe. Je connais la vérité.

— Quelle vérité ? demanda-t-il, soudain inquiet.

— Tu es aussi amoureux de moi que je le suis de toi. Tu peux le nier autant que tu veux, un jour, tu seras obligé d'admettre que j'ai raison. Et ce jour-là, il sera peut-être trop tard.

Sur ce, elle plongea sous l'eau et s'éloigna à la nage, le laissant désemparé.

- 12 -

Elle l'aimait !

Cameron jubilait à l'idée que Julia était amoureuse de lui, mais vu sa réaction — depuis deux jours, elle ne décolérait pas —, il valait mieux qu'il fasse profil bas et qu'il ait le triomphe modeste. Cet accès de mauvaise humeur lui passerait, il en était sûr. Puisqu'elle l'aimait, elle lui pardonnerait sa maladresse. Et ils pourraient aller de l'avant, plus unis que jamais. Qui sait si, un de ces jours, ils ne donneraient pas un petit frère ou une petite sœur à Jake.

Etait-il quelqu'un d'arrogant, comme Julia l'en avait accusé ? Tout en lavant ses voitures à grande eau, il se mit à rire tout bas. Certes, il avait eu le malheur de dire que c'était une bonne chose qu'elle soit amoureuse de lui, mais, pour autant, cela ne faisait pas de lui quelqu'un d'arrogant.

En fait, depuis le début, il avait fait preuve d'une grande perspicacité. D'abord, en comprenant que le vœu le plus cher de Julia était de fonder une famille. Ensuite, en la convainquant de l'épouser pour former avec Jake la famille dont elle rêvait. Et enfin, en évitant de tomber dans le piège de l'amour qui avait détruit ses parents — et qui risquait de les détruire, lui et Julia, s'il n'y prenait pas garde.

D'ailleurs, sa rencontre fortuite avec Martina, l'autre soir, n'avait fait que le renforcer dans cette opinion.

Pire encore, elle avait réveillé d'autres souvenirs indésirables, notamment celui de Wendy, son ex-petite amie, qui avait tellement dénaturé sa notion de l'amour qu'il avait failli ne jamais s'en remettre.

Il coupa l'eau et enroula le tuyau d'arrosage sur son support. Puis il prit une peau de chamois et se mit à essuyer la carrosserie.

Quoi qu'en dise Julia, il valait mieux pour elle qu'il ne l'aime pas. En attendant, il lui offrirait son affection, son respect, son admiration… et son corps. Elle pouvait avoir tout ce qu'elle voulait, à une exception près : elle ne l'entendrait jamais dire qu'il l'aimait. Parce qu'un tel aveu conduirait tout droit à un nouveau désastre dont il ne se relèverait pas.

Cela ne lui suffisait pas. Du moins, plus maintenant, se dit Julia en pliant le linge humide et en le déposant dans le sèche-linge. D'habitude, elle appréciait le côté simple et routinier de ces tâches ménagères, mais aujourd'hui elle n'y trouvait aucun réconfort.

Depuis leur fameuse excursion à la grotte, une semaine auparavant, Cameron continuait de se comporter comme si de rien n'était. Peut-être que rien n'avait changé… pour lui. Mais pour elle, tout son monde avait basculé.

Elle avait cru qu'elle pourrait se contenter de vivre auprès d'un homme attentionné, qui plus est un merveilleux père pour son enfant. C'est pourquoi elle avait accepté de l'épouser et de venir vivre chez lui. Mais, maintenant, elle attendait davantage de lui.

Peut-être avait-il raison. Peut-être était-ce déloyal de

sa part de changer la règle du jeu en plein milieu de la partie. Mais elle ne pouvait plus revenir en arrière. Parce qu'elle-même avait changé. Depuis qu'elle lui avait fait cet aveu, elle avait besoin de l'entendre dire qu'il l'aimait.

Mais il en était incapable. La veille au soir, elle avait ramené le sujet sur le tapis et exigé des explications. Quand elle l'avait interrogé sur un éventuel événement qui se serait produit par le passé et qui expliquerait son refus de l'aimer aujourd'hui, il s'était contenté de hausser les épaules.

Mettant son orgueil dans sa poche, elle lui avait alors demandé si ses sentiments avaient quelque chose à voir avec cette Martina. Etait-il encore amoureux d'elle ? Il s'était mis à rire et avait esquivé la question en disant qu'elle faisait fausse route et qu'il valait mieux en rester là.

Comprenant qu'elle n'en tirerait rien de plus, elle avait laissé tomber le sujet.

Et maintenant, elle était malheureuse. Pour elle-même, mais aussi pour lui et Jake. Elle avait beau se raisonner, se dire qu'elle avait la chance d'avoir une famille formidable, un mari prévenant et un bébé adorable, rien n'y faisait. Elle voulait aimer et être aimée. Parce qu'elle méritait d'être heureuse.

Le samedi suivant, Julia et Cameron étaient conviés à une petite réception organisée par Adam pour célébrer la grossesse de Trish. Julia avait apporté des petits pains faits maison et des gâteaux, et elle avait aidé sa belle-sœur à préparer le dîner. Pour l'heure, elle empilait les assiettes sales sur la table de la cuisine.

— Veux-tu que je fasse la vaisselle ? proposa-t-elle.

— Non, merci, s'empressa de dire Trish. Adam et moi prenons du plaisir à faire place nette après le départ de nos invités. Cela nous permet d'être ensemble, de nous repasser les bons moments de la soirée et de préparer notre prochaine réception.

Juste à ce moment, Adam fit irruption dans la cuisine et noua ses bras autour de Trish.

— Tu me manquais, chérie. En as-tu terminé ici ?

— Oui, assura Trish, radieuse, en l'embrassant.

Julia avait alors détourné le regard, incapable de supporter la vue de ce bonheur sans nuages.

Alors qu'ils rentraient chez eux en voiture, elle se tourna vers Cameron.

— Ça doit te faire chaud au cœur de savoir que ton frère est si heureux en ménage.

Sans ralentir l'allure, il lui jeta un regard oblique.

— Je n'y ai jamais vraiment réfléchi, mais oui, c'est bien.

— Bien ? s'exclama-t-elle. Ton frère est éperdument amoureux de sa femme, et c'est tout ce que tu trouves à dire ?

Il leva la main pour la dissuader de poursuivre.

— Je vois où tu veux en venir, Julia. Pourtant, il me semblait que nous avions fait le tour de la question. Encore une fois, nous aussi, nous sommes très heureux ensemble. Alors, pourquoi chercher midi à quatorze heures ?

Il lui prit la main et la serra. Un geste tendre, censé lui rappeler qu'il éprouvait de l'affection pour elle. Mais contre toute attente, elle sentit ses yeux s'embuer de larmes et dut cligner des paupières pour les refouler.

Quelle idiote elle faisait ! Mais était-ce tellement stupide de tout vouloir de lui ? Son amour, et pas seulement son nom ? Tant pis si on la prenait pour une folle. Elle serait une victime de l'amour. Cette pensée la fit sourire, et elle se sentit d'humeur plus légère.

Mais le lendemain matin, tandis qu'elle mettait la vaisselle sale du petit déjeuner dans le lave-vaisselle, elle ressentit un vague à l'âme qui l'obligea à s'asseoir une minute. Elle avait la curieuse impression que son cœur allait se briser en miettes.

Il était grand temps qu'elle se ressaisisse ! s'enjoignit-elle. Puisqu'elle ne pouvait pas continuer à vivre sans amour, au risque de se perdre, elle devait faire quelque chose, mais quoi ?

Il y avait une seule personne au monde à qui elle pouvait ouvrir son cœur et demander conseil. Après avoir changé et habillé Jake, elle l'installa sur le siège auto et prit la route menant chez Sally.

— Quelle bonne surprise ! s'écria Sally en ouvrant la porte.

— J'espère que vous ne m'en voudrez pas de débarquer chez vous à l'improviste.

— Vous plaisantez ! Je suis ravie de vous voir. Entrez.

— Merci.

Sally la précéda en direction de sa cuisine, spacieuse et ensoleillée.

— Venez quand ça vous chante. Vous serez toujours la bienvenue ici.

Jake se mit à gazouiller et à gigoter dans son porte-bébé.

— Oui, mon petit trésor, fit-elle en lui chatouillant le ventre. Toi aussi, tu es le bienvenu.

Elle sortit un pichet de thé glacé du réfrigérateur et remplit deux verres qu'elle déposa sur la table.

— Et maintenant, asseyez-vous et racontez-moi tout. Vous vous sentez bien ? Vous avez une petite mine, ce matin.

Julia rejeta sa chevelure en arrière et redressa les épaules, plus déterminée que jamais.

— J'ai tellement de choses à vous dire ! Pour commencer, je vous annonce que je suis amoureuse de votre fils.

— Vous parlez de Cameron, je suppose, plaisanta Sally.

Julia ne put s'empêcher de rire, et elle se détendit un peu.

— Oui, bien sûr.

— Quelle bonne nouvelle ! J'avais beau savoir que vous l'aimiez, malgré votre incapacité à l'admettre le jour de votre mariage, je suis heureuse de vous l'entendre dire.

Julia froissa nerveusement sa serviette.

— Le hic, c'est qu'il ne m'aime pas, Sally.

— Comment ? se récria-t-elle, les sourcils froncés. Voyons, ma chérie, bien sûr que si, il vous aime ! Je dirais même qu'il vous adore. Ça crève les yeux. Je ne l'ai jamais vu aussi heureux.

— Alors, pourquoi ne me le dit-il pas ?

— Dire quoi ?

Julia poussa un soupir de frustration.

— Qu'il m'aime.

Sally sirota une gorgée de thé, visiblement perplexe.

— Il ne vous l'a jamais dit ?

— Non, admit Julia en cachant son visage entre ses mains. Et je me sens si stupide, si malheureuse ! Quand nous avons pris la décision de nous marier, nous étions convenus que l'amour n'aurait pas sa place dans notre couple.

— Je n'en crois pas mes oreilles ! murmura Sally, atterrée.

— Oh, je sais ce que vous pensez. Mais à ce moment-là, cette décision m'a semblé raisonnable. Nous nous sommes mariés en pensant avant tout au bonheur de Jake. Pour qu'il vive entouré de l'affection de son père et de sa mère. Et puis, ce mariage était pour moi l'occasion inespérée de faire partie de votre famille.

— Oh, ma chérie, murmura Sally, très émue.

— Par la suite, je suis tombée amoureuse de Cameron et je le lui ai dit. Mais il ne cesse de me répéter qu'il ne m'aime pas. Autrement, nous sommes très heureux ensemble et, si j'avais un peu de bon sens, je devrais m'en contenter.

Elle haussa les épaules et eut un pauvre sourire.

— Mais je ne peux pas. J'ai présumé de mes forces en pensant que je serais capable de vivre sans amour. Et aujourd'hui, pour être heureuse, j'ai besoin que Cameron m'aime.

— Oh, mon petit, balbutia Sally en tapotant affectueusement le bras de Julia. Il vous aime, croyez-moi. Je connais mon fils. Il a parfois des idées bien arrêtées, mais c'est un homme bon et généreux.

— Je sais, admit Julia, les yeux embués de larmes.

— Alors, cessez de vous faire autant de souci. Vous vous faites du mal pour rien.

— J'essaie.

— Brave petite. Et maintenant, essayez plus fort.

Julia ne put s'empêcher de rire et pressa affectueusement la main de sa belle-mère.

— Sally, dit-elle, redevenant sérieuse, j'ai quelque chose d'important à vous demander, mais je voudrais que ça reste entre nous.

— Bien sûr, mon chou.

Au comble de la nervosité, Julia se mordilla la lèvre avant de dire tout à trac :

— Cameron a-t-il une raison particulière qui l'empêche de m'aimer ? Oh, je sais, c'est stupide, mais j'ai besoin de savoir si ça a un rapport avec moi ou avec lui.

— Oh, mon Dieu ! s'exclama Sally en se levant et en se mettant à arpenter la cuisine. Pauvre Cameron. Maintenant que vous m'y faites penser, je me demande si son père n'y serait pas pour quelque chose. Un odieux personnage, soit dit en passant. Je ne connais pas les faits en détail parce que son dossier était classé confidentiel, mais je sais que c'était un homme violent. Je ne veux surtout pas vous alarmer, mais j'ai appris par la suite qu'il avait tué la mère de Cameron avant de se suicider.

— Oh, c'est horrible ! Cameron ne m'en a jamais parlé.

— Ça ne m'étonne pas. Si vous saviez comme il était malheureux quand il est arrivé chez moi !

— Oh, Seigneur ! murmura Julia, les larmes aux yeux, en songeant avec compassion aux épreuves qu'il avait dû subir dès l'enfance.

— Et puis, en classe de terminale, poursuivit Sally, il a fait la connaissance de Wendy. Le pire, c'est qu'il s'est toujours senti responsable de la conduite inqualifiable de cette jeune fille.

— Mais ce n'est pas juste ! se récria Julia.

— Non, mais c'est Cameron tout craché. Je n'oublierai jamais le jour où il m'a dit que tout était sa faute, et que son père avait raison.

— Oh, mon Dieu ! balbutia Julia.

— Je n'aurais peut-être pas dû vous raconter tout ça, regretta Sally, confuse. N'allez surtout pas en tirer des conclusions hâtives. Cameron ne vous fera jamais de mal. Il en est incapable.

Julia haussa les sourcils, incrédule, puis se mit à rire.

— Je le sais bien. Il est doux comme un agneau… et têtu comme une mule.

Sally sourit, visiblement soulagée.

— C'est vrai. Il n'y a pas une once de violence en lui. Oh, bien sûr, il s'est engagé dans la Marine, mais ce n'est pas pour assouvir un goût quelconque pour la bagarre. A mon avis, sa petite enfance a été tellement chaotique qu'il a éprouvé le besoin de mettre de l'ordre dans sa vie pour mieux la contrôler. Et ce qui l'a attiré dans l'armée, c'est précisément l'apprentissage de la rigueur et de la discipline.

Julia fit la moue.

— Une chose est sûre, il adore tout contrôler. Mais, pour autant, il ne ferait pas de mal à une mouche. C'est l'homme le plus gentil que je connaisse.

— Vous avez raison, assura Sally.

Elle laissa passer un temps avant de dire, un sourire malicieux aux lèvres :

— A la réflexion, il serait peut-être bon que vous

le poussiez dans ses retranchements pour qu'il s'en rende compte par lui-même.

Julia la considéra un instant, perplexe, avant de comprendre ce que sa belle-mère voulait dire.

— Oh, Sally, vous êtes la sagesse personnifiée.

— C'est ce que je me tue à répéter à mes fils !

Ce soir-là, Cameron offrit à Julia une superbe broche en forme de bouton-d'or, incrustée de diamants jaunes et de saphirs.

— Oh, Cameron, elle est magnifique ! Mais pourquoi un tel cadeau ?

— Pour le plaisir.

Elle prit une profonde inspiration avant de se risquer à dire, pleine d'espoir :

— Ne serait-ce pas plutôt parce que tu es amoureux de moi ?

— Julia…

— Je sais, l'interrompit-elle, mortifiée. Tu préférerais te faire hacher menu plutôt que de le dire. Mais je tiens à m'assurer d'une chose. Tu aimes Jake, n'est-ce pas ?

— En voilà une question ! Evidemment ! s'écria-t-il en regardant ostensiblement par la fenêtre.

— Je suis ravie de te l'entendre dire, dans ton intérêt et celui de Jake.

— Où veux-tu en venir ? s'impatienta-t-il.

Elle prit le temps de reposer la broche dans son écrin avant de répondre d'une voix étrangement douce :

— Nous nous arrangerons plus facilement pour la garde de Jake une fois que je me serai réinstallée chez moi avec le bébé.

Il fit volte-face et la dévisagea, l'air effaré.

— Une fois que… quoi ?

Il s'avança vers elle, les poings serrés.

— Qu'est-ce que ça veut dire ? Il est hors de question que tu partes d'ici. Bon sang, nous sommes mariés !

Elle serra nerveusement ses mains l'une contre l'autre.

— Je pensais être capable de m'accommoder de cette situation, Cameron. Mais cela m'est impossible. Tu es un mari merveilleux, un père formidable et un amant exceptionnel. Malheureusement, tu ne m'aimes pas. Or je veux un mari qui m'aime.

— C'est ridicule ! hurla-t-il avant de baisser la voix de peur de réveiller Jake. Tu n'as pas le droit d'agir ainsi, Julia. Tu essaies encore de changer la règle du jeu.

— De fait, à partir de maintenant, j'édicte ma propre règle, dit-elle posément.

— Et quelle est-elle ? demanda-t-il, sarcastique.

— Oh, c'est très simple. Je pars du principe que je mérite d'être aimée.

Il poussa un soupir excédé.

— Julia, je peux te donner tout ce que tu veux, sauf ça.

— Même si je sais pertinemment que tu m'aimes ?

— Tu te trompes, chérie. Je ne t'aime pas.

Elle réprima un petit cri de désespoir. C'était la première fois qu'il niait les faits avec une telle conviction. Mais il fallait qu'elle tienne bon, dût-elle souffrir mille morts.

— Très bien, je pense qu'on s'est tout dit, déclara-t-elle froidement.

Il se passa fébrilement la main dans les cheveux.

— Excuse-moi, Julia, mais tu m'as mis hors de

moi. Ecoute, je ne veux pas te faire de mal. Jamais. C'est la raison pour laquelle…

Il s'interrompit, mal à l'aise.

— Oui ? insista-t-elle.

— Je ne te dirai jamais que je t'aime.

Quelle tête de mule ! maugréa-t-elle à part soi tout en s'exhortant à la patience.

— Cameron, tu m'as offert plus de cinquante mille dollars en bijoux.

— Exact, dit-il fièrement. N'est-ce pas la preuve que je suis un mari attentionné et prévenant ? Ne peux-tu pas t'en contenter ?

— Tous ces cadeaux prouvent que tu m'aimes. Alors, pourquoi ne pas le reconnaître ouvertement ?

— Je ne ferai jamais une chose pareille, martela-t-il en arpentant la pièce d'un pas nerveux. Pourquoi t'obstines-tu à revenir sans arrêt sur ce sujet puisque tu n'obtiendras jamais la réponse que tu veux ?

— Tu as raison. Il vaut mieux qu'on se sépare pendant quelque temps.

— Non ! protesta-t-il, tout son être tendu à craquer.

Il semblait en proie à une lutte intérieure, comme s'il cherchait la meilleure façon d'apaiser les tensions tout en gardant le contrôle de la situation. Il finit par se ressaisir.

— Ecoute, commença-t-il d'une voix hésitante. J'ai grandi au sein d'une famille en grande difficulté. Mon père était…

Il s'interrompit, visiblement bouleversé.

— Tu disais que ton père était…

— Un salaud de la pire espèce, dit-il avec force.

Un homme violent et méchant. Ma mère a beaucoup souffert à cause de lui.

— Il te frappait ? demanda-t-elle, horrifiée.

Il eut un rire amer.

— De temps à autre. Mais ce n'était rien à côté de ce qu'il faisait endurer à ma mère. Je peux t'assurer que je ne suis pas fier de moi.

— Pourquoi ?

— Parce que je n'ai pas su la protéger.

— Quel âge avais-tu à l'époque ?

Il haussa les épaules avec impatience.

— Six, sept ans. Qu'importe. Je n'ai pas réussi à l'empêcher de battre ma mère. Mais le pire, c'est que chaque fois qu'il la frappait, il hurlait qu'il agissait ainsi parce qu'il l'aimait.

Elle tressaillit, profondément choquée. Et soudain, elle comprit pourquoi il refusait de prononcer le mot fatidique.

— C'est affreux !

— Il l'*aimait* ! répéta-t-il, révulsé. Et il lui prouvait son *amour* en la battant comme plâtre.

— Oh, Cameron, murmura-t-elle, atterrée, en tendant la main pour lui toucher épaule dans un geste de réconfort.

Il eut un mouvement de recul.

— Non, inutile.

— Mais…

— Tu ne comprends pas ? s'écria-t-il en s'écartant d'elle. Je possède cette même graine de violence enfouie quelque part en moi. Je sais qu'elle est là, mais je refuse de la laisser se développer et grandir. C'est pourquoi j'ai décidé de ne jamais tomber amoureux. Oh, cela ne m'a pas empêché d'essayer. Malheureusement, l'expérience a tourné court, et je n'ai fait que gâcher la vie des femmes que j'ai cru aimer. Crois-moi, Julia, c'est pour ton bien que j'agis ainsi. Je refuse de te faire courir le moindre risque. Ce n'est pourtant pas si difficile à comprendre !

— Mais tu es tout l'opposé de ton père ! s'insurgea-t-elle.

— Ce n'est pas aussi simple, marmonna-t-il en fourrageant nerveusement dans ses cheveux. Je sais que tu veux à tout prix m'entendre prononcer ces mots, mais je ne les dirai jamais et je ne serai jamais amoureux de toi pour ne pas te faire subir le même sort que ma mère. Si je te faisais le moindre mal, je ne m'en remettrais jamais.

Elle sentait son propre cœur se briser en entendant de pareils propos. Quel homme malheureux ! Elle devait à tout prix lui faire entendre raison.

— Te rappelles-tu notre nuit de noces ?

Il ouvrit de grands yeux, se demandant visiblement où elle voulait en venir.

— Bien sûr !

— J'étais furieuse contre toi.

Il eut une moue contrite.

— A juste titre.

— J'étais tellement remontée contre toi que tu as passé la nuit sur le canapé, tu t'en souviens ? insista-t-elle. Ce soir-là, je t'ai blessé dans ton amour-propre.

— Tu avais de bonnes raisons de m'en vouloir.

— Mais il ne s'est rien passé entre nous.

— Je le sais bien, dit-il en la regardant comme si

elle avait perdu l'esprit. Mais la nuit suivante, nous nous sommes largement rattrapés.

Elle leva les yeux au ciel, exaspérée.

— Oui, je m'en souviens. Mais je te parle de la nuit de noces, quand je me suis mise en colère contre toi. D'ailleurs, toi aussi, tu étais très énervé après moi. Mais tu ne m'as pas frappée pour autant. Pas plus ce soir-là que la fois où j'ai repeint la cuisine. Pourtant, Dieu sait si mes innovations ont déchaîné ta colère !

— Oui, et alors ?

— Pourquoi ne m'as-tu pas frappée à ces deux occasions ?

Il la considéra, interloqué.

— Je peux t'assurer que je ne ferais jamais une chose aussi monstrueuse.

— Je sais ! s'exclama-t-elle gaiement. Tu ne me frapperas jamais parce que tu es tout *sauf* violent.

— Non, ce n'est pas pour cette raison, se récria-t-il. C'est parce que je ne t'aime pas.

Elle accusa le coup. Puis elle se mit à rire d'un air de défi.

— Julia, c'est la vérité ! gronda-t-il. Ne me pousse pas à bout.

Toujours riant, elle posa une main sur son torse et le repoussa violemment. Mais il ne bougea pas d'un pouce. Secouant la tête avec impatience, elle noua ses bras autour de lui et murmura :

— Tu vois, j'ai beau te provoquer, tu restes de marbre. Quoi que tu en dises, tu n'as pas hérité du tempérament violent de ton père.

La tête sur son épaule, elle resserra son étreinte, les yeux embués de larmes en songeant au petit garçon traumatisé qu'il avait été. Elle n'en aima que davantage l'homme généreux et fort qu'il était devenu — même s'il s'entêtait à nier l'évidence alors qu'elle lui crevait les yeux.

Au bout d'un moment, elle releva la tête et dit :

— Tu te rappelles la fois où tu m'as demandé pourquoi je m'étais spécialisée dans la fabrication de *cupcakes* ?

— Oui.

— Je t'ai raconté qu'après la mort de mes parents, à chacun de mes anniversaires, la cuisinière m'offrait un petit gâteau pour célébrer l'événement. Mais ce que j'ai omis de préciser, c'est que la cuisinière se justifiait en me disant que ce serait une perte de temps et d'énergie que de préparer un vrai gâteau d'anniversaire uniquement pour une petite fille. C'est ainsi que, tous les ans, j'avais droit à mon *cupcake*.

Ce triste souvenir la fit frissonner, et elle se lova tout contre Cameron.

— Un malheureux *cupcake* avec une minuscule bougie au milieu, ajouta-t-elle avec un pauvre sourire. Au fil des ans, j'ai fini par le considérer comme le symbole de ma vie — une vie solitaire dans une grande bâtisse pleine de courants d'air.

— Oh, chérie, murmura-t-il d'une voix compatissante en lui frottant doucement le dos.

— Parfois, la solitude me pesait tellement que je proposais à la cuisinière de l'aider dans la préparation des repas. Ne serait-ce que pour côtoyer un être humain, aussi revêche fût-il. A force, j'ai découvert que j'étais douée pour la pâtisserie.

— Douée ? Le mot est faible. Tu es un vrai cordon-bleu !

— Merci, fit-elle, reconnaissante. Quand j'ai commencé à apporter des *cupcakes* à l'école, je me suis vite rendu compte que ces jours-là, tout le monde était heureux, surtout moi. C'était à la fois amusant et gratifiant de cuisiner pour les autres, et j'en venais à oublier ma solitude.

Elle s'écarta de Cameron et le regarda droit dans les yeux.

— Malgré le succès de mes *cupcakes*, j'ai décidé de changer de stratégie. J'envisage un projet plus ambitieux.

— Vraiment ? fit-il, visiblement inquiet.

— Oui, assura-t-elle avec force. Désormais, je refuse d'en être réduite à la portion congrue. Je veux le gros gâteau, et je le veux tout entier.

Sur ces entrefaites, Julia lui expliqua qu'elle avait besoin de mettre une certaine distance entre eux pour réfléchir à leur avenir à tête reposée. Puis elle emballa quelques effets personnels et les affaires du bébé.

Il était aux abois à l'idée qu'elle parte de la maison en emmenant Jake.

— C'est ridicule, Julia ! Je refuse que tu t'en ailles.

— Il suffit d'un mot pour m'en empêcher, assura-t-elle d'un ton léger, mais les yeux brillants de larmes. Ou plutôt, de trois mots.

Il la considéra sans mot dire, au comble de la frustration.

— C'est bien ce que je pensais, soupira-t-elle, l'air accablé. Dis au revoir à papa.

Le bébé qu'elle venait d'installer dans le porte-bébé se mit à gigoter et à agiter ses menottes.

— Papa !

Désespéré, Cameron regarda la voiture disparaître au bout de l'allée, emportant sa femme et son enfant. Désormais, il se retrouvait seul, avec, pour seule planche de salut, son fameux self-control.

- 13 -

Une heure s'était à peine écoulée quand Sally frappa à la porte.

— Entre, maman, fit Cameron en s'effaçant pour la laisser passer. Tu veux une bière ?

— Trêves de mondanités, Cameron ! riposta-t-elle en posant son sac sur une chaise du salon et en le suivant dans la cuisine. Que se passe-t-il ? Vous sembliez si heureux, tous les deux. Et j'étais tellement fière de toi parce que tu avais enfin accepté l'amour dans ta vie.

— Ce n'était pas ce que tu croyais, maman, dit-il d'une voix lasse. Nous avions conclu un arrangement.

Elle leva les yeux au ciel, excédée.

— Un arrangement ! Seigneur, qu'est-ce qu'il ne faut pas entendre !

— Ecoute, maman, je ne…

— Cameron, regarde-moi dans les yeux et dis-moi que tu n'es pas éperdument amoureux de Julia.

Les dents serrées, il soutint son regard et marmonna :

— Non.

Elle le considéra, visiblement perplexe.

— Non, tu refuses de me répondre, ou non, tu n'es pas amoureux d'elle ?

Les bras croisés, il la défia du regard.

— Non, je ne suis pas amoureux d'elle.

Sous le coup de la surprise, elle en resta bouche bée.

— Ça alors ! Bon, il ne me reste plus qu'à partir.

— Rien ne presse, assura-t-il, en désespoir de cause. Tu ne veux pas profiter de la piscine ?

— Non, j'ai obtenu ce que je voulais.

— Maman, je suis désolé.

— Pas autant que moi, maugréa-t-elle en récupérant son sac et en se dirigeant vers la sortie. Cameron, tu sais que je t'aime beaucoup.

— Moi aussi, maman.

— Tant mieux, parce que j'ai quelque chose à te dire. La dernière fois que tu m'as menti remonte à une éternité. Mais en ce moment, je sais que tu me mens. A moi, et aussi à toi-même. Tu es tout l'opposé de ton père, Cameron, et tu le sais. Alors cesse de te comporter comme un imbécile. Et fais en sorte que Julia et Jake reviennent ici au plus vite, sinon tu auras affaire à moi !

On ne la surnommait pas la Dame de fer pour rien ! songea Cameron, un sourire contrit aux lèvres. Après le départ de sa mère, il tourna en rond dans la maison, ressassant leur conversation. Elle avait tort de prétendre qu'il mentait, mais, en bon fils qu'il était, il l'avait laissée dire ce qu'elle avait sur le cœur.

Et maintenant, seul dans cette grande maison, il avait tout le loisir de se complaire dans sa douleur. Julia n'était partie que depuis quelques heures et, déjà, elle lui manquait terriblement. D'une certaine façon, elle lui était devenue indispensable, comme l'air qu'il respirait. Maintenant qu'elle était partie, comment allait-il faire pour survivre ?

Il s'en accommoderait, quoi qu'il lui en coûte. D'ailleurs, à la réflexion, son départ était peut-être un mal pour un bien. Il avait eu beau l'avertir dès le début que l'amour n'était pas prévu au programme, elle n'en avait tenu aucun compte et avait essayé de changer la règle du jeu, voire d'imposer sa propre règle. Mais il n'entendait pas se laisser dicter sa conduite. Personne d'autre que lui ne changeait la règle établie.

Il n'empêche, Julia et Jake lui manquaient terriblement.

Il attaquait sa seconde bouteille de bière quand on sonna de nouveau à la porte. Il ne fut pas surpris de voir Adam et Brandon faire irruption chez lui. En revanche, la vue de la petite boîte blanche ornée d'un ruban bleu et estampillée Cupcake, que Brandon portait à bout de bras, lui fit l'effet d'un électrochoc.

— Que fabriques-tu avec ces gâteaux ? demanda-t-il, furieux.

— Je les ai achetés à la pâtisserie de Julia, déclara Brandon, un large sourire aux lèvres. Maintenant que vous deux, c'est fini, j'ai toutes mes chances. Je suis persuadé qu'elle acceptera de sortir avec moi un de ces jours.

Il mordit dans un gâteau et poussa un gémissement de pur plaisir avant de se laisser tomber sur une chaise de la salle à manger.

— Mon pauvre vieux, ajouta-t-il, il faut que tu sois tombé sur la tête pour laisser partir une femme pareille. Réflexion faite, je vais l'appeler dès ce soir.

Fou de rage, Cameron s'avança vers lui, les poings serrés.

— Si tu tiens à la vie, je te conseille de renoncer à cette idée.

Adam attrapa son frère par le bras.

— Arrête de faire l'idiot, Cameron.

— Pourquoi ? Visiblement, c'est l'opinion que tout le monde a de moi.

— En effet, tu es le dernier des imbéciles, constata froidement Brandon avant de finir son gâteau.

— Et toi, tu es un homme mort, répliqua Cameron, ulcéré, en croisant les bras.

A ces mots, Adam eut un rire sarcastique.

— Allons, frérot, regarde-toi.

— Que veux-tu dire ? maugréa-t-il.

— Tu restes planté là, à proférer des menaces contre Brandon, mais nous savons tous que tu ne les mettras jamais à exécution.

— N'y compte pas trop, fulmina-t-il.

Adam secoua la tête, nullement convaincu.

— Même quand on était gosses, ce n'était jamais toi qui commençais une bagarre.

— Exact, confirma Brandon.

— En revanche, Brandon adorait la castagne.

L'intéressé se mit à rire, visiblement fier de lui, puis il jeta un regard entendu à Cameron.

— Tu ne t'es jamais battu pour quoi que ce soit, sauf quand un gamin te collait un gnon. Même alors, tu faisais tout ton possible pour éviter que ça ne dégénère en pugilat.

— On te surnommait le diplomate, renchérit Adam. Je me souviens de la seule fois où tu as attaqué le premier.

— Oui, renchérit Brandon. Ce jour-là, Jerry Miles m'avait acculé dans un coin et s'apprêtait à me battre comme plâtre.

— J'aurais dû le laisser faire.

— Mais tu t'en es bien gardé, remarqua Adam d'un ton significatif. Et tu as foncé sur lui, mû par une sombre résignation. Tu n'as jamais eu le goût du sang. Et tu ne l'auras jamais.

— Peut-être bien, marmonna-t-il.

— C'est une certitude, rétorqua Adam. Tu ne comprends donc pas ? Tu n'as pas une once de violence en toi, contrairement à ton père. Et tu ne lui ressembleras jamais.

Ce samedi, Cameron eut la bonne surprise de voir Sally débarquer chez lui avec Jake. Julia avait une urgence à la boutique, lui expliqua sa mère, et elle avait accepté de confier le bébé à Cameron pour la journée.

Il réalisa alors à quel point Julia lui manquait. C'était au-delà de tout ce qu'il avait imaginé. Au point de ressentir son absence comme une douleur physique.

Il emmena Jake à la piscine. Après quelques joyeuses éclaboussures accompagnées de grands éclats de rire, il sortit le bébé de l'eau et le sécha. Pendant qu'il se séchait lui-même, il laissa Jake crapahuter dans l'herbe épaisse du jardin. Au comble de l'étonnement, il le vit ramper jusqu'à la clôture et s'y agripper pour s'aider à se relever. Puis il se tint debout tout seul, dans l'herbe, et fit son premier pas.

— Papa ! cria-t-il avant de retomber sur son derrière en riant aux éclats.

Bouleversé, Cameron se précipita vers lui et le prit dans ses bras.

— Jake, c'est incroyable ! s'exclama-t-il, ravi. Tu

marches comme un grand garçon ! Tiens, refais-le, je vais t'aider.

Il maintint le bébé debout avant de le lâcher prudemment. Jake demeura immobile quelques secondes avant de faire un timide pas en avant. Il se mit à osciller, puis il perdit l'équilibre et tomba sur les genoux. Cette fois, il hurla de douleur, et Cameron s'empressa de le prendre dans ses bras et de le réconforter.

— Calme-toi, mon petit, murmura-t-il en tapotant le dos du bébé. Je vais déposer un baiser sur ton genou, et tu ne sentiras plus rien.

Pendant qu'il s'exécutait, Jake pleurnicha encore un peu, puis finit par se calmer.

— Je suis fier de toi. Tu es un grand garçon, maintenant, murmura-t-il en embrassant le crâne du bébé. Et maman aussi sera fière de toi en apprenant ce que tu viens de faire.

A ces mots, il fut submergé par un flot d'émotions si intenses qu'il faillit lui aussi tomber à genoux. Il fallait que Julia sache que Jake venait de faire ses premiers pas. Il se rua vers la maison pour l'appeler. Avec qui d'autre aurait-il pu partager ce moment si spécial ?

Tout en s'emparant du téléphone, il se frotta la poitrine, en proie à une étrange sensation. La même sensation qu'il avait éprouvée en regardant Julia discuter avec son ami Byron lors de la soirée de gala. Pour l'heure, la sensation s'intensifia et lui emplit la poitrine d'une telle chaleur qu'il en eut le souffle coupé. Non, ce n'était pas de la douleur. Cela ressemblait à de la tendresse, mais en beaucoup plus puissant. En fait, c'était une émotion qu'il n'avait jamais ressentie pour aucune autre femme.

L'espace de quelques secondes, il contempla le téléphone avant de le reposer sur son support. Que ferait-il quand Jake lui réserverait un autre moment tout aussi spécial ? S'empresserait-il d'appeler Julia ?

Que se passerait-il quand Jake se mettrait à marcher pour de bon ? Si Cameron n'était pas là pour le voir, Julia l'appellerait-elle pour lui raconter la scène par le menu ? Etait-il prêt à manquer tous ces moments magiques ?

Et s'il arrivait quelque chose à Julia, qui la réconforterait ? N'avait-elle pas eu plus que sa part de solitude morale ?

Et si elle rencontrait un autre homme qui ait le cran de l'aimer comme elle méritait de l'être ?

Allait-il rester les bras croisés en attendant que quelqu'un d'autre prenne sa place dans le cœur de Julia ?

Sûrement pas ! Si quelqu'un devait l'aimer, ce serait lui et personne d'autre.

— Tiens-le-toi pour dit, Julia ! marmonna-t-il, en attrapant ses clés et le sac de couches de Jake.

Il emprunta la route serpentant à travers les collines surplombant Dunsmuir Bay, en direction de Glen Haven Farm, la demeure de Julia. Elle et Jake avaient élu domicile dans l'aile est qui comportait trois chambres, deux salles de bains, un grand salon et une vaste cuisine. Le bâtiment bénéficiait de tout le confort moderne, contrairement au reste de la demeure.

Il avait du mal à imaginer la petite fille qu'elle avait été, grandissant dans cette résidence qui ressemblait plus à un musée qu'à un foyer. Mais, après tout, qu'importait, puisqu'il allait faire en sorte qu'elle n'y vive plus jamais.

Tenant Jake dans ses bras, il sonna à la porte d'entrée, le cœur battant, s'attendant à ce qu'une domestique ou une gouvernante vienne lui ouvrir.

Quelle ne fut pas sa surprise en voyant Julia sur le seuil, belle et sexy, en jean, baskets et tablier maculé de chocolat.

— Bonjour, Cameron.

— Bonjour, fit-il, très ému, en contemplant la jeune femme dont il était tombé fou amoureux dès leur première rencontre.

En cours de route, il avait établi un plan d'action et préparé un petit discours. Mais en se retrouvant face à son destin, il en oublia tout et ne put que balbutier :

— Je t'aime, Julia. Je t'en prie, rentre à la maison.

Il la vit tressaillir et se mordiller la lèvre, indécise.

— Je suis désolée. Je ne suis pas sûre d'avoir bien entendu. Pourrais-tu le répéter trois ou quatre fois ?

— Je t'aime, Julia, assura-t-il. Je t'aime plus que tout au monde. Je veux que toi et Jake reveniez vivre avec moi. Je veux d'autres bébés, et aussi un chien. Mais, par-dessus tout, je veux que tu rentres à la maison et que tu ne me quittes plus jamais. Je t'aime tellement.

Elle inclina la tête sur le côté, une lueur malicieuse dans le regard.

— Encore une fois ?

Il se mit à rire et noua un bras autour de sa taille tandis qu'elle l'embrassait en y mettant tout son cœur.

— Bien sûr, je rentre à la maison. J'attendais seulement que tu me le demandes.

— Maman ! gazouilla Jake en agitant ses menottes vers elle.

Cameron exultait. Son cœur se dilatait de joie.

— Je t'aime plus que tout. Veux-tu que nous organisions une nouvelle cérémonie de mariage, plus fastueuse que la précédente ? Tu porteras une robe de grand couturier, et j'inviterai un millier de personnes. Il y aura une gigantesque pièce montée. Je te promets que cette fois-ci, je ferai les choses dans les règles de l'art. Mais, surtout, rentrons à la maison. Je t'aime tant.

Elle l'embrassa de nouveau et embrassa Jake, les enveloppant dans une même étreinte.

— Voyons, Cameron, à quoi me servirait une autre cérémonie de mariage puisque je tiens dans mes bras les deux personnes qui m'importent le plus au monde ?

Passions

— Le 1er septembre —

Passions n°281

L'honneur d'Elena - Christine Rimmer

Lorsqu'Elena découvre qu'elle attend un enfant de Rogan Murdoch, elle est partagée entre la joie de devenir mère et une immense appréhension. Certes, il ne fait aucun doute que Rogan se montrera à la hauteur de ses responsabilités et lui proposera le mariage. Mais au fond d'elle-même, elle sent que Rogan n'est toujours pas prêt à s'engager et qu'il ne l'aimera jamais vraiment...

La force de la passion - Karen Rose Smith

Celeste est prête à tout pour se rapprocher de sa nièce, une fillette de quatre ans qu'elle aime comme sa propre fille. Pourtant, lorsqu'elle se retrouve face au regard sombre de Clay, le père de l'enfant, elle comprend que ce sera plus difficile qu'elle ne l'imaginait...

Passions n°282

Audacieux arrangement - Allison Leigh

Si Deanna accepte de jouer le rôle de la fiancée de Drew Fortune, son patron, c'est uniquement parce qu'elle sait que ce n'est qu'un arrangement temporaire et strictement pratique. Pourtant, alors qu'ils sont obligés de passer quelques jours dans l'immense Hacienda de la famille Fortune, elle se sent de plus en plus troublée par la proximité de Drew...

Le souvenir d'une liaison - Brenda Harlen

Gabriella... Gabriella Vasquez... En apprenant l'identité de la journaliste qui vient de ruiner sa réputation, le prince Cameron Leandres est sous le choc. Car Gabriella ne lui est pas étrangère, bien au contraire. Même si cela fait plus de dix ans qu'il ne l'a pas revue, il n'a jamais totalement oublié les merveilleux moments qu'ils ont passés ensemble...

HARLEQUIN

Passions n°283

Plus fort que le désir - Emilie Rose

Lorsqu'elle découvre que son ex-mari, Flynn Maddox, dont elle est séparée depuis sept ans, n'a en réalité jamais signé les papiers du divorce, Renée est folle de rage. Une rage qui se transforme en stupeur lorsque celui-ci lui fait la plus étonnante, la plus scandaleuse des propositions : il signera les papiers du divorce à la condition qu'elle accepte de lui donner un héritier...

L'amant dont elle rêvait - Christie Ridgway

Cela fait plus de six ans que Kayla travaille pour Mick Hanson. Six longues années durant lesquelles elle s'est consumée d'amour pour lui sans qu'il ne lui prête la moindre attention. Lasse de cette situation, Kayla décide de reprendre sa vie en main et de démissionner, mais, à sa grande surprise, Mick ne l'entend pas de cette oreille...

Passions n°284

Une héritière très secrète - Catherine Mann

Alors qu'elle assiste au mariage de sa demi-sœur, Eloisa sent son cœur se serrer en reconnaissant Jonah Landis parmi la foule des invités. Le beau, le séduisant Jonah, qu'elle a dû quitter précipitamment, un an plus tôt, sans une explication. Jonah, qu'elle aime encore de tout son cœur mais à qui elle ne peut toujours pas révéler sa véritable identité...

Ce serment entre nous - Michelle Celmer

Depuis la disparition de sa sœur, Katie n'a jamais revu Adam Blair, son beau-frère. Une situation qui l'arrange à vrai dire car elle ne s'est jamais sentie à l'aise avec cet homme trop beau, trop riche et trop sûr de lui. Elle est donc étonnée et un peu inquiète lorsque celui-ci lui demande de lui rendre visite dans son immense propriété. Mais elle est loin de se douter de l'incroyable proposition qu'il s'apprête à lui faire...

Passions n°285

Une épouse indomptable - Barbara Dunlop

S'il y a un homme que Kaitlin déteste plus que tout au monde, c'est bien Zach Harper, son ancien patron. Celui-ci ne vient-il pas de la licencier, ruinant ainsi tous ses rêves de carrière ? Elle est donc bouleversée d'apprendre que le mariage factice qu'ils ont contracté quelques mois plus tôt à Las Vegas, lors d'un voyage d'affaires, est en réalité bel et bien valable...

La plus belle des rencontres - Maureen Child

Lorsque Tula apprend que la garde de son neveu ne lui a pas été confiée à elle, mais à Simon Bradley, le père biologique de l'enfant, elle est folle de rage. Jamais en effet, elle ne laissera le petit garçon sous la responsabilité de ce play-boy, certes riche à millions, mais dont la réputation de don Juan est aussi légendaire que sulfureuse...

HARLEQUIN

BestSellers
A paraître le 1er juillet

Best-Sellers n°470 • suspense

Ombres sur Black Falls - Carla Neggers

Hannah Shay est enfin parvenue à montrer aux habitants de Black Falls, le petit village de montagne où elle est née, ce dont elle est capable : le café qu'elle y a ouvert est un succès et elle va bientôt devenir magistrate. Mais quand son établissement se retrouve au cœur d'une enquête sur une série de crimes violents perpétrés dans le domaine montagneux des Cameron, Hannah est pétrifiée d'angoisse. D'autant plus que Bowie, son ami d'enfance est soupçonné par la police d'être mêlé à ce cauchemar… Hannah refuse d'y croire, et les soupçons de Sean Cameron, revenu à Black Falls pour tenter de démasquer l'assassin de son propre père, l'une des victimes, n'y changeront rien. Sean… Un homme intrépide qu'adolescente, elle aimait en secret, et qui tente aujourd'hui de la convaincre de participer à ses recherches. Que faire ? Car tout comme Sean, Hannah sent que le tueur va bientôt frapper… et il pourrait bien se trouver plus près d'eux qu'ils ne le pensent.

Best-Sellers n°471 • suspense

Face au danger - Brenda Novak

Traumatisée par la violente agression dont elle a été victime trois ans auparavant, Skye Kellerman a mis du temps à surmonter ses angoisses. Ce n'est que depuis peu qu'elle reconstruit son existence autour de l'association d'aide aux victimes qu'elle a créée en Californie avec deux amies. Mais quand elle apprend que son agresseur, Olivier Burke, est sur le point d'être libéré pour bonne conduite, bien avant la fin de sa peine, toutes ses peurs ressurgissent brutalement : comment oublier que c'est son propre témoignage qui a permis d'envoyer cet homme derrière les barreaux ? Lui n'a certainement pas oublié qu'il a tout perdu par sa faute. Le temps presse et Skye n'a qu'une solution : faire ce qu'il faut pour que Burke ne sorte pas de prison, en commençant par prouver son implication dans trois affaires de meurtres survenues à l'époque de son agression, et qui n'ont jamais été résolues... Heureusement, elle peut compter sur l'aide et le soutien inconditionnel de l'inspecteur David Willis, qui est venu la trouver. Car lui aussi en est convaincu : Burke n'en restera pas là.

Best-Sellers n°472 • thriller

La proie du silence - Karen Rose

L'incendie criminel de Minneapolis dans lequel Tracey, une adolescente atteinte de surdité, a trouvé la mort en pleine nuit, est un véritable choc. Ecœurée par le sort de cette toute jeune fille que son handicap a sans doute empêché de fuir suffisamment tôt, l'inspectrice Olivia Sutherland se sent prête à tout pour retrouver les coupables. D'autant plus que ses recherches l'orientent rapidement vers d'autres agissements sinistres : ceux d'un maître chanteur qui n'hésite pas à tuer les proies qui lui résistent. Perturbée par son enquête, Olivia l'est encore plus quand elle doit interroger David Hunter, le pompier qui a risqué sa vie lors de l'incendie pour tenter de sauver Tracey. David, un homme secret et mystérieux qu'elle a aimé autrefois, et qui lui a brisé le cœur. Elle accepte pourtant l'aide qu'il lui propose pour mettre la main sur ce criminel cynique et calculateur. Un criminel toujours proche mais jamais visible – et qui sème la mort sur son passage.

Best-Sellers n°473 • roman

Le printemps des rêves - Debbie Macomber

Séparée de son mari depuis peu, Rosie a bien du mal à prendre un nouveau départ. Non seulement Zach revendique la garde de ses enfants, mais les deux adolescents tumultueux lui mènent la vie dure. Heureusement, son métier d'institutrice la passionne et elle peut compter sur l'aide et la compréhension de son entourage. D'autant qu'elle n'est pas la seule à traverser une période de doute et de remise en question : Grace, qui habite non loin de là, essaye elle aussi de prendre un nouveau départ, même si elle a encore du mal à s'y retrouver dans sa vie sentimentale depuis la disparition brutale de son mari. Elle-même sait pouvoir compter sur sa meilleure amie Olivia, qui semble vouloir donner une nouvelle chance à sa relation avec Jack. Ainsi que sur sa fille aînée Maryellen qui, après des relations houleuses avec Jon, vient de mettre au monde une merveilleuse petite Katie. Bref, c'est tout un univers chaleureux qui aide Rosie à prendre en main son avenir et celui de ses enfants. Un univers où les gens finissent toujours par se retrouver car, à Cedar Cove, on n'est jamais très loin les uns des autres…

Best-Sellers n°474 • paranormal

Le papillon des ténèbres - Gena Showalter

Gideon, ténébreux guerrier mi-ange mi-démon, possède le pouvoir de détecter le mensonge et la tromperie. Pourtant, quand l'immortelle Scarlet se présente à lui, couronnée de sa chevelure d'ébène, il perd tous ses moyens. Envouté par son parfum d'orchidée, captivé par tant de beauté, il écoute son incroyable histoire, incapable de savoir si elle lui dit la vérité. Mais comment la croire quand elle lui affirme qu'elle a un jour été sa femme alors qu'il n'a aucun souvenir d'elle ? Et surtout, comment la protéger sans mettre en danger ses compagnons et sans se détourner de sa propre quête, celle qu'il poursuit comme prince des seigneurs de l'ombre ? Une force irrésistible le pousse néanmoins à vouloir connaître la vérité et comprendre ce qui l'attire en elle. Car bien au-delà du désir, Gideon sent qu'un lien très particulier l'unit à Scarlet. Un lien qui, s'il le découvrait, pourrait détruire celle qu'il commence à aimer…

Best-Sellers n°475 • thriller

Piège de neige - Lisa Jackson

Prisonnière du criminel pervers qu'elle traque depuis des semaines dans l'hiver glacial du Montana, l'inspecteur Regan Pescoli n'a plus qu'une obsession : s'échapper coûte que coûte. Aussi essaie-t-elle, dans le cachot obscur et froid où elle est enfermée, de dominer la terreur grandissante qui menace de la paralyser. Car ce n'est pas seulement sa vie qui est en jeu, mais également celle d'autres captives, piégées comme elles et promises à la mort.

Pour les sauver, autant que pour retrouver ses enfants et Nate Santana, l'homme qu'elle aime, Regan est déterminée à découvrir le point faible du tueur. Pour cela, il lui faudra aller au bout de son courage, de sa résistance physique… Et vaincre définitivement ce maniaque, avant qu'il ne soit trop tard.

BestSellers

Best-Sellers n°476 • historique

Lady Secret - Nicola Cornick

Angleterre, Yorkshire, 1805.

A la seconde où elle est entrée dans la somptueuse salle de bal de Cole Court, Marina a senti son regard posé sur elle. Le regard d'un homme sûr de lui, déterminé à percer ses secrets. Et, dès qu'il s'est avancé, elle a su que cet homme sombre et arrogant était le mystérieux inconnu de Londres. Celui qu'elle a embrassé dans la taverne, quelques mois plus tôt. Un baiser enivrant dont le seul souvenir suffit à faire naître en elle un délicieux frisson.

Pourquoi est-il ici ? A-t-il découvert sa véritable identité ? Les questions fusent dans l'esprit de Marina tandis que l'inconnu approche, un sourire prédateur aux lèvres. Car si cet homme venait à découvrir les raisons de son séjour à Londres, il ne tarderait pas à déchirer le voile de mensonges derrière lequel elle se cache depuis des années…

Best-Sellers n°477 • roman

L'été des secrets - Susan Wiggs

Quand elle aperçoit les premiers rayons du soleil scintiller sur le lac des Saules, Claire Turner, une jeune infirmière, est envahie par un sentiment de bien-être presque irréel. Venue pour prendre soin de George Bellamy, un vieux monsieur qu'elle adore, elle ne s'attendait pas un instant à se retrouver, le temps d'un été, dans ce cadre enchanteur. Malgré tout, sa mission s'avère délicate. Elle a en effet promis à George de l'aider à réaliser son rêve de toujours : se réconcilier avec son frère sur les lieux de leur enfance, là où, cinquante ans plus tôt, s'est joué le drame qui les a conduits à se perdre de vue. Heureusement pour Claire, Ross Bellamy, le petit-fils de George, semble prêt à tout pour aider son grand-père à réaliser ses souhaits les plus chers. Ross qui hante ses rêves depuis le jour de leur rencontre. Même si, hélas, elle sait que de terribles obstacles liés aux secrets de son passé se dresseront, quoiqu'il arrive, entre elle et lui.

www.harlequin.fr

GRATUITS !

2 romans

et 2 cadeaux surprise !

Pour vous remercier de votre fidélité, nous vous offrons 2 merveilleux romans **Passions** (réunis en 1 volume) entièrement GRATUITS et 2 cadeaux surprise ! Bénéficiez également de tous les avantages du Service Lectrices :

- **Vos romans en avant-première**
- **5% de réduction**
- **Livraison à domicile**
- **Cadeaux gratuits**

En acceptant cette offre GRATUITE, vous n'avez aucune obligation d'achat et vous pouvez retourner les romans, frais de port à votre charge, sans rien nous devoir, ou annuler tout envoi futur, à tout moment. Complétez le bulletin et retournez-le nous rapidement !

☐ **OUI !** Envoyez-moi mes 2 romans Passions (réunis en 1 volume) et mes 2 cadeaux surprise gratuitement. Les frais de port me sont offerts. Sauf contrordre de ma part, j'accepte ensuite de recevoir chaque mois 3 volumes doubles Passions inédits au prix exceptionnel de 6,13€ le volume (au lieu de 6,45€), auxquels viennent s'ajouter 2,90€ de participation aux frais de port. Dans tous les cas, je conserverai mes cadeaux.

N° d'abonnée (si vous en avez un) ☐☐☐☐☐☐☐☐ RZ1F09

Nom : .... Prénom : ....

Adresse : ....

CP : ☐☐☐☐☐ Ville : ....

Téléphone : ☐☐☐☐☐☐☐☐☐☐

E-mail : ....

☐ Oui, je souhaite être tenue informée par e-mail de l'actualité des éditions Harlequin.

☐ Oui, je souhaite bénéficier par e-mail des offres promotionnelles des partenaires des éditions Harlequin.

Renvoyez cette page à : **Service Lectrices Harlequin – BP 20008 – 59718 Lille Cedex 9**

Date limite : **20 octobre 2011**. Vous recevrez votre colis environ 20 jours après réception de ce bon. Offre soumise à acceptation et réservée aux personnes majeures, résidant en France métropolitaine. Offre limitée à 2 collections par foyer. Prix susceptibles de modification en cours d'année. Conformément à la loi Informatique et libertés du 6 janvier 1978, vous disposez d'un droit d'accès et de rectification aux données personnelles vous concernant. Il vous suffit de nous écrire en nous indiquant vos nom, prénom et adresse à : Service Lectrices Harlequin - BP 20008 - 59718 LILLE Cedex 9. Harlequin® est une marque déposée du groupe Harlequin. Harlequin SA – 83/85, Bd Vincent Auriol – 75646 Paris cedex 13. SA au capital de 1 120 000€ - R.C. Paris. Siret 31867159100069/APE5811Z

Recevez la

NEWSLETTER

www.harlequin.fr

Vous souhaitez être tenue
informée de toute l'actualité
des éditions Harlequin ?

C'est très simple !

Inscrivez-vous
sur notre site internet.

Rendez-vous vite sur

www.harlequin.fr

Composé et édité par les
éditions Harlequin
Achevé d'imprimer en France (Malesherbes)
par Maury-Imprimeur
en juillet 2011

Dépôt légal en août 2011
N° d'imprimeur : 165226